KATHERINE SLEE

Alles Glück da draußen

ROMAN

Aus dem Englischen
von Juliane Zaubitzer

Atlantik

Atlantik Bücher erscheinen im
Hoffmann und Campe Verlag, Hamburg.

1. Auflage 2020

www.hoffmann-und-campe.de *www.atlantik-verlag.de*
Umschlaggestaltung: FAVORITBÜRO, München
Umschlagabbildung: Illustration Frau vor Schiff:
© McMillan Digital Art/Getty Images
Illustration Rotkehlchen: © Shutterstock/Lera Danilova
Satz: Dörlemann Satz, Lemförde
Gesetzt aus der Trump Mediäval
Druck und Bindung: GGP Media GmbH, Pößneck
Printed in Germany
ISBN 978-3-455-00950-7

HOFFMANN
UND CAMPE

Ein Unternehmen der
GANSKE VERLAGSGRUPPE

Für Dylan & Scarlett

Fischer wissen, dass die See gefährlich und der Sturm grausam ist,
Doch das war für sie nie Grund genug, an Land zu bleiben.

Vincent van Gogh

SUNDAY POST MAGAZINE
15. JULI 2018

CATRIONA ROBINSONS SCHWANENGESANG

Hat Großbritanniens Lieblingskinderbuchautorin ein letztes Abenteuer hinterlassen?

Interview von Suzie Johnstone

Catriona Robinson war eine der beliebtesten und bekanntesten Autorinnen ihrer Generation. Ihre Kinderbuchreihe über ein Mädchen im Rollstuhl, das einen magischen Atlas findet, mit dem sie die ganze Welt bereist, wurde millionenfach gelesen und geliebt. Sie hat auch diverse Romane für Erwachsene geschrieben, zuletzt *Die Verzauberung*, der für mehrere Literaturpreise nominiert war.

Catriona lebte zurückgezogen an der Küste Norfolks, war in den vergangenen Jahren aber auch Gastdozentin für Kreatives Schreiben in Cambridge. Dort durfte ich sie auch kennenlernen. Sie sollte eine Rede vor den Abschlusskandidaten halten, und wie man hört, war diese ebenso inspirierend wie beinahe demütig gewesen, gewürzt mit einer guten Prise Humor.

Das Hotel, in dem wir uns trafen, entsprach vielleicht nicht dem, was man von einer Frau erwarten würde, die sich nach eigenem Bekunden am wohlsten in Latzhosen und Gummistiefeln fühlte. Fragliches Etablissement besaß eine Eingangshalle mit Galerie im ersten Stock, zu der eine gusseiserne Wendeltreppe führte. Im Zwischengeschoss befand sich eine Bibliothek mit plüschigen Samtmöbeln, wo ich mit Catriona bei einer Tasse Tee und einem Stück Zitronenkuchen plauderte. Sie trug einen schwarzen Faltenrock mit türkisfarbener Seidenbluse, und ihr Haar war zu einem lockeren Knoten hochgesteckt. Sie war entspannt und bester Dinge und fragte den Kellner sogar, ob man das mit Turteltauben verzierte Teeservice des Hotels kaufen könne. Hätte ich es nicht besser gewusst, hätte ich nie gedacht, dass die Frau, die mir gegenübersaß, nur noch wenige Monate zu leben hatte.

Sie werden gleich eine Rede vor der nächsten Generation Schriftsteller halten. Was hat Ihnen am Unterrichten hier am besten gefallen?
Ich hatte selbst nie die Gelegenheit zu studieren, nicht zuletzt, weil es damals für Frauen noch nicht so üblich war. Aber auch, weil ich nie glaubte, dass ich gut genug bin. Niemals hätte ich für möglich gehalten, dass ich einmal hier enden würde. Ich mache mich dafür stark, dass man alle Kinder, unabhängig von Geschlecht, Rasse, sozialem oder wirtschaftlichem Hintergrund, ermutigen sollte, nach den Sternen zu greifen und die bestmögliche Version ihrer selbst zu sein.

Aber Cambridge ist eine Eliteuniversität.
Stimmt. Das Problem bei Universitäten wie Cambridge und Oxford oder danach auch bei großen Konzernen ist, dass man sich gar nicht erst zu bewerben braucht, wenn man nicht ins Bild passt. Ich habe keinen Abschluss, keine Ausbildung, und trotzdem lehre ich an einer der renommiertesten Universitäten der Welt. Es gibt nicht mehr den einen Weg zum Erfolg. Was bedeutet das Wort überhaupt?

Was bedeutet es denn für Sie?
Als ich anfing zu schreiben, geschah das aus einer schlichten Neugier auf die Welt. Ich wollte die verrückten Ideen und Charaktere zu Papier bringen, die mir ständig durch

den Kopf gingen. Aber für mich war das nie mehr als ein Hobby, und ich hätte mir nicht träumen lassen, dass es der Anfang dieser unglaublichen Reise ist, für die ich sehr dankbar bin. Erfolg sollte nie an Geld oder Besitz festgemacht werden, sondern an dem Gefühl der Befriedigung, das man daraus zieht.

Wie sehr, denken Sie, beruht Ihr eigener Erfolg auf Zufall?
Man könnte natürlich argumentieren, dass das ganze Leben nur eine Aneinanderreihung zufälliger Ereignisse ist, gute wie schlechte. Ich versuche, an der Idee festzuhalten, dass es in diesem Universum, diesem Leben ein Gleichgewicht gibt. Egal, wie viel Schmerz und Not wir erleiden, da ist immer etwas oder jemand, der uns Hoffnung gibt.

Es gibt dieses berühmte Zitat von Leonard Cohen, das zu Hause an meinem Kühlschrank hängt und das eigentlich alles sagt: *Ring the bells that still can ring, Forget your perfect offering. There is a crack in everything, that's how the light gets in.* Was so viel heißt wie, die Schönheit des Lebens liegt in seiner Unvollkommenheit.

Was gibt Ihnen Hoffnung?
Meine Enkelin, Emily.

Sie haben einmal gesagt, die Idee zu Ophelia stammt von ihr.
Ja. Wie sicher alle wissen, wurde sie vor fünfzehn Jahren bei einem Autounfall schwer verletzt. Ich habe ihr während ihrer Genesung immer Geschichten erzählt, und sie hat Bilder von den Figuren gezeichnet, einfach aus Spaß. Meine Verlegerin bekam eine davon zufällig zu Gesicht, und der Rest ist, wie man so schön sagt, Geschichte.

Sie scheinen sehr eng mit Emily zusammenzuarbeiten. Gibt es da manchmal Unstimmigkeiten?
(Lacht.) Natürlich, wir sind eine Familie, da gibt es immer mal Streit. Aber Emily besitzt das große Talent, genau zu wissen, was ich den Lesern zu beschreiben versuche, und irgendwie schafft sie es, das in ihren Bildern darzustellen.

Hat Emilys Behinderung Ihre Geschichten beeinflusst?
Emily hat keine Behinderung, aber die Leute glauben, was sie glauben wollen. Meine Bücher sollen unterhalten, aber auch inspirieren. So viele Menschen verweilen zu lange an ein und demselben Ort, lassen sich ausbremsen von der Gesellschaft, von Finanzen. Aber die Welt da draußen ist voller Wunder, die nur darauf warten, von uns entdeckt zu werden.

Was hat Sie zu Ihrem Richtungswechsel veranlasst, dazu, sich von Kinderbüchern abzuwenden?
Als Autorin bin ich immer auf der Suche nach neuen Ideen, neuen Herausforderungen. Ophelia und die Welt, die wir geschaffen haben, war so lange Zeit ein so großer Teil unseres Lebens, dass ich das Bedürfnis hatte, einen Strich darunter zu ziehen. Etwas Neues auszuprobieren.

***Die Verzauberung* ist trotz seines literarischen Erfolgs von den Lesern sehr gemischt aufgenommen worden. Wie sehr ist dies Ihrer Meinung nach der Tatsache geschuldet, dass es sich an erwachsene Leser richtet?**
Es überrascht mich nicht, weil die Leute von bekannten Autoren immer einen bestimmten Stil, ein bestimmtes Thema erwarten. Hätte ich ein weiteres Kinderbuch geschrieben, hätte man kritisiert, dass es nicht von Ophelia handelt. Im Leben geht es darum, zu experimentieren und die Magie zu erkunden, die der Welt innewohnt. Ich wollte die Verbindung zwischen Wissenschaft und Philosophie

darstellen, und wie diese Verbindung das menschliche Bewusstsein prägt. Wie die begrenzte Zeit, die jedem von uns auf diesem Planeten zur Verfügung steht, unser Verhalten, unsere Perspektive verändert.

Mit Blick auf das Hauptthema von *Die Verzauberung*: Wenn Sie wüssten, dies wäre Ihr letzter Tag auf Erden, wie würden Sie ihn verbringen?
Sie wissen, dass ich sterbe? Ach du meine Güte, Ihr Gesicht, tut mir leid. Mich schreckt der Tod schon lange nicht mehr. Ich vergesse nur immer, wie schwer sich andere Menschen damit tun.

Wie war die Frage noch mal? Ach, ja, der letzte Tag auf Erden. Liebe Güte (lacht), wie bin ich nur auf die Idee gekommen?

Es gibt einen Ort an der französischen Küste, der einen besonderen Platz in meinem Herzen hat, nicht zuletzt, weil ich dort mein erstes Buch geschrieben habe. Das Licht dort hat so etwas Friedliches. Ich würde früh aufstehen, warme Croissants frühstücken und starken schwarzen Kaffee und dann am Strand spazieren gehen, das Meer und den Sand zwischen meinen Zehen. Ich würde in die Wellen springen und die Macht der Gezeiten spüren, eine Erinnerung an all die Kräfte auf dieser Welt, über die wir keine Kontrolle haben. Frische Langusten, gegrillt am offenen Feuer, und Champagner bei Sonnenuntergang. Alles mit Emily an meiner Seite.

Nichts Spektakuläres, nichts Ausgefallenes. Denn wenn man alle Schichten Spucke und Glanz fortwischt, bleiben uns allen nur Beziehungen und Erinnerungen.

Haben Sie einen Rat für angehende Schriftsteller da draußen, egal ob jung oder alt?
Sagt zu allem ja. Geht Risiken ein, bereut nur die Dinge, die ihr nicht tut, denn Fehler sind wichtiger als Erfolg.

Man kann nicht schreiben, man kann sich nicht mit anderen Menschen verbinden, wenn man keine Erinnerungen hat, aus denen man schöpfen kann, so schmerzlich sie auch sein mögen. Sehen Sie, die Dinge, an die ich mich am deutlichsten erinnere, sind die, die ich wider alle Vernunft getan habe.

Haben diese Dinge mit Männern zu tun?
Macht man die schönsten Fehler nicht immer in der Liebe?

Arbeiten Sie an etwas Neuem?
Es gibt immer etwas Neues. Eine neue Idee, eine neue Figur, eine neue Geschichte.

Ist das der Grund für dieses Interview?
Ich habe nicht immer so zurückgezogen gelebt, so öffentlichkeitsscheu sozusagen, mein Lebensstil ist eher das Ergebnis unglücklicher Umstände. Dieses Interview wird wahrscheinlich mein letztes sein, und, um ganz ehrlich zu sein, ich verspüre nicht länger das Bedürfnis, mich hinter meinen Geschichten zu verstecken. Ich hoffe nur, dass etwas Gutes aus dem entsteht, was Emily und ich geschaffen haben, dass das Ende einer Reise vielleicht den Beginn einer anderen bedeutet.

Heißt das, an den Gerüchten um eine neue Reihe mit einer erwachsenen Ophelia ist etwas dran?
In jedem Gerücht steckt ein wahrer Kern. Sagen wir einfach, es gibt da etwas, aber ich bin mir nicht sicher, ob die Welt je davon erfahren wird.

Sie sind dafür berüchtigt, in Ihren Büchern Hinweise zu streuen. Ist das auch so eine Spur, so ein Puzzle, das Ihre Leser lösen sollen?
Das darf ich leider nicht verraten.

Catriona Robinson ist nach einem langen Kampf gegen den Krebs letzten Monat friedlich zu Hause verstorben. Sie hinterlässt ihre einzige Enkelin Emily, die bisher nicht für einen Kommentar zur Verfügung stand.

1

Kakadu

Cacatuidae

Emily saß an der Tür zum Garten, das Skizzenbuch aufgeschlagen auf dem Küchentisch, und wartete, dass etwas passierte.

Die Schatten auf dem Rasen verschwanden allmählich, während die Sonne am Sommerhimmel aufstieg, und in der Kirche nebenan machten sich die Glöckner bereit. Alles war, wie es an einem Montagmorgen im August sein sollte, doch Emily hatte das Gefühl, als wäre eine Lücke im Tag, und sie versuchte herauszufinden, wie sie diese füllen sollte.

Sie kam nicht weiter und wartete auf eine Eingebung, doch auch eine zweite Tasse Tee und ein Stück Zitronenkuchen hatten bisher nicht geholfen. Eine Auswahl an Tintenfässern stand neben der Spüle bereit, für den Fall, dass Emily entschied, welche Farbe sie dem Kakadu geben wollte, den sie beim Frühstück gezeichnet hatte.

Das Problem war, laut Auftrag ihrer Verlegerin sollte es eine naturgetreue Darstellung des Vogels sein, ohne Schrullen oder phantastische Elemente, doch immer wenn Emily ihn ansah (denn es war definitiv ein Er, mit seinem stolzen Kamm auf dem Kopf), überkam sie das Verlangen, seine Federn in allen Farben des Regenbogens anzumalen. Ihre Gedanken wollten nicht gehorchen und schweiften ab, malten sich aus, der Kakadu könnte sich verwandeln wie ein Chamäleon, wenn er vor irgendwem oder irgendwas davonfliegen musste.

Außerdem war noch ein anderes Bild in ihrem Kopf, von einem kleinen Mädchen im Rollstuhl mit dem Kakadu auf ihrer Schulter. Sie flüsterte ihm etwas zu, streichelte ihm die Brust und sah zu, wie die Farbe in kleinen Wellen vom Vogel auf ihre Haut überging. Denn ganz gleich, was für Bilder Emily zeichnen sollte, ihre Gedanken brachten sie immer wieder zu Ophelia zurück, der Kultfigur, die ihre Großmutter vor all den Jahren erschaffen hatte.

»Cacatuidae.« Emily sagte den lateinischen Begriff für den Vogel laut vor sich hin, während sie ihn unter den Ast schrieb, auf dem er saß. Sie sprach langsam, spürte sich in jede Silbe hinein, und ihr wurde bewusst, dass es das erste Mal seit Tagen war, dass sie überhaupt sprach.

Sie hatte sich ohnehin nur bereit erklärt, diese Illustrationen anzufertigen, weil sie sich davon ablenken wollte, dass sie ganz allein war. In ihrer Naivität hatte sie gedacht, ein neues Projekt würde reichen, um die Stunden des Tages zu füllen, in denen sie sonst nichts zu tun hatte und nirgendwohin musste.

Im Radio begann ein neuer Song, die samtigen Töne einer Klarinette spielten *Peter und der Wolf*, und Emily hatte sofort das Bild von einem Jungen im Kopf, der durch den Schnee nach Hause rannte, wo seine Mutter mit einem Truthahn auf dem Tisch und Geschenken unter dem Baum wartete.

Tut mir leid, dachte sie mit einem Blick auf den Kakadu und schaltete das Radio aus, bevor sie das Skizzenbuch zuklappte und die Tintenfässer wegräumte. *Es scheint, als wärst du zu Gewöhnlichkeit verdammt.*

Jahrelang hatte Emily Zeichnungen angefertigt, die alles andere als gewöhnlich waren. Ihre Bilder waren märchenhaft und phantasievoll und ließen die wundervollen Geschichten ihrer Großmutter zum Leben erwachen. Doch nach deren Tod fiel es Emily schwer, sich auf etwas Neues zu konzentrieren.

Sie schaute in das Zimmer neben der Küche, das Arbeitszimmer ihrer Großmutter. Eine Wand war ganz von Regalen in Besitz genommen, gefüllt mit Dutzenden der roten Notizbücher ihrer Großmutter, die sämtliche Ideen für alle Manuskripte enthielten, die sie über Ophelia und ihre zahme Ente geschrieben hatte. Zehn Bücher insgesamt, nicht mehr, nicht weniger. Aber jetzt schien die ganze Welt zu glauben, dass ein weiteres existierte, obwohl Emily wusste, dass die Zeit gefehlt hatte, es zu schreiben.

Wie konnte sie mir das antun?, dachte Emily. Die Ärzte hatten ihr doch noch Zeit gegeben. Zeit, ihr Werk zu beenden. Zeit, eine alternative Behandlungsmethode zu finden.

Zeit, um zu kämpfen.

Ihre Großmutter war der einzige Mensch auf der ganzen Welt, der sie verstand. Der ihren Kummer darüber, beide Eltern bei einem Autounfall verloren zu haben, geteilt hatte, ebenso wie die Qualen von Emilys anschließender Genesung. Sie war der einzige Mensch, der all die Jahre der grausamen Hänseleien von Kindern, die ihre Freunde hätten sein sollen, da gewesen war.

Sie hatte versprochen, Emily zu lieben, sich immer um sie zu kümmern. Doch jetzt konnte ihre Großmutter, die berühmte Catriona Robinson, niemanden mehr beschützen.

Von draußen hörte sie Schritte auf dem Gartenweg, Stille, dann wurde ein Stapel Post durch den Briefschlitz geschoben und landete auf der Fußmatte. Zweifellos weitere Beileidsbekundungen von Leuten, die Emily nicht kannte. Handschriftliche Mitteilungen von trauernden Fans, die ausführlich beschrieben, wie wundervoll und talentiert ihre Großmutter gewesen war – gewürzt mit persönlichen Geschichten darüber, wie deren Bücher ihre kindliche Phantasie angeregt hatten.

Emily ging in den Flur und bückte sich, um die Post aufzuheben, begann, sie zu Stapeln aus Briefen, Werbung,

Katalogen und Rechnungen zu sortieren, als das schrille Klingeln des Telefons die Ruhe störte. Der Anrufbeantworter schaltete sich an.

»Emily, Schatz, hier ist Charlie.« Eine Frauenstimme, die aus dem fernen London nach Norfolk zu ihr drang, und Emily konnte sich die Person am anderen Ende der Leitung genau vorstellen, die in einem großen, hellen Büro im zweiundzwanzigsten Stockwerk eines Wolkenkratzers mit Blick auf die Themse saß. »Hör zu, tut mir leid, dass ich immer wieder damit komme, aber die Chefetage macht mir Druck, eine Presseerklärung über dieses verdammte Manuskript rauszugeben.« Es folgte ein langer Seufzer, und Emily schloss die Augen, weil sie ahnte, was kommen würde. »Bist du da? Ich weiß, du willst nicht darüber reden, aber irgendwann wirst du all diese Fragen über Catriona beantworten müssen, über ihr Leben. Es muss ja nicht persönlich sein, aber das bist du den Fans schuldig …«

Die Ruhe kehrte zurück, als Emily den Stecker aus der Dose zog und ihn dann einfach zu Boden fallen ließ, wo er mit einem dumpfen Aufprall auf dem Teppich landete. Sie schaute auf die Briefe, die ihre Hand umklammert hielt, bevor sie ins Wohnzimmer ging und sie allesamt in den Kamin warf. Als Nächstes ging sie wieder in den Flur, um einen großen Karton zu holen, der vor der Haustür stand, trug ihn zum Kamin und machte den Deckel auf. Es befand sich Fanpost darin, Hunderte von Briefen, die meisten ungeöffnet.

Ich will euer Mitleid nicht, dachte Emily, als sie anfing, sie in vier ordentlichen Haufen vor dem Kamin zu stapeln.

Nie zuvor hatte Emily weglaufen wollen, hatte im Gegenteil alles Erdenkliche getan, um in Wells-next-the-Sea zu bleiben, einer freundlichen kleinen Stadt an der Küste Norfolks, wo es angenehm gemächlich zuging und man sie größtenteils in Ruhe ließ. Jedenfalls bis ihre Großmutter dieses Interview gegeben hatte, in dem sie der ganzen

Welt erzählt hatte, dass möglicherweise ein weiteres Manuskript existierte. Nach der Veröffentlichung brach das Chaos aus – Anrufe, E-Mails, Fremde, die vor der Tür standen, Emily ihre Handys vor die Nase hielten und sie fragten, ob das wahr sei. Letztlich passierte genau das, wovor ihre Großmutter sie zu Lebzeiten immer beschützt hatte. Doch Emily hatte keine Antworten, weder damals noch jetzt, weil sie ihre Großmutter nie nach der unvollendeten Geschichte gefragt hatte. Allmählich fühlte es sich so an, als hätte Emily sie *nie* irgendetwas Wichtiges gefragt, und jetzt war es zu spät.

An der gegenüberliegenden Wand von den ganzen Notizbüchern hing ein kleines, quadratisches Bild von zwei Hüttensängern. Es war stilistisch so ganz anders als all die anderen Bilder im Haus, aber Emily hatte nie gefragt, woher es kam oder warum es direkt neben dem Arbeitsplatz ihrer Großmutter hing. Das war nur ein Beispiel dafür, wie Emily in ihrer kindlichen Arroganz einfach davon ausgegangen war, dass Erwachsene vor der Geburt ihrer Kinder eigentlich keine Vergangenheit hatten. Jetzt wünschte sie sich mehr als alles andere, mit ihrer Großmutter reden zu können und alles zu erfahren, was sie vorher erlebt hatte.

Emily ging zum Kaminsims, betrachtete jedes einzelne Foto darauf und wünschte, sie würde wenigstens auf eine ihrer vielen Fragen eine Antwort bekommen.

Jahrelang hatte Emily zugelassen, dass andere über ihr Leben bestimmten, erst eine lange Reihe von Ärzten, dann ihre Großmutter. Es war immer Catriona gewesen, an die sie sich gewandt hatte, wenn sie in Not war, und der sie alle Entscheidungen überlassen hatte, die Verantwortung für so ziemlich jeden Aspekt ihres Lebens. Erst als Catriona beschlossen hatte, auf weitere Behandlungen zu verzichten, war Emily gezwungen gewesen, einzusehen, wie isoliert sie war, wie abhängig von ihrer Großmutter.

Emily betrachtete ihre Briefstapel und fragte sich, was mit all den Worten geschehen würde, wenn sie sie anzündete. Stellte sich vor, wie sie den Schornstein hinauf in den Himmel steigen würden, wo sie sich miteinander vermischten und vielleicht etwas Neues erschufen oder im Schnabel eines vorbeikommenden Kakadus landeten, der übers Meer flog und sie einem Jungen brachte, der davon träumte, eines Tages ein berühmter Schriftsteller zu sein.

»Was soll ich nur tun?«, seufzte Emily, während sie auf die Knie sank und zum Schreibtisch ihrer Großmutter sah, auf dem eine alte Schreibmaschine stand, die seit Monaten niemand angerührt hatte.

Achtundzwanzig Jahre war sie alt und hatte im Leben nichts vorzuweisen als ein Regal voller Bücher. Was war sie, wer war sie, ohne die große Catriona Robinson?

2

Rotkehlchen

Erithacus rubecula

Mr Thomas erkannte den Umriss einer Gestalt am Fenster, als er sich näherte. Das Haus selbst lag versteckt am Ende eines langen Kieswegs neben der Kirche. Auf einem Schild, das leicht zu übersehen war, wenn man im falschen Moment blinzelte, stand *Meadow Cottage* – in derselben Handschrift wie der Brief, den er im Auftrag jener Frau überbrachte, die er jeden Tag schon beim Aufwachen vermisste.

Es war sein Hund Max, der sie ursprünglich zusammengeführt hatte, vor knapp einem Jahr. Schwanzwedelnd war er im Kreis um einen Kleiderhaufen herumgerannt, während sein Bellen die Morgenluft durchdrang. Es hatte eine kurze Rangelei gegeben, bei der er Max das eine Ende eines Gürtels aus dem Maul zog, dann hatte er bereits halb zugebuddelt einen kleinen goldenen Ring im Sand neben den Kleidern entdeckt, die jetzt von sandigen Pfoten zerwühlt waren. Er hatte sich einmal um die eigene Achse gedreht, auf der Suche nach einer anderen Person, und eine Frau entdeckt, die auf ihn zugelaufen kam, außer Atem, aber lächelnd, mit klitschnassen Haarsträhnen im Gesicht.

Sie trug nichts weiter als ein Seidenunterkleid, das von ihrem Bad im Meer durchweicht war. Sie entschuldigte sich für das Missverständnis und lachte darüber, wie ihre abgelegte Kleidung für einen Mann aussehen musste, der zufällig mit seinem Hund vorbeikam.

Sie stellte sich als Catriona vor, ihre Hand klein und kalt in seiner. Eine Hand, die er noch oft halten sollte, wenn sie jeden Morgen zusammen mit Max spazieren gingen, bevor sie zur Enkelin nach Hause zurückkehrte, die kennenzulernen er nie Gelegenheit gehabt hatte. Bis jetzt.

Einerseits wäre er am liebsten wieder gegangen und hätte seinen Morgen fortgesetzt wie geplant – ein Spaziergang am Strand, gefolgt von starkem schwarzen Kaffee, Croissant und Zeitung im benachbarten Café, dann nach Hause, um an den Hochbeeten im Garten weiterzuarbeiten.

Andererseits wusste er, es wäre töricht, die Wünsche einer sterbenden Frau zu ignorieren. Einer Frau, die ihn gewählt hatte, weil er verstand, dass Emilys Welt auf den Kopf gestellt würde.

Max stupste an das Bein seines Herrchens und holte ihn ins Hier und Jetzt zurück. Im Garten war es still: Blütenblätter, die unter der aufsteigenden Sonne dösten, Bienen auf der Suche nach einem zweiten Frühstück, ein Rotkehlchen auf dem Stiel einer Harke, einen Wurm im Schnabel.

Der Hund bellte, und der Vogel ergriff die Flucht, als sich die Haustür öffnete. Eine junge Frau in einem hellgrünen T-Shirt und kurzen Jeans erschien in der Tür. Ihre Haut war leicht gebräunt, bis auf eine lange Narbe an ihrem Kinn. Barfuß stand sie da, die Zehennägel in einem glänzenden Rot lackiert, und beobachtete Mr Thomas unter einem schweren Pony hindurch, der bis kurz über die haselnussbraunen Augen reichte.

Ihr Blick hatte etwas Verstörendes, fand Mr Thomas. Als wollte sie ihn herausfordern, sie noch einen Augenblick länger zu betrachten, den Schwung ihrer Lippen, die denen ihrer Großmutter so ähnelten, und die Sommersprossen auf ihrer Nase.

»Sind Sie Emily?«, fragte er.

Ein kurzes Nicken als Antwort, während sie sich bückte,

um den Hund hinter den Ohren zu kraulen, ein Lächeln, das die Narbe durchbrach, als der Hund ihr die Hand leckte.

»Ich habe etwas für Sie«, sagte er und hielt ihr den Umschlag hin, den er sechs Wochen aufbewahrt hatte. »Er ist von Ihrer Großmutter.«

Sie betrachtete das Kuvert kurz, bevor sie es nahm, dann drehte sie sich um, ging zurück ins Haus und winkte ihm, ihr zu folgen.

Der Hund riss sich von der Leine los und trottete hinter der Frau her, die in einem Zimmer verschwand. Innen war das Haus kühl, und die Frische der Nacht krallte sich noch in den Steinwänden fest. Links lag ein kleines Wohnzimmer, geradeaus eine schmale Treppe. Eine Kuckucksuhr tickte in einer Ecke vor sich hin, und er war gezwungen, den Kopf einzuziehen, um einem Balken auszuweichen, als er zur Küche durchging. Der Duft von Toast und Kaffee zog seinen Blick auf einen Tisch an der Tür zum Garten, auf dem ein leerer Teller und eine Tasse standen, neben einem Skizzenbuch, das auf einer weißen Seite aufgeschlagen war.

Emily stand an der Spüle, und er beobachtete, wie sie den Umschlag in der Hand drehte und ihn von allen Seiten betrachtete. Sie hielt ihn gegen das Licht, dann warf sie ihn in die Spüle, wo er auf einem sich langsam auflösenden Schaumturm landete. Dunkle Tintenranken begannen, durch das Papier zu sickern.

»Ach, ja«, sagte er, und seine hektischen Finger straften die ruhige Fassade Lügen. »Da ist noch etwas.« Aus der Tasche zog er einen Füllfederhalter mit flaschengrüner Marmorierung und goldener Kappe heraus. Emily nahm den Stift, hielt ihn in der Handfläche, dann schrie sie plötzlich auf, schlug mit der Faust gegen das Porzellan und sank zu Boden.

»Geht es Ihnen gut?«, fragte er und eilte an ihre Seite, doch sie senkte nur den Kopf, um ihre Tränen zu verbergen. »Es tut mir so leid«, fuhr er fort und streckte eine Hand aus, die er gleich wieder zurückzog. »Wissen Sie, was es bedeutet?« Catriona hatte es ihm nicht verraten. Ihn nur gebeten, den Brief und den Stift zu übergeben.

Emily nickte, dann schüttelte sie den Kopf, und ein schwacher Seufzer entwich ihren Lippen. Max legte ihr eine Pfote aufs Bein. Der Hund schien ihren Schmerz zu verstehen und winselte leise, als sie einen Arm um seinen Hals schlang und das Gesicht in seinem Fell vergrub.

»Gibt es jemanden, der Ihnen behilflich sein kann?«, fragte Mr Thomas, und sah sich in der Küche um, als hoffte er auf einen Wink, was er tun sollte. Sein Blick überflog die alltäglichen Gegenstände, die sich bei jedermann fanden. Ein Laptop, eine Kaffeemaschine, diverse Schlüssel an einer Reihe Haken an der Wand, zwei Paar Gummistiefel nebeneinander an der Tür. Das gerahmte Cover eines Kinderbuchs von einer der beliebtesten Autorinnen Englands.

Emily saß noch immer auf dem Boden und streichelte mit einer Hand gedankenverloren Max' Ohren, während sie mit der anderen den Füller drehte und wendete.

Plötzlich spürte er die ganze Tragweite seines Eindringens. Dass er Zeuge von etwas wurde, das ihn nichts anging, und es regte ihn auf, ärgerte ihn, dass er hergekommen war, um Schicksal zu spielen, obwohl ihm das eigentlich nicht zustand.

»Es tut mir wirklich furchtbar leid«, murmelte er, während er Max am Halsband griff und ihn von der Frau wegzog. »Bitte entschuldigen Sie, dass ich einfach so reingeplatzt bin. Es war nicht meine Absicht, Ihnen Kummer zu bereiten, aber ich musste Ihrer Großmutter ein Versprechen geben, und, na ja, ich fand, dass ich es einlösen musste.« Er plapperte, eine nervöse Angewohnheit von ihm, umso auffälliger in diesem Raum, der so still war, bis auf das Ticken der Uhr und das Klackern von Max' Krallen auf dem Boden, als sie zur Tür gingen.

Sie bedachte ihn mit nicht mehr als einem flüchtigen Blick, als er ging, und erst nachdem er die Tür hinter sich geschlossen hatte, wurde ihm bewusst, dass sie trotz seines Gefasels, trotz des Schocks über das, was er überbracht hatte, die ganze Zeit, während er dort war, kein einziges Wort gesagt hatte.

3

Elster

Pica pica

Der Mann war fort. Der Hund auch. Emily war zugleich traurig und erleichtert. Ihr eine Nachricht aus dem Grab zukommen zu lassen, war so typisch für ihre Großmutter. Alles zu planen, bis hin zu der Person, die sie überbrachte, mit einem Hund sogar, als würde es das leichter machen.

Sie nahm ihre Tasse, deren Rand mit winzigen Turteltauben verziert war, und schenkte sich noch einen Kaffee ein. Wärmte sich die Handfläche daran und tippte mit dem Füller gegen den Rand, während sie darüber nachdachte, warum ihre Großmutter ihn genommen hatte. Vielleicht hatte sie ihn in der Tasche ihrer Strickjacke versteckt oder in einem Beutel Tabak, weil sie wusste, dort würde Emily niemals nachsehen. Emily hatte den Stift überall gesucht, Kissen zur Seite geschleudert, Bücher aus den Regalen des Arbeitszimmers gezogen und sogar nachgesehen, ob er aus unerfindlichen Gründen bei den Tomaten im Gewächshaus gelandet war.

»Achte auf Hinweise«, hatte ihre Großmutter immer gesagt. »Vergiss nie, auf alle Zeichen und Wunder zu achten, die sich in jedem Winkel der Welt verbergen.«

Doch was für eine Art Hinweis sollte das sein? Emily schraubte die Kappe ab, hielt die Feder unter die Nase und atmete tief ein. Sie musste immer an die Tube Germolene-Creme denken, rosa und klebrig, die hinten im Badezimmerschrank über dem Waschbecken lag. Ein Überbleibsel aus ihrer Kindheit mit charakteristischem Geruch. Der Füller war ein Geschenk von ihrer Großmutter, um Emilys Selbstvertrauen in sich und in ihre Zeichnungen zu stärken. Sie solle nie auch nur auf die Idee kommen, etwas wegzuradieren, sagte sie, alle Bilder, die sie zeichnete, hätten einen Grund, und sie solle alle wie einen Schatz hüten. Seither zeichnete Emily mit schwarzer Tinte, nie mit Bleistift.

Ein langer Seufzer, weil alle Erinnerungen Emily nur erneut offenbarten, dass sie allein war. Sie schloss die Augen, versuchte, sich an das Gesicht ihrer Großmutter am letzten Abend ihres Lebens zu erinnern. Versuchte, sich die genauen Worte ins Gedächtnis zu rufen, die sie gesagt hatte, bevor sie ihr einen Gutenachtkuss gegeben hatte und Emily sich wieder ihrer Arbeit zu- und vom Klang der Schritte auf der schmalen Treppe abgewendet hatte. Vom Knarren der Dielen über ihr, als die alte Frau sich schlafen legte.

Emily pustete in ihre Tasse, ließ den Dampf aufsteigen und ihr Gesicht bedecken. Spürte Tränen auf den Wangen, eine Mischung aus Trauer und Wut darüber, allein gelassen worden zu sein.

Plötzlich ertönte der Ruf einer Elster. Emily öffnete die Augen und entdeckte den Übeltäter im Apfelbaum am Rand des Rasens. Zwei scharfe Pfiffe, und der Vogel flog vom Ast herab, hüpfte über das Gras, dann durch die Tür und auf den Küchentisch.

»Hallo, Milton«, flüsterte Emily leise.

Der Vogel pickte in den Toastkrümeln herum, dann hüpfte er auf ein Regal und klopfte mit dem Schnabel gegen eine Keksdose. Emily streckte den Arm aus, um den Vogel herunterzuholen, und beugte sich zu ihm, um ihn leise zu rügen, worauf Milton den Kopf schief legte.

Zwei schwarze Augen betrachteten sie für einen Moment, dann hüpfte er zum Waschbecken. Kopf runter,

Schwanz hoch, machte sich die Elster daran, mit dem Schnabel einen durchweichten Umschlag zu untersuchen, den Emily ihm wegschnappte und auf den Tisch warf.

»Nein«, flüsterte Emily, ein Knall von Tasse auf Holz, bevor sie in den Garten hinausstürmte.

Sie konnte ihn nicht ansehen. Schon gar nicht ihn öffnen und die letzten Worte ihrer Großmutter lesen. Denn damit würde es Wirklichkeit, mehr als eine vorübergehende Ablenkung von der Eintönigkeit des Lebens. Würden die Drohungen und Versprechungen ihrer Großmutter wahr: dass Emily schon bald auf sich gestellt sein würde.

Sie hatte das seltsame Gefühl, wenn sie den Brief läse, würde sich alles ändern, und dafür war sie nicht bereit. Noch nicht.

Durch das feuchte Gras spürte sie unter den Zehen die Erde und winzige Gänseblümchenstängel. Gänseblümchen, aus denen sie immer Ketten gemacht, die sie in den Bäumen im Umkreis des Gartens aufgehängt hatte. Ein Schutzschild gegen die Welt da draußen.

Die immer hereinschaute, immer gaffte. Immer etwas über die berühmte Autorin erfahren wollte und vielleicht noch mehr über das stille Kind.

Emily lehnte sich an den rauen Stamm des Apfelbaums und sah zu Milton, der zu ihren Füßen wartete. Ein Rotkehlchen hatte sich zu ihm gesellt, das Emily mit einem Zwitschern begrüßte, dann aufflatterte und dicht neben ihrem Ohr landete.

Eine leichte Brise bauschte die Federn an seiner Brust auf und trug den Duft von Geißblatt und karamellisiertem Zucker vom Pfarrhaus nebenan herüber. Der Pfarrer war eine Naschkatze, und Emily leistete ihm manchmal Gesellschaft, wenn er bei einem Teller mit Keksen oder Plunderstücken, die seine Frau gebacken hatte, seine Predigten schrieb. Vielleicht konnte sie kurz vorbeischauen und ihn den Brief lesen lassen?

Egal, wer ihn las, sie würde sich eingestehen müssen, dass ihre Großmutter nicht mehr war.

Ihre Kehle begann sich zuzuschnüren, als die Wahrheit in ihr Herz drang, und sie stieß ein lautes Schluchzen aus, das die Stille des Gartens zerriss.

Milton schüttelte den Kopf, dann hoppelte er über den Rasen davon. Das Rotkehlchen sang seinen eigenen Klagelaut, und Emily malte sich aus, wie ein Chor aus Vögeln im Apfelbaum landete, ein bunter Haufen aus Elstern und Zaunkönigen, Krähen, die ganz oben hockten, und Schwalben, die aus dem Himmel tauchten und wieder hinaufschossen.

Sie wusste, sie tat es schon wieder – flüchtete sich in ihre Phantasie, um die Realität dessen, was sie verloren hatte, nicht zulassen zu müssen. Denn sie hatte so viel verloren, und sie wollte nicht wieder von vorn anfangen.

Emily atmete tief durch, wischte sich die Augen und kehrte in die Küche zurück, wo Milton auf dem Frühstückstisch die letzten Krümel aufpickte, der ungeöffnete Umschlag ihrer Großmutter zu seinen Füßen.

»Okay«, seufzte sie, während sie mit den Fingern unter das Siegel fuhr. Heraus fiel ein einzelnes Blatt Papier mit der sauberen, schwarzen Schrift ihrer Großmutter:

East Quay 117a

Nicht mehr, nicht weniger. Nur ein paar Buchstaben auf einer Seite. War das so eine Art Brotkrumen-Spur, der sie folgen sollte?

Emily riss das Papier in immer kleinere Fitzel, ließ sie nacheinander zu Boden fallen und scharrte sie mit den Füßen fort, wollte, dass sie verschwinden.

Sie brauchte den Zettel nicht, um den Ort zu finden – sie kannte die Adresse auswendig. Es war das, was sie dort erwartete, das sie zögern ließ. Sie dazu brachte, zum Tisch zu schauen, auf dem ihr Skizzenbuch wie eine stumme Einladung lag und wartete.

Während sie die Seiten glatt strich, fuhr sie mit den Fingern über eine andere Zeichnung, an der sie arbeitete, von einem jetzt erwachsenen Mädchen, das durch die Landschaft radelte, das ganze Leben mit all seinen Möglichkeiten vor sich. Ein Mädchen, das sie in genau diesem Zimmer erdacht hatte, als sie selbst noch ein Kind war. Als sie gebrochen, geschlagen und stumm war, aber dennoch einen Weg fand, auszudrücken, was in ihrem Innern vorging. Bilder von einer kleinen Heldin, die die Phantasie von Millionen von Kindern in der ganzen Welt beflügelt hatte, zusammen mit den Worten ihrer Großmutter. Ein Mädchen, dessen Abenteuer nur im Kopf von jemandem existierten, der nun fort war. Für immer. Und der nichts als diesen blöden Hinweis hinterlassen hatte.

Aber wenn sie nicht ging, wenn sie nicht den Wünschen ihrer Großmutter folgte, konnte sie einfach so tun, als wäre alles wie immer.

Wäre da nicht der Mann, der ihr den Brief gebracht hatte. Er würde es wissen. Es würde es sich zusammenreimen. Sie hatte gesehen, wie er sie angeschaut hatte. Wie er die äußerlichen Ähnlichkeiten zwischen ihr und ihrer Großmutter verarbeitet hatte. Er hatte das gerahmte Cover der Erstausgabe gesehen, ein Cover, das weltberühmt war. Es würde nicht lange dauern, bis er alle Puzzleteile zusammengesetzt hatte.

Wieder einmal hatte ihre Großmutter vorausgeahnt, wie Emily reagieren würde, hatte gewusst, dass sie sich verkriechen würde, um sich vor der Realität zu schützen. Sie hatte dafür gesorgt, dass es einen Zeugen gab, der Emily irgendwann in Zugzwang brachte.

In den letzten Tagen vor ihrem Tod hatte ihre Großmutter von etwas gesprochen, das lange zurücklag. Ein gut gehütetes Geheimnis, das Emily herausfinden sollte. Es war eine Art Puzzle, ein Versteckspiel, wie Catriona Robinson es liebte. Folge den Hinweisen, und du findest die Belohnung. Ein Schokoladenei oder eine winzige Tür in einem Baum, hinter der angeblich eine Fee wohnte. Nur diesmal war Emily nicht sicher, ob sie mitspielen wollte.

Die Elster klopfte mit dem Schnabel erneut gegen die Keksdose. Sie schien darauf zu warten, dass Emily eine Entscheidung traf. Entweder das oder sie wollte einfach nur noch ein Leckerli. Ein flüchtiges Augenverdrehen, ein letzter Schluck Kaffee, dann ging Emily wieder nach draußen.

Das Bein über den Sattel geworfen, die nackten Füße auf den Pedalen radelte sie durchs Dorf, und der Wind flüsterte ihr Geheimnisse ins Haar. Winzige Blütenstaubsprenkel berührten ihre Haut, als sie die Straße entlangsauste.

Sie spürte die Blicke, die Köpfe, die sich nach ihr umdrehten, als sie vorbeifuhr. Die Vogelfrau. Die Schweigsame. Die Fremde in ihrer Mitte, die in der Kirche immer ganz hinten stand, damit niemand sie singen hörte.

Über ihrem Kopf flog Milton: ihr Begleitschutz, ihr Aufpasser, eine schwarz-weiße Schliere, die zu wissen schien, wo Emily hinwollte. Zu einem Buchladen im Nachbardorf. Nicht der große in der Hauptstraße zwischen Friseursalons und Secondhandläden. Dieser lag versteckt in einer Seitenstraße, und Emily hatte einen Großteil ihrer Kindheit hier verbracht, beschützt von den erdachten Worten fremder Menschen. Darunter auch die ihrer Großmutter, die Geschichten über ein Mädchen namens Ophelia schrieb, deren einziger Freund eine Ente war. Die beiden reisten durch die ganze Welt auf der Suche nach Märchen und Abenteuern. Es waren Abenteuer, die Emily sich im echten Leben nie getraut hätte.

Als sie näherkam, sah Emily, dass die Tür offen war. Die Luft um ihren Rahmen gesprenkelt von Licht, das über den Boden hineinsickerte. Es war Donnerstag. Normalerweise war der Laden zu. Doch heute war kein Tag wie jeder andere – das spürte Emily jetzt.

Sie lehnte das Fahrrad an die Wand, Milton als Wache, trat über die Schwelle und spürte den Luftzug auf der Haut, als die Tür hinter ihr zufiel.

Der Laden war vertraut und fremd zugleich. Jede freie Fläche mit Büchern bedeckt. Regale, die bis unter die Decke reichten, Seitentische und Stühle, die unter dem Gewicht all dieser Worte ächzten. Der behagliche Geruch von Papier und Tinte in der Luft.

Doch da war noch etwas anderes, etwas, das Emily nicht genau benennen konnte. Am anderen Ende des Ladens führten drei Stufen durch einen Torbogen hinunter in einen kleinen Raum, der von einem alten Ledersessel beherrscht wurde. Zu jeder Seite stand ein Turm aus Büchern, der aussah, als würde er bei der kleinsten Berührung einstürzen. Dazwischen saß der Buchhändler, ein aufgeschlagenes Taschenbuch auf dem Schoß. Sein Haar hatte die Farbe von Whiskey, seine Tweedweste war aufgeknöpft, und ein Finger folgte den Buchstaben, während er las und die dünnen Lippen sich still dazu bewegten.

Sein Kopf hob sich nur ganz leicht, als sie sich näherte.

»Ah, Emily«, sagte er und blinzelte sie durch verschmierte Brillengläser an. »Ich habe mich schon gefragt, wann du endlich auftauchst.«

4

Pfau

Pavo cristatus

In ihrem Schoß hielt Emily zwei Dokumente, die der Buchhändler aus einer Schublade geholt und ihr mit überschwänglicher Geste überreicht hatte, wie ein Zauberer, der ein Kaninchen aus seinem Zylinder zog. Eins war das Testament von Catriona Robinson, das andere ein Brief vom Anwalt ihrer Großmutter. Beide waren auf dickem, geprägtem Papier gedruckt und am Fuß der letzten Seite mit einer eleganten Unterschrift versehen.

Doch keines von beiden ergab einen Sinn.

»Du bist die einzige Erbin«, sagte der Buchhändler, der nicht zu bemerken schien, wie sehr Emilys Hände zitterten. »Alles, was du tun musst, um das gesamte Vermögen deiner Großmutter zu erben, ist, den Hinweisen zu folgen.«

»Den Hinweisen«, flüsterte Emily, während sie wieder auf die Schriftstücke hinunterblickte und an den Umschlag dachte, den ein Fremder und sein Hund ihr überbracht hatten.

»So steht es hier.« Er deutete auf das Testament, auf einen Absatz, den Emily bereits zweimal gelesen hatte, aber Schwierigkeiten hatte zu verstehen. »Die Bücher, die Rechte und sämtliche Gegenstände im Haus.«

»Aber nicht das Haus.« Emilys Lippen begannen zu zittern, und das letzte Wort war nur noch ein Flüstern. Denn in dem beiliegenden Brief stand klar und deutlich, dass das

Haus, in dem sie und ihre Großmutter fast fünfzehn Jahre gelebt hatten, gar nicht ihnen gehörte, sondern dass sie es von einem Geschäftsmann namens Frank gemietet hatten.

»Aber es gibt eine gute Nachricht, Kindchen«, sagte der Buchhändler und lächelte zu Emily herüber. »Wenn du der Spur bis ans Ende folgst, bevor der Mietvertrag ausläuft, bekommst du das Vorkaufsrecht für das Haus. Und zwar zu einem fairen Preis.«

Zu einem fairen Preis. Emily wiederholte die Worte still. Nichts war fair. Ihre Großmutter hatte sie angelogen, hatte Emily in Sicherheit gewiegt.

»Was bedeutet«, fuhr der Mann mit einem flüchtigen Blick auf seine Uhr fort, »dass dir nach meinen Berechnungen genau zehn Tage bleiben.«

Seine Worte formten sich in der Luft. Worte, die Emily verstand, auf die sie aber nichts zu erwidern wusste. Denn die Buchstaben und Sätze, die dem Mann über die Lippen kamen, handelten von einer Spur, einer Art Test, an dessen Ende die Belohnung stand, von der ihre Großmutter vor ihrem Tod gesprochen hatte.

Sie sind wie die Töne einer schlechten Symphonie, dachte Emily bei sich und stellte sich vor, wie seine Worte sich in Noten verwandelten, sehnte sich echte Musik herbei, um den Klang seiner Stimme zu übertönen.

Sie begann, mit dem Fuß im Takt seiner Worte auf den Boden zu klopfen. Stellte sich vor, sie würde herumwirbeln wie ein Derwisch, immer schneller, bis sie in einem der Bücher verschwand, das die Wände dieses alten Buchladens stützte. Sah sich durch Felder und fischreiche Flüsse tanzen, auf der Suche nach der Vogelscheuche und dem gelben Ziegelsteinweg.

Emily stand auf, legte den Letzten Willen ihrer Großmutter auf einen Bücherstapel und ging zu der Tür, die auf den kleinen Innenhof hinter dem Laden führte. Dort befand sich nichts weiter als ein paar Porzellantöpfe und eine Gießkanne in Form eines Frosches, dessen eines Auge in den Himmel gerichtet war.

»Das ist dein erster Hinweis«, sagte der Buchhändler und hielt ihr ein Buch hin.

Sie wusste, was es war, noch bevor er es ihr in die Hand drückte. Bevor sie es umdrehte und das Bild eines Pfaus sah, sein Schwanz so breit aufgefächert, dass Dutzende von Augen ihr zublinzelten. Es war ein Exemplar jenes Buches, das ihre Großmutter vor knapp vierzehn Jahren berühmt gemacht hatte. Bei der Neuauflage erst im vergangenen Jahr ersetzte ein Pfau Emilys ursprüngliche Zeichnung von einem kleinen Mädchen und seiner Ente.

Emily hatte den Vogel letztes Frühjahr gezeichnet, beim Besuch eines Gartens des National Trust. Ihre Großmutter war durch den Park geschlendert und hatte sich mit dem Gärtner darüber unterhalten, was sie anpflanzen sollte, um mehr Schmetterlinge anzulocken. Emily hatte beobachtet, wie der hochmütige Vogel am Rand des Krocketrasens entlangstolzierte, als wäre er der Herr im Haus.

Die extravaganten Schwanzfedern wachsen ihnen erst, wenn sie drei sind. Emily hatte eine aufgehoben und sie so schnell zwischen den Fingern gedreht, dass die Farben verschwammen. Der Chefgärtner hatte eine Bemerkung darüber gemacht, dass Pfauen trotz ihrer Schönheit nicht besonders schmeckten. Ihre Großmutter hatte über seinen schlechten Witz gelacht, während Emily nicht mehr als ein gequältes Lächeln zustande brachte und sich wieder ihrer Zeichnung zuwandte.

Der Garten. Der Garten ihrer Großmutter. Was würde aus ihm werden, wenn das Haus verkauft wurde? Er hatte Catriona Robinson Trost gespendet, vor allem in den letzten paar Monaten, als die Schmerzen so schlimm wurden, dass sie es nicht einmal mehr ins Dorf schaffte. Er erdete Emily, brachte sie ihrer Großmutter nahe, wenn sie die Traurigkeit kommen spürte. Der Garten und die Vögel, die jeden Morgen wegen der Frühstückskrümel kamen und Emily Gesellschaft leisteten, während sie in der Spätsommersonne zeichnete.

Was würde aus all den Erinnerungen werden, wenn jemand Neues in das Haus einzog?

Und was wird aus mir?, fragte Emily sich schlagartig. Was sollte sie tun?

Die Vorstellung, neu anzufangen, war beängstigend. So viele Jahre am selben Ort, mit derselben Person, nur damit ihr alles auf einmal genommen wurde? Die Bücher, die sie zusammen geschrieben hatten, waren ihre Konstante gewesen, ihre Art, mit dem Leben, das für sie bestimmt war, fertigzuwerden. Die ungewöhnliche Partnerschaft, die ihnen beiden so viel Freude bereitete. Die Briefe und Bilder von Lesern aus aller Welt, die ihnen mitteilten, wie sehr sie die Bücher mit den versteckten Geheimnissen in jedem Bild liebten.

Versteckte Hinweise, die Emily und ihre Großmutter sich gemeinsam ausdachten, wie Verweise auf Märchen, Sprichwörter, Kinderreime oder einfach irgendetwas aus dem Leben ihrer Großmutter, dem *davor*.

»Schlag es auf«, sagte der Buchhändler, und Emily hörte die Vorfreude, die Aufregung in seiner Stimme.

»Du«, erwiderte sie und gab ihm das Buch mit zitternden Fingern zurück.

Er betrachtete sie einen Moment, dann legte er das Buch auf einen aufgebockten Tisch, fuhr mit dem Zeigefinger in die erste Seite und klappte das Buch bei der Widmung auf.

Für Emily
Wenn Du es nicht versuchst,
wirst Du es nie wissen.

Emily trat näher, um einen prüfenden Blick auf die Worte zu werfen, die, wie sie wusste, keiner der echten Widmungen in den Büchern der Reihe entsprach. Zehn insgesamt, geschrieben im Hinterzimmer ihrer Großmutter, getippt unter dem Geklapper der Tasten bei Hagelschauern, Hitzewellen und allem dazwischen.

Sie drehte sich um, ging durch den Laden zur Kinderabteilung, wo reihenweise Bücher von Catriona Robinson standen. Emily zog eins aus dem Regal, schlug die Seite mit der Widmung auf, sah dieselben zwei Worte wie immer – *Für Emily* – und stellte es zurück. Sie nahm ein anderes heraus, auf dessen Cover ein Mädchen unter Wasser schwamm, eine glänzende Perle in der Hand.

Für Emily.

Ein weiteres mit demselben kleinen Mädchen, das sich auf einer riesigen Schaukel in den Himmel schwang.

Für Emily.

Jede einzelne Widmung war dieselbe – außer der in dem Buch, das sie gerade bekommen hatte.

Es war ein Hinweis. Ein Hinweis auf das nächste Teil des Puzzles, das ihre Großmutter heimlich zusammengesetzt hatte, das sie vor ihr verborgen hatte. Aber warum?

»Das Erste mag ich am liebsten«, sagte der Buchhändler und zeigte auf eines der Bücher, die Emily auf dem Boden abgelegt hatte. »Die Idee von einem Zauberatlas, der ein kleines behindertes Mädchen durch die ganze Welt reisen lässt. Ihr Menschen und Orte zeigt, die kennenzulernen sie sonst nie hätte hoffen können. Ich wünschte, ich hätte so eine Phantasie.«

Die Geschichten waren ihre Art gewesen, der Realität zu entfliehen, so zu tun, als gäbe es die echte Welt da draußen nicht, wenigstens für eine Weile. Doch das Leben, wusste Emily, hatte die Angewohnheit, sich von hinten anzuschleichen, selbst wenn man sich alle Mühe gab, es zu ignorieren.

»Ich kann nicht«, flüsterte Emily, lehnte sich an das Bücherregal und schloss die Augen. Sie sah sich selbst als

Dreizehnjährige in einem Rollstuhl an einem See. Ihre Beine waren in eine karierte Fransendecke eingewickelt. Ihr Gesicht so verbunden, dass nur ihre Nase und ein Auge herausschauten, und am Himmel sangen Nachtigallen ihr Abendlied. Neben ihr, wie jeden Abend seit dem Unfall, saß ihre Großmutter mit einer Flasche heißem Kakao und einem aufgeschlagenen roten Notizbuch aus Leder im Schoß.

Wäre alles auch so gekommen, wenn nicht durch eine Fügung des Schicksals die Verlegerin ihrer Großmutter an jenem Tag zu Besuch gekommen wäre und sich erkundigt hätte, ob sie an etwas Neuem arbeitete? Emily hatte im Garten gesessen und gelesen, und Catriona beschloss, ihrer Freundin den Entwurf eines Kinderbuchs mit Emilys Illustrationen zu zeigen. Hätte sie das nicht getan, würde Emily dann jetzt auch in diesem baufälligen Laden stehen und aus dem Grab heraus die Anweisung erhalten, sich auf eine alberne Schatzsuche zu begeben, um ihr Erbe beanspruchen zu können?

Der Geruch von Tabak mit einem Hauch Vanille riss Emily aus ihren Gedanken, und als sie die Augen öffnete, sah sie den Buchhändler tief an einer geschwungenen Pfeife ziehen. Rauchkringel zogen durch die Hintertür nach draußen und stiegen unsichtbar in den Himmel. Er sah aus wie eine Figur aus einem Buch ihrer Großmutter mit seinem gewachsten Schnurrbart und den funkelnden Augen.

Emily erlaubte sich, die Szene mit einem Schimmer zu versehen, stellte sich die Welt vor, in der so eine Figur existieren würde oder zumindest die Welt, die sie für ihn erschaffen hätten. Ein grasbewachsener Hügel tief im Wald, wo ihm nur die Bäume Gesellschaft leisteten. Oder ein unterirdisches Höhlensystem, das von heimtückischen Maulwürfen beherrscht wurde, die ihn dafür bezahlten, dass er die Menschen fernhielt.

Emily sah alles in schillernden Farben vor sich: den perfekten Grünton für seine Haustür. Ein Schaukelstuhl, in dem er saß und vor dem Feuer seine Pfeife rauchte, wenn die Winterabende kürzer wurden. Die runden Bergmannsleuchten, die die Maulwürfe trugen, während sie sich durch das unterirdische Königreich gruben. Eine ganze Welt, von der niemand etwas wusste, bis ein kleines Mädchen und seine zahme Ente eines Tages anklopften, weil sie Schutz vor einem Sturm suchten.

»Sie hat gesagt, du wüsstest schon, wo du als Nächstes hin-gehen musst«, sagte er mit einem leichten Kopfnicken in Emilys Richtung. »Sie hat gesagt, alle Hinweise liegen direkt vor dir.«

Natürlich tun sie das, dachte Emily. Ihre Großmutter hatte Emily immer gelehrt, genau hinzusehen, um das zu erkennen, was andere nicht sahen. Aber was war es, das Emily sehen sollte? Und was, wenn sie sich entschied, es nicht zu tun?

»Wie viele Bücher?« Emily sprach langsam und mit Bedacht, dehnte jede Silbe.

»Ich fürchte, ich habe keine Ahnung«, erwiderte er. »Auch nicht, ob überhaupt alle Hinweise Bücher sind.«

Zehn, dachte Emily, während sie sich bückte, um einen Armvoll Bücher aufzusammeln und sie wieder ins Regal zu stellen. *Sie kann doch nicht ernsthaft verlangen, dass ich alle finde?*

»Was, wenn ich nein sage?« Emily ächzte unter der Anstrengung, die Worte aneinanderzureihen, und wandte das Gesicht ab, damit der Buchhändler ihren verkrampften Mund, die gerötete Haut an ihrem Hals nicht sehen konnte.

»Tja«, erwiderte er und zog tief an seiner Pfeife. »Es wurde nicht darüber gesprochen, was passiert, wenn du dich weigerst. Aber ich wäre jedenfalls ziemlich enttäuscht, wenn du den Rest der Geschichte nicht findest.«

»Was für eine Geschichte?« Als Emily sich umdrehte, hielt der Buchhändler ein rotes Notizbuch aus Leder in der Hand, genau solch eins wie die, in die ihre Großmutter immer all ihre Ideen und die ersten Entwürfe ihrer Geschichten geschrieben hatte.

»Das hat sie mir vor ein paar Monaten gebracht, zusammen mit dem anderen Buch und den Dokumenten«, sagte der Buchhändler und klang aufgeregt. »Sagte, ich soll es für mich behalten, was mir seit der Veröffentlichung des Zeitungsinterviews besonders schwergefallen ist.«

Emily schlug die erste Seite des Notizbuchs auf und sah den Anfang eine Geschichte über Ophelia, eine, die ihre Großmutter nie richtig hinbekommen hatte. Sie handelte vom Geist eines kleinen Jungen, der Ophelia bei der Aufklärung eines Verbrechens um Hilfe bittet, das er beobachtet hat, doch Catriona hatte Sorge, dass das Thema zu düster für Kinder sei.

Emily blätterte in dem Notizbuch und überflog die Stichpunkte, die einzelnen Wörter und Gesprächsfetzen, die sich auch hier auf den ersten Seiten befanden. Danach aber war das Buch leer, denn jemand hatte die restlichen Seiten herausgerissen, und die verbliebenen dünnen Papierstränge grinsten sie an wie Krokodilzähne.

»Den Rest hat sie versteckt, hat sie gesagt«, erläuterte der Buchhändler, während er näherkam und auf die fehlenden Seiten deutete. »Irgendwo, wo nur du es finden könntest.«

Emily zweifelte. Ihres Wissens hatte Catriona dieses Buch nie beendet. Oder doch? Die Monate vor ihrem Tod hatte sie durchaus viel Zeit in ihrem Arbeitszimmer verbracht, aber angeblich, um ihre Angelegenheiten zu regeln, und Emily hatte ihr natürlich geglaubt. War es das, wovon sie vor ihrem Tod gesprochen hatte? Hatte sie die Zeit dafür genutzt, um eine neue Geschichte zu schreiben, die Emily nun finden sollte?

»Warum hat sie es versteckt?«, murmelte Emily und blickte vom Notizbuch zu den restlichen Büchern auf dem Boden. Sie bückte sich, um sie einzeln aufzuheben und in chronologischer Reihenfolge ins Regal zurückzustellen.

Als sie das letzte Buch an seinen Platz zurückstellen wollte, hielt Emily inne, denn die Worte der neuen Widmung gingen ihr durch den Kopf. Sie erinnerte sich an die allererste Geschichte. Daran, was dem kleinen Mädchen widerfahren war und wo es den magischen Atlas überhaupt gefunden hatte.

»Nein«, hauchte sie, und das Buch, das sie in der Hand hielt, fiel mit einem dumpfen Aufprall zu Boden, mit dem Cover nach oben, auf dem ein kleines Mädchen und seine zahme Ente durch einen verschneiten Wald hüpfen.

»Emily?« Der Buchhändler sah die Panik in Emilys Gesicht. Er ging auf sie zu, doch sie wich mit erhobenen Händen zurück.

»Nein«, sagte sie noch einmal, drehte sich um und ergriff die Flucht, ohne sich um die Dokumente oder das Notizbuch zu kümmern. Die Speichen des Fahrrads verschwammen vor ihren Augen, und der Wind trieb ihr die Tränen aus dem Gesicht, als sie davonfuhr, verfolgt von einer Elster.

Emily wollte schreien. Sie wollte sich den Gedanken aus dem Kopf reißen, und alles sollte so sein wie vorher. Zu viele Erinnerungen. Zu viel, an das sie sich nicht erinnern wollte, lag hinter jenen Mauern. Und doch wollte ihre Großmutter sie genau dorthin zurückschicken.

Es fühlte sich so ungerecht an. Wie ein grausamer, berechnender Kunstgriff, von dem Emily nichts wissen wollte. Vielleicht konnte sie einfach zu Hause bleiben und sich weigern, die Bedingungen ihrer Großmutter zu erfüllen? Schließlich konnte Catriona sie nicht mehr zu irgendetwas zwingen. Doch ihre Neugier war bereits geweckt. Emily begriff, dass es genau das war, was ihre Großmutter beabsichtigt, was sie vorausgesehen hatte. Sie spürte etwas in der Magengrube – das seltsame Gefühl, dass der Tag gerade erst begonnen hatte. Das Zwitschern der Vögel in den Bäumen, an denen sie vorbeiradelte, klang irgendwie, als wüssten sie mehr als Emily.

Der Geruch des Sommers hing in der Luft, und die Kirchenglocken läuteten zur vollen Stunde, als Emily vor dem Weg anhielt, der zu ihrem Haus führte. An die Gartenpforte gelehnt, stand ein junger Mann in ochsenblutroten Stiefeln, hellbrauner Lederjacke und ausgefransten Jeans, eine Gitarre über der Schulter. Derselbe Mann, der als Junge bei ihren gemeinsamen Urlauben Angst hatte, den Kopf unter Wasser zu tauchen, und den sie schließlich dazu angestiftet hatte, vom Steg ins eiskalte Blau zu springen.

»Tyler«, flüsterte sie, als er den Kopf hob und lächelte.

5
Pelikan

Pelecanus

Er war in ihrer Küche. Machte Schränke auf und zu, nahm sich Schinken und Käse aus dem Kühlschrank. Als wäre es für ihn das Natürlichste der Welt, hier zu sein, bei ihr.

Tyler saß jetzt auf dem Rand des Tisches mit den Resten ihres Frühstücks und dem Skizzenbuch und redete darüber, wie leid es ihm täte, dass er es nicht zur Beerdigung geschafft hatte, dass ihm immer gefallen hatte, wie chaotisch und frei Tante Cat war.

War, dachte Emily.

»Hast du fertig gepackt?«

Emily sah zu, wie Tyler sich den Mundwinkel mit einer Stoff-serviette abwischte, deren Rand mit winzigen Sternen bestickt war. Das letzte Mal hatte sie ihn an ihrem einundzwanzigsten Geburtstag gesehen. Auf einem Fest, das aus einem bunt zusammengewürfelten Haufen verlorener Seelen bestand, die in irgendeiner Form mit ihr zu tun hatten, obwohl keine von ihnen sie zu kennen schien. Er war draußen im Garten gewesen, drüben bei einem der Apfelbäume, hatte eine Zigarette geraucht und stirnrunzelnd den Pfarrer angesehen, der vom Skilanglauf schwärmte.

»Gepackt?«, fragte sie und hasste es, wie ihre Zunge in der Mitte des Wortes hängenblieb. Es spielte keine Rolle, dass sie Tyler schon ihr ganzes Leben kannte oder dass er wusste, woher ihre Sprachbehinderung rührte, es war ihr trotzdem peinlich, dass sie rot wurde.

»Der Zug fährt in gut einer Stunde«, erwiderte er, während er die Keksdose öffnete und hineinspähte, bevor er eine Handvoll nahm. »Ich bin davon ausgegangen, dass du fertig bist!«

Emily schüttelte den Kopf und sah sich hektisch in der Küche um, als gäbe es dort einen versteckten Hinweis darauf, wovon er redete. Der Buchhändler hatte gesagt, sie würde Bescheid wissen, sie würde es verstehen.

Mit Sicherheit nicht, dachte Emily und begann, auf und ab zu gehen. Sie sah zu Tyler, dann zur Uhr über der Spüle und wieder zu Tyler.

Obwohl es typisch für ihre Großmutter wäre, ihr einen Aufpasser zu schicken. Ihre Art, dafür zu sorgen, dass Emily die anstehende Aufgabe auch erledigte. Und sich nicht unter dem Deckmantel der Unkenntnis verkroch. So wie sie diesen Mann mit dem Dalmatiner geschickt hatte, hatte sie auch Tyler geschickt. Doch Emily verstand nicht, warum ausgerechnet ihn?

»Nein, du hast noch nicht gepackt?«, fragte Tyler, während er zusah, wie Emily hektisch auf und ab ging. »Oder nein, du kommst nicht mit?«

Emily blieb stehen. Lehnte den Kopf an die Wand und schloss die Augen. Sie war kein Kind im Rollstuhl mehr, das Ärzte und Erwachsene brauchte, um zu entscheiden, was gut für es war. Sie war jetzt eine erwachsene Frau, doch offenbar hielt man sie noch immer für unfähig, eigene Entscheidungen zu treffen.

Tyler redete einfach weiter, während sie ins Arbeitszimmer ihrer Großmutter schlüpfte. Er folgte ihr in den kleinen, dunklen Raum, der von einer Bücherwand und einem Mahagonischreibtisch am Fenster beherrscht wurde. Emily ging an die altmodische Schreibmaschine, die mitten auf dem Tisch stand, und tippte in regelmäßigem Rhythmus immer wieder abwechselnd zwei Tasten. Tyler kam näher, um ihr über die Schulter zu schauen.

»NONONONONONONONONONONONONON …«, las er laut, und Emily drehte sich zu ihm um. Sie öffnete den Mund, als wollte sie etwas sagen, doch sie hatte vergessen, was oder ob sie überhaupt etwas hatte sagen wollen.

Eine Bilderflut überschwemmte sie: Erinnerungen, die sie lieber aus ihrem Gedächtnis verbannt hätte, auch die, wie Tyler sie angesehen hatte, als sie sich nach dem Unfall zum ersten Mal wiedersahen. Mit einer Mischung aus Angst und Mitleid hatte er versucht, nicht den tiefen Schnitt quer über die eine Gesichtshälfte anzustarren oder die Metallkonstruktion, die ihren Schädel zusammenhielt, die es ihr aber auch unmöglich machte zu sprechen. Neben dem Rollstuhl, der sie gefangen hielt, während ihre Wirbelsäule heilte. Sie erinnerte sich, wie er dagestanden hatte, halb versteckt hinter seiner Mutter. Die Hände tief in den Taschen, hatte er mit einem Fuß auf dem Boden gescharrt. Dann machte er kehrt und lief ans andere Ende des Gartens, kletterte die Leiter hoch, die von einem niedrigen Ast hing, ins Baumhaus, in dem sie beide als Kinder gespielt hatten, und weigerte sich, runterzukommen, selbst als er zum Abendessen gerufen wurde.

Emily wusste, wie schwer es anderen fiel, sie anzusehen, an einen Stuhl gefesselt, das Gesicht entstellt und lädiert. Seither war es ihr jeden Tag bewusst, selbst nachdem ihr Körper geheilt war, die Narben zu einem silbrigen Rosa verblasst. Sie wusste, er sah sie noch immer so, wie sie früher war, vor dem Unfall, und ein Teil von ihr hasste ihn dafür.

»Du kannst hier nicht bleiben, Emily.« Tyler legte ihr eine Hand auf die Schulter, die sie sofort abschüttelte. »Mum hat gesagt, dass Tante Cats Anweisungen sehr konkret waren.«

»Sie wusste Bescheid?« Emily kämpfte gleichermaßen

mit den Worten wie mit der Vorstellung. Obwohl es eigentlich nichts zu bedeuten hatte, dass Tylers Mutter, ihre Patentante, von den Absichten ihrer Großmutter wusste.

»Ja, natürlich.« Tyler runzelte die Stirn, dann schüttelte er den Kopf, als er sah, wie Emilys die Fäuste ballte und die Schultern hochzog. »Du etwa nicht?«

Er ließ sich auf den Schreibtischstuhl sinken, griff nach dem Briefbeschwerer in Form eines Apfels und stellte ihn wieder hin.

»Ich weiß, was du denkst.« Er fing an, sich auf dem Stuhl hin- und herzudrehen, öffnete eine Schublade, schloss sie dann wieder. »Und ja, du hast recht. Ich bin nicht aus freien Stücken hier. Betrachte es als eine Art Gefallen.«

Emily sah ihn mit hochgezogenen Augenbrauen an und verschränkte die Arme.

»Die Sache ist, ich brauche diese Reise genauso sehr wie du. Betrachten wir es als Waffenstillstand. Und helfen uns gegenseitig.«

Emily musste darüber lachen, wie ekelhaft fies er war, und wollte aus dem Zimmer gehen, spürte jedoch seine Hand auf ihrem Arm. Sie wollte sich losreißen, doch irgendetwas hielt sie zurück. Sie spürte sein Gewicht, die Wärme, die sich von Haut zu Haut übertrug. Betrachtete die Sommersprossen auf seinen Wangen, halb versteckt unter Bartstoppeln.

»Nein.« Emily stapfte die Treppe hoch, hörte ihn hinter ihr her rufen.

»Da ist noch etwas«, sagte er.

Sie blieb auf dem Treppenabsatz stehen.

»Ich habe einen Brief. Von deiner Großmutter. Aber ich darf ihn dir erst im Zug geben. Der übrigens in fünfundfünfzig Minuten fährt.«

Emily schlug die Tür zu, um ihn nicht mehr zu hören, ließ sich aufs Bett sinken und starrte aus dem Fenster in den Garten.

Ein Brief. Ein weiterer Hinweis? Sie musste ihre Optionen abwägen. Konnte sie ihm den Brief klauen? Die Notwendigkeit leugnen, auch nur aus dem Haus zu gehen? Nur wusste sie nicht, wo der Brief versteckt war. Vielleicht in seinem Gitarrenkoffer? Oder seiner Tasche?

Sie drehte sich zur Seite und schaute unter das Bett, sah nichts außer einem Paar Hausschuhe, die sie nie trug, nicht einmal an den kältesten Tagen. Kein Koffer, andererseits konnte sie sich auch nicht erinnern, wann sie zuletzt einen Koffer hatte packen müssen oder ob sie überhaupt einen besaß.

Sie ging wieder auf den Flur und stieß die Tür zum Zimmer ihrer Großmutter auf, das ein Sonnenstrahl in zwei Hälften teilte. Das Bett war abgezogen, doch am Fußende lag noch eine Steppdecke. In ihren letzten Monaten hatte Catriona eine Extradecke gebraucht, obwohl die Nächte hell und warm waren. Emily hatte ihr oft vorgelesen, bis sie eingeschlafen war, die Rollen von Erwachsenem und Kind vertauscht.

Emily ging zum Bett, legte sich auf die Matratze, die in der Mitte durchgelegen war, zog die Decke über die Schultern, schloss die Augen und atmete den Lavendelduft ein, der ihrer Großmutter überallhin gefolgt war.

Sie hatte das Zimmer seit Wochen nicht betreten, nicht seit sie Schrank und Nachttisch ihrer Großmutter ausgeräumt hatte. Durchgegangen war, was sie spenden konnte und woran zu viele Erinnerungen hingen, um es wegzuwerfen, wie eine alte Puderdose mit Lippenstiftetui, eine Spieldose mit filigranem Schlüssel und ein Reisewecker, der zu jeder vollen Stunde läutete.

Andere Stücke, die Emily nie zuvor gesehen hatte, die aber aus der Vergangenheit ihrer Großmutter stammten – Stücke, von denen Catriona sich offenbar nicht hatte trennen können und die sie stattdessen all die Jahre hinten im Kleiderschrank versteckt hatte. Ein Paar handgefertigte

Samtschuhe mit dünn gelaufenen Sohlen, bei denen Emily an durchtanzte Nächte in den Armen eines schönen Mannes in Uniform dachte. Ein Exemplar von *Zimmer mit Aussicht* mit einer zerbröselnden Rose darin, die Blütenblätter bröckelig und platt, und ein Foto in einem angelaufenen Silberrahmen von ihrer Großmutter als Baby auf dem Arm ihrer Mutter, dick eingepackt gegen den bitterkalten schottischen Winter.

Emily hatte jedes Stück sorgfältig in dünne Schichten aus Seidenpapier eingewickelt, in einen Karton gepackt und dann eine Liste der Habseligkeiten ihrer Großmutter angefertigt.

Emily drehte sich auf den Rücken und starrte an die Decke, beobachtete eine Spinne, die in der Ecke ihr Netz webte, direkt über dem Schrank, auf dem ein ramponierter gelber Koffer lag. Derselbe Koffer, von dem ihre Großmutter behauptete, ihn durch ganz Europa geschleppt zu haben, als Emilys Mutter selbst noch ein Baby war.

Wo mögen sie überall gewesen sein?, fragte sich Emily, denn sie konnte sich nicht an die Namen aller Orte erinnern, an die Catriona Robinson mit ihrer Mutter auf der Suche nach Inspiration und Abenteuer gereist war. Sie wusste nur, dass ihre Mutter immer gesagt hatte, sie sei viel lieber zu Hause bei ihrer Familie. Dass sie keinen Bedarf an Abenteuern habe, weil sie alles hatte, was sie brauchte.

Es gab so vieles, das man ihr nicht erzählt hatte, und Emily begriff, dass sie zu dumm gewesen war, um zu fragen. Es war, als hätte Catriona aus ihrer Vergangenheit absichtlich ein Geheimnis gemacht, weil sie gewusst hatte, dass es sich eines Tages als nützlich erweisen würde.

Ein Wirrwarr aus Rätseln, oder vielleicht war es für ihre Großmutter auch einfach zu schmerzlich gewesen, sich zu erinnern. Sie hatten seit deren Tod kaum über ihre Eltern gesprochen. Selbst jetzt noch fühlte Emily, wie sie sich verschloss, wenn sie an die Zeit vor dem Unfall dachte. Während ihrer Genesung hatte man ihr gesagt, sie solle sich auf die Gegenwart konzentrieren, einen Tag nach dem anderen angehen, und ihre Großmutter sagte immer, zurückzublicken bringe nichts als Bedauern, ein sowieso überflüssiges Gefühl.

Emily setzte sich auf und schob die Decke zur Seite. Sie kletterte auf die Kommode, streckte sich nach dem ramponierten gelben Koffer, warf ihn aufs Bett und klappte ihn auf. Es befand sich ein Porzellanpelikan darin. Die Spitze des Schnabels war abgebrochen, aber die Augen waren immer noch strahlend blau.

»Hallo«, flüsterte sie und fuhr mit dem Finger über die drei Löcher in seinem Kopf, während sie die Treppe hinunterging, den Koffer fest in der Hand.

Tyler saß am Küchentisch und scrollte durch sein Handy. Er stand auf, als sie das Zimmer betrat, sodass sein Stuhl umkippte, und der laute Rumms hallte in der Stille wider, die zwischen ihnen hing.

»Hast du es dir anders überlegt?« Er deutete auf den Koffer.

Emily schüttelte den Kopf, stellte den Koffer neben dem Kühlschrank ab, dann nahm sie einen weiteren Porzellanvogel vom Regal neben der Spüle. Dieser Pelikan hatte nur ein Loch im Kopf und dünne Wimpern um die blauen Augen. Emily stellte das Pärchen nebeneinander auf die Fensterbank, Schnabel an Schnabel, und versuchte, sich zu erinnern, woher sie stammten.

»Ringwerfen«, sagte Tyler mit einem Blick auf die Salz-und-Pfefferstreuer-Vögel, nachdem er den umgekippten Stuhl aufgehoben und seinen schmutzigen Teller in die Spüle gestellt hatte.

»Ingwerfen?«, erwiderte Emily und biss frustriert über den verlorenen Konsonanten die Zähne zusammen.

»Erinnerst du dich nicht? Der Jahrmarkt auf dem Anger?« Tyler drehte den Wasserhahn auf, drückte etwas Spülmittel in das Becken und rührte mit der Hand in dem wachsenden Schaumberg.

Wir sind jedes Jahr hingegangen, dachte Emily, während sie die winzigen Regenbogen in jeder der perfekten Bläschen betrachtete und so tat, als würde sie nicht bemerken, wie wohl Tyler sich in ihrer Gegenwart fühlte, wie mühelos er sich in ihren Tag geschoben hatte. Es war wie ein schlechter Witz, dass ihre Vergangenheit einfach so aus dem Nichts auftauchte und so tat, als hätte es die dazwischenliegenden Jahre nicht gegeben.

»Es war das Einzige, worin ich besser war als du«, sagte Tyler, während er Seifenblasen nach ihr schnipste, und sie wandte sich ab, damit er nicht sah, dass sie rot wurde. »Du konntest überhaupt nicht zielen.«

Doch Tyler hatte ihr den Gewinn trotzdem gegeben, ihr die Vögel mit einer tiefen Verbeugung überreicht, und als er sich wieder aufrichtete, lag ein breites Grinsen auf seinem Gesicht, worauf sie mit dem Fuß aufstampfte und so tat, als wäre sie wütend.

Er war jedes Jahr derselbe, der Jahrmarkt, der über Nacht aufzutauchen schien, mit Autoskooter, Zuckerwatte und reihenweise bunt beleuchteten Buden.

Die Vögel waren in der Tasche ihres Trägerkleids nach Hause transportiert worden, und jeder Schritt brachte das Porzellan zum Klirren, sodass sie immer wieder stehen blieb, um sich zu vergewissern, dass sie nicht kaputt waren. Salz- und Pfefferstreuer, die stolz auf dem Küchentisch standen und jedes Mal benutzt wurden, wenn sie und ihre Eltern zu Abend aßen. Emilys Mutter schimpfte immer mit ihrem Mann, wenn er sein Essen pfefferte, noch bevor er überhaupt probiert hatte. Er zuckte darauf nur die Schultern und zwinkerte seiner Tochter zu, dann würzte er demonstrativ nach.

Emily schlenderte ins Wohnzimmer, ließ sich auf den

Sessel vor dem Kamin sinken und betrachtete den ganzen Nippes, den ihre Großmutter im Lauf der Jahre angesammelt hatte. Emily wurde jetzt bewusst, dass sie keine Ahnung hatte, woher die Sachen stammten, welche Bedeutung sie hatten.

Hat sie den Pelikan absichtlich versteckt?, fragte sie sich, während sie den wiedergefundenen Füllfederhalter aus der Tasche nahm und in den Fingern drehte. *Aber warum?*

Bei Catriona Robinson geschah alles aus einem bestimmten Grund, besonders wenn es um ihre Schatzsuchen ging. Jeder Hinweis, jedes Sprungbrett zum nächsten Teil des Abenteuers war sorgfältig und bis ins kleinste Detail geplant, so wie die Bücher, die sie schrieb. Nichts wurde dem Zufall überlassen, und Emily begann zu begreifen, dass es bei dieser Stimme aus dem Grab, diesem Test nicht anders war.

»Bisschen warm für ein Feuer, oder?« Tyler stand in der Tür und trocknete sich die Hände am Geschirrhandtuch ab, während er die Briefstapel neben dem Feuer beäugte.

»Ich wollte …« Sie wollte sie verbrennen. Die ganzen persönlichen lieben Worte, die nicht an sie gerichtet waren.

Tyler ging zum Kamin, nahm eine Handvoll Briefe und ließ sich aufs Sofa vor dem Fenster fallen. Eigentlich hätte sie ihm die Briefe am liebsten aus der Hand gerissen, ihm gesagt, er solle die Finger von Dingen lassen, die ihm nicht gehörten, doch stattdessen beugte sie sich vor und sah zu, wie er las. Er zupfte an seinem Hemdkragen und entblößte dabei eine dünne silberne Narbe auf seinem linken Handrücken. Eine Narbe, an der sie nicht ganz unschuldig war.

Sie hatte ihn immer zu Dingen angestiftet, die er eigentlich gar nicht tun wollte. Wie über einen Zaun zu klettern, um den Garten der unheimlichen alten Frau nebenan zu erkunden, um herauszufinden, ob sie tatsächlich, wie

Emily vermutete, eine Hexe war. Tyler war über eine Baumwurzel gestolpert und hatte sich die Hand an einem zerbrochenen Blumentopf geschnitten, doch er hatte sich geweigert, seinen Eltern zu sagen, wo sie gewesen waren oder wer sich das Ganze ursprünglich hatte einfallen lassen.

Hast du ihn deshalb geschickt?, dachte Emily, als er aufschaute und sie einen Schatten des Jungen sah, der er einmal gewesen war.

»Ich kann verstehen, dass du die los sein willst.« Er warf die Briefe beiseite und streckte sich auf dem Sofa aus, die Hände hinter dem Kopf, eine demonstrativ entspannte Pose. »Wie ist das so?« Er wandte ihr das Gesicht zu. »Dass jeder was von dir will, dass sich diese Leute so für dich und Tante Cat interessieren?«

Emily seufzte nur und zuckte die Schultern.

»Sie würde dich nicht ohne guten Grund dazu zwingen«, sagte er.

»Vielleicht.«

»Ehrlich, Em. Du warst nie jemand, der sich vor einer Herausforderung drückt.«

Nur dass sie damals ein anderer Mensch gewesen war, an den sich kaum noch jemand erinnerte.

»Was willst du sonst machen? Wo willst du hin, wenn das Haus verkauft wird?« Tyler zog seine Stiefel aus, und Emily lächelte, als sie sah, dass er sogar als erwachsener Mann noch zwei verschiedene Socken trug.

»Der einzige gute Rat, den mir mein Vater je gegeben hat, war: Hör nicht auf, bevor du fertig bist.«

»Ich verst…« Emilys Zunge verfing sich im »t«, und sie hievte sich aus dem Sessel hoch, ging in die Küche zurück und weiter in den Garten, wo sie in den Himmel starrte. Den Kopf im Nacken betrachtete sie die verschiedenen Blautöne, machte ein paar Schwalben aus, die ihr Abendessen jagten, und folgte ihnen mit dem Blick, bis sie sie aus den Augen verlor. Sie hörte Tyler hinter sich, spürte, wie er Luft holte und konnte sich vorstellen, dass er überlegte, ob er ihr eine Hand auf die Schulter legen sollte.

»Lass nicht diese ... Suche oder wie auch immer du es nennen willst, entscheiden. Entscheide *selbst*, wann du fertig bist.«

Er hatte recht, doch das machte es nicht einfacher, zu verdauen, was er – was alle – von ihr verlangten.

»Ich kann nicht«, sagte sie und riskierte es, ihn anzuschauen. So lange sie denken konnte, wollte sie in Ruhe gelassen werden, damit niemand sie nach ihrer Narbe, nach ihrem Schweigen fragte. Und da kam er und kotzte ihr lauter Erinnerungen vor die Füße, daran, wie ihr Leben früher gewesen war, und obwohl sie das nervte, war sie auch dankbar, dass sie nicht allein damit fertigwerden musste.

Er musterte sie eine Weile, dann kratzte er sich am Hinterkopf, eine so vertraute Geste, dass Emily sich in das Jahr 2003 zurückversetzt fühlte.

»Ich hab Hunger«, sagte Tyler mit einem Gähnen. »Und ich bin außerdem ziemlich kaputt. Also, hier ist mein Vorschlag. Wir essen.« Er holte sein Handy hervor und scrollte über das Display. »Bestimmt können wir selbst hier draußen irgendwas bestellen. Isst du immer noch gern scharf?«

Emily nickte, während sie sich bückte, um ein vereinzeltes Unkraut unter dem Rosenbusch auszuzupfen. Es erinnerte sie an die zerdrückte Rose, die ihre Großmutter aufbewahrt hatte, und sie fragte sich, ob sie von jemand Besonderem war, und wenn ja, warum Catriona nie darüber gesprochen hatte.

»Erledigt. Sollte in einer halben Stunde hier sein.« Tyler schob die Hände in die Taschen, wippte auf den Hacken, während er zuerst Emily musterte und dann den Garten. »Wenn es für dich okay ist, bleib ich heute Nacht bei dir. Es ist zu spät, um jetzt noch in die Stadt zurückzufahren.«

Emily seufzte erleichtert, dass die Reise wenigstens fürs Erste aufgeschoben war. Das gab ihr Zeit nachzudenken, abzuwägen, was sie tun sollte.

»Ich nehme das Gästezimmer oder das Sofa, egal«, sagte Tyler. »Du weißt, ich kann praktisch überall schlafen.«

Emily nickte und dachte daran, wie Tyler nachts zusammengerollt auf dem Boden der Fähre von Frankreich geschlafen hatte. Er war der Einzige, der den Donner nicht hörte, der den Himmel zerriss, den das abscheuliche Schwanken des Schiffes nicht störte.

»Und ich verspreche, ich werde nicht versuchen, dich zu irgendeiner Entscheidung zu drängen. Ich meine, es ist dein Leben, wer bin ich, dir zu sagen, was du damit anfangen sollst?«

Emily schlenderte durch den Garten, streckte sich gelegentlich nach dem einen oder anderen Busch, um eine welke Blüte abzupflücken, und lauschte den Worten, die sich aus Tylers Mund ergossen, während er ihr folgte. Er redete immer noch auf sie ein, als sie ins Gewächshaus ging, um die Klappen zu öffnen, über das eine Mal, als sie einem Rabauken auf dem Spielplatz die Stirn geboten und ihm eins auf die Nase gegeben hatte, weil er es wagte, Tyler einen »Angsthasen« zu nennen. Sie waren unzertrennlich gewesen, die ganze Kindheit über und bis in die Pubertät hinein, Emily die Anführerin, die Draufgängerin, die Erfinderische.

Ich kenne dich doch gar nicht mehr, dachte sie, als sie einen Papierfetzen mit schwarzer Handschrift im Ast eines Apfelbaums hängen sah. Sie kannte nur den Jungen von davor.

Im Haus, in einem der Kartons, die sie so ordentlich weggepackt hatte, war auch ein altes Fotoalbum. Sie hatte es aufgeschlagen und schnell wieder zugeklappt, denn sie wusste, es endete nach ihrem dreizehnten Geburtstag, war zur Hälfte leer. Doch obwohl sein Gesicht so viele Seiten des Albums füllte, und sein Lachen, sein Bestreben zu gefallen untrennbar mit so vielen Momenten in Emilys Leben verbunden waren, gab es so viel mehr Momente ohne ihn, und das konnte sie am wenigsten verzeihen.

Später am Abend, als das Geschirr abgeräumt war und das Schlafsofa ausgeklappt, auf dem Tyler hockte und leise eine Melodie auf der Gitarre zupfte, saß Emily wieder am Küchentisch.

Ich werde mich morgen entscheiden, sagte sie sich, als sie Skizzenbuch und Stift wegräumte und versuchte, nicht an den halb fertigen Kakadu zu denken.

Sie stand auf und pfiff in die Dunkelheit, weil sie Milton sein Futter geben wollte. Als er nicht auftauchte, stellte sie einen Teller mit zerbröseltem Naan-Brot auf den Rasen und schob den Riegel vor die Tür, bevor sie die Treppe hochging und ins Bett schlüpfte. Das Fenster war offen, und Emily sah zu, wie die Wolken an einem Mond vorbeizogen, der fast ganz voll war.

Neue Anfänge. Emily erinnerte sich, was ihre Großmutter immer gesagt hatte, wenn der Mond voll und rund war. Die Chance, wieder von vorn zu beginnen, neue Vorsätze zu fassen, neu anzufangen.

Aber was, wenn sie gar keinen Neuanfang wollte?

Emily wandte sich vom Mond mit all seinen falschen Versprechungen ab und schloss die Hand um das Medaillon, das sie heute Nacht nicht ablegen mochte.

Emily hatte die halbe Nacht wach gelegen, weil sie sich nicht entscheiden konnte, was sie tun sollte, hatte alle Optionen erwogen, bis sie zu einem riesigen Knoten aus Fragen und Frust verschmolzen.

Ich kann nicht hierbleiben, dachte sie, als sie sich im Bett aufsetzte und den Blick über den Garten hinweg in die Ferne schweifen ließ, am Kirchturm vorbei bis dorthin, wo, wie sie wusste, die Wellen über den Strand schwappten. Bis zu dem Meer, das sich um den Erdball schlang und alle Landflecken miteinander verband, die ihre Großmutter einst bereist hatte.

Ich will hier nicht weg. Seufzend ging Emily ins Bad und stellte sich unter die Dusche, ließ den steten Wasserstrahl den Lärm ihrer Zweifel übertönen. Massierte langsam das Shampoo in die Kopfhaut, als wollte sie Verspannungen lösen. Machte sich nicht die Mühe, das Kondenswasser vom Spiegel zu wischen, als sie vor dem Waschbecken stand. Rubbelte sich die Haare trocken, schlurfte dann zurück in ihr Zimmer.

Ich könnte mit ihm gehen, einfach in einen Zug nach London steigen. Sie überflog ihren Schrankinhalt, griff wahllos nach irgendwelchen Kleidungsstücken und stapelte sie auf dem Bett. Ganz einfach so tun, als würde sie mitspielen, zumindest bis sie eine andere Möglichkeit fand zu verhindern, dass man sie aus ihrem Haus warf.

Sie konnte in den Zug steigen, den Brief nehmen, dann an der nächsten Station aussteigen und wieder nach Hause fahren.

Emily verdrängte den Gedanken, dass es, wenn sie die Aufgabe nicht binnen zwei Wochen löste, kein Zuhause mehr geben würde, in das sie zurückkehren könnte.

Nur, dass es sich nicht mehr anfühlte wie ihr Zuhause. Sie hatte es gleich gespürt, als sie vor vier Wochen von der Beerdigung zurückkam, und dann jeden Morgen, jeden Abend und alle Stunden dazwischen. Es fehlte das Klirren des Silberlöffels, mit dem sie Zucker in ihren Frühstückstee rührte, der Duft von gebratenem Speck und Lavendelshampoo und die gedämpfte Stimme, wenn ihre Großmutter mit ihrem Arzt telefonierte, während Emily nebenan saß und so tat, als würde sie nichts hören.

Es war ihre Abwesenheit, die am lautesten schrie.

Emily fuhr mit den Fingern über den Rahmen eines

Fotos, das entstanden war, bevor alles begonnen hatte. Oder geendet, je nach Perspektive. Drei Frauen aus drei Generationen in einer Reihe. Ihre Großmutter, mitten im Satz, mit offenem Mund, mit einer Hand in den Himmel zeigend. Daneben Emilys Mutter, den Kopf lachend zurückgeworfen, einen Arm um ein kleines Mädchen im Badeanzug gelegt, bis auf ein breites Grinsen hinter einer Schwimmbrille verborgen.

Damals waren sie zu dritt, jetzt gab es nur noch sie. Was sollte sie sonst tun, als sich auf ein verrücktes Abenteuer mit einem Jungen einzulassen, den sie von früher kannte?

Klopf, klopf an der Fensterscheibe, und als Emily sich umdrehte, sah sie Milton auf dem Sims, der sie von draußen beobachtete. Sie ließ ihn herein, sah zu, wie er in den Koffer hüpfte und verscheuchte ihn.

»Du kannst nicht mitkommen.« Sie öffnete die oberste Schublade ihrer Frisierkommode, nahm den Pass, den ihre Großmutter brav verlängert hatte, als Emily achtzehn wurde, der aber nie benutzt worden war. Hatte es überhaupt einen Sinn, ihn mitzunehmen? Als sie aufblickte, sah sie, dass der Vogel sich mit dem Fuß in einer goldenen Kette verfangen hatte. Sie hob ihn vorsichtig hoch und legte sich die Kette um den Hals. Dann griff sie nach einer silbernen Bürste, zog sie eilig durchs Haar und warf sie in den Koffer. Eigentlich gehörte noch ein silberner Spiegel dazu, der irgendwo in der Schublade vergraben war.

Wie viele Jahre? Sie dachte an all die Morgen, als jemand anders ihr Haar gebürstet hatte, und dann noch einmal, bevor sie zu Bett ging. Wie schnell die Zeit einen einholt, wenn man nicht aufpasst.

Ein rotes Kleid auf einem Bügel, das mitwollte. Emilys Finger zögerten, dann griffen sie stattdessen nach einer schlichten blauen Bluse. Sie zog den Reißverschluss des Koffers zu, und als sie sich im Zimmer umsah, fiel ihr Blick auf die goldene Puderdose und den passenden Lippenstift ihrer Großmutter auf dem Nachttisch. Einen Klacks Rot auf die Lippen, einen Hauch Puder auf die Nase: Catriona Robinson war immer gepflegt, zeigte sich stets von ihrer besten Seite. Emily führte den Lippenstift zu ihrem Mund, doch ihre Hand zögerte kurz, bevor sie ihn zurücklegte.

»Nur einen Hinweis«, flüsterte sie Milton zu. »Dann bin ich wieder da.«

Der Vogel schlug mit dem Schwanz, hüpfte auf die Fensterbank und flog davon.

»Ach, was weißt du schon«, sagte Emily und knallte das Fenster zu.

Unten durchsuchte sie das Haus nach Sachen, die man auf eine Reise wer weiß wohin mitnahm. Ihr Skizzenbuch, ihren Füller. Achtundzwanzig Jahre alt, und ihr ganzes Leben passte in ein Haus. Sie hatte nie irgendwohin gemusst, hatte nie das Bedürfnis gehabt wegzugehen.

Emily stand noch in der Tür zum Arbeitszimmer ihrer Großmutter, während Tyler an der Haustür wartete und sie zur Eile antrieb. Sie fuhr mit den Fingern über das Regal mit den roten Notizbüchern, jedes mit den Anfängen einer Idee, aus der schließlich ein Buch geworden war. Doch sie sah keine Lücke, hatte keine Zeit mehr, sie alle zu zählen, um zu sehen, ob eines fehlte.

Ist das hier nur eine weitere Geschichte?, fragte Emily sich, als sie die Tür hinter sich zufallen ließ. Sie steckte den Schlüssel ins Schloss und versuchte, nicht darüber nachzudenken, ob sie je zurückkehren würde.

6
Spatz

Passeridae

Auf dem Bahnsteig saß ein Mann und fütterte Spatzen. Er redete leise mit ihnen, doch was er sagte, war unwichtig. Es war die Art, *wie* er sprach, der Tonfall der Stimme, Tonlage und Lautstärke und alle Nuancen dazwischen – all das verriet den Vögeln, dass sie sicher waren, dass sie ihm trauen konnten.

Den Oberkörper über die Knie gebeugt, die Ärmel seines blaugestreiften Hemds hochgekrempelt, zu seinen Füßen eine Aktentasche aus Leder mit einem schmalen Regenschirm darauf. Sein Jackett lag neben ihm auf der Bank, und in einer der Taschen steckte eine Paisley-Krawatte.

Spatzen sind anpassungsfähig, dachte Emily, die die Szene durch das Zugfenster beobachtete und im Kopf eine Zeichnung davon anfertigte. *Sie können über 800 verschiedene Nahrungsmittel fressen.*

Sie versuchte, sich die dunkelbraunen Sprenkel auf der Brust jedes einzelnen Spatzen genau einzuprägen. Die Schatten, die von den Beinen des Mannes auf den Bahnsteig fielen. Sie stellte sich vor, was ihn genau in diesem Moment hierhergeführt haben mochte, denn es war immer die Geschichte hinter dem Bild, die es zum Leben erweckte.

Als der Zug aus dem Bahnhof fuhr, flatterten die Vögel auf, und Emily drehte den Kopf, den Körper, um sie zu zählen, um ihnen zu folgen, bis sie aus ihrem Blickfeld verschwanden.

Catriona hatte ihr erzählt, dass Spatzen im Alten Testament mit Einsamkeit assoziiert wurden, dass sie unter Wasser schwimmen können und bis zu fünfzehn Jahre alt werden. Sie hatte ihr so viel beigebracht, und trotzdem hatte Emily das Gefühl, dass es noch viel mehr gab, was sie ihr verschwiegen hatte.

»Wann warst du das letzte Mal in London?«

Auf dem Sitz gegenüber, auf der anderen Seite des Tisches, der sie trennte, streifte Tyler seine Jacke ab, dann holte er sein Handy hervor, zusammen mit einem kleinen schwarzen Notizbuch und riesigen Kopfhörern. Er warf einfach alles achtlos auf den Tisch, und Emily unterdrückte den Drang, es der Größe nach anzuordnen.

Er war entspannt, oder eher erleichtert. Emily sah es daran, wie er einen Knöchel übers Knie gelegt hatte. Seine Mundpartie war nicht mehr so verkrampft, und sein Blick zuckte nicht mehr zwischen ihrer Narbe und ihrem Mund hin und her, sobald er sie ansah. Offenbar lag ihm mehr an dieser kleinen Reise, als er ihr gegenüber durchblicken ließ.

Doch sie durchschaute ihn. Ebenso wie sie wusste, dass er es eilig hatte, nach London zurückzukehren, weil er mehr als ein Dutzend Mal auf seine Armbanduhr und auf die Uhr über der Spüle geschaut hatte, während sie sich in der Küche vergewisserte, dass die Fenster verschlossen und das Gas abgedreht war.

Trotz ihrer Bedenken, ihrer Angst davor, wo genau sie eigentlich hinfuhren, musste sie ein bisschen darüber lächeln, dass sie ihn offensichtlich nervös machte, egal aus welchem Grund.

Statt in Worten auf seine Frage zu antworten, hielt sie beide Hände mit ausgestreckten Fingern und Daumen hoch.

»Zehn Jahre?« Tyler pfiff leise, während er durch sein Handy scrollte. »Es hat sich seitdem ein bisschen verändert.«

Haben wir das nicht alle, dachte Emily und starrte ihn an. Wollte ihn dazu zu bringen, etwas von sich preiszugeben, das ihr verriet, was hier wirklich vor sich ging. Sie wollte ihn fragen, warum er hier war, und wie es kam, dass er sich dazu bereit erklärt hatte, sie bei dieser albernen Suche zu begleiten.

»Hörst du immer noch Rockmusik?«, fragte er, ohne von seinem Handy aufzublicken.

Emily nickte und versuchte sich zu erinnern, welche CDs sie in ihren Koffer geworfen hatte. Sie schlug ein Bein über das andere, stellte es wieder ab, spielte mit ihrem Haar, setzte sich auf beide Hände und versuchte, nicht auf den Lichtstrahl zu schauen, der über sein Gesicht fiel. Versuchte den Drang zu unterdrücken, ihn zu bitten, etwas weiter nach links zu rücken, weil das Licht dann direkt auf seinen Wangenknochen fallen würde.

»Guns n' Roses?«

»Und Foo«, sagte Emily und ließ ihn ergänzen, was sie sich mit ihrer Zunge nicht zutraute auszusprechen. Aber auch Chopin, Miles Davis, David Bowie und Adele.

Ihre Großmutter war jemand, der alles einmal ausprobierte, und Emilys Tage und Nächte waren mit Klängen aus jeder Ära erfüllt gewesen. Ihr war beigebracht worden, auf das leise Knacken des Vinyls zu achten, bevor der erste Ton erklang oder auf das zarte Luftholen, bevor Miss Simone den Mund aufmachte, um zu singen. Jeder Geschichte zu lauschen, die ein Künstler zu erzählen versuchte.

Nur keine Opern. Niemals Opern.

»Damals fand ich dich so cool.«

»Ha.« Das Lachen war aus ihrem Mund, bevor sie es kommen spürte.

Früher wurde sie aus reinem Vergnügen gehört, die Musik. Der Beat. Der pulsierende Rhythmus, der sie zum Tanzen brachte. Dann diente sie einem anderen Zweck. Um es auszublenden. Um alles auszublenden.

»Ich habe nichts in deiner Liga«, sagte Tyler und drehte das Telefon um, um ihr seine Playlist zu zeigen. »Aber ich könnte etwas runterladen, und wir könnten es uns zusammen anhören?«

Emily schaute auf das Display.

»Ich mag Country«, sagte Tyler mit einem Lächeln und einem Achselzucken. »Das macht mich nicht gleich zu einem schlechten Menschen.«

Sie wusste, er versuchte, sie zu besänftigen. Versuchte, seinen sprühenden Charme spielen zu lassen, weil es sonst wahrscheinlich immer so leicht war. Ein Lächeln, eine symbolische Geste, und die Frauen fraßen ihm aus der Hand.

»Den Brief«, sagte Emily, indem sie die Hand ausstreckte, und sah, wie sein Lächeln erstarb.

»Ich nehme an, du weißt, wo wir hinmüssen? Wenn wir in London sind, meine ich?«

Emily nickte und wartete, während er in seiner Tasche herumkramte, einen zerknitterten Umschlag hervorholte, der viel dicker und verheißungsvoller aussah als der, den ihr der fremde Mann gestern früh überbracht hatte.

»Hatchards«, sagte sie und verhaspelte sich ein wenig.

»Wo Ophelia den Atlas gefunden hat?«

»Ja.«

»Das war ja leicht. Ich habe mit so einem komplizierten Rätsel à la *Da Vinci Code* gerechnet und dass wir durch ganz London rennen müssen, um die Lösung zu finden.«

Sie starrte auf den Umschlag in Tylers Hand. Es war sicher noch genug Zeit, oder? Ihre Großmutter wäre doch nicht so grausam gewesen, sie vor eine unlösbare Aufgabe zu stellen, wenn so viel auf dem Spiel stand. Vielleicht war der Brief ja eine Entschuldigung, eine reuige Erklärung, dass alles ein riesiges Missverständnis sei, dass sie einfach aus dem Zug aussteigen könne, wieder nach Hause fahren und vergessen, dass es diesen Tag je gegeben hatte.

»Emily?«

Sie hatte die Hand gehoben, bereit, den Umschlag zu nehmen, doch jetzt zögerte sie, als wäre sie mitten in der Bewegung erstarrt. Denn was, wenn darin etwas stand, das sie gar nicht wissen wollte?

Emily schluckte ihre Angst runter, schaute aus dem Fenster auf die vorbeirauschende Welt. Eine grüne, träge Landschaft, verschwommen wie ein Traum, als wäre das alles hier nicht real.

»Soll ich ihn für dich öffnen?«

»Nein.«

»Na schön. Wie du willst«, sagte Tyler, ließ den Brief auf den Tisch fallen, lehnte sich zurück und setzte die Kopfhörer auf. Ihre Blicke begegneten sich ein letztes Mal, dann schloss er die Augen.

Emily legte eine Hand auf den Tisch neben den Umschlag, auf dem ihr Name stand. Nichts verriet, was darin war.

Sie sah zu Tyler, gestattete sich, genau zu betrachten, wie sein Körper sich sanft zu dem Song bewegte, den er hörte. Am liebsten hätte sie ihn gezeichnet, um das Unausweichliche hinauszuzögern. Während sie mit den Fingern über den Deckel ihres Skizzenbuchs strich, überlegte sie, den Mann mit den Spatzen zu zeichnen, die Vögel hin und her flatternd zwischen Schatten und Licht und dann hoch über den Zug und davon.

»Okay«, sagte Emily und setzte sich ein bisschen gerader hin, blähte die Backen und blies alle Zweifel fort. Sie drehte den Umschlag um und riss ihn auf.

Die Seiten, die sie herausholte, waren blassblau, nicht ganz so wie Seidenpapier, aber nicht dick genug, um das Licht davon abzuhalten, hindurchzuscheinen. Sie waren von beiden Seiten in einer geschwungenen Schrift beschrieben, die nicht annähernd so sauber war, wie Emily es von ihrer Großmutter gewohnt war. An einigen Stellen waren die Buchstaben verschmiert oder der Schweif eines »Y« verlängert, als wäre ihre Großmutter beim Schreiben gestört worden oder angestoßen.

Doch es war gar kein Brief. Es waren Seiten aus einem Tagebuch. Und dem Datum nach, das über dem Eintrag stand, war es lange vor Emilys Geburt geschrieben worden.

7. April 1965

»Wenn man sich etwas vorstellt, soll es sich wenigstens lohnen.«

Ich sitze im Zug, eine Taschenbuchausgabe mit Eselsohren von Anne auf Green Gables *in der Seitentasche meines Koffers, in der alle meine Lieblingsstellen unterstrichen sind. Denn ich konnte nicht ohne es fahren. Ohne das Buch, durch das ich mich ins Geschichtenerzählen verliebt habe, das mich dazu inspiriert hat, mehr zu wollen. Ohne das Zitat, das ziemlich genau ausdrückt, was ich gerade fühle.*

Es regnet. Was ein völlig überflüssiges Detail ist, aber ich habe das Gefühl, absolut alles aufschreiben zu müssen, was mir einfällt, um herauszufinden, was für eine Art Tagebuch dies werden soll. Denn ich bin hier oder dort oder nirgends, aber jedenfalls bin ich weg. Ich habe die kleine Hölle am Meer, die meine Eltern ihr Zuhause nennen, verlassen und bin auf dem Weg nach London.

Allerdings will ich da nicht bleiben, ich will dorthin, wo das Schicksal mich hinführt. Ich will alles sehen, und nicht nur, weil Dad dagegen ist (obwohl das, ehrlich gesagt, ein gutes Argument ist), sondern auch, weil ich es kann. Ich habe absolut keine Ahnung, was die Zukunft bringt, aber alles ist besser, als zu bleiben wie Violet und Bess (die beide finden, ich bin verrückt und sollte die Hochzeit durchziehen, aber bitte, ich meine, Henry ist lieb und nett und hat »eine große Zukunft vor sich«, aber in zehn Jahren würde ich knietief in der Kindererziehung stecken, er hätte eine Affäre, und ich wäre todunglücklich und wünschte, ich wäre gegangen, als ich die Gelegenheit hatte).

Sei's drum, ich schweife ab oder schwafle oder verwende tausend Worte, obwohl eins reicht, wofür Miss Hamilton mich im Englischunterricht immer getadelt hat. Aber das ist es ja – ich will schreiben, ich will ausloten, ich will mehr. Denn alle großen Schriftstellerinnen erleben Abenteuer. Sie tanzen durch den Regen, küssen schöne Männer auf Bahnsteigen – das habe ich nicht getan, aber wäre das nicht herrlich gewesen? Wenn ich einfach jemand geküsst hätte, ohne seinen Namen zu kennen, und dann davongelaufen wäre, ins Morgen? Und er hätte sich sein ganzes Leben gefragt, wer ich war.

Natürlich besteht immer das Risiko, dass es schiefgeht und ich zu Hause zu Kreuze kriechen muss. Aber das ist es wert. Bereue die Dinge, die du getan hast, nicht die, die du nicht getan hast. Das soll mein Motto sein, meine Richtlinie, mein Leben von jetzt an.

Tatsächlich glaube ich, dass ich von genau dieser Sekunde an dieser Mensch sein werde. Ich werde Risiken eingehen. Ich werde alles annehmen, was das Universum für mich bereithält. Ich kann sein, wer ich sein will, weil ich für die Welt nur eine Fremde im Zug bin, und niemand weiß, wohin ich fahre und warum.

So wie der Mann da, der den obersten Knopf aufgemacht hat und ein wenig fahrig wirkt, während er Ulysses *liest, ohne dass ihn jemand anstarrt und für geschmacklos hält – ich frage mich, ob er schon bei der Stelle im Bordell ist? Ich stelle mir vor, dass zu Hause seine Frau mit einem Glas Sherry und Hausschuhen auf ihn wartet, die sie am Kamin vorgewärmt hat. Oder vielleicht lebt er allein, mit einem Hund, mit dem er an den Wochenenden im Wald spazieren geht. Und er schreibt Gedichte, die er den Frauen vorträgt, bevor er mit ihnen unter dem Sternenhimmel schläft.*

Dann ist da die adrette Frau in Tweedrock und Seidenbluse. Das Haar zu einem strengen Knoten hochgesteckt und eine Perlenkette um den schlanken Hals. Sicher irgendjemandes Sekretärin. Vielleicht von einem Regierungsminister oder einem Firmenchef. Das hat sich Mum für mich immer erträumt. Dass ich irgendwo in einem stickigen, seelenlosen Büro hocke, Diktate aufnehme und ohne Ende Tee koche. Sie hielt es für ein Sprungbrett, weil ich so einen einflussreichen Mann kennenlernen und eines Tages vielleicht sogar heiraten würde.

Hat diese Frau ohne auch nur einen Schmutzfleck auf den Schuhen oder eine lose Haarsträhne einen Schatz, einen Mann (oder eine Frau?), an den sie all ihre Hoffnungen knüpft? Weil sie glaubt, dass es nichts Hoffnungsloseres auf der Welt gibt, als niemanden zu finden, den man liebt? Oder träumt sie heimlich davon, eine Revuetänzerin zu sein wie die im Moulin Rouge in Paris? Singt sie in der Badewanne und stellt sich dabei vor, im Meer zu schwimmen und das Wasser wäre so klar, dass es so aussieht, als könnte man einfach hineingreifen und eine Handvoll Sand nach oben holen?

Mum hat mit mal erzählt, dass ihr im Krieg ein Job angeboten wurde, doch ihre Mutter habe ihr verboten, ihn anzunehmen. Weil sie zu Hause mehr gebraucht wurde als in Whitehall. Als sie mir davon erzählte, stand sie an der Hintertür, eine Teetasse in der Hand und schaute in die Ferne. Vielleicht dachte sie darüber nach, wie ihr Leben verlaufen wäre, wenn sie gewagt hätte, ja zu sagen.

Alle haben ihre Geheimnisse, ihre persönlichen Geschichten, die sie nicht zu erzählen wagen. Aber ich will sie alle erzählen. Ich will Welten um Welten erschaf-

fen. Dass die Leute über meine Bücher reden, sie auseinandernehmen, versuchen, die Motivation dahinter zu verstehen. Sie lieben, sie hassen, aber dass ich für etwas, irgendetwas in Erinnerung bleibe. Ich sehne mich nicht im Geringsten nach einem normalen Leben.

Irgendwo in diesem Wagen weint ein Baby. Ich kann seine kleinen Schluchzer hören, die beruhigenden Geräusche seiner Mutter. Ich habe sie gesehen, als ich eingestiegen bin, das Baby milchig frisch mit blondem Haarschopf und geröteten Wagen, eine Hand in den Mund gestopft, die andere in die Locken seiner Mutter gekrallt. Sie sah erschöpft aus. Als wäre sie eines Tages plötzlich im falschen Leben aufgewacht.

Ich glaube, das ist mit Mum passiert. Ich hatte nie Gelegenheit, sie zu fragen, wovon sie geträumt hat, als sie jung war. Bevor sie geheiratet hat. Bevor ich geboren wurde. Ich will nicht wie sie enden. Aus dem Fenster starren, die Hände vom Schaum in der Spüle bedeckt und mir immer wieder wünschen, ich hätte ein anderes Leben gelebt.

Hat sie den Brief gefunden, den ich hinterlassen habe? An die Teekanne auf dem Küchentisch gelehnt, wo sie ihn sehen müsste, sobald sie in die Küche kommt, um Dad Frühstück zu machen. Sie wusste Bescheid, oder wenigstens nehme ich an, dass sie es geahnt hat, als sie meinen gelben Koffer unter meinem Bett entdeckt hat. Oder als ich mich geweigert habe, mit Henry, seiner Mutter oder sonst jemandem über die Hochzeitspläne zu reden. Als ich mich mit Dad darüber gestritten habe, dass ich mehr sein will als nur jemandes Ehefrau, jemandes Mutter. Dass ich lieber arm und glücklich wäre als reich und allein, gefangen im Jammertal der Langeweile.

Ich möchte ein anderes Leben führen, eine andere Geschichte schreiben. Ich bin noch jung, ich kann etwas anderes sein als das, was meine Eltern von mir erwarten. Es ist noch Zeit, meine Welt, meine Zukunft zu ändern. Ich brauche nicht mehr als meinen Pass, dieses Tagebuch und eine Handvoll Hoffnung. Ich werde nicht aufgeben, bis ich genug Erinnerungen gesammelt habe, um mich bei der Stange zu halten, wenn ich alt und grau bin.

Die Sonne ist endlich über dem Horizont aufgetaucht, bleicht den Himmel und weckt die Welt. Ich fühle mich so wach und bereit. Ich habe ein bisschen Angst, aber noch mehr bin ich gespannt, was als Nächstes passiert. Um es mit den Worten des Barden selbst auszudrücken: »Komme, was kommen mag; Die Stund und Zeit durchläuft den rauhesten Tag.« *Ich werde mich also in die Hände des Schicksals begeben und jede einzelne Sekunde dieses sogenannten Lebens genießen. Ich bin Catriona Mairi Robinson, achtzehn Jahre, und von nun an zählt jeder Tag …*

CMR

7

Taube

Columbidae

Menschen. Überall, wo Emily hinsah, waren Menschen. Wuselten durcheinander und umeinander herum. Wie Ameisen, wichtig, wichtig, alle hatten es eilig, irgendwohin zu kommen. Der Klang so vieler Schritte, Stimmen an Handys, die näher kamen und sich entfernten, wieder und wieder. Bahnhofsdurchsagen über Gleisänderungen, Zugabfahrten und Sicherheitsmaßnahmen. Musik aus Dutzenden hell erleuchteter Läden, die Dinge verkauften, die niemand wirklich brauchte.

Sie blieb stehen, stellte den Koffer ab und sah nach oben, schaute in die von Himmelsstückchen durchsetzte Stahlkonstruktion über sich. Tauben spazierten auf den langen schwarzen Linien entlang, und Emily lauschte konzentriert und bildete sich ein, ihr Gurren zu hören.

Vögel sind unerschütterlich, dachte sie bei sich. *Tauben werden noch hier sein, lange nachdem die Menschheit sich selbst zerstört hat.* Es war beruhigend, sich mit etwas Vertrautem zu beschäftigen, bewahrte Herz und Gedanken davor, durchzudrehen.

Die Tauben kamen herabgeflogen, eine nach der anderen, um sich auf das Dach des Zuges zu setzen. Eine sah Emily mit schiefem Kopf an, als würde sie in ihr eine alte Freundin erkennen, dann kam sie angeflogen und landete zu ihren Füßen, lief einmal im Kreis ganz um sie herum, pickte ihren Schuh einmal, zweimal, mehr.

»Hallo.« Sie hockte sich hin, streckte die Hand aus und wartete, bis der Vogel näher kam, dann fuhr sie mit dem Finger über seinen Kopf, bevor er leise gurrte und davonflatterte.

Einer der Dörfler, ein Spitfire-Pilot namens Fred, saß in der Kirche immer neben Emily in der letzten Reihe und erzählte ihr Geschichten von Brieftauben, die in den Weltkriegen eingesetzt worden waren und Leben gerettet hatten, indem sie Botschaften hinter die feindlichen Linien brachten.

Emily stellte sich gern vor, dass die Tauben winzig kleine Helme trugen und bewaffnet waren oder Bomben auf die Feinde warfen, wenn sie über den Kanal zurück nach Hause flogen. Jetzt dachte sie an zu Hause, an Milton, und ob er vor der Hintertür saß und wartete, dass sie aufging. Dass sie ihr Stück Kuchen mit ihm teilte oder Käse, und sie fragte sich, ob die Vögel sie wohl gernhatten.

»Emily?« Tyler kam zu ihr zurück. Er nahm ihren Koffer und bedachte sie mit nicht mehr als einem flüchtigen Blick, bevor er sich umdrehte und auf eine Rolltreppe zuging, während er die ganze Zeit auf sein Handy schaute.

»Warte«, rief Emily ihm nach, doch er war verschwunden. Verschluckt vom unendlichen Menschenstrom, der von allen Seiten auf den Bahnsteig drängte. Sie konnte sich umdrehen, wieder in den Zug steigen und zurück aufs Land fahren. Zurück nach Norfolk, in ihr Dorf, ihr Zuhause. Der Pfarrer würde sie bei sich aufnehmen, sich um sie kümmern, ihr Unterschlupf gewähren, bis sie sich sortiert hatte.

Sie schwelgte in diesem Tagtraum. Ein kurzes »Was, wenn?«. Doch Emily wusste, es hatte keinen Zweck, denn es gab nichts, was sie tun konnte. Nicht ohne das Geld ihrer Großmutter, an das sie erst herankam, wenn sie diese alberne Aufgabe gelöst hatte.

Dann war da noch der Brief beziehungsweise der Tagebucheintrag, den sie bekommen hatte, aus einer Zeit, als ihre Großmutter selbst fast noch ein Kind gewesen war. Als sie ihr junges Leben hinter sich gelassen hatte, um einem Traum zu folgen, einem Wunsch, einer Narretei. Das war ein Teil ihrer Vergangenheit, über den sie nie gesprochen hatte, und Emily hatte nie gefragt, warum.

Mit diesem Stück ihrer Geschichte hatte Catriona eine Sehnsucht, eine Neugier in ihr freigesetzt, die sie nicht loslassen würde.

Emily sah zu, wie ein Fremder nach dem anderen an ihr vorbeirauschte. Kein Einziger blieb stehen, um sich zu erkundigen, ob es ihr gut gehe, zu fragen, warum sie mutterseelenallein mitten in einem belebten Bahnhof stand. Niemand starrte sie an oder wunderte sich über ihre Narbe, denn hier war sie nur irgendjemand, genau wie sie alle. Ein Fremder mehr in einem Meer aus Millionen, alle zu beschäftigt, um die feinen Einzelheiten des Alltags wahrzunehmen.

Ein Hinweis noch, sagte Emily sich. Nur noch ein Hinweis, dann konnte sie entscheiden, ob ihr das alles zu viel war.

Am Ende der Rolltreppe sah sie, wie Tyler sich einmal um sich selbst drehte, dabei jemanden mit seiner Gitarre anrempelte und entschuldigend die Hand hob. Eine Sorgenfalte zwischen den Augen, während er sie suchte, dann Erleichterung, dann Ungeduld, als er ihr bedeutete, ihm zu folgen.

Ein Schritt auf die Metallrillen, eine Hand auf einem ausgeblichenen schwarzen Plastikhandlauf, und Emily spürte ein leichtes Schlingern im Magen, als sie wie einer ihrer Spielzeugpinguine emporstieg. Pinguine, die eine Leiter hochkletterten, nur um dann einmal im Kreis und wieder runter zu fahren. Immer wieder, ohne Ziel.

»Geht's dir gut?« Tyler war da, direkt vor ihr, und zog sie von der Rolltreppe weg nach draußen in die schmutzige Londoner Luft.

Geht's mit gut?, wiederholte Emily die Frage, während sie hinterhertrottete, dann ein paar Stufen hinunter, wo sie neben einem Stapel Zeitungen warteten. *Wo ist der Kassierer?*, dachte sie, als sie jemanden eine Zeitung nehmen sah, ohne zu bezahlen.

Draußen waren der Lärm, das Licht noch intensiver. Knallrote Doppeldeckerbusse, schwarze Taxis, Baulärm und Autos und Menschen, überall waren Menschen. Der Boden glänzte vom Regen, der Himmel darüber wolkenschwer.

Rechts von ihr erhob sich ein zylindrischer brauner Turm mit Glasschlitzen, aus dessen Flügeltüren noch mehr Menschen quollen und in alle Richtungen strömten, ohne je anzuhalten, ohne je von ihrem Weg abzuweichen. Dahinter lag ein Gebäude, dass an eine New Yorker Lagerhalle erinnerte und überhaupt nicht zu den blassen grauen Regency-Häusern passte, die die Straßen säumten. Der Horizont vor ihr war übersät mit Kränen wie Metallgiraffen, die ihre Hälse in den Himmel reckten, nur dass es keine Bäume gab, von denen sie fressen konnten.

Es war so lange her, seit sie zuletzt hier gewesen war, dass alles wie ein Schatten dessen wirkte, was es einmal war. London kam ihr vor wie das vergessene, achtlos weggeworfene Bild eines alten Meisters, und im Kopf versuchte sie, ihre Erinnerungen mit der Realität zusammenzubringen, mit der sie sich jetzt konfrontiert sah. Nichts sah so aus wie vorher oder wie sie es in Erinnerung hatte, abgesehen von dem efeubewachsenen Gebäude an der gegenüberliegenden Ecke mit dem ewigen Union Jack über dem Eingang und Gaslampen zu beiden Seiten.

»Emily, wo willst du hin?«, hörte sie Tyler rufen, als sie die Straße überquerte.

Als sie vor der Railway Tavern stand, sah sie zu dem Metallschild mit der alten Dampflok hoch, das ein bisschen schwankte, als hätte es die Nacht durchgesoffen. Der

Geruch nach schalem Bier drang durch ein offenes Fenster und weckte Erinnerungen an ihren Vater.

»Gute Idee«, sagte Tyler, während er die Tür aufhielt und wartete, dass Emily eintrat. »Ich glaube, wir könnten beide einen Drink vertragen.«

Es war ein Pub wie jeder andere in London. Nackter Holzfußboden, große quadratische Fenster zur Straße, bunt zusammengewürfelte Tische und Stühle und eine lange Bar mit Messingstange um den Rand.

Nur war dies der Pub, in den ihr Vater immer gegangen war. Jeden Freitag nach der Arbeit auf ein schnelles Bier und eine Zigarette, bevor er sich auf den Heimweg machte. Sein Büro war im Gebäude gegenüber gewesen, und einmal, nur ein einziges Mal, hatten sie und ihre Mutter ihn hier getroffen, bevor sie den Autoreisezug nach Schottland nahmen, um alte Freunde zu besuchen.

»Was kann ich Ihnen bringen?« Ein ziemlich fülliger Mann stand hinter dem Tresen. Ein Hemdsknopf spannte über seinem Bauch, und Emily konnte einen Haarkringel sehen, der hervorschaute. Er kaute etwas, das nach Lakritze roch, musterte Emily und ihre Narbe und schaute dann zu Tyler.

»Ein Guinness und …?« Tyler wartete, dass Emily antwortete.

»Weißweinschorle vielleicht?« Der Barkeeper zwinkerte ihr gönnerhaft zu, dann griff er nach einem Glas.

»Whisky«, sagte Emily und deutete auf die Flaschen im Regal. »Dalwhinnie.« Der Name kam ganz falsch heraus, und sie sah, wie der Blick des Barkeepers wieder zu ihrer Narbe huschte.

»Einfach oder doppelt?«

»Dopplt.« Ihre Zunge blieb zwischen p und l stecken, sodass sich ihr Kiefer vor Frust verkrampfte und sie sich an einen Ecktisch zurückzog.

Emily sah Tyler mit dem Barmann scherzen, neidisch

auf die Leichtigkeit, mit der sie Worte wechselten. Wäre sie Ausländerin, würde niemand sich an ihrer Aussprache stören, sondern es sogar charmant finden oder zumindest einfach hinnehmen. Doch es war ein motorisches Problem, und jedes Mal stutzten die Leute und fragten sich, was der Frau wohl zugestoßen sein mochte, die abgesehen von der Narbe ganz normal aussah.

Tyler setzte sich ihr gegenüber, trank einen großen Schluck von seinem Bier, dann leckte er sich den Schaum von der Oberlippe.

»Hätte dich nicht für eine Whiskytrinkerin gehalten.«

Emily schwenkte die Flüssigkeit und sah zu, wie sie an den Rändern des Glases haftete.

»Allerdings«, sagte er lachend, »hat Tante Cat immer Tequila aus der Flasche getrunken. Ich weiß noch, wie sie Weihnachten eine dabeihatte, die sie den ganzen Weg aus Mexiko mitgeschleppt hatte und dann den Wurm in der Mitte durchbiss, nur um meinen Vater zu ärgern.«

Emily hatte die Szene noch genau vor Augen. Den Ausdruck auf Mr Montgomerys Gesicht, als ihre Großmutter den Wurm aus ihrem Glas fischte, den Kopf betont elegant zurückneigte, die Kreatur dann fein säuberlich auf ihre Zunge legte, bevor sie ihn zerbiss. Sie und Tyler hatten vor Entzücken gekreischt, als sie von ihren Müttern nach oben gebracht und sofort ins Bett geschickt wurden, weil sonst der Weihnachtsmann keine Geschenke bringen würde.

Sie verbrachten jedes Weihnachten in der herrschaftlichen Villa der Montgomerys mit Blick auf den Park. Die Zimmer dufteten nach Orangenschalen, Muskat und Braten. Jazzklänge mischten sich mit dem Ploppen der Champagnerkorken und dem Knistern des Feuers, während sie und Tyler in Schlafanzügen auf der Party herumwuselten und darum bettelten, noch ein paar Minuten länger aufbleiben zu dürfen.

Am Weihnachtsmorgen polterten sie die Treppe runter

und tranken mit der Haushälterin heiße Schokolade, während sie ungeduldig darauf warteten, dass ihre Eltern endlich ihren Rausch ausgeschlafen hatten und herunterkamen. Später gab es Gans, Maronen und Nachtisch, der mit Whisky angezündet wurde, sodass die blauen Flammen tanzten, wenn er mit großer Geste serviert wurde.

Jedes Jahr verbrachten sie gemeinsam. Die beiden Familien waren unzertrennlich. Bis ein Sommertag alles zerstörte.

»Soweit ich mich erinnere, hat sie dasselbe bei deiner Taufe gemacht.« Eine sehr vertraute Stimme unterbrach Emilys Gedanken. Als sie aufblickte, sah sie eine Frau mittleren Alters auf sich zukommen. Sie trug eine taubengraue Lederhose, schwarze Stöckelschuhe und eine cremefarbene Satinbluse mit Schleife um den Hals.

Tylers Mutter. Sie beugte sich vor, um Tyler auf beide Wangen zu küssen, dann umarmte sie Emily.

»Emily, mein Schatz, du siehst so blass aus. Ich hoffe doch, mein Sohn hat sich gut um dich gekümmert?«

Vier Wochen waren vergangen, seit Emily ihre Patentante Adrianna Montgomery zuletzt gesehen hatte. Vier Wochen, in denen Adrianna offenbar vom Plan ihrer Großmutter gewusst, aber nichts gesagt hatte, sondern Emily damit allein gelassen hatte, die Tage zu überstehen und Catrionas Leben in Kartons zu packen, die jetzt auf dem Dachboden standen.

»Ich sehe, du bist böse auf mich«, sagte sie und stellte ihre Handtasche neben sich. »Aber ich habe es versprochen, weißt du, und du und ich, wir wissen beide, wie überzeugend, wie stur Catriona sein kann.«

»Konnte.« Emily ließ das Wort aus ihrem Mund purzeln und nahm noch einen Schluck von ihrem Drink. Spürte das Brennen in der Kehle und wie es ihren Frust überdeckte, dem sie nicht Luft zu machen wagte. Es war zum Aus-der-Haut-Fahren, dass sie hier saß und so tat, als hätte es die letzten fünfzehn Jahre nicht gegeben. Dass sie annahm, Emily würde ihrer Patentante einfach so vergeben, dass sie sie die ganze Zeit ignoriert hatte.

»Konnte.« Adrianna lächelte schmal. »Natürlich. Sie war wirklich eine bemerkenswerte Frau. Sie hat mir geholfen, mein erstes gebrochenes Herz zu flicken. Meinte, kein Mann habe meine Tränen verdient, schon gar nicht der, der mich mit einer sogenannten Freundin betrogen hat.« Sie lachte leise, strich sich gedankenverloren durchs Haar. »Hat deiner Mutter und mir billigen Wein aus der Toskana eingeflößt, bis wir sturzbetrunken waren. Meinte, der hätte sie mehr als einmal gerettet.«

Wann war ihr das Herz gebrochen worden?, fragte sich Emily. Die Vorstellung, dass Catriona Robinson verletzlich sein sollte, war seltsam. Noch seltsamer das Bild der drei Frauen, die sich betrunken gegen Männer solidarisieren. Es weckte in Emily den Wunsch, in der Zeit zurückzureisen und sie zu kennen, als sie jung waren.

»Wie das eine Mal, als du eingeschlafen bist und vergessen hast, mich vom Schwimmunterricht abzuholen?« In Tylers Stimme lag Bitterkeit, die zu verbergen er sich keine Mühe gab.

»Meiner Erinnerung nach war es Emily, die dir das Schwimmen beigebracht hat«, erwiderte Adrianna und fixierte ihren Sohn mit ihrem Blick.

»Wohl kaum.« Tyler trank einen großen Schluck, schaute abwesend aus dem Fenster.

»Hätte sie dich nicht angestachelt reinzuspringen, hättest du dich wohl nie getraut.«

»Sagt die, die sich weigert, baden zu gehen, weil sie Angst hat, ihr Make-up zu ruinieren.«

Es war wie ein Pingpongspiel, den beiden dabei zuzuschauen, wie sie versuchten, sich gegenseitig Punkte abzuluchsen. Was war zwischen ihnen passiert, oder hatte sie vergessen, dass es schon immer so gewesen war?

»Wie Margot und ich bei eurem Anblick gelacht haben, eure Pos in der Luft wie kleine Enten.« Eine einzelne Träne trat aus ihrem Augenwinkel, und sie tupfte sie behutsam ab. Fast als wäre sie dankbar dafür. Fast als wollte sie, dass Emily sah, dass sie immer noch trauerte.

Emily ließ ihre Gedanken zurückschweifen zu ihrer eigenen Erinnerung an jenen Tag. Die Sonne hoch am wolkenlosen Himmel und das Wasser gerade so kalt, dass man nach Luft schnappte, wenn es die Haut berührte. Tyler hatte am Ufer gestanden, sie mit einer Mischung aus Hass und Bewunderung beobachtet und schließlich ihren »Angsthase«-Rufen und dem Versprechen seiner Mutter nachgegeben, dass es Eis gab, wenn er sich traute zu springen.

Es war derselbe Tag, an den sie erst gestern Morgen gedacht hatte. War das wirklich erst gestern gewesen? Es fühlte sich wie eine Ewigkeit an, seit Tyler aufgetaucht war. Eher wie Jahre als wie Stunden, seit sie die Haustür abgeschlossen hatte und zum Bahnhof gegangen war. Wenn sie noch zu Hause wäre, würde sie jetzt die Wäsche abnehmen, die noch draußen auf der Leine tanzte. Oder im Gewächshaus Tomaten fürs Mittagessen pflücken. Oder sie würde es sich mit einer Tasse Tee und einem Stück Battenbergkuchen auf dem Sofa gemütlich machen und ihre Zeichnungen durchsehen oder *Die Morde von Pye Hall* zu Ende lesen, das ihr die Verlegerin ihrer Großmutter geschickt hatte.

Stattdessen saß sie in einem Pub gegenüber vom ehemaligen Büro ihres Vaters mit zwei Menschen, die in ihrer Kindheit eine so große Rolle gespielt hatten und daraus verschwunden waren, sobald sich die Tragödie ereignet hatte. Nur gelegentlich ein Alibibrief oder ein Päckchen. Als wäre Emily nur als Anhang ihrer Mutter von Bedeutung gewesen.

»Ich nehme an, du hast den ersten Hinweis gelöst?«

Adrianna lächelte Emily an, nur erreichte das Lächeln nicht ihre Augen.

»Hatchards.« Emily nickte, während sie an ihrem Drink nippte und mit den Fingern im Rhythmus ihres Herzschlags gegen die Unterseite des Tisches trommelte.

»Hab ich mir gedacht. Margot hat immer gesagt, du hast dort mehr Zeit verbracht als zu Hause, weshalb der Laden vermutlich auch im allerersten Buch auftaucht.« Sie legte eine Hand auf Emilys Knie und tat, als würde sie nicht bemerken, dass Emily zurückwich. »Ist es wahr, dass sie an einem anderen gearbeitet hat, bevor … Du weißt schon?«

»Bevor sie *starb*, Mum.« Tyler kippte sein Bier runter, knallte das leere Glas auf den Tisch. »Sie wird nicht zusammenbrechen, nur weil du es aussprichst.«

Adrianna sah ihren Sohn mit zusammengekniffenen Augen an, dann wandte sie ihre Aufmerksamkeit wieder Emily zu.

»Ziemlich spannend, diese Schatzsuche, dieses Puzzle, das du lösen sollst. Jeder fragt mich nach dem Buch. Es war überall in der Presse, wie du sicher weißt.«

Emily fuhr mit der Fingerkuppe über den Rand ihres Glases und wartete, bis die Vibrationen sich fanden und zu einem einzigen, reinen Ton verschmolzen, der in der Luft widerhallte.

»Zweifellos hat bei dir ununterbrochen das Telefon geklingelt mit Anfragen von der Presse. Aber vergiss nicht, wir sind für dich da, wenn du irgendwas brauchst. Was auch immer.«

»Danke.« Was sollte sie sonst sagen, wenn was auch nur annähernd auszudrücken würde, wie aufgebracht sie in Wahrheit war.

Emily zog weiter Kreise auf dem Glas, starrte es an und nahm über sein Klingen die Geräuschkulisse im Raum kaum noch wahr. Wenn sie einfach alle Leute ausblenden könnte mit ihren subtilen Andeutungen des *normalen*

Lebens, konnte sie vielleicht vergessen, dass sie selbst einmal eines gehabt hatte.

Adrianna legte ihre Hand auf Emilys und hielt sie fest, sodass der Ton verstummte. »Ich soll dich von Charles grüßen«, sagte sie. »Es tut ihm sehr leid, dass er es heute nicht schafft.«

»Seit wann entschuldigt Dad sich für irgendwas?« Tyler schob seinen Stuhl zurück, Zigarette zwischen den Lippen, Handy am Ohr, als er die Tür weit aufriss und nach draußen auf die Straße trat.

Adrianna sah ihm nach. Sog ihre Unterlippe ein, dann sammelte sie einen imaginären Fussel von ihrer Hose. »Er ist nicht mehr derselbe, seit, na ja … Ich bin nicht sicher, ob du überhaupt weißt, was mit seinem Job passiert ist?«

Emily hatte festgestellt, dass die Leute auf ihr Schweigen immer auf zweierlei Art reagierten: mit Gleichgültigkeit, was bedeutete, dass sie kaum mehr als ein paar Worte sagten, bevor sie sich ab- und jemand Interessanterem zuwandten, oder sie versuchten, so wie ihre reizende Patentante, die Stille mit Worten zu füllen. Oft enthüllten sie dabei unfreiwillig Dinge über sich, die sie sonst für sich behalten hätten, als wäre Emily eine Art Beichtvater.

»Charles hat Tylers kleines Malheur nicht annähernd so gut verkraftet, wie ich gehofft hatte.« Sie drehte unaufhörlich den dicken Diamantring an ihrem Finger. »Es stand sogar zur Debatte, ihn zu enterben, aber ich konnte Charles überreden, ihm eine zweite Chance zu geben.«

Emily spitzte die Lippen, um bei dem Gedanken nicht zu lächeln, dass Tyler nicht so ein Märchenprinz war, wie er ihr weismachen wollte. Durchs Fenster sah sie ihn mit jemandem reden und wild mit der Zigarette gestikulieren.

»Ich dachte, diese Reise könnte euch einander wieder näherbringen. Und du hättest jemanden, der dir bei der Lösung von Catrionas Rätsel hilft.«

Emily spürte, wie sich ihre Finger um das Glas krampften, sah, wie die Knöchel weiß wurden. Sie wollte auf das Offensichtliche hinweisen: Catriona war tot. Ihre Eltern waren tot. Jeder stirbt, wozu also die Vergangenheit wieder hervorkramen, wenn Tyler das Ganze nur tat, um sich bei seinem herzallerliebsten Daddy zu rehabilitieren?

»Du siehst wirklich genau so aus wie sie.« Adrianna streckte die Hand aus, um Emilys Kinn zu streicheln, doch die drehte den Kopf zur Seite. »Tut mir leid, hab ich vergessen. Es ist nur … Ich meine. Ich weiß wirklich nicht, was ich sagen soll.«

Emily wünschte, sie hätte gewusst, was sie darauf antworten sollte, dass sie irgendetwas hätte sagen können, um es ihrer Patentante begreiflich zu machen.

Ich bin es gewohnt, allein zu sein, dachte sie, als sie aufstand, ihren Koffer nahm und den Pub verließ.

Tyler lehnte an der Mauer und kratzte sich am Kopf, die Zigarette immer noch an, die Glut zu nah an seinem Haaransatz. Er starrte auf sein Handy, als Emily mit großen Schritten vorbeiging, deshalb dauerte es einen Moment, bis er merkte, dass sie es war. Einen weiteren Moment, bis er in den Pub zurücklief, um seine Tasche und seine Gitarre zu holen, ihr nachzujagen und hinten auf den 11er Bus zu springen.

Er lachte, als er sich umdrehte und sah, wie seine Mutter ihnen hinterherstarrte. »Du hättest sie nicht einfach so auf der Straße stehen lassen sollen.«

Emily warf einen Blick auf ihre Armbanduhr. Fast zwei Uhr. Wo war die Zeit geblieben?

»Hast du eine Ahnung, was der nächste Hinweis sein könnte?« Tyler spähte aus dem Fenster, und Emily folgte seinem Blick, sah, wie die Sehenswürdigkeiten Londons vorbeihuschten.

»Nein.«

8

Kanarienvogel

Serinus canaria domestica

Pfefferminzgrün mit einem Hauch Entenei-Blau und Blattgold um die Fenster, durch die eine kunstvolle Inszenierung der Teeparty des Verrückten Hutmachers zu sehen war. Mit vergoldeten Tellern, Zuckerschnecken und Feen, die sich hinter Baumsilhouetten versteckten. Emily erinnerte sich, wie sie als Kind das Gesicht gegen das Glas gedrückt und sich gewünscht hatte, in die Phantasiewelten hineinzuschlüpfen, die dort für jedermann sichtbar erschaffen worden waren.

Das hatte ihre Großmutter praktisch mit ihrem allerersten Buch getan, in dem die kleine Ophelia an ihrem zehnten Geburtstag bei *Fortnum & Mason* ein Stück Red Velvet Cake probiert. Die gleiche Torte, die im echten Leben Jahr für Jahr nach Norfolk geliefert worden war und die sie bei einer Tasse Tee oder, als Emily älter wurde, bei einem Glas Sekt geteilt hatten.

»Willst du nicht reingehen?«, fragte Tyler, während Emily sich von Fenster zu Fenster bewegte und den Kopf schief legte, um eine verschlafene Haselmaus besser zu erkennen, die unter einer rubinroten Teekanne hervorkroch.

»Nein«, erwiderte Emily und ging weiter. Denn es war nicht dort, wo der Atlas entdeckt wurde. Es war nicht zwischen den Regalen mit Butterkeksen, feinen Porzellantassen und Touristenhorden, wo die Geschichte wirklich begann. Nein, das war nebenan, bei *Hatchards*, Englands ältestem Buchladen.

Kaum hatte sie den Laden betreten, fühlte sie sich in die Vergangenheit zurückversetzt. All die Morgen, die sie die Geschichten von Roald Dahl, Enid Blyton und anderen verschlungen hatte. All die Tage, die sie erwartungsvoll die gewundene Holztreppe ins Obergeschoss hochgelaufen war, sich etwas Neues zu lesen ausgesucht und es sich auf dem grünen Ledersofa gemütlich gemacht hatte, bis es Zeit war, nach Hause zu gehen.

»Ist das nicht Tante Cat?« Tyler zeigte auf eine Fotogalerie, unter anderem mit Fotos von Bette Davis, Anthony Hopkins und, tatsächlich, Catriona Robinson. Fotos, auf denen sie ihre Bücher signieren, den Moment für alle Zeit eingefangen.

Emily nickte knapp, dann ging sie weiter, ohne das Foto eines Blickes zu würdigen. Es war aufgenommen worden, als sie das letzte Mal hier gewesen war. Da war Emily gerade sechzehn, mit allen Unsicherheiten der Jugend geschlagen. Sie hasste es, wie die aufgeregten Leser ihre Großmutter bedrängten. Hasste noch mehr, wie sie ihre Narbe anstarrten.

Erst vor zehn Minuten war sie am Trafalgar Square aus dem Bus gestiegen und hatte darüber gestaunt, wie anders alles aussah und dennoch genau gleich. Sie waren an St. Paul's vorbeigeeilt, Old Bailey und Covent Garden, wo Emily jedes Jahr zu Weihnachten den *Nussknacker* sah, bevor sie am Somerset House Schlittschuh laufen ging.

Ihre Großmutter musste gewusst haben, wo der Zug endete, welchen Bus Emily nehmen musste, um vom Bahnhof zum nächsten Hinweis zu gelangen.

Hieß das, sie wollte, dass Emily sich erinnerte, dass sie die Erinnerungen nicht hasste, sondern sie zuließ, weil sie einmal glücklich gewesen war? Doch alles Gute war mit dem Schlechten verknüpft, und es war extrem schwierig, beides voneinander zu trennen.

Sie spürte, dass Tyler sie beobachtete, als sie ins Obergeschoss stieg. So viele ihrer Erinnerungen waren mit ihm verbunden, und sie fragte sich, ob er hier war. Um sie zu zwingen zurückzublicken.

»Meine Güte«, sagte Tyler, als sie vor einer Wand stehen blieben, die ganz den *Erzählungen von Ophelia und Terence* gewidmet war. »Das ist ja wie eine Art Märchenschrein.«

Reihenweise Bücher, zu beiden Seiten flankiert von riesigen Pappaufstellern von einem Mädchen und einer Ente. Von der Decke hingen Wimpel mit Figuren aus den Büchern. Im Fenster war eine Waldszene dekoriert mit einem Silberbaum, um dessen Stamm sich ein chinesischer Drache gerollt hatte, und eine Meerjungfrau saß auf einer Schaukel aus Algen, die von einem Ast hing. In der Mitte lag ein Atlas, dessen Seiten einen Goldrand hatten. Zu beiden Seiten waren die Regale mit Brettspielen und Stiften, Notizbüchern und Bechern gefüllt. Alle möglichen Dinge, auf denen die Bilder prangten, die Emily erschaffen hatte.

Es fühlte sich an wie eine Invasion – eine Explosion aller Bilder, die sie je in ihrem Haus am Meer gemalt hatte. Die Figuren, die sie mit ein paar Pinselstrichen zum Leben erweckt hatte, verewigt auf der Seite eines Bechers oder als Kuscheltier.

»Ich …«, setzte Emily an, dann schaute sie hinter den Ladentisch, vorbei an den beschrifteten braunen Päckchen, die mit gestreiftem Band verschnürt waren, zu dem Vogelkäfig, in dem noch immer drei gelbe Kanarienvögel saßen. Ohne nachzudenken ging sie um den Ladentisch herum, öffnete die Käfigtür und streichelte einem der Vögel die Brust.

Vor langer Zeit, als Emily mit ihrer Großmutter hier war, hatte sie gefragt, ob die Kanarienvögel echt seien und warum man sie in einen Käfig sperrte. Ihre Großmutter hatte ihr erzählt, dass Kanarienvögel in den Minen als Warnsignal bei giftigen Gaslecks dienten. Dass die Minenarbeiter wussten, wenn sie aufhörten zu singen, versuchte der Tod, sich an sie heranzuschleichen. Emily hatte sich an jenem Abend in den Schlaf geweint, weil sie an die Vögel dachte und sich wünschte, sie hätte alle irgendwie retten können.

»Kann ich Ihnen helfen?«

Als Emily sich umdrehte, sah sie einen jungen Mann in dem Durchgang, der die Kinderabteilung mit dem Lagerraum dahinter verband. Er trug ein schwarzes Hemd mit Namensschildchen, auf dem Chris stand und dass er gern helfe. Außerdem trug er einen Stapel Bücher, während er sie mit einer Mischung aus Verdruss und Faszination musterte.

»Sie dürfen da nicht hinter«, sagte er und wartete, dass Emily ihre Hand aus dem Käfig nahm und beiseitetrat. Er stellte die Bücher auf den Tresen und prüfte demonstrativ die Kasse.

»Wir möchten etwas abholen«, sagte Tyler und trat lächelnd vor.

»Erdgeschoss.« Der Verkäufer begann, die Bücher zu kleineren Stapeln zu sortieren.

»Es ist für sie«, Tyler deutete mit einem Kopfnicken in Emilys Richtung. »Von Catriona Robinson.«

Der Verkäufer hob ruckartig den Kopf und sah von Tyler zu Emily und zum Schaufenster hinter sich, dann wieder zu Emily. Er begann, von einem Fuß auf den anderen zu hüpfen und wackelte mit den Fingern in der Luft herum, während sich ein Lächeln auf seinem Gesicht ausbreitete.

»Oh, mein Gott«, sagte er und ergriff Emilys Hand. »Oh, mein Gott«, wiederholte er, als sie die Hand wegzog und die Arme vor der Brust verschränkte. »Das ist ja so aufregend«, sagte er und machte einen Schritt auf Emily zu, während sein Blick über ihr Gesicht huschte und kurz auf ihrer Narbe verweilte. »Man hat uns gesagt, dass es passieren könnte, aber ist es wahr? Sind Sie ihre Enkelin? Sind Sie wirklich *die* Enkelin von *der* Catriona Robinson? Ich meine, Sie müssen es ja sein, oder? Warum wären Sie sonst hier? Ich bin so ein Fan von Ihnen, übrigens, von Ihnen und von ihr, Gott hab sie selig. Irre. Nicht zu fassen. Meine Freunde werden so neidisch sein.«

Emily wich vor dem begeisterten Verkäufer zurück und bemerkte dabei, dass schon ein paar andere Kunden in ihre Richtung glotzten.

»Haben Sie es oder nicht?«, fragte Tyler, und in seiner Stimme schwang Langeweile mit.

»Wie bitte?« Der Verkäufer schien vergessen zu haben, dass Tyler da war. Seine ganze Aufmerksamkeit war auf die junge Frau mit den glänzenden Augen gerichtet, die mit den Fingern der linken Hand unaufhörlich auf den Tresen trommelte. »Ach ja, richtig. Das Päckchen«, sagte er, starrte auf die monotonen Bewegungen ihrer Finger, sah, dass ihre Lippen sich bewegten, obwohl kein Ton herauskam. »Es ist gleich da drüben, neben dem Vogelkäfig.«

Emilys Finger hörten auf zu trommeln, als sie sah, wie er ein kleines Päckchen nahm, identisch mit all den anderen, abgesehen von dem Aufkleber oben rechts. Ein Aufkleber mit einer kleinen grauen Ente, die eine gepunktete Fliege trug.

Warum habe ich das eben nicht gesehen?, fragte sich Emily und nahm zur Kenntnis, dass Terence neben einem Paar Gummistiefel mit silbernen Sternen stand. Die gleichen Stiefel, die sie als Kind getragen und anfangs für das Mädchen namens Ophelia gezeichnet hatte. Später wurden die Stiefel rosa mit einer lila Blume an der Seite. Die ursprüngliche Version hatte es nie ins Buch geschafft.

Alles an Ophelia war so, wie Emily es sich vorgestellt hatte. Ein bisschen kleiner als normal, mit dunklen Locken, die sie gern zu Zöpfen trug oder einem Knoten auf dem Kopf. Grüne Augen, die leuchteten, wenn sie aufgeregt war, eine Stupsnase und ein schiefes Grinsen, so breit wie ihr Gesicht. Was sie nicht hatte zeichnen können, jedenfalls anfangs nicht, war ihr grimmiger Zorn, wenn jemandem Unrecht getan wurde. Oder wie sie vor Aufregung mit den Fingern wackelte, wenn sie und Terence den Atlas aufschlugen, um zu sehen, wohin es als Nächstes ging. Oder wie sie nachts wach lag und sich wünschte, sie wäre mit den Beinen von jemand anders geboren worden.

All das kam von ihrer Großmutter. Sie war es, die mit Worten zauberte, nicht Emily.

»Deshalb war ich so in Sorge, als ich Sie dort gesehen habe.« Der Verkäufer reichte ihr das Päckchen, dann holte er sein Handy aus der Hosentasche und schoss schnell ein Foto.

Emily blinzelte, dann drehte sie sich zu der Menge um, die sich hinter Tyler zu bilden begann. Ein Haufen Gesichter und Handys, alle auf sie gerichtet, um das Ereignis zu dokumentieren, es mit der ganzen Welt zu teilen. Millionen von Likes und Kommentaren in den sozialen Netzwerken, in denen die Leute sich fragten, was wohl in dem Päckchen sein mochte. Ob es das berüchtigte letzte Manuskript der großen Catriona Robinson war.

Die Displays leuchteten auf, immer wieder, und Emily starrte all die fremden Leute an, die meinten, sie hätten ein Recht darauf, es zu erfahren.

Sie hielt noch immer das Päckchen umklammert, als sie Tylers Hand auf ihrem Arm spürte.

»Willst du gehen?«, fragte er, und sie nickte, woraufhin sie sich von ihm durch den Laden führen ließ und versuchte, sich nicht nach den Leuten umzudrehen, die ihnen folgten, sie begafften, tuschelten.

Sie saßen in der Küche von Tylers Elternhaus, ein Haus wie praktisch alle anderen in der von Bäumen gesäumten Straße in Primrose Hill. Es war ein Raum, in dem Emily früher viel Zeit verbracht hatte, doch sie hätte sich nie träumen lassen, irgendwann wieder dort zu sein, mit ihm, bei einer einfachen Mahlzeit. Brot und Salami, Käse, der über das Holzbrett lief, Weintrauben und Essiggurken und in Knoblauch eingelegte sonnengetrocknete Tomaten. Die Teller schepperten, als Tyler Besteck und Gläser auf den Tisch stellte. Emily aß alles durcheinander, spülte es mit einem weiteren Glas Whisky auf Eis runter, der am Glasrand Schlieren bildete.

»Noch mehr?«, fragte Tyler, als er aufstand, zum Marmorbecken ging, den Kupferhahn aufdrehte und jeden Teller unter dem Wasserstrahl abspülte, bevor er ihn in den Geschirrspüler räumte, der hinter einer Holztür versteckt war.

Emily sah zu, wie er die Beweise ihrer Anwesenheit vernichtete. Keine Schweinerei, keine Unruhe in der Bilderbuchküche, so verändert seit dem letzten Mal, und dennoch irgendwie genauso. Klare moderne Linien, mit überdimensionierten Schränken und weichen, gepolsterten Stühlen. Stofftapete und Lüster. Doch seine Gestalt im Gegenlicht vor dem Fenster fühlte sich so vertraut an wie damals. Wenn sie bei einem Teller Nudeln oder einem Becher Eis auf ihren nackten Füßen hockten, die Beine von einem Tag an der frischen Luft schmutzig und voller blauer Flecken.

Es fiel ihr schwer, damals mit heute unter einen Hut zu bringen. Sich klarzumachen, dass ihm viel widerfahren war, ebenso wie ihr. Und noch schwerer, darüber zu reden.

Stattdessen sah sie zu dem Päckchen, das jetzt geöffnet auf dem Tisch lag. Ein weiteres Buch, eine weitere Widmung, die sich von allen anderen unterschied.

Für Madeleine – danke, dass du an uns alle geglaubt hast.

»Woher weißt du, dass wir nach Paris müssen?«, fragte Tyler, während er das Buch durchblätterte – über ein Mädchen, das malen wollte, aber sich immer mit anderen verglich. Sie hatte Ophelia gezeigt, wie man reitet, ohne Sattel über die Felder, den Wind in den Haaren, während über ihnen die Adler kreisten, und Ophelia hatte sie dafür gelehrt, dass die Angst, zu versagen, nie ein guter Grund war, es nicht wenigstens zu versuchen.

Emily zeigte auf den Namen in der Widmung. »Ich kenne sie«, sagte sie leise. Das verschwommene Gesicht der Freundin ihrer Großmutter tauchte vor ihrem inneren Auge auf, während ihr Blick auf einen weißen Umschlag fiel, der im Buch lag. Sie waren sich auf der Beerdigung begegnet, auf der Madeleine an ihrer Schulter geweint und Emily gesagt hatte, wie sehr sie Catriona geliebt hatte. Doch das Rätsel, die Aufgabe, die ihre Großmutter ihr stellte, hatte sie nicht erwähnt, obwohl sie davon gewusst haben musste.

Es war genau so ein Umschlag wie der, den Tyler ihr im Zug gegeben hatte. Ein Umschlag, der zweifellos einen weiteren Tagebucheintrag aus der Vergangenheit ihrer Großmutter enthielt. Einen weiteren Hinweis auf die Botschaft, die sie entschlüsseln sollte, während sie das Gefühl hatte, völlig im Dunkeln zu tappen, und keine Ahnung, warum sie nun nach Paris geschickt wurde, zu einer Frau, mit der sie nur ein einziges Mal gesprochen hatte.

»Warum dieses Buch?« Tyler drehte und wendete es, als suchte er nach einem Hinweis, und Emily runzelte die Stirn. »Ich meine, warum hat Tante Cat dieses Buch gewählt, obwohl es nicht in Paris spielt?«, sagte er und betrachtete das Titelbild genauer, blickte von Ophelia zu Emily und stockte. »Wo ist die Verbindung? *Hatchards* kommt im ersten Buch ja vor. Ophelia findet dort den magischen Atlas, aber das hier spielt auf einer Ranch in Kalifornien, warum fahren wir nicht dorthin?«

»Weil sie nicht existiert.«

Nichts davon existierte. Catriona hatte sich Geschichten ausgedacht, um Emily auf diese Weise die Welt zu zeigen. Um ihr zu vermitteln, was es mit dem Leben auf sich hatte, mit der Angst, mit allem, von dem sie glaubte, ihre Enkelin müsse es wissen.

»Schon klar, aber es muss doch eine Verbindung zwischen den Büchern geben, außer der offensichtlichen Tatsache, dass sie von Ophelia handeln. Es kann doch kein Zufall sein.«

Bei Catriona Robinson gab es keine Zufälle. Jede Wendung, jedes Detail in jedem Buch war akribisch geplant, bevor sie überhaupt anfing, die eigentliche Geschichte zu schreiben. Was bedeuten würde, dass dieses Rätsel, diese Schatzsuche ebenso akribisch geplant war. Nichts wäre dem Zufall überlassen. Es steckte eine Bedeutung hinter jedem einzelnen Hinweis. Jedes Buch war mit Bedacht gewählt.

»Google«, sagte sie und deutete auf Tylers Telefon.

»Du willst, dass ich googel, was es bedeutet, dass sie diese beiden Bücher ausgewählt hat?«, fragte er stirnrunzelnd. »Emily, alles was ich finden werde, sind Fotos von dir, wie du völlig panisch mitten in einem Buchladen stehst.«

Emily schnappte sich das Handy, öffnete den Browser und tippte den Namen eines Gemäldes ein, das im Louvre hinter dem für viele Menschen berühmtesten Porträt der Welt hing.

Sie zeigte Tyler das Bild der *Hochzeit zu Kana*.

»Ich kapier's nicht«, sagte er, dann wartete er, während Emily begann, etwas in sein Handy zu tippen, sah genauer hin, um die Worte zu lesen, die ihre Erklärung enthielten.

»Das ist das Gemälde, das gegenüber von der *Mona Lisa* hängt«, las er. »Es stellt das erste Wunder Jesu dar, als er Wasser in Wein verwandelt. Es ist ein Meisterwerk, aber niemand geht je seinetwegen in den Raum.«

Sie konnte nicht aufhören, ihn anzusehen, während er sprach, seine unteren Zähne anzustarren, die nur ein winziges Stück vorstanden.

»Grandma war mal mit mir dort«, fuhr er fort. »Und beschloss dann, es in ihre Geschichte zu packen.«

Er sah sie an, wartete, dass sie etwas sagte, doch es fiel ihr schwer, sich zu erinnern, worüber sie gerade redeten.

»Hör zu«, sagte Emily laut, während sie ein Stück von Tyler abrückte und dann das Buch durchblätterte, das sie bei *Hatchards* entdeckt hatten, bis zur allerletzten Seite der Geschichte. Sie zeigte auf ein Bild von lauter Mädchen in einer Kunstgalerie mit lauter abstrakten Gemälden. In der Ecke war eine winzige Karikatur der *Mona Lisa*.

»Alles hatte einen Grund.« Emily begann wieder zu tippen und versuchte, die Wärme seines Atems an ihrem Hals zu ignorieren, als er las. »Wie bei jedem Buch gibt es für die Leser ganz hinten eine Liste mit jedem einzelnen wichtigen Gegenstand, den es zu entdecken gibt. In diesem Buch geht es nicht nur um ein Mädchen namens Ophelia im Rollstuhl, das reiten lernt, es geht darum, Kinder zu lehren, nicht mit dem Strom zu schwimmen.«

Ihre Großmutter hatte ihr immer gesagt, sie solle sich nicht darum kümmern, was andere Leute dachten. Emily schaute zur Seite, als sie Tylers Blick erneut auf sich spürte. Versuchte, sich nicht vorzustellen, wie er im Kopf die möglichen Gründe durchging, warum jemand es für notwendig halten könnte, sein Enkelkind so etwas zu lehren.

Emily fragte sich, ob er den Zusammenhang herstellen und erkennen würde, dass das Buch geschrieben worden war, kurz nachdem sie wieder in die Schule ging, als die meisten ihrer körperlichen Narben verheilt waren. Damals hatte sie erlebt, wie grausam Kinder sein konnten, wenn man anders war, egal aus welchem Grund.

»Du kannst ruhig mit mir reden, weißt du.«

Seine Worte überraschten sie, schließlich hatte er mit eigenen Augen das Ausmaß ihrer Verletzungen gesehen. Wusste, wie lang es gedauert hatte, bis sie wieder sprechen, wieder gehen, all die Dinge wieder machen konnte, die sie einst als selbstverständlich erachtet hatte.

»Ich kann nicht.« Sie sprach mit niemandem. Es war eine Gewohnheit, die sie nicht zu durchbrechen wusste, denn durch die moderne Technologie, die Vorherrschaft von E-Mails, SMS und Internet gab es nie wirklich Grund, mit anderen zu reden, außer mit ihrer Großmutter und den Vögeln.

»Du kannst nicht?«, sagte Tyler und sah zu, wie sie ihr Glas leerte. »Oder du willst nicht?«

»Bitte«, flüsterte sie und wandte das Gesicht ab.

Er wartete einen Moment, eine Hand auf dem Tisch zwischen ihnen, und sie stellte sich unwillkürlich vor, wie sich seine Hände anfühlen würden. Dann seufzte er, verlagerte das Gewicht, und sie spürte, wie er sich entfernte.

»Dann also Paris. Der erste Zug geht morgen früh um kurz nach halb sechs ab St. Pancras, aber ich persönlich würde mich lieber nicht in aller Herrgottsfrühe aus dem Bett quälen.« Er zögerte. Sah den Ausdruck des Entsetzens in Emilys Gesicht. »Du willst jetzt fahren?« Er atmete langsam aus und sah kopfschüttelnd auf seine Uhr. »Ich dachte, du willst dich wenigstens ein bisschen ausruhen, aber wir können wohl auch heute fahren, wenn noch Plätze frei sind.«

Sie schüttelte den Kopf, immer wieder, als hoffte sie, er würde auch ohne Worte begreifen, wovor sie solche Angst hatte. Was sie nicht konnte.

»Emily?« Tyler legte ihr beide Hände auf die Schultern, damit sie ihn ansah. »Was ist los?«

Sie konnte nicht aus freien Stücken in einen Tunnel unter dem Meer fahren. Einen langen, dunklen Tunnel ohne Licht und ohne Luft, auf den von oben das Wasser drückte. Gefangen in einem Metallrohr ohne Ausweg. So wie damals.

»Mum?« Emily hauchte das Wort, und es verfing sich in einem Schluchzen.

»Scheiße.« Tyler rückte näher, schlang die Arme um Emily und zog sie näher. »Tut mir leid, Em, ich hab einfach nicht nachgedacht.«

»Mum«, flüsterte Emily wieder und schüttelte den Kopf, um die unzusammenhängenden Bilder zu verscheuchen, die sie nicht verstand oder nicht verstehen wollte. Ein Auto, die Welt, die kippte und sich überschlug, dann Schwarz und das dumpfe Blopp, Blopp, Blopp des Schmerzes bis in ihre Wirbelsäule. Sie wusste, das Gefühl würde vergehen. Doch sie konnte nur dasitzen, gefangen in ihrer eigenen Angst, unfähig, sich aus der Dunkelheit zu befreien.

Und so ließ sie sich sanft von ihm wiegen. Atmete seine tröstenden Worte ein, hielt die Augen fest geschlossen und wartete, dass ihr Herzschlag sich beruhigte.

Dann der Klang einer SMS, ein dringliches Pling, das gehört werden wollte und seine Aufmerksamkeit forderte. Eine Entschuldigung murmelnd, stand er auf, sagte, er sei gleich wieder da. Sie blieb allein in der Küche seiner Eltern zurück mit nichts als einem Buch und einer weiteren Erinnerung aus der Vergangenheit ihrer Großmutter. Und obwohl sie neugierig war, hatte sie Angst davor, wohin diese Erinnerung führen würde.

Blauschwarze Wolken hingen am Himmel, als Emily aus dem Fenster schaute und sah, dass es schon dämmerte. Dann war es immer am schwersten, nicht zu weinen. Sich nicht an die Sommersonnenuntergänge zu erinnern, daran, wie ihre Mutter sang und ihr Vater ihr Zigarre rauchend alle Sternbilder erklärte, während sie auf Sternschnuppen warteten. Und sich wünschte, sie würden irgendwo auf der Welt einen weiteren Tag ausklingen lassen.

Wenn es still war, konnte sie noch immer ihr Lachen hören. Das tiefe Kollern in seinem Bauch, das weiche Trillern in ihrer Kehle. Wie sie sich unterhielten, als sei außer ihnen niemand im Raum. Manchmal glaubte sie, sie wären immer noch da, aber vielleicht war das nur Einbildung.

Weshalb sie die Stille immer mit Musik übertönen musste, um die Bilder zu überdecken, die Erinnerungen in ihrem Kopf, damit sie nicht zeichnete, was sie am meisten vermisste.

Als sie das Fenster öffnete, hörte sie irgendwo hoch oben in einem Baum einen Vogel singen. Einen Vogel, der zu ihr sprach, ihr mit seinem Gesang eine Geschichte erzählte. Vielleicht hatte er gelbe Federn und war seinem Käfig entflogen, um sich hoch in den Himmel aufzuschwingen. Vielleicht war er gekommen, um ihren Schmerz zu lindern, wenn auch nur für eine Weile.

Denn sie hatte so viel mehr verloren als ihre Eltern, und wieder hier zu sein, in diesem Haus, in diesem Zuhause, brachte alles wieder zurück. Er war ihr bester Freund gewesen, und dann war da möglicherweise mehr gewesen, mehr, das erst noch bevorstand. So viele erste Erfahrungen mit ihm, dann war es plötzlich vorbei, als hätte sie sich alles nur eingebildet. Zwei Jahre in einer Reha-Klinik, in denen ihre Patentante sie nie besucht hatte, nur Briefe geschickt, die Emilys Großmutter ihr vorlas, in denen sie von Tylers Erfolgen berichtete, so viele Hoffnungen und Träume, von denen sie ein Teil hätte sein sollen.

Immer wieder drehte sie den Umschlag zwischen ihren Fingern, dann schließlich nahm sie die blassblauen Briefbögen heraus, die einen weiteren Ausschnitt aus der Vergangenheit ihrer Großmutter enthielten, legte sie vor sich auf den Tisch und begann zu lesen.

8. Juni 1965

»Sei nicht ungastlich zu Fremden,
sie könnten verkleidete Engel sein.«

Paris, c'est magnifique! *Diese Stadt ist einfach auf so vielfältige Weise beglückend und ermüdend. Ich weiß nicht, ob es mir je gelingt, all das einzufangen und zu Papier zu bringen.*

Das obige Zitat steht über der Tür einer Buchhandlung, in der ich jetzt lebe, ja, lebe! Angeblich stammt es aus der Bibel, aber es ist als Motto für all jene gedacht, die das Glück haben, hier zu wohnen. Dafür, dass wir tagsüber aushelfen, dürfen ich und fünf weitere angehende Schriftsteller/Künstler/Kreative hier wohnen und alles erleben, was Paris zu bieten hat!

Wie ist es dazu gekommen? Ich, ein Mädchen aus der schottischen Provinz in Paris, wo so viele kreative Genies einst gewandelt sind? Sogar James Joyce hat hier gewohnt, in eben jenem Laden. Außerdem Hemingway, Kerouac und Mr Fitzgerald. Ganz zu schweigen davon, dass die Straßen hier geradezu durchtränkt sind von den Qualen Monets, Picassos, van Goghs, herrje, praktisch allen, die je in dieser lächerlichen Stadt gelebt haben. Jemand hat mir erzählt, dass Picasso seine Bilder gegen Essen getauscht hat, als er herkam, weil er so arm war. In Montmartre gibt es ein Haus, in der Nähe seines Ateliers, das kürzlich verkauft wurde, und der neue Besitzer hat in einer alten Truhe im Keller eins seiner Gemälde gefunden. Wie sauer muss derjenige sein, der das Haus verkauft hat???

Wenn man bedenkt, dass sie vor all den Jahren hier angefangen haben.

Und wer war sonst noch hier, wer wird noch kommen? Werde ich eine von ihnen sein? Meine Name Synonym für Bücher, die Regale in aller Welt säumen? Werden die Leute eines Tages herkommen und an mich denken, daran, dass ich einst in einem dieser Betten geschlafen habe und zu einer Geschichte inspiriert wurde, die sie dazu gebracht hat, meinen Träumen für sie zu folgen?

Dieser Ort ist Stoff für Legenden, für Geschichten und Erfahrungen, die von einer Generation zur nächsten weitergegeben werden, aber fast möchte ich es am liebsten für mich allein haben. Als wäre es zu schön, um es zu teilen. Als wäre es meine persönliche Entdeckung und ruiniert, wenn andere von der Magie in diesen alten Mauern erführen.

Ich habe ja gesagt, es gibt noch fünf andere, die hier mit mir wohnen, aber bisher habe ich nur drei kennengelernt …

Charlotte, die aus Westberlin stammt, ist aufgeweckt und schlau und raucht wie ein Schlot. Außerdem ist sie mindestens einen Kopf größer als ich und hat endlos lange Beine, weshalb ich sie jetzt schon hasse. Aber nur, weil sie in ihren superkurzen Röcken so phantastisch aussieht.

Als Nächstes kommt Gigi. Französin, bildschön, und ich bin geradezu besessen von ihr. Ich habe das Gefühl, dass sie stinkreich ist und vor ihrem Erbe davonläuft oder einer arrangierten Ehe oder irgendetwas dazwischen. Aber sie hat das dreckigste Lachen, und wenn sie mich ansieht, weiß ich, dass wir immer Freundinnen sein werden.

Sie flirtet mit jedem, und ich meine wirklich jedem, sodass niemand den Laden verlässt, ohne mindestens drei Bücher zu kaufen, deshalb ist sie definitiv die Lieblingsangestellte.

Sind es die Augen oder das Haar oder einfach, dass sie einem das Gefühl gibt, die Einzige im Raum zu sein, wenn sie deinen Namen sagt? Knallrote Lippen, die am Ende einer Zigarette kleben bleiben, lange, schlanke Finger, die einen ständig zu berühren scheinen, nur ganz leicht, irgendwo auf deinem Körper, und dich in ihren Bann ziehen, in ihre Welt. Und Kurven, die sich an ihre Hose schmiegen, die Bluse gerade richtig aufgeknöpft.

Ich wünschte, ich hätte diese Selbstsicherheit. Ich hoffe, sie kann mir beibringen, was Französinnen so wahnsinnig sexy macht. Ich will sexy sein. Ich will, dass andere mich für sexy halten. Nicht einfach für eine brave, zukünftige Ehefrau, die tut, was man ihr sagt. Ich will jemandem begegnen, der mich an meine Grenzen bringt. Der mich herausfordert, aber gleichzeitig bewundert, sodass ich ständig zwischen Verzweiflung und Verlangen schwanke.

Dann ist da noch Noah. Oje. Aus Kalifornien, was sonst. Mit einer Stimme, die in deiner Seele schmilzt, und einem Lächeln, das alles andere zum Schmelzen bringt. Er ist still. Er ist grüblerisch. Er wird mich wahrscheinlich zerstören, aber das ist mir egal. Mit Bartstoppeln, über die ich mit meinen Fingern, meinen Lippen streichen möchte, Haut wie Milchkaffee und tief sitzenden Jeans. Wenn er meinen Namen sagt, als wäre es der Anfang eines Songs, bin ich wie elektrisiert. Neben ihm fühle ich mich wie ein dummes Mädchen und kann vor Aufregung keinen klaren Gedanken fassen.

Gestern Abend saßen wir alle ums Klavier. Die meisten von uns tranken französischen (natürlich) Rotwein, und manche von uns rauchten wohlriechende Zigaretten, von denen sich einem alles im Kopf drehte. Wir redeten über Literatur und Kunst, Musik und die Liebe. Ich kann so viel lernen von diesen Fremden, die der Zufall unter einem baufälligen Dach zusammengeführt hat. Oder peut-être *hatte ja auch das Schicksal seine Finger im Spiel. Ist mir egal, ich fühle mich hier jedenfalls lebendiger, akzeptierteralsje zu Hause. Niemand, der mir sagt, was ich anziehen, was ich essen, was ich denken soll! Hier kann ich sein, wer ich will. Keine Zwänge, keine Vergangenheit, und die Zukunft liegt ganz bei mir.*

Im ganzen Laden verstreut stehen Kojen, und wenn die Kunden nach Hause gehen, schlagen wir zwischen den Worten der großen Dichter unser Lager auf, in der Hoffnung, dass etwas von ihrem Können auf uns erbärmliche Anfänger abfärbt.

Das ist es. Ich spüre den Anfang eines wundervollen Abenteuers. Diese Leute haben bereits mehr von der Welt gesehen, als ich je gewagt hätte, es mir überhaupt nur vorzustellen. Noah ist quer durch Amerika getrampt, ist das zu glauben? Vorbei am Grand Canyon, durch die Wüste, quer durch die Prärie, und hat dann ein Schiff von New York nach Irland genommen. Er hat keine Ahnung, was er mit seinem Leben anfangen soll, ich bin nicht sicher, ob überhaupt jemand von uns das weiß, aber ihm ist es egal. Ihm ist egal, dass er nicht das tut, was sein Vater will. Ihm ist egal, dass er kaum zwei Franc in der Tasche hat. Ihm ist egal, dass ihm morgen der Himmel auf den Kopf fallen könnte, denn heute ist der einzige Tag, auf den es ankommt.

Oh, und habe ich erwähnt, dass er ein Cowboy ist? Ein echter Cowboy, der auf einer Ranch aufgewachsen ist, mit entsprechend stolzem Gang. Sei still, mein Herz!

Wie gesagt, er wird mein Ende sein, da bin ich sicher.

Gigi dagegen hat mich mit ihren Geschichten verführt. Geschichten über die Farben Frankreichs. Über die Lavendelfelder der Provence, in denen sie nackt mit einem Landarbeiter getanzt hat, von dem sie sagt, sie könne sich zwar nicht richtig an seinen Namen erinnern, aber alles andere an ihm würde sie nie vergessen.

Sie hat mir vom Licht an der Atlantikküste erzählt, so sanft, so subtil im Vergleich zu der Dunkelheit, die über Paris hereinfällt wie ein Stein, wenn der Tag vorüber ist. Von einem Mann, den sie kennengelernt hat, mit Haut so dunkel wie eine Kastanie, der sie mit frischen Meeresfrüchten von seinem Boot gefüttert, dann mit ihr nackt unter den Sternen gebadet hat (und danach haben sie noch andere Sachen gemacht, bei denen ich rot werde). Sie ist definitiv kein braves Mädchen – Mutter würde einen Anfall kriegen, wenn sie davon wüsste!

Gigi sagt, sie will Köchin werden, um alle Geschmäcker zu entdecken, die die Welt zu bieten hat. Sich von allen Menschen, die sie kennt (und liebt), bei ihren Rezepten inspirieren lassen. Ein Buch schreiben, das die Menschen dazu bringt, die tägliche Nahrungsaufnahme nicht als nötiges Übel zu sehen. Sondern als Kunst, als Vergnügen, als Luxus.

Sie zieht in ein paar Wochen weiter und will, dass ich mitkomme, erst mal ans Mittelmeer und wer weiß, wohin dann? Doch Paris quillt über vor Möglichkeiten, vor Ideen, deshalb weiß ich noch nicht. Denn ich muss meine eigene Geschichte schreiben, meinen eigenen raison d'être *finden.*

Morgen gehe ich auf Entdeckungstour. Ich werde am Ufer der Seine entlangspazieren, mich unter den Eiffelturm stellen, Pain au Chocolat essen und einfach in der absoluten Herrlichkeit dieser Stadt ertrinken. Ich hoffe, meine Muse kreuzt irgendwann auf, mit einer Idee, worüber ich schreiben soll. Denn im Moment habe ich nur ein Bild im Kopf. Ein Haus am Meer, in dem eine alte Frau wohnt, gefangen in ihren Erinnerungen, zu verstört, um es zu verlassen.

9
Möwe
Larus canus

Emily wollte so gern nach Hause und dass alles wieder so war wie früher. Ihre Woche war von immer gleichen Abläufen bestimmt gewesen, nicht zuletzt dem Warten auf das Klirren der Milchflaschen, die vor der Tür abgestellt wurden, und auf die Post, die der Bote durch den Briefschlitz warf. Das Pfeifen des Kessels, das Zuschnappen des Schranks und Klappern des Löffels, mit dem ihre Großmutter ihren morgendlichen Tee umrührte.

Jetzt war sie auf einer Fähre, Richtung Frankreich. Gefangen zwischen zwei Welten, die beide nicht ihre waren.

Gestern Abend hatte sie Müdigkeit vorgetäuscht und sich auf ihr Zimmer zurückgezogen, um noch einmal das Tagebuch ihrer Großmutter zu lesen und ihr eigenes Skizzenbuch durchzublättern, auf der Suche nach irgendeinem Hinweis, wovon die letzte Geschichte handeln mochte. Wenn sie es irgendwie herausfand, bestand keine Notwendigkeit mehr, die Reise fortzusetzen. Zwischen den Seiten waren noch ein paar Krümel ihrer täglichen Ration Kekse, die sie normalerweise Milton und seinen Freunden hinwarf. Der Gedanke machte sie traurig, und sie konnte sich nicht erinnern, wann sie endlich eingeschlafen war, mit offenen Vorhängen, sodass die Morgendämmerung sie weckte.

Es war keine Zeit gewesen, darüber nachzudenken, wirklich zu verarbeiten, was von ihr verlangt wurde.

»Zeichnest du mich?« Tyler öffnete anklagend ein Auge, dann ließ er den Kopf wieder gegen den Sitz sinken.

»In gewisser Weise«, erwiderte Emily, und die Worte kamen ihr leichter über die Lippen, weil er sie nicht ansah. Ihr Skizzenbuch steckte in der Seitentasche des Koffers. Seit ihrer Abreise von zu Hause war sie nicht in der Lage gewesen zu zeichnen. Irgendetwas hielt sie davon ab, aber sie wusste nicht, was. Stattdessen hatte sie also nur geschaut und alle Bilder für später gespeichert, wenn sie wieder bereit war.

Die Umgebung um ihn herum verschwamm, während sie jede Einzelheit seines Gesichts studierte. Wie immer entglitt ihr die reale Welt, als sie den Bildern nachgab, die sich in ihrem Kopf formten.

Was hätte das Leben für sie bereitgehalten, wenn dieser eine Tag anders verlaufen wäre?

Es war eine Frage, die unmöglich zu beantworten war. Eine, über die Emily vergeblich versucht hatte, nicht nachzudenken. Doch jetzt fragte sie sich auch, was aus ihrer Großmutter geworden wäre, wenn sie in Schottland geblieben wäre, getan hätte, was von ihr erwartet wurde, statt über eben dieses Meer zu reisen, lange bevor es gang und gäbe war. Lange bevor man Frauen Freiheiten zugestand, wie allein in einer Pariser Buchhandlung zu wohnen.

Hast du ihn deshalb ausgesucht?, dachte Emily, während sie Tyler beim Schlafen zusah. Weil er ihre Großmutter irgendwie an Noah erinnerte?

Noah. Es war der Name eines Mannes, den ihre Großmutter nie erwähnt hatte. Er hatte offenbar ziemlichen Eindruck auf die junge Catriona gemacht, ebenso wie die vier anderen, die sie in ihrem Tagebuch erwähnte. Doch Emily kannte nur zwei von ihnen.

Charlotte oder Charlie, wie Emily sie nannte, war die Verlegerin ihrer Großmutter. Die liebe Freundin, die über die Geschichte von Ophelia und Terence stolperte, als sie an einem Frühlingsabend zu Besuch kam. Die das Potenzial erkannte und Catriona überredete, sie zu veröffentlichen und die Literatur für Erwachsene, mit der sie sich zwanzig Jahre rumgeplagt hatte, hintanzustellen. Eine Frau, die sich dafür eingesetzt hatte, dass Emilys Zeichnungen Teil des ersten Buchvertrags waren, den beide unterzeichneten. Charlie hatte ihnen bei jedem Buch, jeder Lesereise, jedem Vertrag beigestanden und ihren Wunsch nach Privatsphäre respektiert, obwohl die ganze Welt nach ihnen verlangte.

Wusste sie davon?, fragte sich Emily. *War auch sie Teil des Plans?*

Doch das ergab keinen Sinn, denn Charlie hatte erst gestern angerufen und noch einmal gefragt, ob Emily irgendetwas von der Existenz eines neuen Manuskripts wusste. Ob die Gerüchte stimmten, die in der Zeitung standen.

Charlie konnte sie streichen. Blieben noch vier.

Gigi musste Virginia sein, mit der Catriona durch Europa gereist war. Die Frau, die ihrer besten Freundin, der Schwester, die sie nie hatte, ein Medaillon schenkte, als ihre Wege sich trennten. Dasselbe Medaillon, welches Emily um den Hals trug, in dem sich ein Foto von zwei jungen Frauen befand, aufgenommen irgendwo in Rom. Die beiden Frauen, die ihr ganzes Leben noch vor sich hatten, sich jedoch nur noch ein paarmal trafen, bevor Gigi starb, und zwar lange bevor Emily geboren wurde.

Sie also auch nicht. Blieben also nur noch drei übrig, doch im Moment war es vor allem Noah, über den sie mehr erfahren wollte. Weil das Datum passte. Das Datum der Tagebucheinträge lag knapp zwei Jahre vor der Geburt von Emilys Mutter. Und Catriona hatte nie verraten, nie enthüllt, wer der Vater war.

Konnte es sein, dass das Geheimnis, das Rätsel, von dem ihre Großmutter vor ihrem Tod gesprochen hatte, gar nichts mit dem Manuskript zu tun hatte? Konnte es sein, dass Emily ihren Großvater suchen sollte, wo auch immer er war?

»Im Ernst.« Tyler rekelte sich und gähnte erneut. »Hör auf, mich anzustarren. Deine Grübelei macht mich nervös.« Er stand auf und reckte sich, sodass zwischen T-Shirt und Jeans ein Streifen nackte Haut aufblitzte.

»Ich geh eine rauchen«, sagte er grinsend. »Kommst du mit?«

Der Morgenhimmel war tintenschwarz, und die feuchte Luft versprach noch mehr Regen. Emily folgte Tyler zum hinteren Teil der Fähre und beugte sich über die Reling, um die Spur des schäumenden Kielwassers zu sehen, die sich bis nach England erstreckte. Über ihnen flog eine Schar Möwen, die sich gelegentlich herabstürzten, um sich einen Fisch zu schnappen, der durch die Bootsmotoren aufgeschreckt worden war.

Zu Hause saß Emily viel an ihrem Schlafzimmerfenster, starrte in den Himmel und zählte die Vögel. Immer öfter dachte sie dabei über diese Freiheit nach, dorthin zu fliegen, wo der Wind einen hintrug, niemals zu lange an einem Ort zu bleiben.

Jetzt beobachtete sie die Möwen, immer in der Luft, immer auf Nahrungssuche, und empfand ein Mitleid mit ihnen, das sie sich nicht erklären konnte. Als wäre die Freiheit in Wahrheit keine, weil die Vögel mit demselben Seil an diese Welt gefesselt waren wie sie selbst.

Möwen können Salzwasser trinken. Emily beobachtete eine, die auf der Meeresoberfläche auf und ab hüpfte. Nicht anders als vor der Küste Norfolks. *Außerdem sind sie schlau. Sie benutzen die geklauten Brotkrümel, um Fische anzulocken und klopfen mit den Füßen auf den Boden, damit die Würmer denken, es regnet und an die Oberfläche kommen. Sie sind Überlebenskünstler.*

»Was ist das?« Tyler deutete mit einem Kopfnicken auf

den Umschlag, an dem Emily herumfingerte, sodass schon eine Ecke ausfranste.

»Ihr Tagebuch.« Emily gab ihm den Umschlag spontan und fragte sich, was sie empfinden würde, wenn er ihn mit seiner Zigarette anzündete oder ihn einfach ins Meer warf.

»Du hast es nie zuvor gesehen?«, fragte er, öffnete den Umschlag und spähte hinein.

»Nope.« Emily hatte keine Ahnung gehabt, dass ihre Großmutter je ein Tagebuch geführt hatte.

Wann hatte sie all das geplant? Emily war so mit sich selbst beschäftigt gewesen, damit zu verdrängen, wie schwach ihre Großmutter war, wie sehr sie abbaute, als dass sie es mitbekommen hätte.

»Und du hast nichts dagegen, dass ich es lese?«

Emily neigte ihr Gesicht gen Himmel, schloss die Augen und füllte ihre Lungen mit der salzigen Luft. »Tu, was du nicht lassen kannst.«

»Vielleicht später.« Sie hörte ihn leise lachen, dann das kurze Rascheln von Papier. Sie stellte sich vor, wie er den Umschlag in die Gesäßtasche seiner Jeans steckte, überlegte, die Hand auszustrecken, um nachzuschauen.

»Du bist ziemlich gesprächig heute früh.«

»Na und?«

Eine Pause, gefolgt von einem schweren Ausatmen. »Was hat sich geändert?«

Emily zuckte die Schulter. Sie wusste es selbst nicht. Vielleicht lag es daran, dass sie woanders war, mit jemand anderem. Unterwegs zu einem Ort, an dem sie seit ihrer Kindheit nicht gewesen war. So viele Veränderungen innerhalb so kurzer Zeit.

»Darf ich?«, fragte sie und zeigte auf die Kopfhörer um seinen Hals. Das Einzige, was sie vergessen hatte mitzunehmen. Sie hatte sie noch in ihren Koffer packen wollen, doch jetzt hingen sie über dem Küchenstuhl.

»Klar.« In seinem Gesicht lag unausgesprochene Neugier, doch seine Erziehung, die ganzen Privatschulen und eingetrichterten Benimmregeln, schienen es ihm zu verbieten nachzufragen.

»Ich will zeichnen«, sagte sie und deutete auf eine einzelne Möwe auf der Reling, die sie mit Murmelaugen anschaute, den langen orangefarbenen Schnabel leicht geöffnet.

Sie wollte nichts mehr, als etwas Vertrautes zu zeichnen, etwas, das nichts mit dieser Reise zu tun hatte. Den Eskapismus einer prächtigen Möwe, die so stolz und schnippisch an Deck saß und darauf wartete, einer arglosen Hand ein Sandwich zu entreißen. Wie der Stadtfuchs des Meeres.

»Und warum brauchst du dafür Musik?«

Er fischte im Trüben. Sie wusste, und er wusste, dass so viel mehr hinter dieser Frage steckte.

Emily musterte ihn, während sie Papier und Stift aus der Tasche zog. Überlegte, ob sie ihm trauen konnte oder nicht. Immerhin war er ein Fremder, egal, wie oft sie als Kind Zauberer oder Spion oder Dinosaurierjäger gespielt hatten.

Emily ging zu einer der Plastikbänke und setzte sich, legte das Papier auf ihren Schoß, dann senkte sie den Kopf, damit er ihren Mund nicht sah, als sie sprach.

»Sie hat mit geschlossenen Augen getippt.«

Emily sah sie immer noch vor sich. Wie sie an ihrem Schreibtisch saß, die Augen zu schmalen Schlitzen, während ihre Finger auf dieses Monster von einer Schreibmaschine hämmerten. Worte, die sich aus ihrer Phantasie auf das Papier ergossen wie flüssige Buchstaben. Wie immer saß Emily neben ihr, Skizzenbuch auf dem Schoß, Stift bereit und mit schwarzer Tinte gefüllt.

»Rede weiter.«

Emily lockerte ihren Kiefer, nahm die Dehnung entlang ihrer Narbe wahr, fühlte die Worte, die darauf warteten, dass sie sprach. Die darauf warteten, dass sie aufhörte, sich Gedanken darüber zu machen, wie lange es dauerte.

»Sie hat immer gesagt, es hält die Zweifel ab.«

»Und dasselbe passiert, wenn du Musik hörst?«

»In gewisser Weise.« Denn Bilder schufen sich irgendwie selbst, und indem sie mit Tinte zeichnete, konnte sie im Nachhinein nichts ändern, konnte das, was andere für Fehler hielten, nicht korrigieren.

Das kam davor. Alle Geräusche einer Welt ausblenden, zu der sie nicht mehr gehören wollte.

Es hatte angefangen, als ihre Sprachtherapeutin damals in der Schweizer Klinik ihr etwas auf dem Klavier vorspielte. Als Emily unvermutet einen besonders schweren Zusammenbruch erlitt. Sie hatte den Rollstuhl zum Kippen gebracht, mit den Fäusten auf den Boden geschlagen und geschrien. Sie erinnerte sich, wie sehr sie sich Worte herbeigesehnt hatte, um den Menschen begreiflich zu machen, dass sie sie einfach nur in Ruhe lassen sollten, sie nicht mehr anstarren sollten, aufhören, sie wieder gesund machen zu wollen.

Ihre Großmutter hatte versucht, sie zu trösten, doch sie hatte nur wild um sich geschlagen und noch lauter geschrien. Die Therapeutin hatte Emily ignoriert, war zum Klavier gegangen und hatte angefangen zu spielen. Erst waren die Töne nicht zu ihr durchgedrungen, durch den Nebel in ihrem Kopf, das Ohr, das nicht heilen wollte, weil die Nerven zu sehr damit beschäftigt waren, sie mit Schmerzen zu quälen. Doch dann, als die Therapeutin einfach weiterspielte, schien die Luft um sie herum zu vibrieren, und die Töne sickerten langsam zu Emily durch.

Und einfach so verstummten die Schreie in ihrem Kopf. Alle Bilder, die sie nicht sehen wollte, die Schicksalsschläge, über die sie nicht hinwegkam, wurden von der schönen Melodie vertrieben.

Von da an ging Emily immer, wenn sie unruhig wurde

oder die Gefühle sie überwältigten, in das Zimmer mit Blick auf den See und setzte sich Kopfhörer auf. Dort saß sie dann und zeichnete die Monster und Dämonen, die sie nicht in Ruhe ließen. Brachte sie einfach zu Papier und warf sie dann weg.

Emily sah, dass sie das Gesicht von jemandem gezeichnet hatte, den sie einmal gekannt hatte: die Therapeutin, die sie aus der Dunkelheit gezogen und ihr einen Weg aufgezeigt hatte.

»Wer ist das?«, fragte Tyler mit Blick auf die Zeichnung.

»Beth. Psyc …« Emily verstummte, als ihre Zunge sich in dem Wort verhakte. »Therapeutin«, sagte sie, während sie die Linien nachzeichnete, und erinnerte sich daran, wie Beth den einen Mundwinkel etwas höher zog als den anderen, wenn sie lächelte. An die Schildpattbrille, die sie an einer Kette um den Hals trug, und die Ohrringe aus Muranoglas, die, wie sie Emily erzählt hatte, ein Geschenk von einem sehr, sehr lieben Freund waren.

»Wie war das so?«, fragte Tyler und schnipste den Zigarettenstummel über Bord.

Er meinte, nach dem Unfall, als Emily aufwachte und feststellte, dass ihre Welt in tausend winzige Teilchen zersprungen war, ohne dass Hoffnung bestand, sie je wieder zusammenzusetzen.

»Wackelpudding.«

Es war, als würde sie in einem Wackelpudding leben, weil alles sich in Zeitlupe zu bewegen schien und alle Geräusche gedämpft waren.

Musik half. Sowohl, weil sie die Schwingungen spüren konnte, als auch weil es den Lärm ausblendete, die mitleidigen Worte, die sie nicht hören wollte. So viele Monate hatte Emily sich danach gesehnt, richtig zu hören, und als es dann so weit war, als sie verstand, was die Leute sagten, sehnte sie sich nach ihrer Blase der Stille zurück.

Sie zerknüllte das Papier, stopfte es wieder in ihre Tasche und wischte sich wütend die drohenden Tränen aus den Augen.

Tyler tat, als würde er nichts bemerken, stattdessen holte er den Umschlag mit den Worten ihrer Großmutter wieder hervor und las schweigend alle Seiten. Sie sah seine Augen über die Worte huschen und fragte sich, welche Wirkung sie auf jemand anders als sie selbst haben mussten.

»Warum glaubst du, hat sie dir das gegeben?« Er wedelte das blaue Papier vor ihrer Nase herum, und es verfing sich im Wind und wäre fast davongeflogen. Emily packte seine Hand, umklammerte selbst das Papier.

»Die Menschen, denen sie begegnet ist.« Emily sah auf ihre Namen, dachte an die Menschen, die sie kannte, stellte sich die Gesichter derer vor, die sie nicht kannte. Sie konnte ihre Stimmen hören, sich ihren Gang vorstellen. Sie konnte sie alle auf den Bänken an der Seine sitzen sehen, wie sie Zigaretten rauchten und Rotwein tranken. Gigi, wie sie wusste, zierlich, blond und temperamentvoll, Noah, in ihrer Phantasie mit Sorgenfalten und nach Whisky duftender Haut.

Nur ihre Großmutter konnte sie sich nicht vorstellen, die junge Catriona, so voller Selbstzweifel. Konnte nicht fassen, dass sie einmal schüchtern und unsicher gewesen war. Sie wäre so gern in die Vergangenheit gereist, um das Mädchen kennenzulernen und es zu fragen, was es so verändert hatte, wie es zu einer so selbstbewussten Frau geworden war.

»Du glaubst, du sollst sie suchen?«

»Vielleicht.«

Vielleicht war es das, was ihre Großmutter wollte. Dass Emily verstand, wer sie früher einmal war. Dass sie herausfand, wer und was sie geprägt hatte, was so einen Eindruck hinterlassen hatte, dass sie speziell diese Monate, diese Erinnerungen mit ihrer Enkelin teilen wollte.

Doch was, wenn sie nur dem Tod begegnete? Wenn sie

all das durchmachte, nur um herauszufinden, dass außer Charlie keiner von ihnen mehr lebte? Der Gedanke war so traurig, dass Emily ihn verdrängte. Denn so grausam konnte – *würde* – ihre Großmutter doch nicht sein.

Tyler faltete die Seiten ordentlich in der Mitte. Schob sie wieder in den Umschlag und gab ihn ihr zurück. »Vielleicht ist es gar nicht so kompliziert. Vielleicht will sie dir einfach nur Einblick in ihr früheres Leben geben.«

Der Wind rauschte zu ihnen herüber, kroch unter den Saum ihres Rocks, hob die Haare an ihren Beinen, und sie stand auf, wandte England den Rücken zu.

Drinnen holte sie ihr Skizzenbuch und ihren alten Discman wieder hervor, fühlte das vertraute Gewicht in der Handfläche, dann stöpselte sie Tylers Kopfhörer ein. Das Skizzenbuch vor sich auf dem Tisch am Fenster, blätterte sie zu einer leeren Seite und glättete das Papier. Sie wusste, dass er sie beobachtete, dass er versuchte, einen Blick auf die mit ihren Bildern gefüllten Seiten zu erhaschen.

»Was wirst du danach tun?«, fragte er.

»Wonach?«

»Wenn das alles vorbei ist. Willst du in Norfolk bleiben? Mum sagt, du arbeitest freiberuflich.« Er zeigte durchs Fenster auf ein Möwen-Trio. »Deshalb die Vögel?«

»In gewisser Weise.« Emily stülpte die Kopfhörer über die Ohren und drückte Play, eine Taste, auf der sich einst die Einbuchtung eines Dreiecks befunden hatte, die längst glattgeschmirgelt war. Während der Klang einer Bassgitarre die Welt übertönte, wandte sie sich ab und begann den vertrauten Umriss eines Flügels zu zeichnen.

Es war die Idee ihrer Großmutter gewesen, dass Emily versuchen sollte, allein zu arbeiten, nachdem sie sich wieder der Erwachsenenliteratur zugewandt hatte. Emily hatte sich dagegen gewehrt, weil sie nicht auf Befehl zeichnen wollte. Doch dann wurde Catriona krank und konnte sich nicht mehr aufraffen zu schreiben, und Emily brauchte etwas, um sich zu beschäftigen, während die Ärzte Gift in die Venen ihrer Großmutter pumpten, um den Krebs zu bekämpfen.

Sie saßen beisammen und redeten über die Bücher, die Figuren, die darauf warteten, durch Emilys Talent auf Papier zum Leben erweckt zu werden. Doch für Emily war es nicht dasselbe, weil sie von jemandem erdacht worden waren, den sie nicht kannte. Für sie gab es niemanden, den sie lieber zeichnen wollte als Ophelia.

Dann hatte sich ihre Großmutter erholt. Der Krebs war weg, und sie konnte dort weitermachen, wo sie aufgehört hatte, wieder anfangen zu schreiben. Für etwas über ein Jahr war alles, wie es sein sollte, und Emily wurde Zeugin, wie eine neue Geschichte entstand. Sie hatte gehört, wie ihre Großmutter am Telefon mit ihrer Verlegerin, mit Charlie, über eine Idee für etwas anderes sprach. Etwas anderes als ein kleines Mädchen und seine Ente, etwas mit mehr Magie, mehr Tiefgang.

Alles war gut, sie beide zogen sich wieder in ihren Bienenkorb der Kreativität zurück, schlossen die Welt da draußen aus, zugunsten der Phantasie. Emily fühlte sich wohl in diesen vertrauten Abläufen, morgens, nach dem Aufwachen Eier zum Frühstück, gefolgt von einem Spaziergang am Strand, dann zurück an die Arbeit, die nächste Zeichnung, die nächste Idee. Sie hatte weiter freiberuflich gearbeitet, während sie darauf wartete, dass ihre Großmutter bereit war, ihre Geschichte zu teilen.

Bis Catriona eines Morgens auf dem Weg zurück von der Kirche taumelte, sich die Hüfte stieß und sagte, es sei nichts weiter, nur ein blauer Fleck. Doch der blaue Fleck war immer größer geworden und der Schmerz schlimmer, und die Ärzte bestätigten, dass der Krebs wieder da war, heftiger als zuvor.

Da hatte Emily aufgehört, für andere zu arbeiten und stattdessen Bilder für ihre Großmutter gezeichnet. Bilder aus Büchern, die sie gelesen hatten, Klassiker wie Komödien. Ihre eigene Interpretation von Elizabeth und Darcy, Romeo und Julia, Heathcliff und Cathy.

Meereslandschaften, Wälder und Phantasiewelten. Porträts von Golum, Dracula und sogar Mr Potter. Alles und jedes, was ihr einfiel, um zu verdrängen, was, wie sie beide wussten, unausweichlich war.

Was um alles in der Welt sollte sie jetzt noch zeichnen?

Von ihr unbemerkt beobachtete Tyler sie. Ihm fiel auf, wie sich ihre Gesichtszüge entspannt hatten, die Stirn war geglättet, und die Anspannung um ihre Narbe war verschwunden. Es half ihm, sich an das Mädchen zu erinnern, das sie einmal gewesen war, das Mädchen, das ihn gelehrt hatte, was es bedeutet, nie Angst zu haben, es wenigstens zu versuchen.

10

Wellensittich

Melopsittacus undulatus

Versteckt im abgelegenen Winkel einer Seitenstraße liegt eine Buchhandlung, die bei Literaturliebhabern Kultstatus besitzt.

Shakespeare & Company hat eine grüne Fassade, abgenutzte Holzregale vor dem Laden auf dem Bürgersteig, eine Tafel mit Zitaten und unnützem Wissen und ein Porträt des Barden höchstpersönlich über der Tür.

Sieht es hier immer noch genauso aus?, fragte sich Emily, als sie über die Schwelle trat und den wohligen Büchergeruch einatmete. Das Gewicht all der Worte spürte, manche neu, manche alt, die die Köpfe der Menschen aus jedem Winkel der Welt füllten.

Sie hätte ihre Großmutter gern gefragt, wie es sich damals angefühlt hatte, hier zu sein – ob die bunt gestapelten Bücher auf jeder verfügbaren Fläche, der leichte Pfefferminzgeruch, der braune Linoleumboden, ob irgendetwas anders war oder alles genau wie früher.

»Wen fragen wir?«, rief Tyler Emily nach, als sie unter dem Schild mit dem Zitat aus dem Tagebuch ihrer Großmutter hindurchging. Statt einer Antwort schüttelte sie nur den Kopf.

Noch nicht, dachte sie, als sie die schmalen Stufen in den ersten Stock stieg, wo sie in einer winzigen Lesenische ein Mädchen-trio entdeckte, die blonden Schöpfe über ein Buch gebeugt.

Emily stockte der Atem, als sie eine graue Plastikschreibmaschine auf einem behelfsmäßigen Schreibtisch entdeckte. Zwei der Tasten fehlten, der Rest wurde mit Klebeband zusammengehalten.

An der Wand hingen Dutzende von Zetteln, versehen mit Zitaten, Kritzeleien und Liebeserklärungen. Benutzte Metro-Fahrscheine, Polaroid-Fotos, eine Restaurantrechnung, alle mit Klebestreifen, Nadeln oder sogar alten Kaugummis an die Wand geheftet.

Sie beugte sich näher, murmelte sich durch einige der Gedichte und Notizen und fragte sich, ob etwas von ihrer Großmutter dabei war. Ob ihre Finger je die Schreibmaschine benutzt hatten, um eines der Bücher anzufangen, die sie vor Emilys Geburt geschrieben hatte.

Hier hatte alles angefangen, hier hatte Catriona Robinson ihre Liebe zur Literatur zu ihrer Berufung gemacht, zu ihrem Leben. Hier hatte sie Inspiration gefunden, Gleichgesinnte, einen Grund weiterzumachen. Wem von ihnen hatte sie sich anvertraut, an wen hatte sie sich gewandt, als sie arm wie eine Kirchenmaus war und ihre Tochter allein großzog? Wusste jemand von ihnen, wer der Vater war, ob er noch lebte?

Von irgendwo in den Tiefen des Ladens erklang ein Klavier. Emily folgte den Tönen wie eine Ratte der Pfeife des Rattenfängers von Raum zu Raum, entdeckte ein paar schmale Betten, unter denen weitere Bücher lagen. Am Ende eines Raumes stand eine Leiter an der Wand, und darüber befand sich in einem Regal ein weiteres Bett, mit ausgebleichtem Stoff als Vorhang.

Wo hatte sie geschlafen? So vieles an ihrer Großmutter war ein Geheimnis, und seit Emily in ihrem Schatten wandelte, vermisste sie sie umso mehr.

»Emily?« Tyler stand neben dem Klavier und hielt ein verschnürtes braunes Päckchen hoch.

Als Emily näher kam, drehte sich der Mann am Klavier

um und nickte ihr zu, ohne dass die Bewegung seiner Finger stockte. Er war älter, aber nicht alt genug, um der zu sein, den sie sich heimlich erhofft hatte.

Emily riss Tyler das Päckchen aus der Hand, drehte es um und sah einen weiteren Aufkleber, diesmal von einer Meerjungfrau mit goldenem Haar, die auf einer Harfe aus Muscheln spielte. Sie zögerte kurz und versuchte zu erraten, welches Buch ihre Großmutter darin versteckt hatte. Das über den Jungen, der Angst hatte, mit dem Kopf unter Wasser zu tauchen, so wie Tyler damals? Der mit Ophelia und Meerjungfrauen bis auf den Grund des tiefblauen Meeres schwamm und seine Angst vor dem Unbekannten überwand.

Einerseits hoffte sie, es wäre der letzte Hinweis, das letzte Buch. Andererseits wäre sie dann enttäuscht gewesen, weil sie wusste, da war noch so viel mehr.

»Wo war es?«, flüsterte sie und versuchte, ihre Wut nicht durchklingen zu lassen. Versuchte, ihre Gefühle im Zaum zu halten.

»Ich habe die Frau an der Kasse gefragt«, erwiderte er und schaute blinzelnd an dem Bücherregal hinter ihm hoch.

»Das gehört dir nicht.« Emily biss die Zähne zusammen und registrierte den Krampf, der folgte, der immer folgte, wenn sie zu schnell, zu hastig sprach.

Tyler zuckte die Schultern, nahm ein Buch aus dem Regal, stellte es wieder zurück. »Ich wollte nur Zeit sparen.«

»Zeit sparen?«, sagte Emily und versuchte, sich nicht all die Orte vorzustellen, an denen er jetzt lieber wäre. Alle Menschen, bei denen er jetzt lieber wäre, denn es fühlte sich allmählich so an, als ginge es für ihn noch um etwas anderes. Um mehr, als nur darum, ihr zu helfen, das Rätsel ihrer Großmutter zu lösen. Nachdem sie sich von ihm weggedreht hatte, entknotete sie das Band, das um das Päckchen geschnürt war, und packte das Buch aus.

Ein flüchtiger Blick auf das Cover, dann schlug sie es auf und las die Widmung.

Für Antoine – danke, dass du mir gezeigt hast, wie man das Licht einfängt.

»Wer ist Antoine?« Tyler spähte über ihre Schulter, und sie wich einen Schritt zurück, damit er nichts weiter sehen konnte.

»Ich bin nicht sicher«, erwiderte sie, während sie die Geschichte über einen Jungen durchblätterte, der barfuß zur Schule ging. Ein Kind, das ein Paar magische Stiefel geschenkt bekam, damit es höher emporsteigen konnte als all die Menschen, die glaubten, es sei weniger wert, weil es arm war. »Wo ist er?«, murmelte sie, hielt die Buchdeckel auseinander, drehte es um und schüttelte leicht.

»Sie hat gesagt, wir sollen morgen wiederkommen.« Tyler sah zur Kasse, wo eine Verkäuferin mit einem flotten schwarzen Bob gerade einem Mann und seinen drei Mädchen, die so aufgeregt rumhüpften, dass ihre blonden Zöpfe wippten, eine Tüte voller Bücher überreichte. »Offenbar wollte Madeleine es dir persönlich geben, und noch etwas anderes dazu.«

»Was?«

»Sie wusste es nicht. Aber sie hat mir die gegeben.« Er hielt zwei kleine Plastikrechtecke hoch, mit jeweils einem kleinen Metallquadrat in der Ecke. Hotelschlüssel.

»Ein Hotel?« Sie hatte keine Lust auf ein Hotel. Es fühlte sich unpersönlich an und zugleich schäbig, mit ihm ins Hotel geschickt zu werden. Gehörte das zum Plan?

»Offenbar ist es gleich um die Ecke. Dasselbe, in dem Tante Cat immer gewohnt hat, wenn sie zurückgekommen ist.«

Noch mehr Geheimnisse. Noch mehr Überraschungen, die sie erst mal verkraften musste.

Emily wusste, dass ihre Großmutter viel herumgekommen war, als Margot noch ein Baby war. War mit ihr im Tragetuch um die Welt gereist, wenn sie für ihr nächstes Buch recherchierte. Hatte jeden Job angenommen, der sich bot, sodass es gerade reichte, um sie beide durchzufüttern, Papier und Tinte zu kaufen, sowie eine Fahrkarte dorthin, wo es sie gerade hinzog. Erst als Emilys Mutter älter war und eine Schulbildung brauchte, das, was die Gesellschaft »Beständigkeit« nannte, kehrte Catriona nach England zurück. Sie zog zu einer alten Freundin, die für einen großen Londoner Verlag arbeitete.

Aber Paris? Von Paris hatte sie nie gesprochen.

»Ich kann das nicht.« Emily spürte den Schmerz entlang ihrer Narbe. Nicht der auf ihrer Wange, sondern der an ihrer Wirbelsäule, die bis zu ihrem Bein hinunterreichte. Es war einfach zu viel, zu viele Höhen und Tiefen, die sich ineinander verheddert hatten.

»Doch, du kannst«, sagte Tyler und legte eine Hand auf ihren Arm. »Es ist nur ein Tag mehr.«

Für ihn vielleicht, doch für sie war es ewig.

Sie stieß ihn weg. »Ich will nach Hause.«

»Ich weiß, schon kapiert.« Er folgte ihr aus dem Laden, folgte ihr, als sie nach links abbog, dann nach rechts, und wieder nach links. »Es ist verdammt frustrierend, nur den halben Hinweis zu bekommen, die halbe Antwort. Aber du hast ihn gefunden. Und den in London auch. Und du hast sie ganz leicht gefunden, also wird es beim nächsten genauso sein.«

Emily antwortete nicht, weil sie nicht zugeben wollte, dass sie absolut keine Ahnung hatte, wer Antoine war.

Während sie weitermarschierte, rechts von ihr der Fluss, nahm Emily die Menschenmengen, die Richtung Notre-Dame strömten, kaum wahr. Ihr war gar nicht bewusst, dass sie durch die Straßen einer Stadt lief, die sie seit ihrer Kindheit nur noch in der Phantasie besucht hatte. Nie hätte sie gedacht, dass sie den Mut aufbringen würde, wieder herzukommen. Manchmal dachte sie, sie würde überhaupt nie wieder Mut fassen.

»Hör mal, wir sind beide erschöpft.« Er hatte sie eingeholt und hielt jetzt mit ihr Schritt. »Und hungrig. Bist du hungrig? Ich bin's jedenfalls. Warum gehen wir nicht eine Kleinigkeit essen? Es gibt hier in der Nähe einen Laden, den wir ausprobieren können.«

»Ich bin nicht hungrig.«

»Das sagst du jetzt«, erwiderte er mit einem Grinsen. »Aber warte, bis du ihre Kokos-*Moules* mit frischem Baguette probiert hast. Absolut himmlisch, ich schwör's.«

Emily scharrte mit den Füßen, starrte über die Straße zu einer der vielen Brücken in Paris, die von Vorhängeschlössern an ihren Verstrebungen übersät war, mutmaßliche Symbole immerwährender Liebe. Sie war immer noch sauer auf ihn, weil er Madeleines Hinweis entgegengenommen hatte, sauer auf sich selbst, weil sie ihm ihr Skizzenbuch gezeigt hatte.

»Also worum geht es in dem Buch?«, fragte Tyler, als sie weiterging.

»Du hast es nicht gelesen?«

»Doch. Alle. Aber worum geht es wirklich?«

Emily blieb mitten auf dem Gehweg stehen. Achtete nicht auf die genervten Reaktionen der Leute, die an ihr vorbeigingen, sondern versuchte sich zu erinnern, wann das Buch entstanden war. Was gerade in ihrem Leben los war, als ihre Großmutter die Idee hatte.

»Vorurteile«, sagte sie und sah ihn erwartungsvoll an.

»Vorurteile gegen arme Leute?«

Ein knappes Kopfschütteln.

»Mehr.« Beurteile einen Menschen nie nach seinem Äußeren.

Emily dachte an den Tag zurück, als sie aus der Kirche gekommen waren und ein Obdachloser am Friedhofstor lehnte und schlief, ein winziger Hund auf seinem Schoß. So schmutzig war das Fell der armen Kreatur, dass es eher grau als cremefarben war. Emily war mit zugehaltener Nase vorbeigelaufen, und ihre Großmutter hatte deshalb mit ihr geschimpft, weil sie nicht wissen könne, wer er war, was ihm zugestoßen war, dass er auf der Straße gelandet war.

Catriona hatte den Mann und seinen Hund zu ihnen nach Hause eingeladen und Emily befohlen, den Hund in einer alten Blechwanne zu waschen, während sein Besitzer in der Küche einen Teller Bratkartoffeln nach dem anderen verschlang. Ein Hund, der ihr den Schaum von der Hand leckte, während sein kleiner Schwanz so heftig wedelte, dass die Hälfte des Wassers auf den Rasen schwappte. Dann hatte der Mann seine abgetragene Mütze gezogen, lächelnd seine gelben Zähne gezeigt, und weg waren die beiden.

Emily hatte ihre Großmutter gefragt, warum er nicht hatte bleiben wollen, warum er lieber auf der Straße lebte, doch sie hatte bereits diesen Ausdruck in den Augen gehabt, der bedeutete, dass ihre Phantasie arbeitete. Dass die Zahnrädchen in ihrem Gehirn sich schneller drehten, als sie denken konnte.

Catriona Robinson war in ihr Arbeitszimmer gerannt und hatte angefangen, die Umrisse einer neuen Geschichte zu skizzieren, über einen Jungen aus Singapur, dessen Mutter in einer Hütte im Garten ihres Arbeitgebers wohnte. Der nie ein Paar Schuhe besessen hatte, aber wegen seines unerschöpflichen Interesses an der Welt jeden Morgen zu Fuß zur Schule lief. Seine Mitschüler machten sich über seine abgetragenen Kleider lustig, über den Schmutz auf seiner Haut und darüber, dass er das Kind eines Dienstmädchens war, ohne Vater, ohne eigenes Haus. Trotzdem teilte er sein Frühstück eines Morgens mit einer hässlichen Alten, die von den anderen Kindern in seiner Klasse gehänselt wurde.

Es war eine Anspielung auf *Cinderella* mit einer Prise anderer Märchen, aber die Botschaft war klar.

»Es handelt von dir«, sagte Tyler. »Sie handeln alle von dir.«

Sie ging weiter, und die Rollen ihres Koffers hüpften und holperten bei jedem ihrer aufgebrachten Schritte.

»Denkst du, es ist auch eine Lektion über den Wert des Geldes?«, fragte Tyler, während er versuchte, Schritt zu halten. »Tante Cat hätte in einem Schloss wohnen können oder auf einem Boot in Monaco.«

»Na und?«

»Warum hat sie das nicht getan? Ich meine, das Haus ist toll, aber es ist klein. Sehr klein, und Geld hattet ihr genug.«

»Sie hat sich nichts aus Geld gemacht.« Sie hat geschrieben, weil sie musste, hatte immer gesagt, es läge ihr im Blut.

»Die meisten Leute mit Geld sind habgierig.« Tyler wich aus, um eine alte Dame und ihren Pudel vorbeizulassen. »Deine Eltern waren genauso wie deine Großmutter, Geld hat ihnen nichts bedeutet«, sagte er, nachdem er sie wieder eingeholt hatte. »Im Gegensatz zu meinen Eltern, die es immer zu genießen schienen, so viel mehr als alle anderen zu haben.«

Sie standen nebeneinander an einer Ampel und warteten, dass sie Grün wurde, dann legte Tyler seine Hand an Emilys Rücken, als sie begann, die Straße zu überqueren.

»Ich erinnere mich, dass Tante Cat gesagt hat, ich solle nicht auf Geld vertrauen. Versucht hat, mir begreiflich zu machen, dass es immer jemanden mit mehr gibt, so wie es immer jemanden mit weniger geben wird.«

Einen Sommer in Südfrankreich, als sie alle in einer lächerlich teuren Villa Urlaub machten, die Tylers Eltern gezahlt hatten, war Catriona in die Küche gestürmt und hatte darauf bestanden, dem Personal bei der Zubereitung des Abendessens zu helfen, weil man nie vergessen solle, wie nah an der Armut jeder Reiche lebte.

»St. Tropez«, sagte Emily über die Schulter, ohne sich nach ihm umzudrehen.

»Was ist damit?«

»Nächste Station.«

»Bist du sicher?« Er sah sie an, dann nahm er sein Handy und tippte eine Nachricht,

Sie war sicher. Denn ihre Großmutter hatte damals nicht nur mit ihr geschimpft, sondern sie auch an all die Sommer in Südfrankreich erinnert, wo sie und ihre Eltern in extravaganten Villen Urlaub machten und in Hummer und Champagner schwelgten, während andere Kinder mit leeren Mägen und schmutzigen Füßen zu Bett gingen. St. Tropez war eine Stadt, die vor Exzess strotzte, eine Stadt, in der Catriona gewohnt hatte, als sie selbst noch arm war.

Aber wer ist Antoine?, fragte sich Emily erneut, als sie an den Schaufenstern mit schönen Dingen vorbeiging, die niemand wirklich brauchte, aber irgendjemand trotzdem kaufte. *Ist er es, mit dem sie in St. Tropez gelebt hat?*

Dort hatte sie jedenfalls ihren ersten Roman geschrieben, über eine Frau, die sich in den falschen Mann verliebte. Ein Mann, der ihre Liebe nicht erwidern konnte, es jedoch ein Leben lang versuchte.

War sie Antoine nach Südfrankreich gefolgt? War er ihre unerfüllte Liebe, war er Emilys Großvater?

Mit Tränen in den Augen, die alles um sie herum verschwimmen ließen, wandte Emily den Kopf von rechts nach links, versuchte, sich an irgendetwas zu klammern, um zu verdrängen, dass sie bereute, nie nachgefragt zu haben. Nie *hinter*fragt zu haben, wer ihre Großmutter war, nie darüber nachgedacht zu haben, was sie alles aufgegeben hatte, um sie aufzuziehen, und wie sich alles geändert hatte, weil sie überlebt hatte.

»Wenn du sicher bist, gibt es keinen Grund, warum wir nicht jetzt gleich in einen Zug steigen sollten«, sagte Tyler und sah auf seinem Handy nach den Fahrplänen. »Nach St. Tropez. Wenn du willst.« Er wartete auf eine Antwort, auf ein Zeichen, dass Emily ihn gehört hatte, doch sie war abgelenkt.

Da. Ein kleines Stück weiter die Straße entlang. Etwas Vertrautes. Etwas, das sie schon einmal gesehen hatte, doch wann?

Eine Erinnerung. Ein Schmierfleck von einer Erinnerung aus ihrer Kindheit. Wie sie die Straße überquert in nagelneuen roten Schuhen mit Schnallen, die funkeln, wenn sie das Licht einfangen.

»Wo willst du hin?«

Ich erinnere mich daran, dachte Emily, während sie auf einen Laden für Künstlerbedarf mit farbenfrohen Papier-Wellensittichen im Schaufenster zuging, manche mitten im Flug, altmodische Schlüssel in den Schnäbeln, als wahrten sie die Geheimnisse verborgener Orte.

Sie atmete tief ein, als sie hineinging, wo Wachs und Öl und Pergament ihre Sinne überschwemmten. Der Laden war wie eine alte Apotheke eingerichtet, mit Holzschubladen und Glasvitrinen an den Wänden. Überall, wo man hinsah, war Farbe – Tuben und Töpfe und Flaschen mit Farbe, Malkreide und Buntstifte und stapelweise Papier.

In einer Ecke hingen hunderte weiße Quadrate mit Kinderzeichnungen, bei deren Anblick es Emily in den Fingern juckte. Eine Taube, ein Engel, ein Tintenfisch in leuchtendem Lila. Sie erinnerte sich, dass ihre Eltern dachten, sie wäre verschwunden, dabei saß sie nur hinten bei den Staffeleien und versuchte zu malen, weil sie die kleinen Quadrate an der Wand gesehen hatte.

Irgendjemand hatte auf das gezeigt, was Emily gemalt hatte, und gemeint, sie besäße Talent, das gefördert werden sollte. Es war die Zeichnung einer Ente mit langen

Watschelfüßen, wie das Stofftier, das sie überall mit hinnahm. Sie hieß Clyde und kannte alle ihre Geheimnisse, all ihre Hoffnungen und Träume.

Hinter ihr stand eine Holzvitrine, die in gleich große Fächer unterteilt war, in jedem eine dicke zylindrische Malkreide. Sie sahen aus wie Lippenstifte, eingewickelt in cremefarbenes Papier, jeweils mit einer eigenen Nummer.

Ihr Vater hatte ihr eine Schachtel Malkreide gekauft. Emily streckte die Hand aus, traute sich jedoch nicht, den tief zinnoberroten Stift zu berühren, musste die ganze Zeit an die Pappschachtel zu Hause auf ihrer Kommode mit den letzten Resten ihres allerersten Geschenks aus diesem Laden denken. Es brachte sie zu der Frage, ob ihre Großmutter gewusst hatte, wo sie in Paris landen würde. Aber wusste sie überhaupt von der Existenz des Ladens? Was er ihr bedeutete?

Sie konnte die Stimmen ihrer Eltern noch immer hören, wie sie darüber diskutierten, ob vor dem Abendessen noch genug Zeit für Montmartre war. Ob es zu weit wäre für Emily, aber andererseits waren Ferien. Sie konnte sehen, wie ihr Vater einen Blick mit ihrer Mutter tauschte, ihr einen bedächtigen Kuss gab, als hätten sie alle Zeit der Welt. Sie konnte sich noch erinnern, wie es sich anfühlte, von ihnen geliebt zu werden.

Ein vertrautes Gefühl machte sich breit, als sie sich umsah, sich vorstellte, die Vitrinen würden näher rücken, die Stifte und Farbtuben sich über ihren Körper ergießen und sie ganz unter sich begraben. Das Gefühl zu fallen, wenn ihre Beine nachgeben. Kein Boden unter den Füßen, kein Himmel über ihr, nur Dunkelheit und ein penetrantes Piepsen im Ohr.

Emily nahm weder Tylers Stimme wahr noch die besorgten Blicke der anderen Kunden. Sie hörte weder den Verkehrslärm noch spürte sie den Regen auf ihrer Haut, als Tyler sie aus dem Laden führte, weg von all seinen Erinnerungen an ihre Eltern, an das Leben, das sie verloren hatte.

Kurz darauf saß sie in einem Café, hörte Tyler so fließend auf Französisch Wein und etwas zu essen bestellen, dass man ihn für einen Einheimischen hätte halten können. Sie nahm den Stuhl, auf den er sie gesetzt hatte, die Wände mit Art-déco-Postern und einen riesigen Holzhahn, der die Tür bewachte, nur am Rande wahr.

Die Hände um ihr Glas geklammert, trank sie die zerquetschten Trauben in langsamen Schlucken, spürte die Säure in der Kehle. Langsam wurde die Welt wieder sichtbar, ihr Herzschlag beruhigte sich, und ihr Körper entspannte sich auf der gepolsterten Bank.

Eine Kellnerin brachte einen Korb warmes Brot und zwei Töpfe, schwarz wie Kessel, mit geschwungenem Henkel und aufsteigenden Dampfranken, die sie in der Nase kitzelten. Emily spähte hinein, sah einen Muschelberg in wohlduftendem Rahm mit welken Korianderblättern und fein gewürfelten Schalotten. Ihr Magen knurrte erwartungsvoll, und sie rieb sich die Hände, bevor sie sich darüber hermachte. Die Kombination aus Schalentier und Kokossoße schmeckte salzig und süß, als sie ihr Brot hineintunkte.

»Ich habe darüber nachgedacht, was du gesagt hast«, sagte Tyler zwischen zwei Bissen. »Dass du von zu Hause arbeiten willst.«

»Ach, ja?« Emily warf eine geschlossene Muschel in den umgedrehten Deckel ihres Topfs und sah Tyler an. An seinem Handgelenk rann Soße herunter, ein Stück Koriander steckte zwischen seinen Zähnen, und auf seinem Hemd waren Krümel.

»Ich halte das nicht für eine gute Idee. Immer nur per E-Mail mit anderen zu kommunizieren, statt in echt.«

»Ich treffe doch Menschen.«

»Immer dieselben Menschen«, sagte er und zeigte mit

einer leeren Muschel auf sie. »Aus dem Dorf, in dem du fast dein ganzes Leben gelebt hast. Die Leute ziehen nach Wells, um sich zur Ruhe zu setzen, Em, um dort ihren Lebensabend zu verbringen. Nachdem sie alles erlebt haben, was sie erleben konnten, zehren sie von den Erinnerungen, wie sie Abenteuer gemeistert, Herzen gebrochen, sich Wünsche erfüllt haben.«

Emily leckte salzige Tröpfchen von ihren Fingern, ohne auf die kaum verhüllte Beleidigung einzugehen.

»Also?« Soße tropfte von seinem Kinn.

»Also was?«

»Ich finde, du solltest Norfolk verlassen.«

»Das verstehst du nicht.«

»Stimmt.« Er lehnte sich zurück, schob seinen Teller weg, Schaute auf die Tischdecke, wo ihre Hand aus Brotkrümeln unbewusst ein Muster geformt hatte. Es war der Umriss einer Maus mit einem langen Schwanz, der sich um ihren Teller kringelte.

»Früher hast du dir immer Geschichten ausgedacht.«

»Hab ich das?«

»Die ganze Zeit.« Er nickte, dann nahm er sich noch ein Stück Brot. »Wenn wir im Park waren oder im Bus oder irgendein langweiliges Spiel gesehen haben. Du hast dir Geschichten über die Leute um uns herum ausgedacht. Dir vorgestellt, wo sie wohnen, was ihre Geheimnisse sind. Ob sie Marmite oder Toffees mögen.«

»Vanille-Toffees.« Ein Happen Himmel auf Erden.

»Schoko.« Er stupste sie ganz leicht mit dem Fuß an, und sie musste lächeln. »Was ich sagen will, ist, du könntest ohne sie weitermachen.«

Es war dieselbe Idee, die Emily von wohlmeinenden Freunden ständig zu hören bekam. Freunde ihrer Großmutter, Menschen, die sie nur ihretwegen überhaupt kannte. Auf gewisser Ebene wusste Emily, dass sie recht hatten. Verstand, dass sie am besten geeignet war, Catriona Robinsons Erbe weiterzuführen. Andererseits wollte sie es nicht allein machen, denn was, wenn Tyler sich irrte? Was, wenn alle sich irrten, und sie eben nur jemand war, der die Bilder zu anderer Leute Geschichten beisteuerte?

»Nein.«

Er sah sie wieder so an. Als wäre sie ein Rätsel, das er lösen müsste.

»Also, dieses unvollendete Manuskript.« Er lehnte sich zurück, verschränkte die Hände hinter dem Kopf. »Weißt du, wie es ausgeht?«

»In gewisser Weise.« Die Wahrheit war, dass ihre Großmutter nie darüber gesprochen hatte.

»Darfst du es mir sagen?«

Emily bückte sich unter ihren Stuhl, holte ihr Skizzenbuch heraus und schlug es bei einem Bild von Ophelia als Jugendliche auf. Sie fuhr mit dem Fahrrad über die Landstraße, den magischen Atlas in ihrem Rucksack.

Tyler drehte das Buch um, betrachtete jedes Detail, Ophelias Haarsträhnen, die Radspeichen, die sich zu drehen schienen, und die winzigen Dreckspritzer auf ihrer Haut.

»Wo fährt sie hin?«

»Keine Ahnung.«

»Vielleicht musst du es gar nicht wissen«, sagte er. »Vielleicht gibt sie den Atlas jemand anderem, weil sie erwachsen ist. Sie braucht ihn nicht mehr.«

»Aber das ist so traurig«, platzte es aus Emily heraus. »Nur weil man kein Kind mehr ist, muss doch nicht alle Magie verschwinden.«

»Endlich spricht sie!«, sagte er grinsend. »Allmählich habe ich schon befürchtet, das passiert nie.«

Ihr fiel es wie Schuppen von den Augen, dass sie zum ersten Mal seit Wochen einen vollständigen Satz gesagt hatte, zwei Sätze sogar, ohne Luft zu holen. Ohne sich zu sorgen, ob ihre Zunge ihr einen Streich spielen würde, ob sie über die Worte stolpern würde oder, schlimmer noch, über den ganzen Tisch spucken.

»Liegt es an mir oder bist du bei jedem so schweigsam?«

»Ich …« Emily zögerte, weil sie seit Jahren nicht über den Grund nachgedacht hatte.

»Früher war dir egal, was die Leute denken.«

Tyler betrachtete sie noch eine Weile, dann zog er das Skizzenbuch näher zu sich heran, um das Bild noch mal genau zu betrachten. Wie der Atlas geradezu aus Ophelias Rucksack hüpfen zu wollen schien, statt herauszufallen. Ihm fiel eine Schafherde auf, die die Straße blockierte, als wollte sie das Mädchen aufhalten, es dazu bringen, sich umzudrehen und nachzusehen, was noch alles in dem Bild versteckt war.

Er starrte in das Gesicht des hutzeligen Hirten, eine Hand um einen alten Haken, in der anderen eine flauschige gelbe Ente. Tyler erkannte den Hirten, auch wenn Emily es nicht zu tun schien. Es war ihr Vater. Sie versteckte Dinge in ihren Bildern, Dinge, die nicht einmal sie selbst sehen konnte.

»Du scheinst alles wahrzunehmen.« Er legte eine Hand auf das Bild des Mannes, der ihm beigebracht hatte, wie man einen anständigen Fausthieb landete, dass man wahre Freunde nie verpfiff und für die, die man liebte, immer, wirklich immer, eintrat. »Du warst immer so gut darin, die Menschen und ihre Gefühle besser zu verstehen als sie selbst.«

»Ich zeichne, was ich sehe.«

»Nein«, sagte er kopfschüttelnd. »Es ist mehr als das. Es gibt eine Geschichte hinter dem Bild. Mehr als die Worte, die deine Großmutter geschrieben hat. Ich erkenne es jetzt.« Er sah sie an, sah sie genau an, nahm den ausgeprägten Amorbogen, die großen haselnussbraunen Augen und die feine Porzellanhaut in sich auf. »Du bist talentierter, als du glaubst.«

Emily tat das Kompliment ab, ignorierte seine lieben Worte, weil sie so viel Aufmerksamkeit nicht gewohnt war und nicht wusste, wie sie damit umgehen sollte.

»Was ist mit dir?« Sie hatte die blauen Schatten unter seinen Augen gesehen. Die Fältchen unter dem Zweitagebart.

»Was soll mit mir sein?«

Sie deutete mit dem Kopf auf die Gitarre, die neben ihm am Stuhl lehnte.

»Ich liebe Musik«, sagte er. »Sie gibt mir mehr als alles andere das Gefühl, am Leben zu sein. Aber wie du weißt, komme ich aus einer Familie, wo alles für mich entschieden wurde. Welche Schule, welche Universität, welcher Beruf. Zweifellos hatte mein Vater sogar irgendwo eine Liste mit zukünftigen Ehefrauen.«

»Und nun?«

»Sagen wir, mein lieber Vater billigt nicht, wie ich mein Leben führe.«

Emily erinnerte sich, dass ihre Großmutter ihr erzählt hatte, Tyler habe seinen Job verloren. Irgendetwas von einer außerehelichen Affäre und Partydrogen. Damals hatte sie noch gedacht, dass es nicht leicht für ihn gewesen sein konnte, es seinen Eltern zu erzählen, und sich gefragt, wieso er alles hingeschmissen hatte, oder eher, wieso er jahrelang ein Leben geführt hatte, das ihn ganz offensichtlich nicht glücklich machte.

Er tat ihr leid, und das überraschte sie. So lange hatte sie die Briefe seiner Mutter gehasst, in denen sie berichtete, dass er Schulsprecher geworden war, Kapitän des Schwimmteams oder in Cambridge angenommen. Emily tat so, als wäre es ihr egal, wenn sie hörte, dass er um die ganze Welt gereist war, Berge erklommen hatte und zusammen mit Meerestieren geschwommen war. Am meisten nahm sie ihm übel, dass er das Leben lebte, das auch sie hätte leben sollen.

»Du hast es gehasst.«

Tyler nicke. »Alles daran. Die Drogen, die Affäre, das war ich nicht, es war ein Lebensstil, nach dem ich gestrebt hatte, ohne es wirklich zu wollen. Das ärgert ihn am meisten. Dass ich nicht so sein will wie er.«

Sein Gesichtsausdruck war abweisend, der Rest der Antwort dahinter verborgen. Doch da war ein Spalt, ein Anhaltspunkt in der Art, wie er mit seiner Gabel herumspielte, damit gegen sein Glas schlug, dass es klirrte. Emily stellte sich Klangblasen vor, in denen sich all seine Geheimnisse, sein ganzer Schmerz sammelten. Klangblasen, die über ganz Paris schwebten, bis sie irgendwo in den Wolken platzten.

»Das erste Mal, als ich Johnny Cash gehört habe«, sagte er, während er dem Kellner ein Zeichen gab, dass er zahlen wollte.

»Wie bitte?«

»Ich erinnere mich noch ganz genau. Wir sind von meinen Großeltern zurückgefahren und ›Ring of Fire‹ kam im Radio. Es war eine körperliche Reaktion. Ich saß sofort ein bisschen gerade und bat meine Mutter, es lauter zu drehen.« Er schaute zu seiner Gitarre. »Plötzlich wusste ich, was ich später werden wollte.«

Zu Weihnachten hatte er eine Gitarre bekommen. Emily erinnerte sich, wie aufgeregt er in jenem Jahr gewesen war, wie er am Fußende seines Bettes hockte und sie fragte, ob man, auch wenn man nicht mehr an den Weihnachtsmann glaubte, das bekam, was man sich am meisten wünschte. Sie waren so jung, so voller Hoffnung. Es war das letzte Weihnachten, an dem Emily gewagt hatte, sich etwas zu wünschen, das letzte Mal, dass sie noch an die Magie der Welt glaubte.

»Hast du je so etwas gefühlt?« Er legte Geld auf den Tisch, schob den Stuhl zurück, dann ging er um den Tisch herum, um ihren zurückzuziehen, als sie aufstand.

Emily lächelte, als ihr das Cover eines ihrer Lieblingsbücher in den Sinn kam.

»*Matilda*.«

»Wer?«

»Von Roald Dahl.« Es war eines der ersten Bücher, das sie je selbst gelesen hatte, ohne dass ihr jemand dabei geholfen hatte, die Worte zu entziffern. Da erst hatte sie die Macht der Worte verstanden. Dass sie einen in eine andere Welt versetzen können. Und das war nicht alles, die Zeichnungen des winzig kleinen Mädchens hatten in ihr den Wunsch ausgelöst, all die Bilder zu malen, die sie im Kopf hatte.

Tyler hatte in jenem Jahr eine Gitarre bekommen, aber das, was ihr geschenkt worden war, schien so viel mehr. Ein Skizzenbuch mit Ledereinband und ihren Initialen und eine Holzschachtel mit Malkreide, jede einzelne in cremefarbenes Papier gewickelt, auf das eine Zahl gestempelt war.

Malkreiden, die hier gekauft worden waren, in Paris, von ihren Eltern. Zweifellos während sie selbst oben im Laden saß und abwechselnd jedes einzelne jener weißen Quadrate betrachtete und sich fragte, ob sie je in der glücklichen Lage wäre, ihre eigenen Phantasiewelten abzubilden.

»Was bringt dir Spaß?«, fragte Tyler.

»Spaß?«, erwiderte Emily stirnrunzelnd.

Tyler legte den Arm um ihre Schultern, als sie gingen, und Emily konnte Knoblauch in seinem Atem riechen.

»Wir sind in Paris, einer der wundervollsten Städte der Welt, und so wie ich Tante Cat kannte, hätte sie sicher gewollt, dass du wenigstens versuchst, ein bisschen Spaß zu haben, während du hier bist.«

Er wartete auf eine Antwort, aber sie hatte keine Ahnung, was sie sagen sollte, denn sie hatte nicht gerade viel »Spaß« gehabt, seit ein einziger, dummer Fehler ihr Leben zerstört hatte. Im Bruchteil einer Sekunde war alles dunkel und ausgesprochen unlustig geworden. Nicht nur für Emily, sondern auch für ihre Großmutter, und trotzdem mussten sie einfach weitermachen, Freude in den kleinen Dingen finden, wie einem Vogel, der so zutraulich wurde, dass er jeden Morgen kam, um mit ihr das Frühstück zu teilen. Oder sich in ihren Phantasiewelten verlieren und sich einreden, dass man Glück erschaffen kann, solange man sich nicht gestattete, sich an die Menschen zu erinnern, mit denen man es am liebsten geteilt hätte.

»Mir bleiben nur noch acht Tage.« Acht Tage, bis ihr alles genommen würde.

Tyler tat ihren Einwand ab. »Ich weiß, ich weiß, irgendwo tickt eine Bombe, die in nicht allzu ferner Zukunft hochgehen wird, aber Madeleine kommt nicht vor morgen früh zurück, und ein paar Leute aus der Buchhandlung haben gefragt, ob wir uns später mit ihnen treffen wollen.«

»Wir?«

»Lass uns nur für diesen einen Tag so tun, als wären wir nicht nur in Paris, um ein verschollenes Manuskript zu suchen oder dein Erbe zu retten. Was ist das Schlimmste, was passieren kann?« Den letzten Satz sagte er mit einem breiten Grinsen, das Emily noch von früher kannte. Ein Grinsen, das ihr sagte, er war auf ihrer Seite, er würde nicht zulassen, dass ihr irgendetwas Schlimmes widerfuhr, jedenfalls nicht willentlich.

11

Eule

Athene noctua

Es fühlte sich an wie im Märchen, als wäre sie kurzzeitig in eine der Figuren geschlüpft, die jemand anders erdacht hatte. Ein Nachmittag in Gesellschaft eines Fast-Fremden, der behauptete, es sei unmöglich, zwischen all den Galerien und Museen in Paris zu wählen und deshalb mit ihr auf dem Fahrrad am Canal Saint-Martin entlangfuhr und dann über die alte Bahnstrecke der Promenade Plantée spazierte. Sie waren in den Arkaden durch die Läden von Glasbläsern und Geigenbauern geschlendert, hatten dann bei Kaffee und Macarons Pause gemacht und die Welt vorbeiziehen lassen.

Kein einziges Mal hatte Tyler sie dabei bedrängt, nie über ihr Leben ausgefragt, sondern die Augenblicke stattdessen mit Geschichten aus ihrer gemeinsamen Vergangenheit gefüllt. Er hatte von Sandburgen, Schneemännern und Feuerwerk gesprochen, das sie noch immer vor sich sahen, wenn sie die Augen schlossen, und Emily hatte sich damit begnügt zuzuhören, sich an all die schönen Dinge zu erinnern, ohne ihren Gedanken je zu erlauben, in Regionen abzuschweifen, die sie bewusst mied.

Stunden später, als ihre Füße brannten und ihr Kopf vollgestopft war mit Bildern, überzeugte Tyler sie, dass sie jetzt statt einer Badewanne im Hotel vor allem einen Cocktail brauchte.

Sie blieben vor einer Bar stehen, wo die Leute draußen

auf knallgelben Stühlen neben Palmen in übergroßen Töpfen saßen, über dem Eingang eine pinkfarbene Neonröhre. Drinnen war es genauso trendy, genauso einschüchternd, mit Parkettböden, eingelassenen Sitzbereichen und einer ganz mit Efeu bewachsenen Wand. Ein Barkeeper kippte Flaschen über die Schulter, sodass sich ein langer Strahl in eine Reihe hoher Gläser ergoss, und jeder Zentimeter des Raumes war mit jungen Parisern gefüllt, die eine Nacht wie jede andere genossen.

Für Emily war sie jedoch nicht wie jede andere, denn es war das erste Mal, dass sie den Fuß in so einen Laden setzte, und sie fühlte sich wie eine Schildkröte ohne Panzer.

»Na komm.« Tyler legte einen Arm um sie und führte sie durch die Menge zu einem Samthocker an der Bar.

Emily überflog die Karte, um sich davon abzulenken, wie fehl am Platz sie sich vorkam.

»Was willst du?« Tyler hatte sich vorgebeugt, damit sie ihn verstand, und Emily spürte seinen Atem auf ihrer Wange, wich automatisch kopfschüttelnd zurück.

Tyler sah aus, als wollte er etwas sagen, doch dann wandte er sich an den Barkeeper und fing ein Gespräch an, dem Emily auch nicht hätte folgen können, wenn es nicht so laut gewesen wäre. Ein paar Minuten später wurden zwei Flaschen Bier über die Bar geschoben, zusammen mit zwei Schnapsgläsern, in denen sich eine leuchtend blaue Flüssigkeit befand.

»Was ist das?« Emily nahm eine der Flaschen, um damit das Schnapsglas wegzuschieben.

»Mut antrinken«, rief Tyler über die Musik hinweg, dann nahm er beide Gläser und gab eins davon Emily, bevor er seines leerte und die Augen zusammenkniff, als der Alkohol durch seine Kehle rann. »Komm schon.« Er stupste sie leicht an der Schulter, und zu ihrer eigenen Überraschung hob sie das Glas an die Lippen und kippte den Inhalt runter.

Es fühlte sich an wie Feuer und Eis und außerdem, als hätte sie Meerwasser in die Nase bekommen, wovon ihre Augen brannten. Sie blinzelte hastig, während es sie innerlich schüttelte, und wischte sich die Augen, als wie aus dem Nichts zwei weitere Kurze vor ihr standen.

»Nein«, sagte sie, doch es klang nicht sehr überzeugend, und ihre Finger schlossen sich schon um das Glas und führten es an ihre Lippen. Als ihre Augen wieder geradeaus schauten, bemerkte Emily, dass eine junge Frau neben Tyler aufgetaucht war, das pechschwarze Haar zu einem asymmetrischem Bob geschnitten, die Lippen tiefrot angemalt. Sie schmiegte sich an ihn wie eine Katze, zwei dunkle Augen, die Emily musterten und sich dann wieder ihrer Beute zuwandten.

»Emily«, sagte Tyler, trat von der Bar zurück und ergriff Emilys Arm. »Das ist Agnès. Sie arbeitet bei *Shakespeare & Company.*«

»Freut mich, dich kennenzulernen«, sagte Agnès mit starkem Akzent, obwohl sie alles andere als erfreut wirkte, dass Tyler nicht allein erschienen war. »Was wirst du singen?«

»Singen?« Emily verfluchte sich dafür, dass sie das S gelispelt hatte, hasste es, wie Agnès kaum merklich den Mund verzog, während sie einen Moment zu lang ihre Narbe ansah.

»*Oui,* wieso solltest du sonst in eine Karaokebar kommen, wenn nicht, um zu singen?« Agnès nahm ein Tablett mit den fertigen Getränken von der Bar, und die verschiedenartigen Gläser klirrten, als sie damit wegging, doch dann drehte sie sich noch einmal herausfordernd zu Emily um. »Oder kannst du es vielleicht nicht?«

»Lass uns zu den anderen gehen, ja?« Tyler reichte Emily ein Bier, und sie kratzte mit dem Fingernagel am Flaschenhals, während sie ihm in den hinteren Teil der Bar folgte, dann eine Treppe hinunter und durch einen Gang mit je drei Türen zu beiden Seiten. Über jeder war eine Glühbirne, fünf davon leuchteten rot, doch Agnès blieb vor der Tür mit der weißen Glühbirne stehen und trat mit dem Schuh dagegen. Einen Augenblick später öffnete sie sich, und eine junge Frau mit langem, wasserstoffblondem Haar steckte den Kopf heraus. Ihr Blick wanderte an Agnès vorbei zu Tyler und dann zu Emily. Sie sagte etwas zu Agnès, dann kam sie näher, um Emily auf beide Wangen zu küssen.

»Enchanté«, sagte sie mit einem Lächeln, das bis zu ihren Augen reichte. *»Je suis Clémentine.«* Emily mochte sie sofort, nicht zuletzt, weil sie ein Trägerhemd und Jeans trug und Farbe unter den Fingernägeln hatte, sodass Emily sich in ihren Kakishorts und dem schlichten weißen T-Shirt nicht mehr ganz so gehemmt fühlte, nicht mehr ganz so klein neben der perfekt gestylten, sehr französischen Agnès.

Clémentine stellte sich Tyler vor, dann trat sie beiseite, um sie in das Karaokezimmer zu lassen. Emily hatte eine Art Gummizelle erwartet, doch der Raum glich einem sehr kleinen, fensterlosen Wohnzimmer mit grünen Sitzen an drei der Wände, gedämpftem Licht und einem riesigen Bildschirm neben der Tür. Ein Mann fummelte an den Knöpfen unter dem Bildschirm herum und murmelte vor sich hin. Er trug eine enge Lederhose und ein geblümtes Hemd, das fast bis zum Bauchnabel aufgeknöpft war und den Rand einer Tätowierung entblößte. Er blickte auf, als sie hereinkamen, und sein Stirnrunzeln wurde zu einem Lächeln, als er Emily erkannte.

»Agnès, tu ne m'as pas dit que tu m'as apporté un cadeau«, sagte er mit einer Verbeugung, nahm Emilys Hand und küsste sie bedächtig, dann führte er sie zu einem Platz in der Ecke.

»Ich bin …«, sagte Emily, die sich vage erinnerte, dass *cadeau* »Geschenk« bedeutete. Sie sah hilfesuchend zu Tyler, doch er starrte sie nur an.

»Du darfst Frédéric gar nicht beachten«, sagte Agnès, während sie die Tür schloss. »Er flirtet mit jeder.«

Das dumpfe Geräusch der Tür, das endgültige Klicken eines Schlosses, und Emily versuchte, nicht in Panik zu geraten.

Alles ist gut. Emily fing an, mit den Fingern auf ihren Oberschenkel zu trommeln. *Alles ist gut,* wiederholte sie, den Blick starr auf die Tür gerichtet, durch die man eben noch auf eine Treppe geblickt hatte, doch jetzt gab es kein Fenster, kein Licht, außer das künstliche Flackern des Monitors.

»Geht es dir gut?« Frédéric setzte sich neben sie, doch jeder Versuch einer Antwort war vergebens, da die Melodie von »Single Ladies« aus den Surround-Lautsprechern dröhnte, dass ihre Ohren pochten. Agnès stellte sich in die Mitte des Raumes und begann, mit brüchiger Stimme Tyler anzusingen. Emily konnte nicht anders, als zuzusehen, wie Agnès sich rekelte, wie ihr Körper sich in Emilys Kopf in eine Schlange verwandelte, die sich um den Raum herumwickelte und aus ihnen allen die Luft herauspresste.

Emily schüttelte ruckartig den Kopf, senkte das Kinn und versuchte sich stattdessen darauf zu konzentrieren, wie sie vorhin einem Mann zugesehen hatte, der in geschmolzenes Glas blies und es immer wieder drehte, um eine Vase zu formen, die aussah, als würde ein Regenbogen hindurchlaufen. Sie atmete ein und wartete darauf, dass die Musik anfing zu wirken und es ihr ermöglichte, die reale Welt auszublenden.

»Willst du es auch mal versuchen?« Frédéric saß zu nah, und die Art, wie er sie ansah, als wäre sie eine Delikatesse, von der er kosten wollte, brachte sie dazu, von ihm abzurücken und ein Kissen dazwischenzuschieben.

»Non, merci«, sagte sie, trank einen Schluck und sah dorthin, wo Agnès sich für Tyler verrenkte, der jedoch mehr daran interessiert zu sein schien, wie Frédéric ihr

immer näher kam. Die Situation war surreal – als wäre sie in ein Kaninchenloch gefallen und in einer alternativen Realität aufgewacht.

Die Musik verstummte, und Stille senkte sich über den Raum, da niemand etwas sagte und alle zu warten schienen, dass etwas passierte. Agnès ging auf sie zu und hielt Emily das Mikrophon hin, eine Augenbraue fragend hochgezogen.

»Elle a dit non.« Clémentine nahm das Mikrophon und lächelte Emily verständnisvoll an.

Agnès gähnte, dann nahm sie sich einen Martini und rührte ihn mit einer Olive an einem Zahnstocher um. »Du bist also nur Illustratorin, anders als deine Großmutter?«

Nur. Ein einziges Wort, so unschuldig, so vorsätzlich. Dann erst begriff Emily, was Agnès gerade gesagt hatte. »Du weißt Bescheid?«

»Die ganze Welt weiß über dich und deine kleine Schatzsuche Bescheid«, erwiderte sie. »Warum sollte er dich sonst nicht aus den Augen lassen?« Agnès sah zu Tyler, dann wieder zu Emilys Narbe.

Es war eine Herausforderung. Vielleicht lag es am Alkohol oder einfach an der Andersartigkeit dieses Tages, dass sie aufstand, sich das Mikrophon von Agnès schnappte und zum Bildschirm ging. Oder vielleicht lag es auch einfach daran, dass sie es satthatte, wie Agnès sie fixierte, mit dieser Mischung aus Mitleid und Belustigung, dass sie die Liste mit den Songs durchging und versuchte, nicht zu viel darüber nachzudenken, was sie da tat.

»Du musst das nicht machen«, sagte Tyler neben ihr und beugte den Kopf zu ihr.

Emily wagte nicht, ihn anzusehen, wusste, dass ihr ganzer Wagemut, ihre übergeschnappte Impulsivität dann verpuffen würden.

»Doch.«

Als die ersten Takte von *Heart of Glass* den kleinen Raum füllten, schloss Emily die Augen und stellte sich vor, dass alle um sie herum weggezaubert wurden. Ihre Hand umklammerte das Mikrophon, als sie die Schwingungen der Bassgitarre spürte, sie sich davon erfüllen ließ und den Mund öffnete, um zu singen. In jenem Moment gab es nichts außer ihr und dem Song, nichts als die Freiheit und völlige Furchtlosigkeit, die Musik ihr immer verlieh. Ihre Stimme war weich, aber kraftvoll, jedes Wort eingehüllt in satte Töne, die ihrer Kehle entwichen, ohne sich in ihrer Narbe oder ihren Zweifeln zu verfangen.

Der Song ging zu Ende, eine kurze Pause, in der die Welt um sie herum wieder Gestalt annahm, und Emily öffnete die Augen im selben Moment, als Frédéric, Clémentine und sogar Agnès begeistert aufsprangen.

»Wow. Einfach wow.« Tyler strich sich das Haar aus dem Gesicht und starrte Emily an. Sie gab das Mikrophon zurück und biss sich auf die Innenseite ihrer Wange, um sich das Lächeln zu verkneifen, doch konnte sie nicht verhindern, dass sie rot anlief. Sie hob die Hand, um ihre Narbe zu bedecken und zuckte zusammen, als Tyler sie wegzog und stattdessen fest drückte.

»Das war unglaublich«, sagte er mit einem bedächtigen Kopfschütteln.

»Dann stimmt es also gar nicht?«, fragte Agnès stirnrunzelnd.

»Was?«, erwiderte Emily, während sie sich mit einer Hand an der Wand abstützte, weil die zwei Schnäpse, die sie vorher getrunken hatte, jetzt durch ihre Venen wirbelten.

»Dass du seit dem Unfall nicht richtig sprechen kannst. Denn wenn du singen kannst, musst du doch auch sprechen können.« Sie hielt Emily ihr Handy hin mit einem Foto von ihr bei *Shakespeare & Company* und einer Überschrift auf Französisch, die Emily nicht so schnell übersetzen konnte, wie Agnès das Handy wieder wegzog. »Ist das alles eine Lüge, für die Medien?«

Emily schwankte, ließ sich aufs Sofa sinken, während sie ihr Gehirn anstrengte, um eine halbwegs intelligente Antwort zusammenzusetzen.

»Singen ist etwas anderes.«

»Agnès.« Clémentine zupfte am Ärmel ihrer Freundin. »*Laisse la tranquille.*«

»Die Bücher sind *incroyables*«, sagte Agnès und zog einen Schmollmund. »Aber es ist falsch zu lügen, wenn es keine mehr gibt.«

»Du hast vielleicht ein Idol verloren, jemanden, den du aus der Ferne bewundert hast«, Tyler legte Emily seine Jacke über die Schultern und half ihr auf die Füße. »Aber für sie war es ihre Großmutter, also lass sie in Ruhe.«

»War schön, dich kennenzulernen, Emily.« Clémentine lächelte, als sie ihnen beiden die Tür aufhielt, zuckte nur die Schultern, als sie dorthin sah, wo jetzt Agnès auf Frédérics Schoß saß.

»Komm, Cinderella«, sagte Tyler zu Emily, als sie die Treppe hochstiegen und er sie durch die Bar führte. »Wir bringen dich nach Hause.«

»Nach Hause«, murmelte Emily, als sie nach draußen traten, und für eine Sekunde fühlte sie, wie ihre Stimmung dort oben, wo sie balancierte, gefährlich nah am Glück, zu kippen drohte. Dann atmete sie den Duft einer Stadt ein, die sie nicht kannte, erinnerte sich an den Klang, den Anblick einer Gruppe Fremder, die sie in ihre Welt eingeladen hatten, und sie musste lächeln. Ein echtes Lächeln, das bis zu ihrer Narbe reichte und darüber hinaus, und zum ersten Mal dachte sie, dass es kein Fehler gewesen war, mit Tyler herzukommen.

Der Mond stand tief und schien hell, warf Lichtsprenkel auf die Pfützen, die sich gebildet hatten, als sie dort drinnen war und von Liebe, Verlust und der unbändigen

Hoffnung gesungen hatte, an die nicht zu glauben Emily sich eingeredet hatte. Wieder war es so gewesen, als hätte sie sich in das Leben eines anderen gedrängt, eine Existenz, die nicht ihr gehörte, die bisher unerreichbar gewesen war. So lange war sie davon ausgegangen, dass die Zukunft, die sie einst für sich selbst gesehen hatte, nie eintreten würde. Jahre waren vergangen, in denen sie nichts getan hatte, als festen Abläufen zu folgen, einem Alltagsdrehbuch, das sich nie änderte, weil sie sich darin sicher fühlte, geborgen. Doch jetzt hatte sie die andere Seite gesehen, gesehen, was auf sie wartete, wenn sie den Schritt durch die Tür in den geheimen Garten wagte, den sie so lange ignoriert hatte.

»Wir könnten auf ein Taxi warten«, schlug Tyler vor und steckte sich eine Zigarette an, dann blies er ein paar Ringe in den Himmel.

Emily schüttelte den Kopf, schlang die Arme um den Körper und schaute in beide Richtungen, bevor sie die Straße überquerte.

Irgendetwas schien in ihr zu sein, das rauswollte. Ein Gefühl oder die Erinnerung an ein Gefühl, das bis zu diesem Augenblick nicht mehr als ein unmöglicher Traum gewesen war. Emily konnte immer noch nicht ganz begreifen, dass sie mit Tyler durch die Straßen von Paris lief, weit weg von allem, was sie zu brauchen glaubte, von dem sie geglaubt hatte, es sei alles, was sie je bekommen würde.

War das die Absicht ihrer Großmutter gewesen?

Sie schaute wieder in den Himmel, begann, die funkelnden Sterne zu zählen.

»Ich ziehe nach Nashville.« Tyler starrte einen Straßenkünstler auf der Brücke an, als sie vorbeigingen. Ein Mann mit einem dunklen, drahtigen Bart und rosigen Wangen, die sich blähten, während er auf einer glänzenden Trompete spielte.

»Warum Nashville?« Emily fiel nichts Besseres ein, denn sie konnte sich nicht vorstellen, warum ein Mann, der früher mit Aktien und Wertpapieren gehandelt und reiche Leute noch reicher gemacht hatte, plötzlich beschloss, Countrymusiker zu werden.

»Um die Stadt einzuatmen. Um sie wie einen Lieblingspulli zu tragen, in den ich mich einkuscheln kann. Um mich inspirieren zu lassen.«

So wie Catriona, als sie nach Paris gekommen und fünf Fremden begegnet war, die ihre engsten Freunde wurden.

»Irgendwie ist das romantisch«, sagte er, nahm ihren Arm und führte sie über die Straße aus Kopfsteinpflaster. »Sich in der Musik zu ertränken, und Country hat so viel Herzschmerz, so viel Sehnsucht, verpackt in wunderschöne Melodien.«

Emily dachte an das Notizbuch, das er mit sich herumtrug. Fragte sich, was er darin verbarg, und ob er es ihr zeigen würde, so wie sie ihm ihre Zeichnungen gezeigt hatte.

Die Hoteltreppe war alt und schmal, mit einem Metallkäfig als Fahrstuhl in der Mitte. Zimmer 304 hatte einen Messingtürklopfer in Form einer Eule.

Eine Gruppe Eulen nennt man im Englischen ein Parlament. Emily schaute den Flur entlang, sah eine Reihe von kleinen Messingeulen, deren Schnäbel aus jeder Tür hervorlugten. *Und ihre Ohren sind asymmetrisch, damit sie den genauen Ort ihrer Beute bestimmen können.* Sie begann, mit dem Kopf der Eule an die Tür zu klopfen, ganz behutsam, immer wieder.

»Tut mir leid.« Tyler stand neben ihr und hielt einen Schlüssel hoch. »Was Agnès vorhin gesagt hat.«

»Vergiss es«, erwiderte Emily und ließ die Eule los, um an ihrer Halskette herumzufummeln.

»Ich wollte nicht, dass du den Kram aus dem Internet mitkriegst.« Er lehnte sich an den Türrahmen, und die äußerste Spitze seines Stiefels berührte ihren Schuh.

»Schon gut.«

»Nein, das ist es nicht. Es ist nicht fair, dass jeder eine Meinung dazu hat, was du hier treibst, wenn du es noch nicht einmal selbst weißt.«

Jeder hatte eine Meinung über sie, das war schon immer so gewesen, nur jetzt konnte Emily das nicht mehr ignorieren, denn wenn sie das tat, wenn sie aufgab und nach Hause zurückkehrte, gab es vielleicht bald nichts mehr, wohin sie zurückkehren konnte.

»Gute Nacht, Tyler.«

»Gute Nacht, Emily.« Er beugte sich vor, um ihr einen sanften Kuss auf die Wange zu geben, und sie zuckte nicht zusammen, wich nicht vor seiner Berührung zurück, wie sie es bei jedem anderen getan hätte.

Er roch noch genauso. Nach Leder, Haargel und Pfefferminz. Sie fühlte sich in ihre Kindheit zurückversetzt, zum Anfang der Pubertät und dem ersten Mal, als sie einander mit anderen Augen sahen.

Sie stand im Flur von ihrem Elternhaus, auf dem Sprung zu einer Aufführung von *Ein Sommernachtstraum* im Regent's Park. Sie trug das Haar offen und ein dunkelgrünes Kleid. Es klingelte an der Tür, und als sie öffnete, stand er in Jackett und Krawatte vor ihr, mit zurückgekämmtem Haar und einem ungläubigen Gesichtsausdruck.

Dreizehn Jahre alt und an der Schwelle zu einem ganz außergewöhnlichen Leben. Zwei Kinder, die erst noch zu Erwachsenen heranreiften, erhaschten einen Blick darauf, wie sie sich verändern würden.

Er wich zurück und sah sie genauso an wie an jenem Sommerabend vor fünfzehn Jahren. Als würde er sie erst jetzt zum ersten Mal wahrnehmen, hinter die Narbe und all die Verletzungen schauen, die ihr Körper erduldet hatte.

Für den Bruchteil einer Sekunde vergaß Emily die Bombe, die ihre Großmutter hatte platzen lassen. Doch als er ging und sie die Tür zu ihrem Zimmer hinter sich schloss, wurde Emily klar, dass sie ein bisschen enttäuscht war. Dass er es irgendwie geschafft hatte, sie aufzuheitern, und ohne ihn gleich wieder alles düsterer war.

Deshalb tat sie, was sie immer tat, wenn der Schmerz sich anschlich, sie setzte sich ans Fenster, öffnete es weit, um die Nacht einzuatmen, setzte sich die geborgten Kopfhörer auf und begann zu zeichnen. Doch diesmal stellten die Linien, die auf dem Papier erschienen, etwas Neues dar. Ein Mann mit schlenderndem Gang, eine Gitarre über der Schulter, eine Locke im Nacken.

Sie zeichnete ihn in der Nacht auf einem Feld mit Bäumen, die sich ihm zuwandten und lauschten, während er spielte. Eine lange Reihe Noten entwich den Saiten, die er zupfte. Noten, die aufstiegen, über seinen Kopf, und sich in einen Schwarm verwandelten, ein Miasma aus Aberhunderten von Vögeln im Flug.

12

Hüttensänger

Sialia

Die Frau, die Emily gegenübersaß, trug ihr Gesicht wie eine Entschuldigung fürs Älterwerden. Sie rührte in ihrem Kaffee und aß mit der Gabel winzige Happen Kuchen, während sie Emily zuhörte, die einen Auszug aus der Vergangenheit ihrer Großmutter vorlas. Emily selbst versuchte, die Symphonie aus Akzenten zu ignorieren, die vom anderen Ende des Cafés zu hören war, wo eine Gruppe von sechs Leuten sich um einen Tisch drängte und in gebrochenem Englisch die Abenteuer der vergangenen Nacht besprach. Eine Frau aus der Gruppe hatte einen dunklen Bob.

Agnès gehörte zu der aktuellen Hipster-Schar, die ihre literarischen Phantasien auslebte, indem sie im Buchladen nebenan wohnte. Wenn sie sich nicht gerade an Paris erfreute oder aneinander, so wie letzte Nacht. Es machte Emily eifersüchtig, dass jemand wie Agnès in die Fußstapfen ihrer Großmutter trat, während sie selbst nie die Gelegenheit dazu gehabt hatte.

»Catriona hat meiner Mutter sogar noch geschrieben, als sie den Laden gar nicht mehr hatte.« Madeleine starrte Emilys Narbe an. Sie spürte den Blick, während sie die Worte ihrer Großmutter sorgfältig zusammenfaltete, sie in ihre Tasche steckte. »Sie hat uns immer ein Vorabexemplar all ihrer Bücher geschickt, schon bevor sie berühmt war.«

Bevor, dachte Emily. Darauf lief es immer hinaus. Als wäre ihre Großmutter es nur wert, sich an sie zu erinnern, weil sie über eine Idee gestolpert war, eine Figur, die so viele Menschen berührt hatte. Sie fand es immer kränkend, dass all die veröffentlichten Werke ihrer Großmutter bis dahin nur für das, was danach kam, Beachtung fanden. Ruhm und Reichtum, der ewige Traum.

Emily gähnte und trank einen letzten Schluck Kaffee. Sie hatte in der letzten Nacht wieder nicht schlafen können, sich im Bett hin und her gewälzt, doch ihr spukten noch zu viele Fragen im Kopf herum, um nach England zurückzukehren. Schließlich war sie aufgestanden, hatte eine Nachricht unter Tylers Tür hindurchgeschoben und war durch Paris gelaufen, auf der Suche nach weiteren Hinweisen auf ihre Vergangenheit, nach weiteren Erinnerungen.

Kurz vor Tagesanbruch fand sie sich vor dem Café der Buchhandlung wieder, in der schon Licht brannte, und von drinnen drang der Duft nach Kaffee und Croissants auf die Straße. Eine Frau mit kastanienbraunem Haar, durchzogen von grauen Strähnen, stand hinter dem Tresen. Sie sah auf, als Emily in der Tür stand, und beide hielten inne, um den Anblick des anderen in sich aufzusaugen.

Madeleine hatte auf einen Tisch am Fenster gezeigt, mit Blick auf die langsam erwachende Welt da draußen, dann Kaffee gebracht, dunkel und stark, und Kirschmandelkuchen, weil die Croissants noch im Ofen waren. Nachdem sie sich gesetzt hatte, schob sie wortlos einen schlichten weißen Umschlag über den Tisch.

Emily schaute zu den Hipstern und fragte sich, wie es sich anfühlen musste, zu etwas so Unbefangenem, so Unschuldigem dazuzugehören. Wenn sie mutig genug gewesen wäre, sich auf solch ein Abenteuer einzulassen, wäre ihr Leben anders verlaufen.

»Tut mir leid, dass ich dich im Ungewissen gelassen

habe.« Madeleine folgte Emilys Blick, sah, wie die Gruppe gemütlich das Café verließ und Agnès mit einem knappen *bonjour* in ihre Richtung nickte.

Emily beneidete sie darum, wie nah sie sich waren, wie verbunden durch gemeinsame Erfahrungen. Um die Ungezwungenheit im Umgang miteinander, den Geruch nach Verlangen in ihren Kleidern, ihrer Haut. »Du wusstest Bescheid.«

»Über die Schatzsuche?« Madeleine nahm ihre Tasse, stellte sie wieder ab. »Ja, aber ich habe versprochen, nichts zu verraten.«

Ein Knäuel aus Versprechen und Geheimnissen.

»Wer ist Antoine?«

Madeleine lächelte bei der Erwähnung seines Namens, dann schob sie mit Hilfe ihrer Gabel die Kuchenkrümel zu einem kleinen Haufen.

»Antoine war – *ist* – eine Naturgewalt. Stark, schön und intelligent. Eine fatale Kombination, besonders bei einem Mann, der ganze Shakespeare-Werke rezitieren konnte, sogar noch nach zwei Flaschen Wein. Meine Mutter hat erzählt, dass sie alle in ihn verliebt waren, auf die eine oder andere Art. Selbst ich war als Jugendliche in ihn verknallt, obwohl mir klar war, dass er sich nie für jemanden wie mich interessieren würde.«

»Wo ist er jetzt?« *Er lebt.* Emily verspürte ein vorfreudiges Kribbeln.

»Sag du es mir. Ist das nicht der Sinn des Ganzen, dass du es selbst herausfindest?«

Emily wünschte, sie wüsste, was der Sinn war, und ob Antoine der wahre Grund war, weshalb sie hier war.

»Komm mit.« Madeleine stand auf. »Ich will dir zeigen, warum ich dich hergebeten habe.«

Sie gingen in den hinteren Teil des Cafés, stiegen eine schmale Wendeltreppe zu einem unordentlichen Dachboden hoch, der teils Büro, teils Lagerraum zu sein schien.

Madeleine begann, einen Bücherstapel zu durchsuchen, dann kletterte sie auf einen der Tische und schob auf dem obersten Regal staubige Kartons beiseite.

Emily ging zum Fenster, lehnte sich hinaus und schaute in einen Innenhof, in dem jemand saß und las. Pariser Balkone und Dächer, so weit das Auge reichte, und wenn Emily sich auf die Zehenspitzen stellte, konnte sie am Horizont gerade noch die Spitze des Eiffelturms ausmachen.

»Ah, das ist es ja.« Madeleine ließ etwas auf den Schreibtisch fallen, dann kletterte sie wieder runter und rieb die Hände aneinander, sodass winzige Staubpartikel durch die Luft wirbelten.

Es war ein Fotoalbum mit Schnappschüssen aus der Vergangenheit. Als Erstes erkannte Emily Gigi, die ihren Schmollmund in die Kamera hielt, während sie, einen Fuß nach hinten ausgestreckt, auf einer umgedrehten Kiste stand und im Laden nebenan Regale sortierte. Ein anderes zeigte sie, wie sie in einem übergroßen Sessel an einer Zigarette zog, ganz in ein Buch auf ihrem Schoß vertieft.

Dann war da auch eins von Charlie, die mit ausgestreckten Armen im Hof tanzte, umgeben von fallenden Blättern im Kerzenschein. Auf dem nächsten sah man einen Mann mit Haar, das ihm bis auf die Schultern fiel, der mit Augen in die Kamera lächelte, die einem in die Seele zu blicken schienen.

»Noah?«, fragte Emily.

»Woher weißt du das?«

Er hatte diese Ausstrahlung. Gefährlich, aber faszinierend.

Sie blätterte um und stieß auf ein Gruppenfoto mit sechs Leuten, jung und hoffnungsvoll. Sie standen zusammengedrängt vor dem Café, die Arme umeinander, keine Lücke zwischen ihnen, die das Licht durchlassen würde.

Emily erkannte sie jetzt. In der Mitte ihre Großmutter,

den Arm um Gigis Taille, auf der anderen Seite Noah, den Arm über ihrer Schulter, die Finger in ihren dunklen Locken. Neben ihm stand Charlie, genauso groß wie er, obwohl barfuß, und rief dem Fotografen stirnrunzelnd und gestikulierend etwas zu. Offenbar hatte sie damals schon eine sehr autoritäre Ausstrahlung.

Auf der anderen Seite stand ein Pärchen, das Emily noch nie gesehen hatte. Ein Mann und eine Frau, die nicht so richtig zur Gruppe zu gehören schienen. Die Frau hielt den Kopf gesenkt, sodass das Haar zu beiden Seiten hinabfiel und Emily ihr Gesicht nicht erkennen konnte. Neben ihr stand die engelsgleiche Gestalt eines Mannes mit feinen Gesichtszügen und hellblondem Haar. Sein Oberkörper war nackt, und er trug eine enge Jeans, die nach unten weiter wurde. Er hatte breite Schultern, straffe Muskeln und ein offenes, entspanntes Lächeln mit einer Lücke zwischen den Vorderzähnen. Das musste Antoine sein.

Emily war von so viel Schönheit in einem einzigen Menschen wie gefesselt und lächelte bei dem Gedanken, dass er jemand sein könnte, den ihre Großmutter einst geliebt hatte. Sie schaute genauer hin, versuchte festzustellen, ob er ihr irgendwie ähnelte, dann sah sie wieder zu Noah, fand jedoch bei keinem der beiden Männer offensichtliche Ähnlichkeiten, die darauf hindeuteten, dass sie mit einem von ihnen die gleiche DNA teilte.

Unter das Foto hatte jemand ein Zitat aus *Alice im Wunderland* gekritzelt, zusammen mit einem Smiley und dem Datum.

> *»Bis gestern zurückzugehen wäre ganz unnütz, weil ich da jemand anderes war. 12. Juli 1965.«*

Hast du das geschrieben?, fragte sich Emily, während sie der geschwungenen Tintenschrift folgte, das glückliche Gesicht ihrer Großmutter betrachtete, die Leichtigkeit in ihrer Körpersprache. Wann hatte sich all das geändert, und welcher der beiden atemberaubenden Männer hatte ihr das Herz gebrochen?

Emily blätterte eine weitere Seite um und stutzte, als sie ein Foto ihrer Großmutter am offenen Fenster vor einer Staffelei sah. Ihr Haar war zu einem lockeren Dutt hochgesteckt, mit ein paar losen Strähnen im Nacken und um die Ohren. Es war ein Bild von zwei Hüttensängern, die auf einem Ast saßen und sich einen Wurm teilten oder darum kämpften. Ein Bild, das in ihrem Arbeitszimmer zu Hause in Norfolk hing, doch Emily hatte nicht gewusst, dass es hier gemalt worden war, von ihr.

»Das ist das letzte von Catriona«, sagte Madeleine und setzte sich auf die Tischkante. »Bevor sie fort ist.«

»Mit Antoine?«

»Mit Antoine.«

»Nicht Noah?«

Madeleine lächelte gequält. »Du kommst also doch von allein drauf.«

»Warum ist sie gegangen?« Emily wünschte, sie könnte sie alle wieder zum Leben erwecken oder in die Vergangenheit reisen, um zu erleben, wie es war, ihre Großmutter zu sein, nur für einen Tag. Der Ansatz einer Idee, eines Bildes flackerte in ihrem Kopf auf, und sie schaute sich unwillkürlich nach einem Stift um.

»Ich kenne die Einzelheiten nicht. Aber meine Mutter hat gesagt, dass Antoine und Noah sich nie verstanden haben. Sie hat von den sechsen geredet, als wären es ihre Kinder, sie war so stolz auf sie alle, mehr als auf jede andere Gruppe davor oder danach. Doch die beiden Männer hatten sich ständig in den Haaren.« Sie musterte Emily eingehend, den Schwung ihrer Lippen, den Glanz in ihrem Blick, der nie lange auf etwas verweilte. »Kein Wunder, wenn man sich die Frauen ansieht, um die sie gebuhlt haben.«

»Kann ich die behalten?« Emily schien gar nicht zu bemerken, wie ihre Zunge sich im letzten Wort verfing, während sie zwischen den beiden Fotos hin und her blätterte. Sie war so mit der Vergangenheit ihrer Großmutter beschäftigt, dass sie gar nicht bemerkte, wie viel leichter ihr die Worte über die Lippen kamen.

Madeleine atmete tief ein und zögerte. »Es ist nur ... Sie haben meiner Mutter gehört.«

Das Bild in Emilys Kopf verpuffte und wurde durch das einer Metallleiter ersetzt, die an einem Haken in der Decke über dem Treppenabsatz zu Hause hing. Ein schwarzes quadratisches Loch, in das sie immer wieder hineinkletterte.

»Schon gut.« Emily verstand, denn sie selbst hätte auch nichts weggeben wollen. Weshalb der Dachboden in Norfolk mit Kartons mit den Habseligkeiten ihrer Großmutter vollgestopft war. Gegenstände, für die Emily keine Verwendung hatte, die sie aber trotzdem nicht weggeben oder verkaufen mochte. Dazu kamen Dutzende Kartons mit Sachen, die vermutlich ihrer Mutter gehört hatten. Erinnerungen, die in dunklen Ecken verstaubten.

»Warum hast du sie mir gezeigt?«

»Ich dachte, es könnte dir bei deiner Schatzsuche helfen.«

Emilys Blick fiel auf eine andere, halb geöffnete Schachtel, gefüllt mit Stapeln am Rand zusammengetackerter Seiten. Sie nahm das oberste Manuskript heraus, sah einen Namen und ein Datum in der ersten Zeile.

»Céline Dubois, 1979«, las Emily laut und überflog den Rest der Seite, verstand jedoch nur die Hälfte des französischen Textes. Sie blätterte um, sah einen anderen Namen, ein anderes Datum und schaute Madeleine fragend an.

»Jeder, der hier gewohnt hat, musste etwas hinterlassen. Gewöhnlich war es eine kurze Autobiographie, aber manchmal auch mehr.«

»Mehr?«

»Bevor du fragst«, sagte sie, wobei sie die Seiten wieder in die Schachtel legte und den Deckel schloss. »Ihres fehlt. Sie hat anscheinend ein ganzes Notizbuch dagelassen. Mit Gedichten und Fragmenten einer Geschichte. Aber meine Mutter hat es an einem sicheren Ort versteckt, als ihr klar wurde, wie wertvoll es ist, und dann konnte sie sich nicht mehr erinnern, wo sie es hingelegt hat.« Madeleine seufzte, sah sich in dem Raum voll gestapelter Kartons um. »Es könnte auch hier sein. Oder sie hat es weggegeben. Oder jemand hat es geklaut. Das ist wohl der Nachteil, wenn du berühmt bist. Jeder will ein Stück von dir.«

Sie hatten immer mehr gewollt. Doch Catriona war gut darin gewesen, Emily von diesem Teil ihres Lebens abzuschirmen. Hatte sie versteckt.

»*Maman* hat mir erzählt, dass Catriona und Gigi den Leuten immer Streiche gespielt haben. Dass Catriona sich weigerte, den Kunden zu verkaufen, was sie haben wollten. Mit der Behauptung, ein tieferes Verständnis dafür zu haben, was sie tatsächlich lesen wollten oder sollten.«

Catriona Robinson war schon immer sehr gut darin gewesen, andere nach ihrer Pfeife tanzen zu lassen. Sogar jetzt, wo sie nicht mehr lebte, schien sie die Fähigkeit zu besitzen, alle dazu zu bringen, genau das zu tun, was sie vorgesehen hatte.

»Viele Leute kamen wieder und erzählten ihre Geschichten von dem Tag, als sie ihnen *Farm der Tiere, Ein Zimmer für sich allein* oder *Früchte des Zorns* aufgenötigt hatte. Ein Mann behauptete, er habe den Laden mit *Stolz und Vorurteil* verlassen, obwohl er Austen für sentimentalen Quatsch hielt. Offenbar hatte er auf dem Weg nach Hause seine zukünftige Frau kennengelernt, die das Buch sah und eine Bemerkung darüber machte, wie sehr sie die Bennetts liebte.«

»Wovon handelte ihre Geschichte?« Emily wünschte,

sie wäre hier, sie könnte sie lesen, die erste Geschichte, die sie je geschrieben hatte.

»*Quoi?*«

»Die sie hier geschrieben hat?«

Madeleine lächelte. »Sie handelte von einer Frau, die am Rand eines Waldes wohnt, gefangen in ihrer Angst vor der Außenwelt. Doch des Nachts verwandelt sie sich in einen Vogel und erhebt sich hoch über die Erde, um ihr verlorene Liebe zu suchen. Kennst du die Geschichte?«, fragte Madeleine, während sie wieder nach unten gingen.

»Nein«, erwiderte Emily und sah, dass das Café inzwischen zur Hälfte mit Leuten gefüllt war, von denen die meisten an der Tür standen und jemandem zuhörten, der sang. Die Stimme klang wie Karamell, süß, aber mit Biss, und sie schlängelte sich durch die Luft, drang ohne Vorwarnung in Emily ein und traf etwas in ihr, das sie, so lange sie denken konnte, ignoriert und vernachlässigt hatte.

Wie von selbst drängte sie sich durch das kleine Grüppchen Frühaufsteher nach draußen, wo auf einem Drahtstuhl ein Mann saß, neben sich auf dem Tisch einen halb ausgetrunkenen Kaffee.

Es war Tyler. Seine Finger bewegten sich geschickt über die Gitarrensaiten und ließen ein ziemlich schwermütiges Lied erklingen. Sie beobachtete die Bewegung seiner Lippen, während er spielte.

Der Song endete, und er nickte dem kleinen Publikum und dem leise verebbenden Applaus dankend zu, nahm seine Gitarre und kam auf Emily und Madeleine zugeschlendert.

»Wirst du etwa rot?«, sagte er stirnrunzelnd.

Emily hob hastig eine Hand an die Wange. »Was? Nein.«

»Steht dir«, sagte er, bevor er sich Madeleine zuwandte und eine Verbeugung andeutete. »*Enchanté*, Madame, Sie müssen Madeleine sein?«

Die beiden verfielen in ein ungezwungenes Gespräch,

ganz auf Französisch, und Emily blendete die Worte aus. Hörte auf, verstehen zu wollen, was gesagt wurde, sondern erriet es stattdessen anhand der unauffälligen Blicke, der Neigung von Madeleines Gesicht, der leichten Rötung ihrer Haut, als Tyler auf den Laden hinter ihr zeigte.

Tyler hatte sich schon immer wohl in seiner Haut gefühlt. Charmant wie er war, kam er mit jedem ins Gespräch, und falls alles andere versagte, hatte er immer noch seine Gitarre, wie Emily jetzt klar wurde. Er konnte gut singen, seine Stimme war tief und kräftig und gefühlvoll, doch es war eher der Rhythmus seiner Finger, die leisen Tonschwingungen, die er erzeugte, die Konzentration auf seinem Gesicht und wie er sich in dem Song verlor, was sie fesselte.

Doch unter all dem sah sie jetzt auch einen Jungen, der Angst hatte, einen abweisenden Vater zu enttäuschen. Jemanden, der ursprünglich angefangen hatte zu spielen, um die Zweifel, die Ängste zu vertreiben. So wie sie es mit ihren Zeichnungen tat, wenn sie sich in einer anderen Welt verlor, in der ihre Gefühle nicht existierten.

Sie sah zum Dachbodenfenster hoch, versuchte, sich an den Moment zu erinnern, als ihr die Idee für ein Bild, das langsam Gestalt annahm, zum ersten Mal ins Bewusstsein gedrungen war. Ganz am Rand nahm sie wahr, wie ihre Finger sich an ihrem Oberschenkel bewegten und den Umriss von etwas zeichneten, von dem sie nicht recht wusste, was es war.

»Können wir los?« Tyler redete mit ihr, und Emily brauchte eine Sekunde, um ins Hier und Jetzt zurückzufinden, um zu verstehen, was er sagte und dass er mit ihr sprach.

»Los?«

»Nach St. Tropez. Nächster Stopp auf der *Magical Mystery Tour.*«

Emily merkte, dass er sowohl ihren als auch seinen

eigenen Koffer trug. Was bedeutete, dass er ihre Sachen gepackt hatte, sie einfach alle in einen Koffer aus gelbem, zerschlissenem Leder geworfen und hergetragen hatte.

Emily machte im Kopf eine Liste mit all den Dingen, die er gesehen haben konnte, all ihre persönlichen Sachen, von denen sie nicht wollte, dass er sie anfasste.

Dass er einfach ohne ihre Erlaubnis in ihr Zimmer ging, sich an ihren Sachen zu schaffen machte, empfand sie irgendwie als übergriffig. Doch er schien sich ganz offensichtlich keiner Schuld bewusst zu sein. Wäre es nicht umsichtiger, höflicher gewesen, zu warten, bis sie zurück war oder sie wenigstens zu fragen, ob sie überhaupt schon bereit war, abzureisen?

Warum hatte er es so eilig, aus Paris wegzukommen?

Sie bückte sich, öffnete den Reißverschluss der Außentasche ihres Koffers, griff hinein und atmete erleichtert auf, als sie ihr Skizzenbuch ertastete, sowie die Bücher und Tagebucheinträge.

»Ich hoffe, du findest, was du suchst.« Madeleine zog Emily in ihre Arme, küsste sie auf beide Wangen, und dann drückte sie ihr etwas in die Hand.

»Danke«, flüsterte Emily, als sie die beiden Fotografien sah, um die sie gebeten hatte.

»Au revoir«, rief Tyler über die Schulter, während er Emily wegzog und sie sich ein letztes Mal umdrehte, in der Hoffnung, vielleicht, ganz vielleicht irgendwann die Gelegenheit zu haben, in diesen unglaublichen Winkel von Paris zurückzukehren.

Ein weiterer Zug. Eine weitere Bahnfahrt. Jede Sekunde, die verstrich, brachte etwas Neues, mit dem sie fertigwerden musste, das sie irgendwo in ihrem Kopf verstauen musste, damit sie nicht darüber nachdachte. Denn wenn sie darüber nachdachte, kamen die Erinnerungen, und mit denen konnte sie im Moment nicht umgehen.

Sie saßen oben – ein Doppeldeckerzug, wer hätte das geahnt? – am Fenster auf Kunstledersitzen, die sich nicht weit genug zurückklappen ließen, um es sich gemütlich zu machen, und einer Armlehne zwischen sich. Auf einem glänzenden Klapptisch lagen Zeitschriften und ein notdürftiges Picknick, bestehend aus Brot und Käse, durch das Tyler sich langsam hindurchfutterte, ihnen gegenüber zwei weitere, leere Plätze.

Emily blickte auf das Foto ihrer Großmutter. Es erinnerte sie an das unvollendete Gemälde, das seit jeher im Arbeitszimmer hing. Über dem Sessel am Feuer, der gerade groß genug für zwei war, in dem Emily gern saß und einem alten französischen Märchen lauschte über einen Prinzen, der von einer bösen Königin in einen Hüttensänger verwandelt wurde, und eine Prinzessin, die in einem Turm eingesperrt war.

L'Oiseau Bleu. Emily wusste, dass sich ein Exemplar des Märchens aus dem 17. Jahrhundert in einem der Kartons auf dem Dachboden befand, doch abermals war sie nie auf den Gedanken gekommen, sich zu fragen, warum ihre Großmutter es besaß. Emily hatte das verschnörkelte Bild auf dem Einband von einem Mädchen, das sich nach einem Hüttensänger reckt, der aus dem Himmel herabschießt, einfach geliebt.

Aber hatte sie ein Pärchen gemalt? Emily blinzelte die Müdigkeit fort, während sie alle Fragen, alle die möglichen Antworten immer wieder drehte und wendete.

Sie wusste, dass es Hüttensänger nur in Nordamerika gab, dass die Männchen sehr besitzergreifend waren und ihr Nest, ihre Partnerin vor anderen Verehrern beschützten. Hieß das, es gab eine Verbindung von dem Buch zu den beiden Männern, mit denen Catriona jenen Sommer verbracht hatte? Ein Buch, welches vielleicht die Inspiration für das Bild war, das sie gehütet und tagtäglich betrachtet hatte.

Emilys Kopf sank in den Sitz, als der Zug beschleunigte, und durch die gleichmäßige Bewegung fielen ihr die Augen zu, die sie seit Tagen vor lauter Anspannung kaum geschlossen hatte.

Im Schlaf zuckten ihre Finger, während sie von Bildern träumte, die sie schon gezeichnet hatte oder noch zeichnen würde. Bilder von den Orten, über die ihre Großmutter schrieb, und die sie in ihren Zeichnungen heraufbeschwor, indem sie weiße Seiten mit Farbe und Licht füllte. Und Erinnerungen, die sie im wachen Zustand verdrängte. Erinnerungen an die beiden Gesichter, die sie am meisten vermisste.

Auf dem Sitz neben ihr las Tyler die Bücher ihrer Großmutter und durchsuchte die Bilder nach den darin versteckten Schätzen. Er lächelte über die Rollschuhe, die über der Schranktür hingen, ein *Star-Wars*-Poster an der Wand oder eine knallrot angemalte Spielzeugeisenbahn. Einzelheiten aus Emilys Kindheit, die sich in jeder Geschichte verbargen. Einzelheiten, derer nicht einmal sie selbst sich immer bewusst zu sein schien – die Gesichter der Figuren oder die Schuhe, die sie trugen. Ein schickes schwarzes Cabrio, das Tylers Vater einmal gehört hatte, mitsamt GB-Aufkleber auf der Kofferraumklappe. Ein Auto, das nie wieder gefahren werden konnte.

Es war, als hätte Emily ihre Vergangenheit gemalt, um sie aus dem Kopf zu bekommen, um sich von den quälenden Erinnerungen zu befreien.

Er legte das Buch beiseite und sah Emily an, ihr unbewegtes Gesicht. Dann wartete er einen Augenblick, bevor er in ihre Tasche griff und einen schlichten weißen Umschlag herausholte, in dem sich weitere blassblaue Briefbögen befanden.

5. September 1965

»Ja, ich bin ein Träumer. Denn ein Träumer ist jemand, der den Weg nur im Mondschein findet, und seine Strafe ist, dass er die Morgendämmerung vor dem Rest der Welt erblickt.«

Oscar Wilde, *Der Kritiker als Künstler*

Es ist spät, oder sehr früh, je nachdem. Jedenfalls sitze ich auf dem Dach unserer winzigen Zweizimmerwohnung und schaue den Mond an. Denke darüber nach, dass er immer da ist (albern, ich weiß), dass man, egal wo man auf der Welt ist, zu ihm hochschauen kann und an jemanden denken, der einen hoffentlich so sehr vermisst wie man ihn.

Es ist knapp zwei Wochen her, seit ich fort bin. Eine Woche mehr, seit ich Noah zuletzt gesehen habe, und ich habe nichts von ihm gehört. Was ich als Zeichen nehmen sollte, ich weiß. Alle Vernunft sagt mir das, aber ich will nicht. Vielleicht weiß er gar nicht, wo ich bin? Wahrscheinlicher ist, dass ihn ein Schwarm italienischer Schönheiten ablenkt und er sich kaum noch daran erinnert, wie ich aussehe, geschweige denn, wie ich heiße. Ich könnte jederzeit zu ihm gehen. Ich weiß genau, wo ich ihn finden würde. An einem See, mit seinem Boot und seinen Träumen. Allein, aber frei.

Aber ich kann nicht zu ihm gehen. Das wäre so ein Klischee. Und schwach. Ich bin nicht schwach, nicht mehr. Ich will nicht die Art Frau sein, die einem Mann hinterherläuft, nur weil er behauptet, sie zu lieben. Obwohl ich den See schon gern sehen möchte. An Terrakottavillen und Zypressen vorbeisegeln. Ich möchte im klaren Wasser schwimmen, so tief tauchen, wie ich kann, die Luft anhalten, mich wie eine Meerjungfrau fühlen.

Doch es ist schön hier in St. Tropez. Ich wusste nicht genau, was ich erwarten sollte, aber der Stadt wohnt eine Schlichtheit inne, wenn man hinter den ganzen Glitzer und Glamour schaut. Das Leben hier richtet sich nach den Gezeiten und der Sonne. Fischer, die ihr Metier von Generationen gelernt haben, die längst tot und begraben sind. Bauern und Handwerker zwischen all den Millionären, die endlich verschwinden, wenn der Sommer vorbei ist.

Das Licht in der Abenddämmerung ist atemberaubend. Ein gedeckter Regenbogen aus Rosa- und Lilatönen, der langsam zu Grau verblasst und am Horizont im Meer versinkt. Frische, salzige Luft, die einen von innen heraus regeneriert. Sonnenlicht, das meine milchige Haut golden bräunt und von Kopf bis Fuß mit Sommersprossen bedeckt. Antoine droht, sie alle miteinander zu verbinden, um zu sehen, welche Bilder sich auf meiner Haut verbergen.

Er ist wie niemand anders, den ich kenne. Ich fühle mich bei ihm so wohl, so geborgen. Er gibt mir das Gefühl, dass ich alles tun, alles sein kann, was ich will. Sagt, ich solle die Wahrheit nicht vor mir selbst verbergen, was ein wenig unerhört ist, wenn man bedenkt, wie viel er zu verbergen hat.

Ich weiß, ich helfe ihm ebenso sehr wie er mir. Ich weiß, dass ihm meine Anwesenheit erlaubt so zu tun, als wäre er wie alle anderen, um den Schein zu wahren. Denn wir alle tragen Geheimnisse im Herzen, und er scheint sie hier weniger gut verheimlichen zu können als in Paris.

Auf der Fahrt nach Süden hat er mir einen Ring überreicht. Einen goldenen Diamantring, der einmal seiner Großmutter gehört hatte. Er meinte, mein Mund hätte offen gestanden wie bei einem Karpfen, als er ihn hervorholte. Dann begann der ganze Bus zu johlen und Beifall zu klatschen, als er ihn mir an den Finger steckte, mich hinters Ohr küsste und flüsterte, ob wir wenigstens so tun könnten, bitte, nur für eine Weile.

Denn die Wohnung, die wir gemietet haben, gehört einer respekteinflößenden Frau namens Esmeralda, die ihren Rosenkranz wie eine Waffe trägt. Mit Hüften, die eine Tür ausfüllen, und so tiefen Falten zwischen den Augenbrauen, dass man sich lieber nicht mit ihr anlegt. Sie stand in der winzigen, behelfsmäßigen Küche, die aus wenig mehr besteht als einem Waschbecken und einer Herdplatte, als wir ankamen, und ratterte eine lange Liste mit Regeln runter (alle auf Französisch, sodass ich keine davon verstand, doch Antoine meinte, es ginge vor allem um keine Partys und keine Katzen), während sie mich die ganze Zeit von oben bis unten musterte. Ihr Blick verweilte auf dem dritten Finger meiner linken Hand, bevor sie mit einem knappen »bon« *verschwand und die Tür hinter sich zuknallte.*

Antoine hat gesagt, ich kann so lange bleiben, wie ich will, oder zumindest, bis ich mein Buch fertig habe. Er verlangt keinen Penny Miete und schläft auf dem Sofa, während ich das (ziemlich durchgelegene) Bett bekomme. Alles, was ich dafür tun muss, ist bei seiner Lüge mitzuspielen – dass wir angeblich verlobt sind. Er sagt, wir können einen Riesenstreit anzetteln, sobald ich fort möchte. Dass er die volle Verantwortung dafür übernimmt, dass er mich mit einer Frau namens Sophia betrogen hat. Er ist besessen von Sophia Loren und klaut ständig meinen Lidschatten, um sich Balken auf die Oberlider zu malen, dann läuft er in der ganzen Wohnung auf und ab (was höchstens zwanzig Schritt sind) und murmelt irgendetwas Unverständliches auf Italienisch, vermutlich irgendwelche Schimpfwörter und Unsinn.

Ich bin so ein Leben nicht gewohnt. Ohne Verantwortung, ohne dass jemand meine Zeit beansprucht. Dass ich kommen und gehen kann, wie es mir gefällt. Meine Tage mit langen Spaziergängen am Meer ausfüllen. Die Boote betrachten, manche alt, manche neu, manche schmutzig und schäbig, andere sauber und makellos.

Nur bin ich nicht sehr gut im Nichtstun. Ich werde eindeutig nicht als Champagner schlürfende Vorzeigefrau mit Sugardaddy-Ehemann auf einer dieser Yachten enden (Antoine dagegen wäre so einem Lebenswandel nicht abgeneigt). Deshalb habe ich mir einen Job gesucht und kellnere in der Bar eines dieser überteuerten Hotels an der Küste. Ich muss nur leere Gläser abräumen und die reichen Amerikaner und Engländer freundlich anlächeln, die hier Urlaub machen, bevor sie in die Banken von New York und London zurückkehren. Natürlich wird die Arbeit knapp, jetzt, wo der Sommer vorbeigeht, aber Antoine meint, das sei kein Problem, denn es gebe hier immer jemanden, der genug Geld zum Ausgeben hat.

Ein Teil von mir hat Angst, ihn zu fragen, woher er das weiß. Ein Teil von mir hat Angst, ihn zu fragen, wo er sich nachts rumtreibt, wenn er nicht nach Hause kommt. Weil ich ihn liebe, aber auf ganz unschuldige Weise. Wie Geschwister, die sich zanken und streiten, aber andererseits auch so sehr miteinander lachen, dass mein Bauch wehtut.

Er hat mich gezeichnet. Ich habe ihn neulich dabei erwischt, wie er mich beim Schlafen beobachtet hat. Er meinte, er sei fasziniert davon, wie sich unsere Gesich-

ter verändern, wenn wir nicht mehr versuchen, etwas zu verbergen. Wenn wir unser wahres Selbst sind, nicht gehemmt von den gesellschaftlichen Feinheiten, die wir jede Sekunde eines jeden Tages projizieren.

Er stellt eine Ausstellung zusammen, und ich fürchte, es könnte dabei um mich gehen, doch er lässt mich nicht ins Atelier (das nichts weiter ist als ein kleiner Anbau, der mich an den alten Schuppen meines Vaters hinten im Garten erinnert). Sagt, er kann mir nichts zeigen, bevor es fertig ist. Inzwischen bequatscht er alle hiesigen Galerien und versucht, jemanden zu finden, der bereit ist, das gänzlich Unbekannte zu wagen.

Einmal hat er mich doch ins Atelier gelassen, als er an einem Auftrag für irgendeine Grande Dame gearbeitet hat, die in Paris an ihm Gefallen gefunden hatte und ihn bat, ihr irgendetwas zu schicken, solange es kein Akt sei. Er malte eine Gruppe von Männern, die in dem kleinen Park gleich hinter dem Hafen Boules spielten. Alle mit Schiebermützen, Leinenhemden und Hosenträgern, mit selbst gedrehten Zigaretten zwischen den Zähnen und Erinnerungen an die Schrecken des Krieges. Meinte, das sei seine Art, ihr die Wahrheit vorzusetzen, auch wenn sie zu reich und privilegiert war, um jemals zu verstehen, was das war.

Ich setzte mich dazu und sah ihm beim Malen zu. So etwas habe ich noch nie zuvor gesehen. Wie er darin aufgeht, sich darin verliert. Darauf vertraut, dass das Bild, die Idee in seinem Kopf von den Pinselstrichen auf Leinwand übertragen wird.

Es war seine Idee, dass ich mit verbundenen Augen tippen sollte. Um alle Zweifel zu verdrängen, um die Inspiration zuzulassen. Jede Nacht nach meiner Schicht im Hotel komme ich her und tippe bei einer Flasche Rotwein, Käse und Baguette. Doch heute war etwas anders. Irgendetwas an dem Mond, den Sternen, die sich zehnfach im Meer spiegeln, hat mich zu sehr abgelenkt, mich zu traurig gemacht, um zu schreiben.

Heimlich weiß ich, dass ich hergekommen bin, um Noah eins auszuwischen. Denn er ist eifersüchtig auf Antoine, und ich habe es zugelassen, es sogar noch gefördert. Er hat mir so selten gezeigt, was er empfindet, und noch seltener gesagt. All die Nächte in seinen Armen. Man sollte denken, dass man dem anderen da näherkommt. Aber Pustekuchen, denn jedes Mal, jedes einzelne Mal bin ich allein aufgewacht. Hab ihn am nächsten Abend mit einer Neuen flirten sehen.

Gigi hat ihn nie gemocht. Sie kommt nächste Woche und hat mir schon geschrieben, dass ich mit ihr zurück nach Italien kommen soll. Sie hat jemanden kennengelernt, einen Koch, durch den sie ihre Liebe zum Essen wiederentdeckt hat. Behauptet, sie hat Angst, fett zu werden und dass er dann nicht mehr auf sie steht, aber das ist lächerlich, und ich habe ihr gesagt, wenn er nicht den unglaublichen Menschen hinter ihren Kurven und Lippen erkennt, verdient er ihre Liebe nicht.

Ich weiß nicht, ob ich mit ihr gehe. Ich weiß nicht, ob ich Paris nur verlassen habe, weil es mich an Noah erinnert, oder ob ich mich genug verändert habe, um etwas Neues zu wagen. Ich bin nicht mehr das schüchterne Mädchen, das in London aus dem Zug gestiegen ist. Das sich mit großen Augen umgeschaut hat, so naiv, so leichtgläubig.

Doch ein Teil von mir möchte bleiben. Meine Einsamkeit mit meinem falschen Verlobten, Büchern und französischem Wein kompensieren.

Gestern Abend hat Antoine Paella für mich gekocht und geschworen, dass ich es lieben würde, sogar die Tintenfischstreifen (sie waren köstlich und sogar noch besser, wenn man sie in Knoblauchmayonnaise getunkt hat). Er hat erzählt, dass Quallen die Farbe ändern, je nachdem, was sie gegessen haben – sein Gehirn ist wie eine Gruft mit überflüssigem Wissen, nicht einmal er selbst weiß, woher er das alles hat.

Ich fragte ihn, ob Quallen in der Paella sind, und er schlug nach meiner Hand, sagte nein, er habe mit jemandem gesprochen, der seine Arbeit, seine Leidenschaft finanziell unterstützen will und außerdem viel über Meereswesen wisse. Natürlich wollte ich wissen, wer dieser geheimnisvolle Gönner sei und was er als Gegenleistung haben wolle, doch Antoine lächelte nur, was schon alles sagte.

Er muss sich in Acht nehmen. Ich muss auf ihn achtgeben. Denn die Welt verändert sich zwar, aber nicht schnell genug, und ich fürchte, es gibt Menschen, die nicht so tolerant sind, selbst hier. Vielleicht können Gigi und ich noch eine Weile hierbleiben und ihn vor neugierigen Blicken und Kleingeistern beschützen. Denn obwohl er schön ist und obwohl er möglicherweise der klügste Mensch ist, dem ich je begegnen werde, weiß ich nur zu gut, dass Liebe dumm und leichtsinnig macht.

CMR

13

Hahn

Gallus gallus domesticus

»Shit«, sagte Tyler, sah auf seine Uhr und dann wieder auf das »Geschlossen«-Schild an der Tür der Galerie, während er auf und ab lief.

»Es ist Sonntag«, flüsterte Emily. Sie konnte nicht glauben, dass sie so dumm gewesen waren, sich nicht vorher zu erkundigen, ob sonntags geöffnet war.

»Vielleicht ist er gar nicht hier«, sagte Tyler und blieb vor ihr stehen, die Hände auf den Hüften und ein Blick, den sie nicht deuten konnte.

»Du hast ihn gegoogelt.« Sie schubste ihn, trat nach ihrem Koffer, war kurz davor, seine Gitarre zu nehmen und an der Wand zu zerschmettern.

Sieben Stunden, dachte sie im Stillen. Sieben Stunden im Zug und dann weitere zwei in einem brütend heißen Bus, gefangen im Gestank von Männern, die vergessen zu haben schienen, wozu Wasser und Seife gut waren. Sie hätte in Paris bleiben sollen.

Sie hätte den Louvre besichtigen können, weitere Orte entdecken, an denen ihre Großmutter ihren ersten Sommer weg von zu Hause verbracht hatte. Oder noch mal in den Laden für Künstlerbedarf gehen, Nachschub besorgen und sich dann in den Jardin des Tuileries setzen und zeichnen. Warum war sie nicht noch ein paar Tage geblieben, zur Sacré-Cœur hochgelaufen, durch Montmartre geschlendert, wo so viele Künstler vor ihr gelebt hatten?

Weil sie eine unsichtbare Eieruhr im Hinterkopf hatte. Durch die langsam die Sandkörner rieselten, und jedes einzelne stand für einen Moment, den sie nicht mehr hatte, um zum Ende ihres sogenannten Abenteuers zu gelangen.

Die Vorstellung, dass sie überhaupt mit dem Gedanken spielte, in Paris zu bleiben, machte ihr Angst. Doch da war etwas in ihr, eine leise Stimme, die sie so lange ignoriert hatte, die versucht hatte, sie dazu zu bringen, auf sich zu achten, auf ihre Geheimnisse, ihre Träume, und die jetzt ein bisschen lauter wurde. Die Emily aufforderte, sich zu erinnern, wie es war, etwas Neues zu erleben.

»Du hast recht«, seufzte Tyler, lehnte sich an die Wand und schloss die Augen.

Emily hatte diese Seite an ihm vergessen. Die Seite, die Reue zeigte, obwohl es gar nicht angebracht war. Der Junge schaffte es, dass man Mitleid mit ihm hatte, trotz all der Privilegien, die er besaß.

Es ist Sonntag, dachte sie wieder. Ruhetag. Ein Tag für Braten mit allem Pipapo, dessen Duft sie an der Hintertür empfing, wenn sie aus der Kirche zurückkamen, den Klang der Glocken noch im Ohr. Ein Tag für lange Spaziergänge am Strand, bei stürmischem Wind im Winter, um den Kopf freizukriegen, wie ihre Großmutter immer sagte, dann zurück, um bei einem Becher Tee und selbst gebackenen Keksen das Kreuzworträtsel zu lösen.

Nur dass es ohne sie nicht mehr genauso schmeckte. Alles schmeckte anders, fühlte sich anders an, seit sie tot war. Sogar schon vorher, seit sie die endgültige Diagnose erhalten hatte, beschloss, auf eine weitere Behandlung zu verzichten und stattdessen in Würde zu sterben, was auch immer das hieß.

Jetzt waren ihre Sonntage nur noch ein Gedankenchaos, mit dem sie nichts anzufangen wusste. Die Tage schwanden dahin. Ganze Wochen vergingen, ohne dass sie es so richtig mitbekam.

»Warte hier«, sagte Tyler, und sie beobachtete ihn mit geneigtem Kopf, als er die Koffer nahm. »Ich bringe das Gepäck ins Hotel, dann können wir was essen gehen.«

»Ich hab keinen Hunger.« Emily hörte ihre eigene Antwort und schämte sich dafür, dass sie sich benahm wie ein bockiges Kind. Doch er war es ja, der darauf bestanden hatte, dass sie herkamen. Tyler hatte die Fahrkarten gelöst, ohne sie zu fragen. Er war es, der es so eilig gehabt hatte, Paris zu verlassen, und jetzt waren sie hier. In einer weiteren Stadt, in der ihre Großmutter einst gelebt hatte, lange vor Emilys Geburt.

Emily ging die schmale Straße, die sie gekommen waren, zurück zu einem Hafen mit Designerläden und überteuerten Restaurants. Hinter den Superyachten konnte sie das *Massif des Maures* ausmachen, stellte sich vor, wie viel ruhiger das Leben dort war.

Warum bist du geblieben?, fragte sie sich, während sie am Kai entlangschlenderte und am Himmel die Wolken vorbeiziehen sah. Sie sah seine Handvoll Vögel, die ins Blau hinabstießen, und folgte ihnen mit dem Blick, als sie über die Hafenmauer wieder hinauf davonflogen. In der Ferne konnte sie ein rundes Steingebilde erkennen, aus dem ein Schiffsmast ohne Segel ragte.

Zwei rostige Anker lagen auf den Felsen, die das Land vom Meer trennten. Der Horizont war von Booten gesäumt, darüber zog ein Flugzeug eine weiße Spur Richtung Norden. Sie kletterte über die Felsen, zog die Schuhe aus und starrte in die Ferne.

Warum bin ich hier?, fragte sie sich wieder und versuchte zu verstehen, was ihre Großmutter von ihr wollte. Warum schickte sie ihr Seiten aus einem Tagebuch, von dessen Existenz Emily bisher nichts geahnt hatte, statt ihr alles selbst zu erzählen, bevor sie starb.

Sie stellte sich den Geist eines einst gelebten Lebens vor, der hier irgendwo herumspukte. Eine junge Frau mit gebrochenem Herzen, die bei einem Mann Schutz suchte, der sie auf unbedenkliche Weise liebte.

Es ging um ihn. Der Gedanke flog ihr zu, einfach so. Das erste Buch, das ihre Großmutter je veröffentlicht hatte, handelte von der Liebe zwischen einem Mann und einer Frau, die nie richtig zustande kam.

»Jeder verdient es, mindestens einmal im Leben geliebt zu werden«, flüsterte sie den ersten Satz des Romans, dann ging sie die Geschichte im Kopf durch. Sie handelte von den gebrochenen Versprechungen eines Mannes, der seine wahre Identität vor einer Gesellschaft verstecken musste, die noch nicht bereit für die Wahrheit war. Versprechungen, die er einer Frau gemacht hatte, die mehr verdiente, als er ihr bieten konnte. Einer Frau, die schließlich lernte, die Dinge loszulassen, die sie nicht kontrollieren konnte.

»Antoine war deine Muse.« Sie schüttelte den Kopf bei dem Gedanken, lächelte, als sie sich vorstellte, wie ihre Großmutter hier gelebt hatte und eine Geschichte geschrieben, die so eng mit ihrer Realität verknüpft war.

Das hatte ihre Großmutter immer getan. Das wahre Leben mit den Geschichten verknüpft, um Emily zu zeigen, dass es immer eine Möglichkeit gab, sich mehr vorzustellen.

»Hier bist du.« Tyler hielt sich an einem der Anker fest und war ein wenig außer Atem. »Ich hatte vergessen, dass du die Angewohnheit hast zu verschwinden.«

»Gar nicht wahr«, erwiderte Emily, stand auf, zog ihre Schuhe wieder an und hüpfte über die Felsen.

»Ach, nein?« Tyler legte einen Arm um ihre Schulter und stieß mit der Hüfte an ihre. »Was ist mit dem einen Mal im Naturhistorischen Museum?«

Sie befreite sich aus seiner Umarmung, ging zu einem der Hafenrestaurants, die sich in nichts voneinander unterschieden, um die Karte zu studieren. Die Buchstaben und Worte auf der Seite verschwammen vor ihren Augen, während sie versuchte, ihre Enttäuschung hinunterzuschlucken.

»Wollen wir was trinken?« Tyler deutete mit dem Kopf auf eine Bar, über der ein hellgrünes Kleeblatt hing.

Die überdachte Terrasse war schlicht, Steinboden, eine Handvoll Tische und in der Ecke ein Bierfass, neben dem zwei Männer standen und tranken. Drinnen erinnerte die Bar eher an eine Höhle, mit niedrigen Decken, von denen eine Girlande mit Plastikfahnen hing. Auf dem Holztresen, der so lang wie die Wand war, stand eine Maschine mit Kupferrohren, die zu einer Art Pumpe zusammenliefen.

Emilys Blick fiel auf eine altmodische Jukebox mit Schallplatten und blinkenden Lichtern in allen Farben des Regenbogens. Der Laden roch nach abgestandenem Bier, Sonnencreme und einem Hauch Fisch, und das Ganze wurde untermalt von Liam Gallaghers nasaler Stimme, die von Zigaretten und Alkohol sang.

»Whisky?«, fragte Tyler, als Emily auf einen der Barhocker kletterte, und sie nickte zur Antwort, während sie versuchte, nicht darüber nachzudenken, was der Pfarrer sagen würde, wenn er wüsste, wo sie in diesem Augenblick war.

Am Rand der Theke lag ein Turm aus aufeinander gestapelten Bierdeckeln. Tyler schnipste mit den Fingern von unten dagegen, sodass sie in die Luft flogen und sich über den ganzen Boden verteilten.

Emily drehte einen zwischen den Fingern, sah bei jeder Drehung einen roten Hahn, der sie an die Cornflakes zu Hause im Schrank erinnerte.

Der Hahn ist der einzige Vogel bei den chinesischen Sternzeichen und gilt als selbstbewusst und intelligent. Sie überlegte, ob sie Tyler diese überflüssige Information erzählen sollte, während sie gleichzeitig versuchte, sich zu erinnern, woher sie das überhaupt wusste.

Genau wie Antoine. Ein Mann, der laut ihrer Großmutter eine wandelnde, sprechende Enzyklopädie war, sodass sie sich fragte, ob sie ihr künstlerisches Geschick, ihre Zwanghaftigkeit von ihm hatte.

Andererseits konnte sie sich nicht vorstellen, dass Antoine und ihre Großmutter ein Kind der Liebe gezeugt hatten. Das wäre zu krass gewesen, selbst für sie.

Nachdem sie den Bierdeckel in einen geflochtenen Korb geworfen hatte, stellte sie ihr leeres Glas neben die anderen, die sich in den letzten paar Stunden angesammelt hatten.

»Also, wer ist dieser Antoine?«, fragte Tyler, während er beim Barkeeper eine weitere Runde bestellte. »Waren er und Tante Cat wirklich verlobt?«

»Du hast ihr Tagebuch doch gelesen.«

»Stimmt.«

»Zeig mir deins«, sagte sie und streckt die Hand aus.

»Mein was?«

»Dein Notizbuch. Du hast meins gesehen, ihrs gelesen, es ist nur fair, dass ich deins auch sehe.«

Einen Augenblick lang dachte sie, er würde sich weigern. Würde vielleicht behaupten, er habe es im Hotel gelassen, doch sie wusste, es steckte in der Innentasche seines Jacketts, das über dem Barhocker neben ihm hing, noch bevor er danach griff.

Sie schlug eine beliebige Seite auf und versuchte stirnrunzelnd, die Worte zu entziffern.

»Deine Handschrift ist furchtbar.«

»Du klingst wie meine Grundschullehrerin.«

Emily unterdrückte ein Kichern. »Sie sieht aus wie eine betrunkene Spinne, die versucht, über die Linien zu krabbeln.«

»Wenn du fies bist«, sagte er und wollte nach dem Buch greifen, doch sie schlug seine Hand weg.

Er hatte einen Song über die fallenden Blätter im Herbst

geschrieben, sie mit den Menschen im Leben verglichen, die man gehen lassen muss. Ein anderes handelte von der grausamen Hand des Schicksals, die einem nimmt, wonach man sich am meisten sehnt. Nicht gerade Proust, aber das Gefühl war echt. Emily sah mehr, spürte, was zwischen den Buchstaben und Worten versteckt war und Tyler sich nicht zu sagen traute.

Sie sah die Vorwürfe, die er seinen Eltern machte, weil sie ihn zwangen, jemand Bestimmtes zu sein, ein bestimmtes Leben zu führen. Doch er hatte immer die Wahl gehabt. Er hätte nein sagen können.

Hatte sie eine Wahl? Oder ließ sie zu, dass ihre Großmutter alle Entscheidungen traf?

»Was denkst du?« Er saß da und wartete auf eine Reaktion, auf irgendeinen kleinen Kommentar, eine Motivation. Genau wie sie, wenn sie ihrer Großmutter ihre Bilder zeigte.

Sie klappte das Notizbuch zu, tippte mit einem Finger auf den schlichten schwarzen Umschlag und überlegte, was sie darauf malen würde, um die Person zum Vorschein zu bringen, die sich darin verbarg. Eine Gebirgslandschaft vielleicht, durch die ein Fluss hindurchfließt. Mit einem Wasserfall mit kristallklaren Klangtropfen, die jeweils einen Teil seiner Seele, einen Teil seiner Qualen darstellten.

»Ist Country Music nicht wie Kirchenmusik?«

»Das ist eine Beleidigung.« Er fasste sich ans Herz, lächelte aber.

»Doch. Beide geben anderen die Schuld an den Problemen des Lebens.«

Der Kellner stellte zwei weitere Gläser vor sie hin und räumte die leeren ab.

Tyler trank ein paar langsame Schlückchen, dann leckte er sich die Lippen und beugte sich vor.

»Bisschen tiefsinnig für einen Sonntagabend, findest du nicht?«

Emily fischte einen Eiswürfel aus dem Glas, lutschte den Whisky ab und zermalmte den Rest zwischen ihren Backenzähnen, spürte die Taubheit ihrer einen Gesichtshälfte, wo die Nerven nie ganz verheilt waren. Sie stellte sich einen Brunnen vor, auf dessen Grund ein Junge saß, gefangen von seiner Vergangenheit, seinen Fehlern. Und darauf wartete, dass jemand ein Seil herunterwarf und ihn befreite.

»Ich sage ja nicht, dass Musik keine Macht besitzt.«

»Genau«, sagte Tyler und hob sein Glas zu einem Toast. »Denk nur daran, wie viel mehr du durch die Musik bei einem Film, einer Serie fühlst. *Psycho* wurde dem Publikum erst ohne den berüchtigten Soundtrack gezeigt, und sie hatten überhaupt keine Angst, nicht mal bisschen.«

Emily schauderte. »Ich ziehe immer den Duschvorhang zurück, um mich zu vergewissern, dass niemand da ist.«

»Echt?« Er zog die Augenbrauen hoch.

Es hatte sich angeschlichen, wie eine Geburtstagsüberraschung. Nach und nach hatte er ihren Kummer mit einem Netz aus Freundschaft bedeckt, und etwas Neues wuchs aus etwas Altem, das nie eine Chance gehabt hatte, sich zu entfalten.

»Jedenfalls geht es sowohl in der Musik als auch in der Religion darum, etwas auszudrücken, das zu komplex ist, um es zu erklären«, sagte Tyler. »Geht es darum nicht auch in der Malerei? Das müsstest du doch nachvollziehen können.«

»Du kannst Dolly Parton nicht mit Gott vergleichen.«

»Doch, Dolly Parton ist genial«, sagte er und schwenkte sein Bier in ihre Richtung, sodass etwas auf seine Jeans schwappte. »Und ich wette, du kennst den ganzen Text von *9 to 5*.«

Sie hörte es in ihrem Kopf und lächelte.

»Du hast ein schönes Lächeln.«

Sie senkte den Blick zu dem Bierdeckel auf dem Tisch und suchte krampfhaft nach einem Themenwechsel.

»Wusstest du, dass die Hoden des Hahns von der Sonne beeinflusst werden?«

Tyler ließ fast sein Bier fallen. »Wie bitte?«

»Das ist wahr. Sie schrumpfen und wachsen mit den Jahreszeiten.«

Er lachte kopfschüttelnd, und der Klang seines Lachens hallte von der niedrigen Decke wider. »Alkohol lockert deine Zunge.«

»Vielleicht sorgt er nur dafür, dass mir nicht mehr so wichtig ist, was die Leute denken.«

Er sah sie an, auf eine Weise, die sie nicht einordnen konnte. Als wäre sie eine Anomalie. Als würde sie nicht dem Bild entsprechen, das er im Kopf hatte.

»Folgst du irgendwelchen Traditionen?«

»Wie Weihnachten?«

»Eher Glücksbringer. Oder Rituale, um dich an einen bestimmten Menschen, einen bestimmten Tag zu erinnern.«

Emily sagte ihren Eltern immer Gutenacht. Jeden Abend vor dem Schlafengehen legte sie ihre Finger erst an die Lippen und dann ans Fenster in ihrem Zimmer. Schaute in den Himmel, suchte einen Stern und schickte einen Gruß an ihre Eltern, wo auch immer sie sein mochten. Ein winziger Marienkäfer in einem Schmuckkästchen unter ihrem Bett. Neben einem vierblättrigen Kleeblatt, einer Hummel und einer Kette aus Gänseblümchen. Aus einem längst vergangenen Sommer.

Aber Traditionen? Nein. Erinnerungen? Mehr als ihr lieb waren.

»Hier.« Tyler griff in die Tasche seiner Jeans, zog eine kleine Papiertüte hervor und schob sie ihr über den Tresen zu.

»Was ist das?« Niemand kaufte ihr je irgendetwas, außer ihrer Großmutter, aber die zählte nicht richtig.

»Sieh es als Erinnerung an diese Reise.«

Emily griff in das Papiertütchen, holte ein Paar goldene Ohrringe in Sternenform heraus.

»Danke.«

»Ich hab sie in Paris gesehen und dachte, die würden dir stehen. Betonen die goldenen Sprenkel in deinen Augen.«

Sie hatte keine Ahnung, wie sie auf diese nette Geste reagieren sollte.

»Ich muss dir was sagen.«

Emily fühlte, wie sich ihre Kehle bei seinen Worten zuschnürte.

»Es gibt mehr als einen Grund, warum ich hier bin.«

Emily ließ den Whisky im Glas kreisen und vermied es, Tyler anzusehen, während er sprach. Sie hörte, wie er tief Luft holte und sich für das, was er sagen wollte, wappnete, und sie war dankbar, dass er nervös war, denn es bedeutete, dass er sie gernhatte, wenn auch nur ein bisschen.

»Dad hat mich enterbt.«

»Deine Mutter meinte, sie hat ihn überzeugt, es nicht zu tun.«

»Nicht ganz. Jedenfalls nicht, bevor ich ihm nicht bewiesen habe, dass ich kein totaler Loser bin.«

Emily dachte über seine Antwort nach und ließ die Wahrheit sacken, bevor sie etwas erwiderte.

»Dann geht es also um Geld.«

»Ja. Nein. Ich meine, zunächst ging es darum. Aber es ist wirklich schön, dich wieder kennenzulernen, und Paris war doch lustig, oder?«

Sie versuchte, ein Lächeln zu unterdrücken, denn sie war nicht annähernd so sauer oder enttäuscht, wie sie es noch vor ein paar Tagen gewesen wäre.

Was hatte sich geändert?, fragte sie sich. Lag es wirklich nur daran, dass sie einen Moment mit jemandem geteilt, eine neue Erinnerung geschaffen hatte?

»Danke«, sagte sie, und als sie einen Blick riskierte, sah er ihr in die Augen.

»Wofür?«

»Dass du mir die Wahrheit gesagt hast.«

Er nickte knapp, und kurz dachte sie, er würde noch etwas sagen, doch dann spielte die Jukebox einen neuen Song, die Stimme von Patsy Cline durchdrang die Bar, und Tyler stand auf, streckte einladend die Hand aus.

Jede Faser ihres Körpers erwachte, als er näherkam, und sie spürte die Chemie zwischen ihnen, versuchte, diesen Moment im Kopf festzuhalten wie eine Fotografie, die sie in den nächsten Jahren immer wieder betrachten könnte. Ihre Gefühle waren so intensiv, und doch unsichtbar, aber sie wusste, er konnte sie sehen, so wie sie seine sah. Dann plötzlich änderte sich sein Gesichtsausdruck, als fiele ihm ein, dass er sich zu benehmen hatte, und er wich zurück.

Die Luft vibrierte vor Ablehnung, noch bevor er den Mund aufmachte.

»Es ist spät«, sagte er mit einem erklärenden Blick auf die Uhr. »Willst du ins Hotel?«

»Ich bin nicht müde.« Emily schulterte ihre Tasche und ging, ließ die Nachklänge von *Crazy* und alles, was fast war, in der Bar zurück.

Alles lag in die Nacht eingehüllt. Eng umschlungene Pärchen, die durch die Gassen schlenderten und in Türeingängen knutschten. Das unablässige Gläserklirren, Gelächter und Musik, die aus den ganzen Bars und Restaurant auf die Straße drangen, an denen sie vorbeiging, ohne stehenzubleiben und sich vorzustellen dazuzugehören. Oder die Freude, die Normalität der anderen einzuatmen. Die ihr irgendwie versagt blieben.

Ein alter Mann ging mit seinem Hund, in einer Hand die Leine, in der anderen einen Krückstock. Er blieb an einem niedrigen Steinpfeiler stehen, um den ein Seil gebunden war, bückte sich, um den Hund hinter den Ohren zu kraulen, dann nickte er Emily zu.

Zwei Fremde in der Nacht.

Er war zweifellos einer jener Menschen, die für ihren Lebensunterhalt arbeiten mussten, richtig arbeiten, nicht nur an einem Bildschirm Zahlen hin- und herschieben oder schöne Bilder malen. Menschen, die seit Generationen in dieser Stadt zu Hause waren und auch noch hier sein würden, nachdem die Touristen längst fort waren. Die die Lücken füllten und alles sauber machten, nachdem die, die zu privilegiert, zu reich waren, um es zu bemerken, abgereist waren.

Emily ging am Wasser entlang, an den Booten mit dem demonstrativ zur Schau gestellten Reichtum, bis ein paar Stufen zum schmalen Strand hinunterführten, der langsam von der steigenden Flut verschluckt wurde.

Sie stand mit den Zehen im Wasser und dachte daran, dass ihre Großmutter jeden Sommer an verschiedenen Ort der französischen Küste verbracht hatte. Vier Monate, von Juni bis Ende September, mietete sie sich irgendwo am Meer ein Apartment. Sie behauptete, weil die Luft so gut für sie sei, aber jetzt begriff Emily, auch deshalb, weil das Meer sie glücklich machte, denn es war eine Verbindung zu jenem ersten Sommer, als sie herausfand, worüber sie schreiben musste.

All das hat sie aufgegeben, um sich um mich zu kümmern, dachte Emily, und der Gedanke machte sie unendlich traurig und dankbar zugleich.

»Es riecht noch genau so.« Tyler scharrte mit den Füßen im Sand und schreckte einen winzigen Krebs auf, der zurück ins Meer krabbelte. »Aber hier waren wir gar nicht, oder?«

»Nein.« Emily schüttelte den Kopf und zeigt die Küste entlang nach Westen. Sie sah die Villa, die sie immer gemietet hatten, noch vor sich: riesig und weiß, mit einem

Pool am Rand der Klippen, das Wasser so blau, als würde man durch einen Filter schwimmen. Die Familien hatten die Sommer damit verbracht, mit dem Motorboot die Küste zu erkunden, am Pool zu liegen und sich mit frischem Fisch und Tarte Tatin vollzustopfen, zubereitet vom Küchenpersonal, abgeräumt von Hausmädchen in Rüschenschürzen, die kein Wort Englisch sprachen.

Emily sah einem Fischer zu, der seine Netze ordnete und das Boot für eine weitere Nacht auf See vorbereitete.

»Erinnerst du dich noch an das Jahr, in dem Tante Cat mit uns fischen gegangen ist?«

»Wir sind nach Austern getaucht«, sagte Emily lächelnd und erinnerte sich, wie sie noch vor Morgengrauen wachgerüttelt worden, mit dem Fahrrad den Hügel hinabgefahren war, die Beine zu beiden Seiten ausgestreckt, gekreischt hatte, als Tyler den Lenker losließ, und alle aus vollem Halse ABBA gesungen hatten. Sich so frei gefühlt hatte, so lebendig, und gewusst hatte, dass sie diesen Tag niemals vergessen würde.

»Das Boot war kaum groß genug für zwei«, erwiderte Tyler. »Aber sie hat uns drei aus dem Hafen gerudert, den ganzen Weg zu einer kleinen Bucht, wo schon andere Boote waren, alle leer.«

»Dann hat sie uns gesagt, wir sollen uns eine Tauchermaske nehmen, bevor sie als Erste ins Wasser gesprungen ist.«

Er sah sie amüsiert an, verwarf dann, was er hatte sagen wollen, hob einen Stein auf und betrachtete ihn kurz, bevor er ausholte und ihn einmal, zweimal, mehrmals über die Wasseroberfläche hüpfen ließ.

»Meine Mutter war so sauer auf sie.«

»Warum?«

»Es war noch tagelang zu riechen, egal, wie sehr sie meine Finger und Zehen schrubbte. Meine Schuhe hat sie sogar weggeworfen.«

Emily fragte sich, an welchem Punkt ein Mensch sich änderte. Wenn man viel Geld hatte, wann begann man, ihm einen eigenen Wert beizumessen? Tylers Mutter war jemand, der seinen Reichtum stolz vor sich her trug. Der sich sehr bemühte, für jeden, den es interessierte, das richtige Bild abzugeben. Welchen Einfluss hatte das auf Tyler und die Entscheidungen, die er traf? Wie sehr war ein Mensch von der Familie bestimmt, in die er hineingeboren wurde?

Doch ihre Großmutter hatte sich nicht geändert, auch nicht, als die vielen Nullen auf den Bankauszügen auftauchten und Tantiemen ins Haus flatterten. Sie hätten das halbe Dorf kaufen können und immer noch Geld übrig gehabt oder hierher ziehen können, wo sie ihr allererstes Buch geschrieben hatte, und ein völlig anderes Leben führen.

Sie hatte es für Emily getan, weil sie dachte, dass es besser für sie war, in Norfolk zu bleiben.

Emily streifte sich den Sand von den Füßen, als sie wieder auf den Kai trat, dann schaute sie zu den Reihen stiller Boote im Hafen, die in der steigenden Flut wippten, hörte das leise Klingeln der Glocken.

Es war so leicht, Gewohnheiten anzunehmen, wenn man sein Leben und seine Umgebung nicht infrage stellte. Und eines Tages wachte man auf und begriff, dass man in einer Art selbst verschuldeter Schockstarre gelebt hatte, weil man sich vor den Veränderungen fürchtete, den Erfahrungen, die das eigentliche Leben erst ausmachten.

»Das war mein absoluter Lieblingstag. Der beste Tag von allen Sommern zusammengenommen.« Tyler war jetzt neben ihr, sie spürte die Wärme seiner Haut durch den dünnen Stoff seines Hemds, und sie drehte sich zu ihm um, sah, dass seine Aufmerksamkeit auf jemanden gerichtet war, der ein Stück weiter am Kai stand und in ihre Richtung winkte. »Emily, ich …« Er setzte zum Sprechen an, trat einen Schritt zurück, fuhr sich mit der Hand durch das vom Salz verklebte Haar. »Ich wollte dir von ihr erzählen.«

Emily sah eine junge Frau näher kommen. Sie trug ein lila Baumwollkleid, das ihre langen, sonnengebräunten Gliedmaßen betonte, und hatte blondes Haar, das im Abendlicht zu schillern schien. Ihre Augen waren blau, ihre Zähne waren weiß. Sie war perfekt, und sie warf sich Tyler in die Arme, um ihn ausgiebig zu küssen.

14

Flamingo

Phoenicopterus

Emily stand vor einem eisernen Tor, hinter dem sie in der Ferne gerade noch das Dach einer großen Villa erkennen konnte. Ein Haus, das, wie die Galeristin sie informiert hatte, Antoine Marchand gehörte, der dort sein und sie erwarten würde. Emily hatte ihr Angebot abgelehnt, sie herzufahren, und sie wollte auch nicht vorher anrufen, um Monsieur Bescheid zu geben, dass sie unterwegs war.

Stattdessen hatte Emily beschlossen, zu Fuß zu gehen. Vom Stadtzentrum am Park entlang, zur einen Seite Bäume, zu anderen Häuser, versteckt hinter hohen Mauern. So blieb ihr Zeit, darüber nachzudenken, was sie als Nächstes tun sollte. So blieb ihr Zeit, zu realisieren, zu akzeptieren, dass Tyler doch nicht ihretwegen hier war.

Es stellte sich heraus, dass seine Freundin in Cannes arbeitete, in der Bar irgendeines Schickimickihotels. Sie war nach ihrer Schicht einfach in ein Taxi gesprungen, um ihn zu sehen. Emily hoffte nur, es war nicht dasselbe Hotel, in dem ihre Großmutter gearbeitet hatte, wollte keine Verbindung zwischen ihr und Tylers Freundin.

Die ganze Aufregung darüber, hier zu sein, mit ihm, war verpufft. Sie lag in einem weiteren fremden Bett, lauschte dem Meer und versuchte, nicht zu weinen, so weit weg von zu Hause, von allem, was sie kannte.

Ihn mit einer anderen zu sehen, reichte, dass sich ihr der Magen umdrehte. Die weiche Hand zur Begrüßung ausgestreckt, um sich als Phoebe vorzustellen, und sie freue sich ja so, Emily kennenzulernen, Tyler habe ihr schon so viel davon erzählt, wie eng befreundet sie gewesen waren, wie sie praktisch zusammen aufgewachsen waren.

Weshalb Emily sich nicht die Mühe gemacht hatte, heute früh eine Nachricht zu hinterlassen, um ihm mitzuteilen, wohin sie ging. Nicht, dass er und Phoebe aus dem Zimmer gekommen wären, auch nicht, als das Frühstück längst abgeräumt war, und sie allein am Tisch gesessen hatte, höflich lächelnd, als der Kellner erneut fragte, ob sie noch jemanden erwarte.

Emily scharrte mit dem Fuß in einem Blumenbeet am Tor und sah zu, wie eine Ameise das Weite suchte. Am liebsten hätte sie sich in der Erde vergraben wie ein Maulwurf, blind für alles, was sie sehen konnte, alles, was sie gesehen hatte.

Denn sie wollte nicht sehen, wie sie eng aneinandergeschmiegt zum Hotel zurückgingen, wollte nicht sehen, wie sehnsüchtig Phoebe ihn angeschaut hatte, als er an der Rezeption nach den Zimmerschlüsseln verlangte. Wollte nicht sehen, wie sie aus dem Fahrstuhl traten, den Flur hinuntergingen und ein letztes »Gute Nacht« über die Schulter warfen, aus reiner Höflichkeit.

Während sie mit den Fingern über das Namensschild neben der Klingel rieb, die die Person auf den Plan rufen würde, wegen der sie hier war, kniff sie die Augen zusammen und versuchte, Tylers Gesicht auszublenden.

Sie hasste es, dass sie sich bis ins letzte Detail daran erinnerte, wie er sie zum ersten Mal geküsst hatte. Ein Sommerabend, ein unbeobachteter Moment hinter den Sitzreihen eines Freilichttheaters, als er zu Shakespeares Worten seinen Mund auf ihren senkte. Sie standen an der Schwelle zum Erwachsensein, die Hormone und das gesprenkelte Abendlicht spielten mit ihren Herzen. Zufällige Berührungen auf dem Nachhauseweg, ein Lächeln auf ihren Lippen. Ein geflüstertes »Gute Nacht«, dann lag sie lange wach und hätte am liebsten alles noch einmal erlebt.

Am nächsten Tag, das ganze Leben noch vor sich, wurde jeder Funken Glück jener Nacht unter einem Laster begraben.

Soll ich reingehen?, dachte sie und las erneut den Namen auf der Klingel. Wenn sie es tat, wäre nichts mehr wie vorher, und es war schon alles so anders, als sie es gewohnt war, dass sie nicht sicher war, ob sie weitere Überraschungen oder Enttäuschungen verkraftete. Sie war sicher, dass Antoine nicht ihr Großvater war, und doch hoffte sie, er wäre es, dass sie hier einen übrig gebliebenen Verwandten fand, ein kleines bisschen Normalität, wie auch immer geartet.

Der Gedanke umzukehren, war verlockend. Doch wenn sie umkehrte, würde sie sich den Rest ihres Lebens fragen, was gewesen wäre, wenn? Manchmal liebte sie es, dass sich nichts änderte, aber manchmal wurde die Vorstellung, dass alle Tage gleich waren, unerträglich.

Selbst wenn sie es irgendwie schaffte, sich ein Leben zusammenzuschustern – Charlie würde ihr dabei doch sicher helfen? –, wusste Emily, dass sie nie aufhören würde, sich zu fragen, wonach ihre Großmutter sie ausgeschickt hatte und ob Antoine der Schlüssel zu allem war.

Könnte sie doch nur mit ihrer Großmutter reden, sie fragen, was sie tun sollte.

Das Geräusch eines kleinen Motorrads kam den Berg herauf auf sie zu. Ein leises *Töff-Töff* aus dem Auspuff, als es langsamer wurde.

»Ça va?«

Als Emily die Augen öffnete, sah sie jemanden von einer weißen Lambretta steigen. Sie wartete, während er die Sonnenbrille abnahm, die Hand einige Augenblicke in der Luft erstarrt, bevor er lächelte, wobei eine Lücke zwischen den Vorderzähnen zum Vorschein kam.

»Emily!«, schrie er mit Tränen in den Augen, zog sie in seine Arme und flüsterte immer wieder ihren Namen.

Unter normalen Umständen wäre es Emily unangenehm gewesen, von einem Fremden umarmt zu werden, und sie hätte sich versteift, doch irgendetwas an diesem Mann brachte sie dazu, die Umarmung zu erwidern. Es war wie eine Szene aus einem kitschigen Liebesfilm, nur dass er alt und schwul war und sie (einigermaßen) jung und alles andere als schön.

»Lass dich ansehen. Meine Güte«, sagte Antoine, als er zurücktrat, eine Hand vor dem Mund, während er mit der anderen das Motorrad hielt. »Meine Güte«, wiederholte er, tippte den Code in die Tastatur in der Mauer, und das Tor öffnete sich surrend. »Willkommen in meinem bescheidenen Zuhause«, sagte er und ließ Emily vorbeigehen.

»Bescheiden« war nicht unbedingt das Wort, mit dem Emily Antoines Bleibe beschrieben hätte. Opulent, gigantisch, sogar ein bisschen protzig, aber phantastisch. Palmen säumten die gepflasterte Einfahrt, das Haus war blassrosa, Terrakottaziegel auf dem Dach, olivgrüne Fensterläden.

Die Tür wurde von einer Frau in hellgrauer Dienstmädchenkluft geöffnet, die Antoine Helm und Schlüssel abnahm und sofort wieder verschwand. Ein Kristallkronleuchter hing an der Decke der zweistöckigen Eingangshalle, mit einer Treppe zu beiden Seiten, und in der Mitte blickte man auf den gepflegten Garten, einen Infinity-Pool und dahinter das Meer.

Außerdem hing dort, wo Emily stand, ein Bild von Catriona Robinson.

Emily wurde ganz still, denn sie bemerkte, dass der Mann neben ihr sie fasziniert und aufgeregt zugleich musterte. Immer wieder machte er einen Schritt auf sie zu und öffnete den Mund, als wollte er etwas sagen, überlegte es sich dann anders und wich wieder zurück.

So ging das noch ein paar Minuten, doch Emily konnte

das Schweigen nicht brechen. Konnte sich nicht überwinden, den Blick vom Porträt ihrer Großmutter abzuwenden, die auf einer gepolsterten Fensterbank saß und *Das Bildnis des Dorian Gray* las. Ihr Haar war im Nacken zusammengesteckt, wie immer hatten sich ein paar Strähnen gelöst. Ihre Lippen waren leicht geöffnet, als würde sie laut vor sich hin lesen, und ihr Gesicht wirkte mit sich im Reinen, zufrieden. Es war ein Ausdruck, den Emily kannte, wenn auch auf einem Gesicht, in dem das Alter seine Spuren hinterlassen hatte.

»Sie ist wunderschön.«

»Sie sieht aus wie du.«

Unwillkürlich hob sie die Hand, verdeckte ihre Narbe und schüttelte den Kopf.

»Hast du das gemalt, 1965?«

»Sie hat es dir erzählt?«

»Gewissermaßen.« Sie wusste nicht, ob sie die Tagebucheinträge erwähnen sollte. War nicht sicher, wie viel sie überhaupt sagen sollte.

»Es ist alles ihretwegen«, sagte er und deutete mit einem Kopfnicken zu dem Bild. »Meine verrückte Catriona, meine Muse, meine Geliebte. Sie war es, die so eine Wut in mir entfacht hat, so ein Verlangen, dieses Gesicht auf Leinwand zu bannen, damit die ganze Welt es sieht.«

»Es ist unglaublich.« Wie er das Licht auf ihrem Gesicht eingefangen hatte, den Ausdruck in ihren Augen, mit nur wenigen Pinselstrichen. Emily trat einen Schritt vor, wollte versuchen zu verstehen, wie er mit so wenig Farbe so viele Einzelheiten erfasst hatte.

»Es gehört dir.«

»Mir?«

»Sie hat es vor vielen Jahren gekauft. Es mir unter der Bedingung zurückgeschickt, dass ich es dir eines Tages gebe.«

»Das verstehe ich nicht.«

Antoine schlang einen Arm um Emily, zog sie an sich und platzierte einen Kuss auf ihrem Kopf. Dann nahm er ihr Kinn in die Hände, drehte ihr Gesicht zum Licht, um ihre Narbe anzuschauen, und sie versuchte nicht, sich zu befreien, verspürte nicht den Drang, sich zu verstecken, nicht vor ihm. Sie fühlte sich wohl bei ihm, genau wie damals Catriona. Es war eine Art Gabe, die sich nicht erklären oder beschreiben ließ.

»Ich glaube, sie wollte dir begreiflich machen, dass Glück keine einfache Konstante ist.« Er legte die Hände an ihre Wangen. »Jener Sommer war in vielerlei Hinsicht magisch, aber er hätte sie auch fast zerstört.«

»Du meinst Noah.«

»Du weißt über Noah Bescheid.« Es war keine Frage, und er nickte nur knapp, nahm ihre Hand und führte sie auf die Terrasse.

Emily schirmte die Augen vor der Sonne ab und schaute über die beiden leuchtenden Keramikflamingos am Pool hinweg zur Küste von Sainte-Maxime, verstreute weiße Pünktchen im Grün. Ein leichter Wind trug den Geruch des Meeres und der Lavendelbüsche im Garten herüber.

»Lavendel erinnert mich immer an Catriona.« Antoine zwirbelte eine von Emilys Haarsträhnen um seine Finger, dann reichte er ihr ein Glas Eistee von einem Tablett, das wie durch Zauberhand auf einem Tisch erschienen war. Er trank selbst einen Schluck und schaute sie über den Glasrand hinweg an.

»Warum ist sie gegangen?« Emily hielt das Glas mit beiden Händen und spürte, wie die Kälte ihr einen leichten Schauer über den Rücken trieb.

»Du kommst gleich zur Sache.« Antoine lachte leise. »Genau wie sie.«

»Wegen Noah?«

»Er war ein richtiger Mistkerl. Hat mit ihren Gefühlen, ihrer Liebe gespielt.«

»Aber haben sie je …?« Emily ließ die Frage unausgesprochen, weil sie nicht sicher war, ob sie die Antwort hören wollte. Ob sie wissen wollte, ob es ihr Großvater war, der Catriona so wehgetan hatte.

»Ich nehme es an, aber sie hat nie mit mir über ihn geredet, nachdem sie ihre Zelte abgebrochen hatte. Sie wusste, dass ich dagegen war.«

Er verheimlichte ihr etwas. Sie sah es an der Haltung seiner Schultern, daran, dass er einen Schluck trank, bevor er antwortete.

»Wo ist er jetzt?«

»Ich weiß nicht mehr als du, Liebes. Noah und ich waren nie das, was man Freunde nennt. Oh«, sagte er, als er merkte, wie Emily bei seinen Worten in sich zusammensackte. »Du bist enttäuscht. Wieso das?«

Die Frage erübrigte sich, denn er hatte gesehen, wie Emily draußen vor dem Tor schweigend jede Einzelheit seines Gesichts genau studiert hatte. Er hatte gesehen, wie sie den Kopf neigte, wenn sie seiner Stimme lauschte, gespürt, wie sie schwer eingeatmet hatte, wie fest sie seine Umarmung erwidert hatte. All dies und mehr verriet ihm, was sie zu finden gehofft hatte.

»Sie ist meinetwegen gegangen.« Er schniefte, wischte sich den Augenwinkel und schüttelte dann verärgert den Kopf. »Ich war dumm genug, sie zu bitten, zu bleiben.«

»Wieso war das dumm?«

»Sie war wie ein Tier im Käfig hier. Immer auf der Lauer, immer auf der Jagd nach mehr.«

»Mehr?«

»Mehr von allem«, sagte er und breitete die Arme aus, wobei er fast einen der Flamingos umgestoßen hätte. »Leben, Liebe, Verderben. Sie brauchte Inspiration, und was gibt schon eine Stadt her, in der nur geistlose Reiche leben.«

»Und du.«

Die Andeutung eines Lächelns, als er ihren Arm drückte. »Und ich. Ich war jung, verliebt und egoistisch. Ich dachte, ich könnte nur bleiben, wenn sie auch hier ist, um mich zu beschützen.«

Emily hütete sich, nach den Einzelheiten zu fragen. Es war so lange her, und dieser Mann hatte ihrer Großmutter offenbar alles bedeutet, auch wenn sie sich aus den Augen verloren hatten.

»Du bist Sebastian.« Es war keine Frage. Es war auch kein Vorwurf, eher ihre Art, ihm zu zeigen, dass sie verstand, weil sie das erste Buch ihrer Großmutter gelesen hatte, und außerdem ihr Tagebuch. Sie wollte ihm damit sagen, dass er nichts über sich preisgeben musste, oder den Mann, in den er sich verliebt hatte.

»Ebenso klug wie schön. Warum überrascht mich das nicht?«

Emily schaute nach oben, als ein Paar Spatzen aus einer der Palmen herabgeflogen kam und wie Geschwister zankten, als sie auf dem Gras landeten. Sie näherte sich ihnen langsam, gebückt, um sie nicht zu erschrecken, und sie ließen voneinander ab. Einer flog weg, der andere betrachtete sie, beobachtete, wie sie eine Apfelscheibe aus ihrem Glas fischte und ausstreckte.

Der kleine Vogel hüpfte vor, nahm einen Bissen, dann hüpfte er wieder zurück.

»Schon gut«, flüsterte Emily, brach den Apfel in Stücke und streute sie auf den Boden.

»Sie vertrauen dir«, sagte Antoine, der sie beobachtete, den Vogel beobachtete.

»Ich mag Vögel.«

»Warum?«

Niemand hatte sie je gefragt, warum.

»Ihre Unkompliziertheit?« Sie drehte sich zu ihm um, sah den Spatz auf dem Dach landen.

»Nein, Vögel sind alles andere als unkompliziert. Nimm

meinen Freund den Flamingo da drüben.« Er zeigte auf eine der Keramikskulpturen, die einen glänzenden Zylinder trug. »Wusstest du, dass sie nur rosa sind, weil eine gewissen Alge, die sie essen, in ihrem Körper eine chemische Reaktion auslöst?«

»Hast du das von derselben Person, die dich über Quallen aufgeklärt hat?«

Antoine runzelte die Stirn, dann stand ihm der Mund offen, als er begriff, worauf sie anspielte. »Sie hat es dir erzählt.«

»Ich habe ihr Tagebuch aus jenem Sommer gelesen.«

»Sie hat Tagebuch geführt? Das hat sie mir nie erzählt, das Luder. Komme ich darin vor? Muss ich wohl.«

»Sie schreibt darüber, warum sie hergekommen ist.« Emily begriff, dass es wegen Antoine war, und Noah, und dass sie sich in die Enge getrieben fühlte, weil sie beide liebte.

»Ich musste so lange verheimlichen, wer ich war.« Er schaute zum Haus, doch Emily hatte das Gefühl, er würde zurück in die Vergangenheit blicken. Als versuchte er, eine verlorene Erinnerung, ein Gefühl wieder wachzurufen. »Doch vor ihr musste ich mich nie verstellen. Sie akzeptierte die Menschen, wie sie waren, egal, was andere dachten.« Er wirkte traurig, als wüsste auch er, was es bedeutet, jemand Besonderen zu verlieren, jemand, der einem alles bedeutete.

»Ich wünschte, ich hätte sie damals gekannt.«

»Sie war wunderbar, einfach wunderbar. Mein verstorbener Partner Jean-Christophe meinte, sie war die Ehefrau, die ich nie hatte. Meinte, ich sei ein Idiot, weil ich sie gehen ließ.«

Jean-Christophe. Jemand, der nicht hier war. Emily konnte die Abwesenheit überall um sich herum spüren, sah die Erinnerungen an ihn in Antoines Augen. Sie streckte die Hand aus, und er nahm sie, drückte sie sanft.

Jemanden zu berühren, um die unendliche Kluft zu überbrücken, war so untypisch für sie, so unerwartet, dass sie erst begriff, was sie da getan hatte, als er ihre Hand wieder losließ und sie durch die Luft auf ihrer Haut spürte, das etwas fehlte.

»Ich mag ihre Freiheit.« Sie schaute in den Himmel, suchte nach Vögeln, etwas, das sie oft tat, um dem Hier und Jetzt zu entfliehen.

»Wärst du gern frei?«

»Ich weiß nicht mal, was das heißt.«

»Frei davon?« Er zeigte auf ihre Narbe, dann legte er die Hand auf ihr Herz. »So viel da drin, so viele Narben, die du niemanden sehen lässt. Das hast du zweifellos von ihr.«

Emily fühlte, wie sich ihre Eingeweide zusammenzogen.

»Glaubst du, sie hat Noah je gesagt, was sie wirklich empfand? Glaubst du, sie hat den Schritt je gewagt, den es gebraucht hätte, um glücklich zu sein? Selbst nach Margots Geburt wollte sie keine Hilfe annehmen, nicht einmal von mir. Hat darauf bestanden, alles allein zu schaffen. Meinte, sie würde Margots Vater auf keinen Fall um Unterstützung bitten.«

Emily trank einen Schluck, um den Kloß in ihrem Hals runterzuspülen, bevor sie sprach. »Noah?«

»Könnte sein«, erwiderte Antoine, reichte ihr ein Seidentaschentuch und tat, als würde er nicht hinsehen, als sie sich die Augen wischte. »Aber sie hat es nie verraten. Was ich sagen will, ist, sei nicht wie sie. Verschließe dich nicht aus Angst vor dem, was dabei herauskommen könnte. Das Leben ist zu kurz, um nichts zu riskieren, besonders in der Liebe.« Er zögerte. »Also, wie heißt er?«

Emily zwirbelte das Taschentuch um ihre Hand. Antoine war kaum mehr als ein Fremder, doch irgendwie verstand er, was sie fühlte.

»Er hat eine Freundin.«

»Das haben sie immer«, sagte er, legte den Arm um sie

und führte sie wieder ins Haus. Die Treppe hinauf, die in den Himmel führte. »Meiner Erfahrung nach sind solche Männer die Mühe nicht wert.«

Emily folgte ihm in ein Turmzimmer mit Fenstern zu allen Seiten. Ein phantastischer Blick auf die Küste erstreckte sich vor ihr.

»Mein liebes Mädchen«, sagte er, setzte sich auf eine Chaiselongue und öffnete eine kleine Glasschüssel mit türkischem Lokum unter einer dicken Zuckerschicht. »Du verdienst jemanden, der dich wie eine Königin behandelt.«

Emily steckte sich einen Happen der klebrigen Köstlichkeit in den Mund und sah sich lutschend im Zimmer um. Eine wilde Mischung aus Gegenständen, die alle nicht an ihrem Platz zu sein schienen. Eimer mit Pinseln, Papierstapel, halb offene Schubladen, aus denen Ölkreiden und Farbtuben hervorquollen. Es passte irgendwie besser zu ihm, als der Glanz und Glamour des Geldes unten.

»Das Geld gehört mir nicht«, sagte er, als hätte er ihre Gedanken gelesen. »Ich habe es nur geerbt, als J.C. starb, aber ich würde es ohne zu zögern zurückgeben, wenn ich ihn dafür wiederhaben könnte.«

»Ich weiß, was du meinst.«

Emily ging im Zimmer umher und zählte vier Staffeleien, alle mit dem Blick zum Fenster aufgestellt, jede an einer anderen Stelle eines unsichtbaren Kompasses. Drei waren mit einem Tuch verhängt, doch die vierte lag frei. Es war ein weiteres Porträt ihrer Großmutter, sie ganz in Weiß gekleidet. Sie stand im flachen Wasser am Strand, das Gesicht im Profil, und sie schien etwas anzuschauen, das gerade eben nicht mehr auf dem Bild war.

»Wo war das?«

»Nirgendwo. In letzter Zeit male ich sie immer öfter, einfach aus dem Gedächtnis. Es hilft mir, mich an sie zu erinnern.«

»Sie hat das Wasser immer geliebt.« Emily trat näher und betrachtete die Farbschichten, die Antoine aufgetragen hatte. Winzige Pinselstriche, um die Linien und Kerben des Gesichts ihrer Großmutter nachzubilden.

»Hast du je überlegt, Kunst zu studieren?«, fragte er.

»Warum sollte ich das tun?« Tatsächlich hatte sie einmal darüber nachgedacht, sich aber nicht getraut.

»Du bist sehr talentiert, das sehe ich an den Illustrationen in ihren Büchern. Aber ungeschult. Ich könnte dich lehren.«

»Das ist sehr lieb von dir, aber …«

»Aber was? Du kannst deine eigenen Entscheidungen treffen, oder? Leben, wo du leben willst, sein, wer immer du sein willst.«

Emily entdeckte ein abgeliebtes Exemplar von *L'Oiseau Bleu* unter einem Stapel Zeitschriften und fragte sich, wann es zuletzt gelesen worden war. Ob er es ihrer Großmutter geschenkt hatte oder andersrum. Es erinnerte sie daran, wie viel vom Leben ihrer Großmutter sie noch immer nicht wusste oder verstand, von ihrer Vergangenheit, dem, was sie geprägt hatte, sie zu einer alleinerziehenden Mutter gemacht hatte, einer berühmten Autorin. So viele Facetten, jede zu ihrer Zeit.

»So einfach ist das nicht«, sagte sie, während Antoine eine große Truhe mit Messingbeschlägen aufklappte, ein Päckchen herausholte und es ihr gab.

»Nein, vermutlich nicht. Wir sind wohl beide ziemlich gut darin, so zu tun, als wären wir jemand anders.«

»Ich tu nicht so.«

»Bist du da sicher?«

Im Schneidersitz auf dem Perser mit einem Brandloch in einer Ecke riss sie das Papier auf, und zum Vorschein kam ein riesiger Vollmond an einem sternenklaren Himmel. Zwei Freundinnen saßen auf einer Schaukel, Beine ausgestreckt, Körper zurückgelehnt, und schwebten über der Erde. Die Geschichte handelte von einem Mädchen, das mit ihrem Vater in den Bergen wohnte. Zusammen fingen sie und Ophelia Sterne, aus denen sie zwei identische Halsketten machten, und Ophelia legte ihre nie wieder ab.

Emilys Finger suchten die Kette um ihren Hals, als sie den Buchdeckel aufklappte, um die neue Widmung zu lesen.

Für G – weil man nie weiß,
was hinter der nächsten Ecke lauert.

»Gigi ist tot.« Emily betrachtete die Widmung stirnrunzelnd.

»Na und?«

»Wie soll ich eine tote Frau finden?«

Antoine stopfte sich zwei weitere Lokumwürfel in den Mund. »Vielleicht geht es darum gar nicht.«

»Ich kann dir nicht ganz folgen.« Emily zog einen schlichten weißen Umschlag hervor, wendete ihn in der Hand, dann klappte sie das Buch zu.

»Vielleicht sollst du sie gar nicht finden.«

»Das ergibt keinen Sinn.« Warum wurde sie auf die Spur einer Person angesetzt, die nicht mehr lebte? Es schien fast, als *sollte* sie scheitern.

»Was denkst du, wohin sie dich schickt?«

Emily trug das Medaillon, das Gigi ihrer Großmutter einst geschenkt hatte, und in dem sich ein Foto befand, auf dem auch Emilys Mutter mit drauf war. Weshalb sie das Medaillon nie öffnete und es nie ablegte.

Sie hatten zwei gleiche Medaillons gekauft, in einem kleinen Laden in der Stadt, in der sie voneinander Abschied nahmen, einander versprachen, sich bald wiederzusehen. Doch Gigi war wenige Jahre später an einer Hirnblutung gestorben, und Emily hatte die Vorstellung immer gehasst, dass ihre Großmutter nicht geahnt hatte, wie wenig Zeit ihr noch blieb.

»Rom«, sagte sie ohne große Überzeugung, als es leise an der Tür klopfte und das Hausmädchen eintrat, um Monsieur mitzuteilen, dass ein junges Pärchen am Tor nach Emily fragte.

15
Gans
Anser indicus

Als sie auf der Terrasse saßen, auf der ein Brunch serviert wurde, war Emily weder in der Lage, etwas zu essen, noch den Blick von Tyler und Phoebe abzuwenden, die Antoines Gastfreundschaft schamlos ausnutzten. Am liebsten hätte sie eine magische Schaukel gehabt, die sie irgendwo anders hin katapultierte.

Die beiden waren hereingepoltert, voll des Bedauerns und ganz zerknirscht, dass sie verschlafen hatten, dass sie nicht da gewesen waren, um Emily zur Galerie zu begleiten. Tyler war sogar so weit gegangen, ihr einen Vorwurf daraus zu machen, dass sie kein Handy besaß, war dann aber so gnädig, den Mund zu halten, als er das Porträt von Catriona entdeckte. Phoebe hatte geschwärmt, wie unglaublich, wie wunderschön, wie spektakulär das Haus war, wie glücklich Antoine sich schätzen konnte. Seit sie den Fuß hineingesetzt hatte, hörte sie nicht auf zu plappern, und ihre Begeisterung steigerte sich noch, als sie den Pool und die Aussicht entdeckte.

»Ich kann das immer noch nicht ganz glauben«, sagte Phoebe und führte eine weitere Gabel mit Räucherlachs an die Lippen. »Ich meine, ist doch einfach unglaublich, wenn man darüber nachdenkt. Eine magische Schatzsuche, ausgeheckt von der großen Catriona Robinson. Eine geheime Entdeckungsreise zu ihrem unvollendeten Manuskript. Das ist wie in einem Film.«

»Du hast es ihr erzählt?« Emily funkelte Tyler an, und es wunderte sie nicht, dass er überall hinsah, nur nicht zu ihr.

»Tyler hat mir alles erzählt«, fuhr Phoebe fort und stopfte sich noch einen Fischhappen in den Mund. Leckte sich den Zitronensaft von den Fingern, während sie ihren Geliebten anschmachtete.

»So würde ich das nicht sagen.« Tyler rutschte unbehaglich auf seinem Stuhl hin und her, trank noch einen Schluck Kaffee.

»Wie würdest du es denn sagen?« Antoine rührte seinen Kaffee um und hob die Tasse an den Mund. Emily malte sich aus, wie Feuerstrahlen aus seinen Pupillen schossen, die auf Tyler gerichtet waren. Die Vorstellung von Antoine als aufmüpfigem Superhelden, der in Strumpfhosen und Cape herumstolzierte, reichte, um sie zum Lächeln zu bringen und vergessen zu lassen, wie sauer sie war, wenn auch nur für einen Augenblick.

Auch Antoine lächelte und zeigte Tyler seine perlweißen Zähne. Für das ungeübte Auge wirkte er wie der perfekte Gastgeber. Herzlich, höflich und gut aufgelegt, sodass jeder sich wohlfühlte. Doch Emily hatte sich ihm anvertraut, deshalb wusste er, dass der hübsche junge Mann an seinem Tisch nicht unbedingt vertrauenswürdig war.

»Ich musste erklären, warum ich hier bin.«

»Warum bist du denn hier?«, fragte Emily und wünschte, er wäre umgekehrt und nach Hause gefahren, statt ihr zu folgen. Statt seine Verantwortung nur deshalb ernst zu nehmen, weil es egoistischen Zwecken diente.

»Ist das der nächste Hinweis?« Ohne zu fragen, griff Phoebe nach dem Buch, das Antoine Emily gegeben hatte, und begann, es durchzublättern. »Das habe ich total geliebt, als ich klein war«, sagte sie und blickte auf, um Emily anzulächeln, offenbar unempfindlich für die gereizte Stimmung. »Die Vorstellung, auf einer magischen Schaukel durch den Himmel zu sausen. Auf den Mond zu fliegen und mit den Taschen voller Sterne zurückzukehren. Einfach wundervoll.«

Emily spürte, wie Antoine seine Hand auf ihre legte, damit sie die Gabel losließ, die sie, ohne es zu merken, fest umklammert hielt.

»Emily glaubt, der nächste Hinweis befindet sich in Rom.«

»Wie kommst du darauf?« Tylers Interesse war geweckt, genug, um Emily in die Augen zu sehen, zum ersten Mal, seit seine geistlose Freundin dazugestoßen war, unangekündigt, und sich in den Mittelpunkt drängte.

»Rom«, sagte Phoebe mit einem dramatischen Seufzer, lehnte sich an Tyler und tätschelte seine Wange. »So eine wundervolle Stadt. Obwohl das Kolosseum ein bisschen gruselig ist. Ich war als Kind mit meinen Eltern dort, und mein Bruder hat die ganze Zeit so getan, als wäre ich ein Löwe und er ein Gladiator.«

Emily verdrehte die Augen und beschäftigte sich damit, ein paar schmutzige Teller zu stapeln.

»Gigi hat dort die Kette gekauft«, sagte Antoine, ohne Emilys warnenden Blick zu beachten.

»Die, die du trägst?« Phoebe beugte sich mit ausgestreckter Hand über den Tisch, und Emily schob ihren Stuhl zurück, um aufzustehen und ihr auszuweichen. »Die ist wundervoll.«

Bitte, hör auf , wundervoll *zu sagen.* Emily schloss die Augen, machte zwei tiefe Atemzüge. *Sag am besten gar nichts mehr.*

»Wie kommen wir dorthin?«

Emily räumte ein paar leere Teller ab, die ihr sofort von Antoines Hausmädchen abgenommen wurden. Sie sah sich nach etwas anderem um, womit sie sich beschäftigen konnte, um sich dem Gespräch zu entziehen. Nicht, dass sie bisher viel dazu beigetragen hatte. Es schien, als hätte Tyler allein durch seine Anwesenheit ihre Zunge verknotet.

Phoebe stopfte sich gerade noch eine Erdbeere in den Mund, bevor Emily ihr den Teller wegriss. »Ich nehme an, wir fahren mit dem Auto.«

»Nein.« Das Wort war aus ihrem Mund, bevor sie noch darüber nachgedacht hatte.

»Aber Emily, Schätzchen«, fuhr Phoebe mit einem affektierten Lächeln fort und legte eine Hand auf ihren Arm. »Der Zug braucht ewig.«

»Ich habe nein gesagt!« Sie knallte den Teller zurück auf den Tisch und sah ihn in zwei saubere Hälften brechen, bevor er zu Boden fiel. »Tut mir leid«, flüsterte sie Antoine zu, dann drehte sie sich um und marschierte ans Ende des Gartens, wo ein Tor zu einem Weg an den Strand führte.

Tyler sah ihr nach und schien Phoebes lautstarke Beschwerde darüber, dass sie doch nur helfen wolle, gar nicht zu hören. Er schüttelte ihre Hand ab, dann bückte er sich, um wortlos die Porzellanscherben aufzuheben. Antoine sah ihm zu, dann folgte er der Enkelin seiner Freundin ans Meer.

»Ich verstehe schon«, sagte Antoine, als er Emily einholte, die dabei war, Kieselsteine ins Wasser zu werfen.

»Was verstehst du?«

»Das Auto. Der Unfall.«

Emily hob noch mehr Steine auf, schüttelte sie in ihrer Handfläche, dann warf sie alle gleichzeitig in hohem Bogen ins Meer. »Ich will nicht darüber reden.«

»Nein. Kann ich mir vorstellen.« Er legte einen Arm um sie, gab ihr einen Kuss, atmete den Duft des Lavendelshampoos ein, das Emily neuerdings benutzte. »Hat Catriona dir je erzählt, wie reich ich bin?«

»Sie hat mir gar nichts über dich erzählt.«

»Nein?« Er wirkte geknickt, und Emily hatte ein schlechtes Gewissen, dass sie der Grund dafür war.

»Sie hat mir über keinen von euch etwas erzählt. Außer über Charlie.«

»Gott, war die angsteinflößend.«

»Ist sie immer noch. Und Gigi, die tot ist.«

Antoine seufzte, dann schüttelte er langsam den Kopf und grinste Emily an. »Tja, jedenfalls bin ich reich. Stinkreich. Was bedeutet, ich habe Mittel und Wege, dich nach Rom zu bringen, auch ohne Auto.« Er nahm sein Handy, tippte eine Nachricht, dann zeigte er ihr ein Foto von einem Privatjet.

»Im Ernst?«

»Im Ernst. Ich weiß schon, was du jetzt sagst. Platzangst und so, weshalb ich dir die hier gebe, als Abschiedsgeschenk.« Er nahm ihre Hand, ließ eine kleine silberne Blechdose hineinfallen, auf der eine handgemalte Rose abgebildet war. »Nimm zehn Minuten vor dem Start eine davon, und du schwebst durch die Wolken.«

Emily öffnete die Dose, sah ein halbes Dutzend kleine weiße Pillen.

»Allerdings musst du mir versprechen, dass du bald einmal wiederkommst und mich besuchst, sonst stehe ich eines Tages vor deiner Tür und gehe nie wieder weg.«

»Ich kann mir nicht vorstellen, dass Norfolk dein Ding ist«, meinte Emily lächelnd und hatte das Gefühl, diesen Mann, der es irgendwie schaffte, sie aufzuheitern, schon ihr ganzes Leben zu kennen.

»Ich bin alt, Süße. Langweilig ist wahrscheinlich genau das Richtige für mich. Ich möchte Richard kennenlernen, den Mann mit dem Dalmatiner, der deiner Großmutter den Glauben an die Liebe zurückgegeben hat.«

»Richard?«

»Ah, sieht so aus, als hätte sie noch ein paar Geheimnisse mehr gehabt.«

»Zu viele.« Die Frage, warum ihre Großmutter Antoine von Richard erzählt hatte, ihr aber nicht, sollte sie noch eine Weile verfolgen. Der Gedanke, dass ihre Großmutter möglicherweise dachte, Emily hätte nicht gewollt, dass sie in ihren letzten Tagen glücklich ist. Dass Emily es vielleicht verdorben hätte, weil sie nur an sich selbst dachte, daran, wie sie allein zurechtkommen sollte.

»Und nicht genug Zeit. Apropos, wir sollten allmählich zum Flughafen.«

Zeit, dachte Emily mit einem Blick auf die Uhr und bekam ein mulmiges Gefühl, als sie sich erneut eine Sanduhr vorstellte, durch die die Stunden rieselten. Sie versuchte, nicht daran zu denken, was passieren würde, wenn es ihr nicht gelang, das Rätsel zu lösen, bevor es zu spät war. Das Haus hätte dann neue Besitzer. Eine andere Familie, die die Rosenbeete umgraben, die Wände streichen und alle Spuren der Vormieter beseitigen würde.

Dasselbe war nach dem Tod ihrer Eltern passiert, Fremde waren in ihr früheres Zuhause gezogen, und Emily hatte die Vorstellung immer gehasst, dass jemand anders dort glücklich war.

»Ich glaube nicht, dass ich das kann.«

»Unfug. Du bist den ganzen Weg hergekommen, ein kleiner Abstecher übers Meer ist nicht so dramatisch. Du bist stärker, als du denkst.«

»Nicht wegen des Flugs.« Emily drehte sich um und sah Tyler am Gartentor stehen. Er tat, als wäre er mit seinem Handy beschäftigt, hob jedoch immer wieder den Kopf, um in ihre Richtung zu sehen.

Antoine folgte ihrem Blick. »Es hat einen Grund, dass sie euch zusammengebracht hat.«

Er bot Emily seinen Arm an, und sie gingen zusammen zurück. Einerseits wäre sie gern geblieben, hätte sich in Antoines vergoldetem Palast versteckt und nur noch gemalt. All seine Geheimnisse erfahren und mehr darüber, wie ihre Großmutter gewesen war. Doch sie wusste auch, dass es nichts brachte, sich noch länger zu verstecken.

»Vermutlich ist er gar nicht so furchtbar, wie du denkst.«

Antoine strich Emily das Haar hinter die Ohren, sodass ihre Narbe frei lag.

»Hättest du dasselbe auch über Noah gesagt?«

»Manche Menschen sind nicht zu retten, Süße.«

Tausende von Metern über der Erde, gefangen in einem Metallkörper, der durch die Atmosphäre sauste, versuchte Emily, sich zu erinnern, wie man atmete. Denn zu akzeptieren, dass man keine Kontrolle hat, ist beängstigend, und es ist die größte Herausforderung, der ein Mensch sich stellen kann.

»Die Streifengans soll angeblich schon über den Makalu geflogen sein, der über 8000 Meter hoch ist.« Emily flüsterte die Worte vor sich hin, während sie mit den Fingern gegen die Armlehne ihres Sitzes schnipste.

»Geht's dir gut?« Tyler beobachtete Emilys Lippenbewegungen, beugte sich vor, um zu verstehen, was sie vor sich hin murmelte, doch sie wandte den Kopf ab, hob den Whisky auf Eis an die Lippen und genehmigte sich noch einen Schluck.

Die Wirkung der Tabletten, die Antoine ihr gegeben hatte, setzte langsam ein. Sie fühlte sich unbehaglich, weil ihr Herz pochte und sie nicht aufhören konnte, mit den Zehen auf den Teppichboden zu klopfen.

Und erst recht wegen der beiden Turteltauben, die so dicht neben ihr saßen, dass sie das Fehlen jeglicher Poren, jeglicher Makel in Phoebes Gesicht erkennen konnte. Keiner hatte sie gebeten mitzukommen, sie war einfach ins Flugzeug gestiegen, und Emily wünschte jetzt, sie hätte den Mut gehabt, Tyler Paroli zu bieten und nein zu sagen.

»Anderthalb Stunden«, sagte sie zu sich und versuchte, die kleine Turbulenz zu ignorieren. Jetzt also nur noch etwas über eine Stunde.

»Tut mir leid, das mit deinen Eltern.«

Emily spürte Phoebes Hand auf ihrem Oberschenkel, hatte jedoch nicht die Kraft, sie wegzuschlagen.

»Ich musste es ihr erklären.« Tyler räusperte sich, bevor er sprach. »Weißt schon, die Sache mit dem Auto.«

Emily verengte den Blick, verkniff sich eine Bemerkung.

»Trauer kennt keine Regeln.« Phoebes Hand bewegte sich zu Emilys Arm und drückte ihn sanft, dann ließ sie ab. »Als meine Großmutter starb, war es ihr Wunsch, dass wir alle einen ganzen Tag lang nicht sprechen, damit jeder auf seine Weise an sie denken konnte.«

Tyler streckte erst ein Bein aus, dann das andere, sodass einer seiner Zehen Emilys Fuß berührte, und sie zog ihn zurück, außer Reichweite.

»Echt?«, sagte er mit einem Gähnen. »Mein Großvater wollte, dass wir uns alle in seiner Kneipe volllaufen lassen.«

Phoebe boxte ihn sanft in den Arm, und er stieß ein aufgesetztes *Oh!* aus. »Ich meine nur, wenn sie weg sind, sind sie weg, was spielt es also für eine Rolle, ob sie es bis zum Ende durchzieht? Catriona wird es nie erfahren.«

»Es spielt eine Rolle.« Emily riss Tyler das Bier aus der Hand, leerte es in zwei Zügen und ignorierte seinen besorgten Blick.

Er öffnete den kleinen Kühlschrank zwischen den Sitzen und holte ein neues Bier heraus. Emily versuchte, nicht seine Lippen zu betrachten, die sich öffneten, das Auf und Ab seines Adamsapfel, als er schluckte.

»Und es geht um ihr Haus.«

Halt die Klappe, Tyler. Innerlich schrie Emily ihn an.

»Klingt, als könnte sie sich hundert Häuser kaufen, mit dem ganzen Geld, das sie erbt.« Phoebe streifte ihre Sandaletten ab, legte ihre Beine über Tylers Schoß. »Catriona Robinson hat es fünf Jahre hintereinander auf die *Sunday Times*-Liste der reichsten Briten geschafft. Und ein Tod ist immer gut für die Verkaufszahlen.«

»Das tut nichts zur Sache, Süße«, sagte Tyler, während er mit der Hand ihren Oberschenkel streichelte. »Wenn sie die Suche abbricht, erbt sie keinen Penny.«

Natürlich, es geht dir ums Geld, dachte sie bei sich.

Emily war sich bewusst, dass ihr Fuß immer noch auf und ab wippte, dass ihre Finger an ihrer Handfläche schabten. Das Volumen ihrer Brust schien immer weiter zu schrumpfen, ihr Herz jeden Moment zu explodieren.

Nicht hier. Auf keinen Fall durfte sie Tausende von Metern über der Erde eine Panikattacke bekommen.

»Aber das ist ja furchtbar.« Phoebe setzte sich ein bisschen gerader hin. »Was passiert mit dem Geld, wenn du das Rätsel nicht löst?«

Emily beugte sich vor und goss sich noch einen Whisky ein. »Man nimmt an, dass die Streifengans das Vorbild für die Hamsa in der indischen Religion ist.«

»Bitte, was?«, erwiderte Phoebe.

»Ist mir egal«, sagte Emily, und das stimmte. Es war ihr egal, wenn sie die Worte nicht richtig sagte. Sie wollte nur die Geräusche, die Nähe der beiden übertönen. Normalerweise wäre das leicht gewesen, sie hätte einfach Musik hören können, die Augen schließen und die Welt ausblenden, doch sie hatte vergessen, ihren Discman ins Handgepäck zu tun, weil sie ein kleines bisschen Angst hatte, in den Metallvogel zu steigen, der sie ohne Sicherheitsnetz durch den Himmel flog.

»Das macht sie, wenn sie nervös ist.« Tyler nahm einen kräftigen Schluck und schlug die Beine übereinander, sodass Phoebe ihre wegnehmen musste.

»Hamsa ist Sanskrit für Gans oder Schwan oder auch Flamingo. Antoine liebt Flamingos.«

Tyler legte seine Hand auf Emilys Glas. »Ich glaube wirklich, du solltest nicht noch mehr trinken.«

»Lass mich«, lallte sie und schlug seine Hand weg. »Ein Hamsa ist ein mythischer oder poetischer Vogel der Weisheit. Ich weiß viel über Vögel. Ich weiß sehr viel über alles Mögliche, aber ich habe niemanden, mit dem ich darüber reden kann.«

Ihre Zunge fühlte sich doppelt so groß an, und sie wusste, dass sie lispelte, weil Phoebe sie und ihre Narbe auf diese spezielle, ekelhaft mitfühlende Weise ansah, wie die Leute es immer taten, wenn sie die Worte nicht richtig herausbekam.

»Wie viele von diesen Tabletten hat sie genommen, Tyler?«

»Hindus glauben, dass der Hamsa ein spirituelles Wesen ist, aber den Rest weiß ich nicht mehr so genau. Ach, und im Yoga ist es der Lebensatem.«

»Eine Gans ist der Lebensatem?«, fragte Tyler, und Phoebe versuchte, hinter ihrer zierlichen Hand ein Kichern zu unterdrücken.

»Ach, was weißt du schon!« Emily warf entnervt die Hände in die Luft und schüttete dabei etwas von ihrem Getränk auf Tylers Schoß. »Alles, was du in den letzten sechs Jahren getan hast, ist reiche Leute noch reicher machen. Aber leider hast du's vermasselst, Daddy hilft dir nicht aus der Klemme, und jetzt tust du Buße, indem du dem komischen Vogelmädchen hilfst zu finden, was ihre Großmutter hinterlassen hat. Was übrigens«, sagte sie, wobei sie wieder mit ihrem Drink gestikulierte und erneut etwas über seine Jeans kippte, »nichts Skurriles ist oder Magisches oder … Jedenfalls glaube ich nicht, dass es ein Buch ist.«

»Glaubst du nicht?« Phoebe wirkte bestürzt. Als wäre es eine persönliche Beleidigung ihrer Existenz, dass sie nicht bekam, was sie sich von dieser Reise erhofft hatte.

»Absolut nicht«, sagte Emily und streckte ihr die Zunge raus.

»Hat jemand Hunger?« Tyler öffnete den Picknickkorb, den Antoines Hausmädchen für sie gepackt hatte.

Emily konnte den Korb nicht ansehen, weil sie sich sonst vorgestellt hätte, wie leicht sich etwas darin verstecken könnte. Ein kleines Monster mit Reißzähnen und grünen Augen, das schon alles aufgegessen hatte und nur darauf wartete, dass irgendein Idiot seine Hand hineinsteckte, damit es sie abbeißen konnte.

»Ich wünschte, ich hätte ein Haustier«, sagte Emily, als Tyler ihr ein Sandwich mit Prosciutto und Brie reichte. »Ein kleines Monster namens Samson. Ich würde es mit Bananenkuchen füttern.« Sie grinste Tyler an. »Er hat Angst vor Bananen.«

»Nein, hab ich nicht.«

»Hast du doch«, fuhr sie fort, biss in ihr Baguette und gab genüssliche Laute von sich, als das salzige Fleisch ihre Geschmacksnerven traf. »Ich habe ihn früher immer damit durch die Küche gejagt. Und vor Narzissen.«

»Ich mag es nicht, wenn du so gesprächig bist.«

»Dabei wollten jahrelang immer alle nur von mir, dass ich rede.«

»Wie ironisch.« Phoebe schnüffelte an ihrem Sandwich, dann gab sie es zurück.

»Nicht wahr? Es musste nur erst meine ganze Familie sterben, damit sich die Schleusentore öffnen.«

Schweigen. Phoebe rutschte unbehaglich auf ihrem Sitz hin und her, während Emily weiter aß, dass der Kiefer knackte.

»Wovon handelt das Buch?« Tyler stellte Emilys Glas beiseite und ersetzte es durch eine Wasserflasche.

»Welches?«, sagte sie, lehnte den Kopf zurück und spürte sein Gewicht in das weiche Leder sinken. »Du musst dich schon genauer ausdrücken, denn ich glaube, ich bin nicht im Vollbesitz meiner Fähigkeiten. Oder Fertigkeiten. Eins von beidem.«

Tyler stand auf, öffnete das Gepäckfach und griff in Emilys Tasche. Er legte das Buch auf den Tisch zwischen ihnen, aufgeschlagen bei dem Bild eines Mädchens, das für seinen Vater arbeitet und Oliven pflückt, die zu Öl gepresst werden. Ein Kind mit Träumen so weit wie der Himmel, das aber nicht seine Familie enttäuschen will, die davon ausgeht, dass es die Tradition weiterführt.

»Es handelt von ihr«, sagte Emily und fuhr mit den Fingern über die Worte ihrer Großmutter. Jetzt konnte sie es sehen. Verstand, dass die Geschichte von dem Leben handelte, dass Catriona hinter sich gelassen hatte. Eines, das Hochzeit, Kinder, Normalität bedeutet hätte.

Hätte so ein Leben sie zerquetscht wie die kleine grüne Frucht in der Geschichte, oder hätte sie trotzdem ihr Glück gefunden?

Den Kopf gesenkt, fühlte Emily die erste Träne kullern. Sah sie auf den schlichten weißen Umschlag fallen, den zu öffnen sie noch keine Gelegenheit gehabt hatte, sodass die Worte durch das Papier hindurchschienen.

»Lass mich ihn dir vorlesen.« Tyler nahm ihr den Umschlag ab, wobei seine Finger ihre Hand einen Tick länger als nötig berührten.

Warum nicht?, dachte Emily, ließ sich erneut in ihren Sitz zurücksinken und schloss die Augen. Lauschte dem sanften Timbre seiner Stimme, während er die Worte ihrer Großmutter vorlas. In alle anderen Sachen hatte er schon herumgeschnüffelt, was machte eine mehr oder weniger schon für einen Unterschied?

11. Dezember 1965

Wir liegen alle in der Gosse, aber einige von uns betrachten die Sterne.

Oscar Wilde

Schon wieder Wilde, ich weiß. Ich komme immer wieder auf ihn zurück, auf seine derbe Ehrlichkeit, seine »Leck-mich-Haltung« gegenüber der Welt. Das liegt natürlich an Antoine, daran, was zwischen uns passiert ist. Wahrscheinlich hätte ich bleiben sollen, aber ich hatte es satt, links liegen gelassen zu werden, sobald er jemand Interessanteren hatte. Und dann hat er sich entschuldigt, sobald er wieder zu sich kam, hat er sich entschuldigt, hat gesagt, es täte ihm leid, ohne mich würde er das alles nicht schaffen.

Ich habe ihm immer verziehen. Weil er der ist, der er ist, und ich ihm so viel verdanke. Ohne ihn hätte ich Die Einbildung *nie schreiben können. Ich behaupte nicht, es sei ein literarisches Meisterwerk, aber es ist ein Anfang. Und ich glaube, es erzählt eine Geschichte, mit der viele Frauen sich auf gewisser Ebene identifizieren können. Ich meine, nicht alle verlieben sich in jemanden wie Sebastian, und für Antoine hatte ich nie solche Gefühle (obwohl alles so viel einfacher gewesen wäre, wenn wir uns ineinander verliebt hätten).*

Männer sind einfach ganz anders als wir. Sie fühlen nicht wie wir, und selbst wenn, würden sie es niemals zugeben.

Natürlich gibt es immer Ausnahmen, und Gigi scheint so eine gefunden zu haben, mitten in Italien. Einen Mann, der weder besonders hübsch noch besonders gewandt ist, aber nett und lieb, und er vergöttert sie. Außerdem bringt er sie zum Lachen wie niemand sonst, und sie wirkt sehr, sehr glücklich.

Ein bisschen hasse ich sie dafür – Eifersucht ist so ein hässliches Gefühl –, und ich glaube, sie weiß es, weshalb sie mir auch die Bibliothek gezeigt hat. Über zweihunderttausend alte Bücher und meine Wenigkeit. Es ist so friedlich dort, so vollgestopft mit Geschichte, dass ich jedes Mal, wenn ich dort bin, spüre, wie mein Herz ein kleines bisschen langsamer schlägt.

Ich arbeite an etwas Neuem. Gigi hat die ersten Kapitel gelesen und sagt, es ist gut, aber ich soll versuchen, noch mutiger, noch ehrlicher zu sein. Ich bin nicht ganz sicher, was sie meint, denn die Hauptfigur basiert auf meiner Person. Ich habe das Gefühl, sie meint Noah. Aber ich bin nicht sicher, ob ich mir zutraue, zu Papier zu bringen, was ich für ihn empfinde.

Er hat mir einen Brief geschrieben. Über Paris und Antoine, der ihn für mich aufbewahrt hat. Darum ging es auch bei dem Streit. Dem großen Streit. Die Art Streit, von dem man sich vielleicht nie wieder erholt. Ich verstehe ja, dass er es aus Liebe getan hat, dass er mich schützen wollte, doch es stand ihm nicht zu. Es war egoistisch, mir die Entscheidung abzunehmen. Ich habe es so satt, dass andere darüber bestimmen, wer ich bin, wohin ich gehe, wie ich schreiben soll. Was für ein Leben ich führen soll und mit wem.

Deshalb bin ich sauer auf Gigi (ist es nicht erstaunlich, was dabei herauskommt, wenn man sich hinsetzt und seine Gedanken aufschreibt – ich hatte es mir selbst nicht eingestanden, bevor ich die Worte vor mir auf dem Papier sah). Sie ist meine Freundin. Sie sollte mich unterstützen. Und trotzdem kann sie sich nicht dazu durchringen, mich zu ermutigen. Es gibt Millionen Bücher da draußen, und weitere Millionen werden dazu kommen. Nicht alle von uns sind dazu bestimmt, der nächste Shakespeare oder Keats oder Hemingway zu werden. Nicht alle von uns werden durch ihr Werk berühmt oder reich. Obwohl es ganz nett wäre, für ein paar Wochen vielleicht, aber spätestens dann würde ich mich in einem Haus am Meer verkriechen, wo niemand mich findet, es sei denn, ich will es.

Was ist es, wonach ich mich sehne? Was ist es, das ich will, aber anscheinend nicht finden kann? Ist es normal, sich von allem, was die Welt zu bieten hat, ablenken zu lassen, und dennoch keine Ahnung zu haben, wie man da hineinpasst?

Es muss an der Jahreszeit liegen. Der Countdown für Weihnachten, wenn die Familien zusammen sein sollten, ihre Unstimmigkeiten vergessen und mit zu viel Essen und Wein feiern. Die Ansprache der Queen im Radio und Backgammon am Kamin. Weihnachtslieder und Mistelzweige, und draußen riecht es nach Schnee.

Nur dieses Jahr bin ich hier. Na ja, nicht hier in Rom, aber bei Giancarlos Familie. Gigi hat mich eingeladen (glücklicherweise sind italienische Familien sehr gastfreundlich und haben immer noch Platz am Tisch). Alles nur, weil mein Vater mir immer noch nicht verziehen hat, dass ich Schande über die Familie gebracht habe, indem ich mich seinem Willen widersetzt habe. Man könnte meinen, wir befänden uns noch im neunzehnten Jahrhundert, dass Frauen kein Stimmrecht hätten oder kein Gehirn in ihren dicken Schädeln.

Aber Mum hat mir geschrieben, dass es besser ist, noch ein bisschen zu warten. Wenigstens bis Harry und Bess verheiratet sind. (Hat nicht lange gedauert, bis sie meinen Platz eingenommen hat, um meinem ehe-

maligen Verlobten Liebe und Trost zu spenden. Schöne Freundin.)

Ich weiß, es war meine Entscheidung zu gehen. Ich weiß, ich wäre sonst erstickt, aber ich habe auch ein bisschen Angst, dass ich nie wieder zurückkann. Wie lange wird es noch dauern, bis Dad mir verzeiht? Denn irgendwann wird es zu spät sein.

Ich bemühe mich sehr, nichts zu bereuen. Nach vorn zu blicken, mich auf das zu konzentrieren, was ich habe, und ich bin glücklich, ich bin gespannt, wo mein nächstes Abenteuer mich hinführt. Manchmal denke ich nur, ich verlange vielleicht zu viel.

Noah will, dass ich mit ihm gehe. Darum ging es in dem Brief. Er ist immer noch in Italien und arbeitet in einem schicken Hotel, bis er genug Geld gespart hat, um sich ein Boot zu kaufen. Gigi besteht darauf, dass ich nichts dergleichen tue. Aber was, wenn er mein Seelenverwandter ist? Nicht alle Liebesgeschichten verlaufen unkompliziert und ohne Unstimmigkeiten. Sind sie nicht eigentlich alle irgendwie befleckt und vom Schicksal geprüft? Könnte es nicht sein, dass Noah und ich in Wahrheit dazu bestimmt sind, den Rest unseres Lebens gemeinsam zu verbringen?

Der Schluss seines Briefes war wie ein Gedicht. Nur ein paar Zeilen, aber ich bin sicher, er wusste, welche Wirkung sie auf mich haben würden.

Mein Herz ist nicht mehr, was es war, bevor
Du mir gezeigt hast, wie tief Liebe gehen kann.
Mein Körper weiß nicht, wie er schlafen, wie er
Liegen soll, so eine Leere hast du hinterlassen.

Einerseits hätte ich seine Worte am liebsten verbrannt, seine Liebeserklärung vernichtet. Soweit ich weiß, hat er allen seinen Frauen dasselbe gesagt. Aber es fällt mir so schwer, ihn, die Erinnerung an ihn im Bett, mit mir, zu vergessen. Denn wenn er gut ist, ist er so, so gut. Und lieb und witzig, und wenn ich bei ihm bin, atme ich anders. Als würde er etwas daran ändern, wie ich morgens aufwache, wie ich den Tag aufsauge. Durch ihn sehe ich die Welt ganz anders, ich blende den Lärm aus, das moderne Leben. Erkenne, was davor war und was danach kommen wird, wenn wir alle längst von Würmern zerfressen sind.

Rom setzt mir zu. Oder es liegt an der ganzen Pasta und dem Gelato (ja, selbst im Dezember könnte ich mich ausschließlich von Eis ernähren, weil es einfach himmlisch schmeckt). Jeden Morgen höre ich die Kirchenglocken, die mich nach draußen rufen. Ich schlendere über Flohmärkte und gebe mein ganzes Geld für altes Zeug aus, das ich nicht brauche, aber ins Fenster hänge, damit es das Licht einfängt und Regenbogen auf mein Notizbuch wirft.

Ich liebe alles an dieser Stadt. Das Geschwätz der Frauen, wenn sie ihre Wäsche vom Balkon nehmen, die kreischenden Kinder auf der Straße, die ganze Geschichte in jedem staubigen Ziegelstein, und mein Herz sehnt sich nach jemandem, mit dem ich all das teilen kann.

CMR

16

Star

Sturnus vulgaris

Emily saß mit dem Rücken an die Mauer gelehnt, die Beine ausgestreckt, die Füße nach innen wie eine Stoffpuppe. Sie fühlte sich fertig, zerrupft und aufgewühlt und alles Mögliche, wofür ihr die Worte fehlten.

Sie war so sicher gewesen, den nächsten, möglicherweise letzten Hinweis hier zu finden. Versteckt an jenem Ort, an den ihre Großmutter Ophelia am Ende des allerletzten Buches geschickt hatte. In der Bibliothek, wo sie den Atlas versteckt, damit der Nächste dort ihn entdecken kann.

Es war dieselbe Bibliothek, in der Catriona Tag für Tag gesessen hatte, als sie an ihrem zweiten Roman schrieb. Die Geschichte zweier Frauen, die das gleiche Leben führten, nur dass drei Generationen zwischen ihnen lagen. Emily glaubte jetzt, dass es darin um die Entscheidungen ging, die ihre Großmutter getroffen, das Leben, von dem sie sich abgewandt hatte. Sie fragte sich, ob ihre Großmutter es je bereut hatte, und sie vermutete, dass Catriona ihr mit dieser Reise zeigen wollte, wie leicht es war, sein Leben einfach anzunehmen – mit all den Fehlern, die man vielleicht gemacht hatte.

Und man kann seiner Vergangenheit nicht entkommen, dachte sie. *Die Geister lassen einen nicht in Ruhe.*

»Bist du sicher, dass es die richtige Bibliothek ist?« Tyler blickte sich zu dem Gebäude um, die Augen hinter einer

Pilotensonnenbrille versteckt, doch Emily musste seine Augen nicht sehen, um seine Zweifel, seine Enttäuschung zu erkennen. Sie wollte weg von hier, von ihm, so wie er von ihr.

»Ja«, sagte sie leise, doch am liebsten hätte sie ihn angeschrien. Denn es war die älteste Bibliothek Roms. Sie befand sich neben einer Kirche. Die Initialen ihrer Großmutter waren auf der Unterseite des Tisches eingeritzt, an dem sie immer gesessen hatte. Ganz hinten an der Wand, halb versteckt hinter einem gigantischen Globus aus Holz.

»Der Bibliothekar sagte es auch«, erwiderte Phoebe und stieß die Zehen gegen die Wand.

Der Bibliothekar war ganz aufgeregt, als er erfuhr, wer sie war und warum sie hier war. Er hatte in gebrochenem Englisch eine Entschuldigung gestammelt, weil er kein Buch für sie hatte, und gefragt, ob sie sehen wolle, wo Catriona Robinson immer gesessen, wo sie all ihre Bücher geschrieben habe.

Nicht all ihre Bücher, dachte Emily und rutschte zur Seite, weg von Phoebe, von diesen niedlichen Füßen. *Nur eins, und ich bezweifle, dass du es je gelesen hast.*

Dann kamen die Fragen, der unvermeidliche Wunsch zu erfahren, ob an den Gerüchten etwas dran war. War das verschwundene Manuskript demnach möglicherweise in Rom? Wusste Emily, was darin stand? Wäre es ihr möglich, die Bibliothek und den Bibliothekar namentlich zu erwähnen, wenn er sich bei ihrer Suche als hilfreich erwies? Wusste sie, wovon es handelte, oder konnte sie ihm bitte wenigstens einen winzig kleinen Tipp geben?

Emily war unter den Tisch gekrabbelt, zeichnete mit den Fingern das »C« und das »R« nach. Erlaubte ihnen, weiter zu tasten, stieß auf eine Ansammlung kleiner gespreizter »V«s, die sie daran erinnerte, wie Kinder Vögel zeichneten. Sie fragte sich, warum ihre Großmutter ausgerechnet hier eine Spur hinterlassen hatte. Es war irgendwie tröstlich zu wissen, dass die Geschichten stimmten, dass nicht alles in den Büchern ausgedacht war. Auch wenn ihr das nicht dabei half, zu verstehen, was ihre Großmutter ihr sagen wollte.

»Was ist mit dem Laden?« Tyler zündete sich eine Zigarette an, und der aufsteigende Rauch erinnerte Emily an Lagerfeuer und Feuerwerk, Fäustlinge und kalte Füße.

»Nein.« Sie hatte das Gefühl, im Kreis zu laufen, und die Erinnerungen ihrer Großmutter halfen ihr kein Stück weiter.

»Warum nicht?« Tyler nahm noch einen Zug, schaute Emily mit zusammengekniffenen Augen an. »Einen Versuch ist es wert.«

»Ich hab nein gesagt.«

»Aber das Foto von ihnen, hier, in Rom. Du hast gesagt, sie hätten dort das Medaillon gekauft, das du trägst.« Phoebe gähnte, streckte die Arme, sodass ein Stück ihres makellosen Bauches entblößt wurde.

Emily verschränkte die Arme vor dem eigenen Bauch, dachte an die breite silberne Linie auf ihrer linken Hüfte.

Phoebe sah auf Emily hinunter, dann zu Tyler, der am Straßenrand stand, die Hände in den Hüften und etwas betrachtete, das sie nicht sehen konnte. »Also doch nicht Rom?«

»Offenbar nicht«, rief er über die Schulter.

»Wo dann?«, fragte Phoebe.

Emily seufzte. »Keine Ahnung.«

»Du hast doch sicher irgendeine Vermutung?«

»Keine. Ahnung.«

Wenn sie einfach aufhörte zu reden, vielleicht würden sie dann unter sich weiterdiskutieren, bis sie vergaßen, dass sie überhaupt da war. Wenn sie sich lange genug nicht rührte, konnte sie vielleicht einfach mit der Kirchmauer verschmelzen. Nichts weiter sein, als die Erinnerung an jemanden, der irgendwann blöd genug gewesen war, das Ganze für eine gute Idee zu halten.

Unzählige Bilder von imaginären Gesichtern und Orten schwirrten ihr durch den Kopf. Ein See, Vögel, Musik, die alles verband. Sie begann zu summen, wippte mit dem Kopf im Takt der Musik, die außer ihr niemand hörte. Ihre Finger griffen automatisch nach einem Stift, einem Skizzenbuch, und blätterten bis zur nächsten freien Seite.

Emily konzentrierte sich auf das beruhigende Kratzen der Feder auf dem Papier, während das Bild Gestalt annahm. Versuchte, alles um sich herum auszublenden und ihre Aufmerksamkeit ausschließlich auf das zu richten, was sie davor bewahrte, sich so schrecklich einsam zu fühlen.

Irgendwas. Egal was, um die Dämonen zu vertreiben.

Denn sie war so weit weg von allem, was normal war, was sie gewohnt war, dass sie fürchtete, total zusammenzubrechen, wenn sie etwas anderes tat, als auf dem kalten, harten Boden zu sitzen und alles außer dem Kratzen der Feder auf Papier auszublenden.

Emilys Sicht verschwamm, die Linien auf dem Papier schienen so weit weg, und sie versuchte, nicht darüber nachzudenken, was passieren würde, wenn sie den nächsten Hinweis nicht fand. Denn es waren nur noch fünf Tage, bevor alles vorbei war.

»Emily?«

Tylers Hand lag auf ihrer Schulter, sein Gesicht ganz nah an ihrem, aber es war, als würde sie ihn weder hören noch sehen. Es war, als säße sie unter einer Glocke, die ihr Gehirn von der Realität trennte.

»Emily, was ist los?«

»Nein«, flüsterte Emily und blickte kopfschüttelnd auf das Bild, das sie zu zeichnen begonnen hatte. Es war eine Frau auf einem Stuhl im Schatten eines Apfelbaums mit einem Kind auf dem Schoß, dessen Kopf verbunden war, und der Verband wickelte sich um ihren Körper und sogar um den Baum. Hielt sie im Garten gefangen.

Tyler hob sie hoch wie ein Kind, das ins Bett getragen wurde. Sie wandte ihm das Gesicht zu, blendete alles drumherum aus, versuchte seine Stimme zu ignorieren, die beteuerte, alles würde gut.

Er trug Emily, ohne zu wissen wohin, wusste nur, dass er sie hier wegschaffen musste, etwas tun musste, um zu ihr durchzudringen.

Als sie an eine schmale Seitenstraße kamen, zögerte er, schnupperte in die Luft, dann bog er ab. Er blieb vor einer Glastür stehen, auf die in Weiß ein Mädchen gezeichnet war, das eine Pizza trug und gleichzeitig ein Buch auf dem Kopf balancierte. Emily befreite sich aus seinen Armen, setzte sich an einen der Tische und klappte die Speisekarte auf.

Es dauerte nicht lange und Tyler und Phoebe diskutierten darüber, wo sie jetzt eigentlich sein sollten oder ob sie doch umkehren und Antoine fragen sollten oder gar Tylers Mutter anrufen. Der letzte Vorschlag erntete ein promptes Nein von Tyler, der sich gerade ein weiteres Stück Pizza in den Mund stopfte.

Emily drehte ihre Gabel, hob sie zum Mund und schob die mit Soße getränkten Spaghetti hinein. Sie kaute mechanisch, vollzog den Rhythmus des Essens, konnte jedoch nicht schmecken, was durch ihre Speiseröhre rutschte.

Es war so vertraut und zugleich seltsam, zwei Leuten dabei zuzuhören, wie sie das weitere Vorgehen besprachen. Wie sie alle Möglichkeiten abwogen, alle Eventualitäten, ohne sie nach ihrer Meinung zu fragen. Aber so war es ja immer gewesen. Sie zog sich aus der Realität zurück und ließ andere Leute für sie entscheiden.

Noch ein Bissen. Kauen. Schlucken, bevor sie begriff, dass Phoebe mit ihr redete.

»Tut mir leid«, sagte sie, das Kinn in die Hand gestützt,

und starrte Emily an, als wäre sie ein Ausstellungsstück im Museum.

»Was tut dir leid?« Emily bewegte die Gabel auf dem Teller und stellte sich einen Strudel vor, in dem eine Meerjungfrau gefangen war.

»Dass ich das mit deiner Narbe nicht verstanden habe. Den Autounfall.«

»Schon gut.« Vielleicht konnten der Meerjungfrau Beine wachsen, wie im Märchen? Dann könnte sie sich unter die anderen mischen, lernen, nicht aufzufallen, sich zu verstellen.

»Sie war wirklich eine ziemlich bemerkenswerte Frau«, sagte Phoebe und schob ihre halb aufgegessene Pizza beiseite. »Ich meine, allein ein Kind großzuziehen, muss heute schon hart sein, aber damals?«

Emily war immer eifersüchtig auf Leute gewesen, die ihre Großmutter verehrten. Auf alle Leute, die dachten, ihnen stünde ein Stück der großen Catriona Robinson zu, und früher hatte sie sich immer gewünscht, die Geschichten wären nur für sie allein.

Bevor das zweite Buch der Reihe erschien, hatte Catriona Emily gefragt, ob es sie störte, ob sie etwas dagegen hätte, die Geschichten zu teilen und ihre Bilder. Noch Jahre später wünschte sie, sie hätte ja gesagt. Doch jetzt wurde Emily bewusst, wie leer die Welt ohne diese Geschichte wäre. Ohne die über einen Jungen, der Angst vor der Dunkelheit hatte und mit Ophelia und ihrer kleinen grauen Ente auf eine Klippe kletterte, um die Sterne zu sehen. Von eben jener Klippe sprangen die beiden dann, um zu den Kreaturen zu tauchen, die unten am Meeresgrund lebten, wo es kein Sonnenlicht gab.

Wie Antoine gesagt hatte, war Catriona eine Frau, die immer mehr wollte. Die immer und überall nach neuer Inspiration suchte. Inzwischen hatte Emily begriffen, dass ihre Großmutter schrieb, weil das Verlangen, Geschichten zu erzählen, sich der Welt mitzuteilen, ihr im Blut lag. Das war es, was sie jeden Tag antrieb. Es ging nicht nur um Emily.

»Da muss noch mehr versteckt sein in dem Buch, irgendetwas, das dir nicht aufgefallen ist.« Tyler klaute Emily die Oliven vom Teller, die sie übriggelassen hatte. Seine plumpe Vertraulichkeit, nicht nur mit ihr, sondern mit allen, nervte. Dass er sich anmaßte, zu tun, was er wollte, wann er wollte.

»Was meinst du mit versteckt?«, fragte Phoebe.

»Erinnerst du dich nicht? In jedem Buch gibt es eine Schatzsuche. Etwas, das der Leser finden soll.«

»Und du glaubst, einer dieser versteckten Hinweise verrät uns, wo wir als Nächstes hin sollen?«

»Wir?«, sagte Emily.

»Sie will nur helfen, Em.«

»Warum? Was kümmert es dich, Tyler?«

Sie wurde den Verdacht nicht los, dass es ihm von Anfang an nur ums Geld gegangen war. Denn er hatte sie angelogen, hatte ihr vorgemacht, dass sie ihm etwas bedeutete, und das schmerzte am meisten.

Phoebe verlagerte ihr Gewicht, schlug die Beine übereinander, sodass sie zu Tyler gewandt saß, und schaute zwischen ihm und Emily hin und her. »Wisst ihr, Rom ist nicht die einzige Stadt mit einem Kolosseum.«

»Was willst du damit sagen?«

»Ich mein ja nur, vielleicht trügt dich deine Erinnerung. Vielleicht haben sie die Kette woanders gekauft. Vielleicht hat sie sich alles nur ausgedacht, und es gab gar keine Gigi.«

Emily schlug mit der Faust auf den Tisch, presste die Backenzähne aufeinander und wollte aufstehen, doch Tyler streckte sich an ihr vorbei nach dem Pfeffer und brachte sie aus dem Konzept.

»Wer kam auf die Idee mit den versteckten Hinweisen?«,

fragte Tyler, während er mit dem Pfefferstreuer gegen den Tisch klopfte

»Das war sie.«

Andererseits stimmte das nicht ganz. Jedenfalls nicht bei dieser Geschichte. Es war Emily gewesen, die Ophelia mit der Kette gezeichnet hatte, noch bevor ein Wort niedergeschrieben war. Sie hatte das Medaillon im Zimmer ihrer Großmutter entdeckt, in einem offenen Schuhkarton auf der Fensterbank. Sich gefragt, wer die Dame auf dem Foto war, die mit einem Tuch im Haar und riesengroßen goldenen Ohrringen neben der jungen Catriona stand.

Ihre Großmutter hatte ihr über die Schulter geschaut, als Emily auf ihrem Platz an der Tür zum Garten saß, das Medaillon um Ophelias Hals gesehen. Dann ging sie in ihr Zimmer, kam mit der echten Kette über dem Handgelenk zurück, legte sie Emily um und flüsterte, sie gehöre nun ihr. Seitdem trug Emily sie jeden Tag.

»Sie hat Nudeln gegessen.« Emily starrte auf ihren leeren Teller, konnte sich jedoch nicht an den letzten Bissen erinnern.

»Wer?«, fragte Tyler.

»Ophelia«, sagte Emily, während sie im Kopf die Geschichte durchging. »Sie hat die Nudeln gegessen, die der Vater des Mädchens selbst gemacht hatte.«

Ein Mann, der in einem Olivenhain in den Bergen wohnte und die Früchte zu Öl presste, es mit Eiern und Wasser unter das Mehl mischte, weil es den Nudeln ein ganz besonderes Aroma verlieh.

»Giancarlo.« Der Mann, dessentwegen Gigi nach Italien gezogen war.

»Wer?«

»Das *G* in der Widmung muss für Giancarlo stehen, nicht für Gigi.« Es war Giancarlo, der Catriona Robinson beigebracht hatte, Pizzateig wie eine Italienerin zuzubereiten. Der ihr beigebracht hatte, wie man ihn so dünn bekam, dass man den Himmel durchscheinen sah, wie man ihn besonders knusprig machte. Pizzateig, den sie hoch in die Luft gegen die Küchendecke warf, sodass Emily begeistert kicherte.

Verbrannter Rand und geschmolzener Käse. Krümel auf den Treppenstufen für die Vögel, nachdem sie sich den Bauch vollgeschlagen hatten. All die Geschichten über Leute, die sie einst gekannt hatte, doch Emily hatte nie gewusst, ob es sie wirklich gab – bis jetzt.

»Wo ist er?«

»In Verona.« Die Stadt der Liebenden. Romeo und Julia. Sie erinnerte sich an den Balkon, von dem ihre Großmutter ihr erzählt hatte, als sie zum ersten Mal Shakespeare las. Ein Ort, an dem die Menschen Zettel mit Liebesschwüren hinterließen.

»Bist du sicher?« Tyler war schon am Handy. Plante zweifellos die weitere Reise. Versuchte zweifellos herauszufinden, wie er die Sache möglichst schnell hinter sich bringen konnte.

»Ja.« Doch sie schüttelte den Kopf. Denn sie war nicht sicher. Nicht mehr. Nicht, nachdem sie sich so vertan hatte.

»Wir könnten vorher anrufen«, schlug Phoebe vor. »Nur für den Fall.«

»Nein.« Wie konnte sie einen Mann anrufen, dem sie nie begegnet war? Oder war sie ihm doch begegnet? Da war etwas, eine Männerstimme, tief und kräftig. Doch sie war unter einer Schicht aus Zweifeln und Verwirrung begraben, deshalb konnte Emily nicht sagen, ob es eine echte Erinnerung war oder nur irgendeine Geschichte, die ihre Großmutter ihr erzählt hatte. Dichtung und Wahrheit wurden immer zusammengekippt, und deshalb war es für Emily so schwer, zwischen beiden zu unterscheiden.

»Giancarlo Delucci«, las Tyler vom Display seines Handys ab. »Gemeinsam mit seiner verstorbenen Frau Virginia schrieb Signor Delucci eine Reihe erfolgreicher Kochbücher und betrieb ein Zwei-Sterne-Restaurant im Herzen Veronas.«

»Klingt, als wäre das unser Mann«, sagte Phoebe.

Tyler drehte das Telefon um und zeigte Emily das Bild eines Mannes, der auf einer Arbeitsplatte Pizzateig ausrollte und in die Kamera lächelte. In Norfolk stand auf dem Kaminsims im Wohnzimmer ein Schwarz-Weiß-Foto von Gigi im Hochzeitskleid. Darauf küsste sie einen Mann, groß und dünn, mit einer Sonnenblume im Knopfloch. Der Mann war derselbe wie auf dem Foto, das Tyler im Internet gefunden hatte, auch wenn Emily nie zuvor sein ganzes Gesicht gesehen hatte.

All die Menschen, die ihre Großmutter liebte, ihr aber nie vorgestellt hatte. Menschen, die zu ihrer Welt gehörten, ihrem Leben, aber nach dem Tod ihrer Eltern zu Erinnerungen wurden.

Emily fragte sich, warum sie davor so wenig Zeit mit ihrer Großmutter verbracht hatte. Sie war nur ein flüchtiger Teil ihrer Kindheit gewesen. War stattdessen damit beschäftigt gewesen, zu reisen, etwas zu erleben, zu leben, und dann hatte sie plötzlich damit aufgehört. Als hätte sie ihre Vergangenheit hinter sich gelassen, um ihre Familie zu beschützen.

»Sie ist tot«, sagte Emily und begriff, dass ihre Mutter nicht der einzige geliebte Mensch war, den ihre Großmutter verloren hatte. Begann zu befürchten, dass es bei dem Treffen mit Giancarlo um mehr ging, als nur um ein weiteres Buch, einen weiteren Hinweis.

»Wer ist tot?«, fragte Phoebe, ohne Tylers Gesichtsausdruck zu beachten.

»Gigi.« Trotz der Hitze fröstelte Emily und spürte, wie sich die Härchen auf ihren Armen aufrichteten, denn ihr kam allmählich der Verdacht, dass diese Suche, dieses Puzzle gar nichts mit den Büchern zu tun hatte.

»Du hast gerade gesagt, die Widmung sei für Giancarlo.« Tyler begann seine Sachen zusammenzusammeln, schaute auf seine Uhr, dann auf sein Handy.

»So ist es.« *Glaube ich.* Sie rieb sich die Arme, wartete, dass das Frösteln verging.

»Was ist dann das Problem?«

Das Problem war, dass Emily keine Lust hatte, bei einem alten Mann zu klingeln und sich nach seiner verstorbenen Frau zu erkundigen. Und wenn sie sich irrte, wenn es gar nicht Giancarlo war, den sie finden sollte, würde sie nur schmerzliche Erinnerungen wecken.

Emily schob ihren Stuhl zurück und stand auf. »Ich will los«, sagte sie, nahm ihren Koffer und vergewisserte sich, dass der Reißverschluss zu war.

»Bist du sicher, dass ich nicht vorher anrufen soll?« Tyler warf ein paar Münzen als Trinkgeld auf den Tisch.

»Nein.« Emily ging los. »Ich will nach Hause.«

Etwas trieb sie zur Flucht. Sie musste weg von Rom und Verona und den ganzen Erinnerungen ihrer Großmutter. Es gab keinen ersichtlichen Grund für das mulmige Gefühl in ihrem Bauch. Doch es war da, eine dunkle Vorahnung. Als würde hinter der nächsten Ecke irgendetwas lauern.

»Du kannst nicht nach Hause.« Tyler packte ihren Arm, zwang sie stehenzubleiben.

»Warum nicht?« Emily sah Phoebe hinter ihm stehen, und sie hätte sie am liebsten angeschrien, dass sie nicht so glotzen sollte, nicht zuhören, einfach verschwinden und sie in Ruhe lassen. Dass alle beide sie in Ruhe lassen sollten.

Er zögerte. Wandte den Blick ab, senkte ihn, und das sagte alles.

»Das Geld.«

»Nein, nicht nur das Geld. Ich meine, ja, dein Geld. Dein Erbe. Dein Zuhause, Emily. All das ist futsch, wenn du die Sache nicht durchziehst.«

Sie schüttelte ihn ab. »Was, wenn ich nicht will?«

»Du hast keine Wahl.«

Emily hasste ihn in diesem Moment, einfach weil er recht hatte. »Ich könnte zu meiner Tante.«

Tyler runzelte die Stirn. »Der in New York?«

»Warum nicht?«

»Sei nicht albern.«

Wahrscheinlich hatte er recht, schließlich hatte Emily sie seit ihrem einundzwanzigsten Geburtstag nicht mehr gesehen. Und da hatten ihre Tante und deren Mann die ganze Zeit nur erzählt, wie phantastisch ihr Leben war. Die Art Leute, die auf ein schiefes Bild an der Wand hinweisen oder einen darauf aufmerksam machen, dass der Rasen mal wieder gemäht werden müsste.

Die Schwester ihres Vaters. Eine Frau, deren Gesicht ebenso eingefroren war wie ihre Bluse gestärkt, eine Perlenkette um den sehnigen Hals, Haare wie ein Helm und zwei Jungs gleich angezogen mit Blazer und Fliege. Natürlich konnte sie dort nicht wohnen, es wäre noch schlimmer als mit Tyler und seiner nervtötenden Freundin durch Europa zu reisen.

»Auf einen Tag kommt es doch nicht an«, rief Tyler Emily nach. »Komm schon, Emily, du hast es so weit geschafft, es wäre dumm, jetzt aufzugeben.«

»Fahr nach Hause, Tyler«, schrie sie zurück. »Oder bleib hier, mit ihr. Mir egal.«

Das Gewicht des Sommers drückte auf ihre Haut, als sie ging. Ein Hitzefilm bedeckte jede Fläche, und das Wasser leuchtete in der Abenddämmerung kupferrot, als sie von der Ponte Umberto herabschaute. Sie starrte auf das Spiegelbild der Wolken und schwarzen Bäume und wünschte, das Ganze wäre ein Traum, aus dem sie erwachen könnte.

Emily dachte an alles, was ihre Großmutter sie gelehrt hatte. Hinter die Fakten zu schauen, ihren Verstand über die pure Vernunft hinaus zu gebrauchen. Dass alles auf der Welt miteinander verbunden war. Wie Wasser, das in einem ewigen Kreislauf aus Leben und Tod um die Erde lief und einem bewusst machte, wie bedeutungslos ein einzelnes Leben, ein einzelner Mensch war.

Ein leises Rauschen in den Blättern, als eine warme Brise die schläfrige Stadt wachrüttelte. Vor ihr hob sich die Silhouette des Petersdoms ab. In seinen Mauern befand sich Michelangelos Deckengemälde, ein Meisterwerk, das er nie hatte malen wollen und für das er Jahre brauchte. Es war unglaublich und albern zugleich.

Sie könnte gehen und es sich mit eigenen Augen ansehen, alle versteckten Hinweise darin suchen, alle Andeutungen, das mehr in dem Gemälde steckte, als auf den ersten Blick zu erkennen war. Die Geheimnisse, die Michelangelo für jeden sichtbar versteckte, genau wie die in den Büchern ihrer Großmutter. Denn Menschen neigen dazu, das, was vor ihnen liegt, zu ignorieren, weil sie nur sehen, was sie sehen wollen, nicht was sie sehen sollten.

Nach und nach wurde Emily bewusst, dass etwas nicht stimmte, nicht passte. Sie richtete sich auf, hielt den Atem an, denn der Dom schien sich zu bewegen, zu vibrieren, und gleichzeitig hörte sie … Ja, was? Emily reckte den Hals und hörte ein Summen, ein Prasseln, als Tausende schwarzer Punkte sich vom Kirchendach erhoben.

Es war wie eine Wolke, eine Wolke, die sich bewegte und größer wurde, die von einer Sekunde zur anderen phantastische Formen annahm. Nur dass es keine Wolke war.

Stare. Ein Formationsflug von Staren, die sich auszudehnen und zusammenzuziehen schienen wie ein Akkordeon und Bilder an den Himmel malten, während sie über die Stadt flogen.

Emily sah die Schattenkonturen, die sich lösten und dann wieder zusammenfügten, schwarze Inseln, die in einzelne Vögel zerfielen, all die raschelnden, flatternden Flügel am dunkler werdenden Himmel. Das Geräusch erinnerte sie an die Brandung daheim. An einen aufkommenden Sturm. Wind, der die Luft durchwirbelt. Es traf sie direkt ins Herz, und sie vermisste ihre Familie, fühlte sich einsam und allein.

Dann war es vorbei. Die Vögel zogen weiter, und die Stadt wirkte zu ruhig, zu still. Als Emily sich umdrehte, stand Tyler am Ende der Brücke und wartete auf sie.

17

Kolibri

Trochilidae

Es regnete, und dünne nasse Fäden liefen am Zugfenster runter, während sie durch die italienische Landschaft rasten.

Der Regen war völlig unerheblich, es regnete immer irgendwo, doch Emily wurde bewusst, dass sie immer aufs Wetter geachtet hatte. Es hatte die Stimmung vorgegeben, den Tagesverlauf. Vom Wetter hing ab, wann sie spazieren gingen oder ob sie ins Gartencenter fuhren, Setzlinge pflanzten, vor einem Sturm die Wäsche reinholten. Ob es Fleischbällchen zum Abendessen gab oder sie grillten und ob sie einen Pulli überzog, wenn sie in die Stadt radelte.

Immer noch in Shorts und T-Shirt, spürte Emily die kalte Luft auf der nackten Haut und suchte in der Tasche nach etwas zum Überziehen. Während sie in eine dünne schwarze Strickjacke schlüpfte, dachte sie darüber nach, wie unstrukturiert, wie spontan ihr Leben dieser Tage war.

Wann habe ich zuletzt gebadet?, fragte sie sich. Wann hatte sie zuletzt im warmen Schaumwasser gelegen und sich in einem Buch verloren? Der Regen verwischte die Sicht, als sie aus dem Fenster starrte und versuchte, sich an den letzten friedlichen Moment zu erinnern.

Tyler hatte alles auf den Kopf gestellt. Das Gefühl, allein zu sein, abgeschnitten vom Rest der Welt, hatte sich seit Rom noch verstärkt. Denn sie konnte sich immer noch erinnern, wie es sich angefühlt hatte, von ihm getragen zu werden, spürte noch das Vibrieren seines Herzens an ihrem.

Ihr Skizzenbuch war aufgeschlagen und zeigte Entwürfe von den Formationen der Stare. Doch bisher waren es nur wirre Linien, die vage an einen Tornado erinnerten.

Phoebe und Tyler saßen eng aneinandergeschmiegt auf den gegenüberliegenden Sitzen. Ihre Beine lagen auf seinen, und sie streichelte sein Haar, während sie halbherzig über *Romeo und Julia* stritten. Emily hatte sie ausgeblendet, versuchte stattdessen, sich auf Tonlagen und Klangfarben der Stimmen der anderen Passagiere zu konzentrieren, wobei es ihr egal war, was gesagt wurde.

Eine Frau telefonierte und hatte eine hitzige Diskussion mit jemandem am anderen Ende der Leitung. Ihre Worte waren abgehackte Trommelschläge und explodierten gelegentlich in einem Schrei wie ein Trompetenstoß, sodass der alte Mann neben ihr zusammenzuckte.

Ein Orchester aus Wörtern. Emily rutschte einen Sitz weiter, spähte hinter sich in den Gang und teilte heimlich jede Person im Waggon einem Orchesterblock zu. Die Kinder waren die Streicher, die miteinander um Aufmerksamkeit rangen, die Frauen, die die Köpfe zusammensteckten, könnten die Flöten sein, und ihr Flüstern und Lachen hüpfte über den Klangteppich der anderen Instrumente. Dann der Mann ganz am anderen Ende im dreiteiligen Anzug, der mit finsterer Miene auf seinen Computerbildschirm starrte, vielleicht eine Basstrommel oder sogar Becken, die er theatralisch zusammenschlug, wenn er die Antwort auf das fand, was die Sorgenfalte zwischen seinen Augen verursachte.

»Du gibst mir doch recht, oder?«

Emily drehte sich um, als Phoebe sich zu ihr beugte, leicht ihre Hand antippte.

»Bitte, was?«

»Es ist eine Romanze, keine Tragödie.«

»Sie sterben«, sagte Tyler. »Nicht gerade romantisch.«

»Ja, aber dadurch versöhnen sich die beiden Familien«, argumentierte Phoebe. »Es ist keine Romanze im klassischen Sinne, aber am Ende steht die Liebe. Opferbereitschaft, nicht nur für die Liebenden, sondern auch für ihre Freunde. Es geht um Liebe im weitesten Sinne, nicht nur Sex.«

»Es ist eine Abfolge von Irrtümern, und beide bringen sich um, weil sie zu blöd sind zu kapieren, was wirklich vor sich geht.« Bei den letzten Worten sah er Emily an, um zu sehen, wie sie darauf reagierte.

»Was haben Männer nur für ein Problem mit Shakespeare?« Phoebe stieß Tyler scherzhaft in die Rippen und verdrehte die Augen.

»Was haben Frauen nur für ein Problem damit, wenn es kein Happy End gibt?«

»Ich misch mich da nicht ein.« Emily nahm ihren Stift, begann die Idee umzusetzen, dass Worte zu Musik wurden. Eine Idee, die ihr zuerst in einem Laden in Norfolk gekommen war, als der Buchhändler ihr von dem Rätsel ihrer Großmutter erzählt hatte, das sie lösen sollte.

Fünf Tage sind vergangen, dachte Emily. Nur noch fünf sind übrig.

Sie drehte die Lautstärke der Gespräche runter und begann, eine Melodie zu summen. Eine, die ihre Großmutter immer spielte, wenn sie einen Muntermacher brauchte. Ein Wundermittel, das nie seine Wirkung verfehlte, bei dem sie in der Küche herumhüpften, um dann vor Lachen und Erschöpfung zusammenzubrechen, wenn »Dancing Queen« vorbei war.

Emily lächelte, als sie bemerkte, dass sie ein Vogelorchester gezeichnet hatte. Kolibris, auch eine Art Wundermittel, ihre Lieblingsvögel. Zum ersten Mal hatte sie im Urlaub in Frankreich einen entdeckt und ihn für eine riesige Hummel gehalten. Sie waren hypnotisierend mit ihren unglaublichen, schillernden Farben, der Geschwindigkeit, mit der ihre winzigen Flügel schlugen. Diese Faszination war auch der Grund, warum sie damals im Naturhistorischen Museum verschwunden war, und nicht, wie Tyler ihr vorwarf, weggelaufen. Sie hatte einen echten sehen wollen, wenn auch ausgestopft und starr, um etwas von seinem Glanz auf Papier festzuhalten.

»Du erinnerst dich also?« Tyler lächelte sie an und rutschte ein Stück vor, um ihre Zeichnung zu betrachten.

»Kolibris können im Regen fliegen«, erwiderte sie, ohne aufzuschauen, dann stattete sie einen der Vögel, der ganz vorne saß und eine Geige hielt, noch mit einem Bogen aus.

»Können nicht alle Vögel im Regen fliegen?«, fragte Phoebe und zupfte an der Nagelhaut eines Fingers.

»Sie haben keinen Geruchssinn, und ihre Zungen sehen aus wie Federn.« Aber am meisten liebte sie ihre Farben. Die verschwommenen Flügel, die das Licht in alle Farben des Regenbogens brachen. Jedes Mal, wenn sie einen betrachtete, entdeckte sie etwas Neues.

»Sie ist ein wandelndes Vogellexikon«, sagte Tyler und stand auf. »Will jemand etwas aus dem Speisewagen?«

Emily schüttelte den Kopf und tippte mit dem Stift gegen die Cola-Dose, die noch nicht leer war. Es war ihre dritte, und sie spürte das Koffein im Blut, das sie hippelig und nervös machte. Jedenfalls redete sie sich das ein. Dass es nichts damit zu tun hatte, wohin sie fuhren oder wen sie dort finden würden.

Der Möglichkeit, dass sie sich irrte, erneut. Oder gar der Möglichkeit, dass nicht. Denn da war ein Gefühl, ein unterschwelliges Gefühl, dass sich nicht ignorieren ließ. Gigi war tot. Ihre Großmutter war tot. Was für eine Botschaft war also von einem Mann zu erwarten, der sie beide gekannt hatte?

»Kommt ihr beide klar, solange ich weg bin?«, fragte Tyler und sah zwischen den zwei Frauen hin und her.

»Du bist nicht mein Babysitter.« Auch wenn es sich so anfühlte.

Tyler ging, und Emily tat ihr Bestes, um Phoebe zu ignorieren, obwohl sie bemerkte, dass diese näher rückte, um zu sehen, was Emily zeichnete.

»Wieso hast du es dir anders überlegt und machst doch weiter?«

»Wegen der Vögel.« Die Stare mit ihrer Bewegung, ihrer hektischen Aktivität, die sich trotzdem gegenseitig beschützten und immer als Einheit flogen.

»Du magst Vögel.«

»Bei dir klingt es, als wäre das schlecht.«

»Nein, nicht schlecht.« Sie wandte sich ab, um aus dem Fenster zu schauen, auf die verschwommenen Grün- und Gelbtöne. »Mochtest du sie schon immer?«, fragte Phoebe, hauchte auf die Glasscheibe und malte mit dem Finger eine schlichte Blume, die langsam verblasste.

»Ich schätze schon.«

Das erste Bild, das Emily je gezeichnet hatte, war von ihrem Lieblingsspielzeug. Dann Schmetterlinge und Feen. Hunderte von Feen, die in ihrer Vorstellung im Garten wohnten. Winzige, magische Wesen, die auf Kaninchen ritten und Emily eines Tages zu einem Abenteuer entführen würden, irgendwo weit weg. Vielleicht in ihr geheimes Königreich auf einer Bergspitze, versteckt hinter rosa Zuckerwattewolken.

Emily blätterte zu einer neuen Seite, begann konzentrische Kreise zu zeichnen, die einen Weg darstellten, der zu einer Felsenfestung führte. Sie war nie dort gewesen, doch ihre Großmutter hatte ihr Bilder gezeigt und Emily erzählt, dass es ein geheimnisumwobener Ort auf einer Lichtung in der Nähe ihres Geburtsortes war. Dann hatte sie sich mit ihr vor den Kamin gesetzt und von den Sagen erzählt, die Fairy Glen, das Tal der Feen, umrankten.

Emily versuchte, sich zu erinnern, wann ihre Großmutter ihr die Geschichte zum ersten Mal erzählt hatte, wusste, dass es lange her war. Sie konnte die Hühnersuppe fast schmecken, die auf dem Herd einer Küche in einem viktorianischen Stadthaus in London vor sich hin köchelte, wo sie und ihre Großmutter saßen und Butterbrot in die dampfenden Teller tunkten, während die Katze in der Ecke in einem Flecken Herbstsonne schlief. Ein Haus, das einst ihr Zuhause war und dann an eine neue Familie verkauft wurde.

Es war so lange her, dass es sich anfühlte, als würde die Erinnerung jemand anderem gehören. Einem kleinen Mädchen, das gern bei seinen Eltern im Bett saß, das aufgeschlagene Skizzenbuch auf dem Schoß, und ihrer Mutter zusah, die in einem Abendkleid aus hellblauer Seide an ihrem Frisiertisch saß. Ein Kind, fasziniert vom Anblick der Mutter, die sich schminkte und für einen Abend in der Oper schön machte.

Kopfschüttelnd riss Emily die Seite aus ihrem Skizzenbuch, knüllte sie ganz fest zusammen und warf sie beiseite.

Phoebe sah wortlos zu. Sie musste gesehen haben, was Emily gezeichnet hatte, musste sich doch fragen, warum Emily das Bild einer Frau, die vor einem Spiegel saß und ihr Haar bürstete, weggeschmissen hatte.

»Das muss hart sein.« Phoebe nahm das zerknüllte Papier, legte es wieder hin. »Die Einzige zu sein, die noch übrig ist.«

Du hast keine Ahnung, dachte Emily und strich die nächste Seite glatt.

»Manchmal ist Schmerz notwendig, um zu erkennen, wann es einem endlich besser geht.« Phoebe atmete tief ein und flatternd wieder aus. »Ich hab mich früher geritzt.«

Emily blickte auf. Phoebe starrte aus dem Fenster, doch Emily sah in ihrem Spiegelbild, dass sie versuchte, nicht zu weinen.

»Man sagt uns immer, dass wir in etwas die Besten sein

sollen oder zumindest auf irgendeine Weise außergewöhnlich.« Phoebe fummelte am Bündchen ihrer Bluse, und Emily bemerkte, dass ihre Fingernägel abgekaut waren.

»Niemand ist der Beste.«

»Ich hab irgendwo gelesen, dass Schmerz süchtig machen kann. Beziehungsweise das Gefühl, wenn der Schmerz nachlässt.«

»Ich wünschte, ich wüsste, wie es sich anfühlt, wenn der Schmerz nachlässt.«

Phoebe lächelte schwach. »Ich hab gelernt, mir selbst zu vergeben. Mich auf das Hier und Jetzt zu konzentrieren, statt immer an die Zukunft zu denken.«

Bei diesen Worten begriff Emily, dass sie immer nur in der Gegenwart gelebt hatte, weil sie Angst hatte. Angst zurückzublicken, Angst, an die Zukunft zu denken.

»Und wie funktioniert das für dich?«, fragte Emily.

Phoebe lächelte schwach. »Nicht so toll, ehrlich gesagt. Ich habe absolut keine Ahnung, was ich aus meinem Leben machen will.«

»Willkommen im Club.«

»Was ist mit deinen Zeichnungen, den Geschichten deiner Großmutter?«

»Es sind ihre Geschichten, nicht meine.«

»Als du klein warst, was wolltest du da werden, wenn du groß bist?«

»Astronautin«, sagte Emily, ohne nachzudenken.

Phoebe lachte. »Im Ernst?«

»Außerdem Ballerina, Springreiterin und Zauberer.«

»Zauberer?«

»Ich wollte ein Kaninchen haben.« Aber ihre Mutter hatte es verboten, wegen der Füchse im Garten. Meinte, das arme Dinge würde entweder gefressen oder an einem Herzinfarkt sterben, wenn die Füchse um seinen Stall schlichen.

»Ich wollte Umweltschützerin werden.« Phoebe öffnete

eine Packung Pfefferminz und bot Emily eins an. »Um all die wunderbaren Wesen auf dieser Erde zu retten, bevor die Menschheit alles zerstört.«

»Dann werd doch Umweltschützerin«, sagte Emily und rollte den Pfefferminz in ihrem Mund. Überrascht, dass sie ein Wort über die Lippen brachte, das ihr normalerweise den Mund verschlossen hätte.

»Einfach so?« Phoebe sah Emily mit einem seltsamen Gesichtsausdruck an, als überlegte sie, ob sie den Vorschlag ernst nehmen oder abtun sollte.

»Was hält dich davon ab?«

Phoebe zögerte. Biss sich auf die Unterlippe. »Nach der Uni habe ich mich bei einer Tierschutzorganisation in Ruanda beworben. Ich hätte in Zusammenarbeit mit den Gemeinden geholfen, einen Tourismus zu entwickeln, der die Gorillas schützt, statt sie zu bedrohen.«

»Was ist passiert?«

Der Anflug eines Lächelns, ein Schulterzucken, ein Blick in den Gang, ob jemand zurückkam.

»Ich habe beschlossen, ein wenig Zeit in Frankreich zu verbringen. Es hilft, wenn man nicht nur Englisch spricht.«

Sie hat den Job seinetwegen abgelehnt. Emily war plötzlich sauer, dass Phoebe ihre Zukunft für jemanden hergab, der ohne mit der Wimper zu zucken sofort allein ans andere Ende der Welt ziehen würde.

Das junge Gesicht ihrer Großmutter auf dem Foto, das sie in Paris bekommen hatte, tauchte vor ihrem inneren Auge auf. Eine Frau, die beschlossen hatte, auf eigenen Füßen zu stehen, nicht zu heiraten, sich nicht anzupassen. Jemand, der Emily immer gesagt hatte, dass die Gesellschaft immer hinterherhinkte. Dass es sie nicht kümmern sollte, was andere Leute dachten, denn letztlich war man niemandem Rechenschaft für seine Entscheidungen schuldig, außer sich selbst.

»Du solltest dein Leben für niemanden ändern.«

Phoebe gab einen Laut von sich, nickte, dann schüttelte sie den Kopf und starrte an die Decke. Sie sah aus, als würde sie gleich auf etwas einschlagen oder losschreien. Ein Gesichtsausdruck, den Emily nur zu gut kannte, denn genauso fühlte sie sich jedes Mal, wenn sie daran dachte, was hätte sein können. Wenn sie sich das Leben ausmalte, das sie hätte haben können, das sie verdiente, wäre da nicht der Bruchteil einer Sekunde an einem Sommernachmittag gewesen.

So hatte sie sich während ihrer Genesung gefühlt. Wenn andere versuchten, sie dazu zu bringen zu reden, zu gehen, denn wozu, wenn sie nicht mehr da waren? Wenn ihre Eltern, und jetzt auch ihre Großmutter, nicht mehr da waren, keine Liebe, keine Familie, wozu dann? Wozu, wenn man ganz allein war?

»Wie Mary.« Phoebe schniefte laut, begann mit den Fingern auf den Tisch zu trommeln.

»Wer?«

»Mary«, sagte sie wieder, pulte die Folie von der Pfefferminzpackung weiter ab und steckte sich noch zwei in den Mund. »In dem Buch von deiner Großmutter.«

»Du hast *Die Einbildung* gelesen?« Emily war immer überrascht, wenn jemand das Frühwerk ihrer Großmutter erwähnte. Die meisten schwärmten immer nur von Ophelia.

»Ich mochte es«, sagte sie mit einem Nicken. »Mehr als erwartet.«

»Wieso?«

»Die Gegenüberstellung von Marys Wahrnehmung ihrer Beziehung zu Sebastian und der Realität, die sie einfach nicht wahrhaben will. Es ist, als wären da zwei Stimmen in ihrem Kopf, das Yin und Yang des Universums.«

»Phoebe hat in Cambridge Englisch studiert.« Tyler rutschte auf seinen Platz. »Wir haben uns kennengelernt, als ich letztes Jahr bei einem Ehemaligentreffen war.«

»Wirklich?« Noch vor wenigen Sekunden hätte Emily diese Information irritierend gefunden. Hätte es als weiteren Beweis dafür gesehen, dass das Leben für manche Menschen eine Aneinanderreihung glücklicher Ereignisse war, während andere sich nur mit Mühe aufrecht hielten. Jetzt sah Emily Phoebe mit anderen Augen, kapierte, dass man nie wusste, was in anderen vorging. Dass jeder mit seinen Dämonen kämpfte.

»Hat auch nicht geholfen.« Phoebe gab Tyler zu verstehen, dass er sie durchlassen sollte. »Jetzt bin ich dreiundzwanzig und arbeite als Kellnerin in einer Cocktailbar.«

»Du hast noch Zeit«, sagte Emily und sah Phoebe nach, die in Richtung der Toiletten im nächsten Waggon verschwand, sah, wie sie sich entschuldigte, als sie über eine Tasche im Gang stolperte. Emily wünschte, sie wäre nicht so feindselig zu jemandem gewesen, der ganz offensichtlich genau so verloren war wie sie selbst.

Tyler wickelte ein getoastetes Panini aus, und der Duft nach gegrillten Tomaten und Basilikum füllte die Lücke zwischen ihnen. Er biss hinein und hielt das Sandwich in Emilys Richtung. »Gerade du solltest sie nicht danach beurteilen, wie sie aussieht.«

»Hab ich ja gar nicht.« Doch, das hatte sie.

»Du bist immer noch hübsch, egal, was du denkst.«

Die Hand über der Narbe, senkte Emily das Kinn. »Hör auf.«

Als Kind war Emily hübsch gewesen. Das wusste sie, weil die Leute ihr Aussehen stets kommentierten oder sie auf eine gewisse Art ansahen. Gerade deshalb fiel ihr besonders auf, wie die Leute sie und ihre Narbe nach dem Unfall anstarrten.

»Ich mein's ernst«, sagte er, biss noch einmal ab und drückte ihr dann den Rest in die Hand. »Du solltest dich nicht so sehr auf Dinge konzentrieren, die allen anderen egal sind.«

Emily drehte und wendete das Sandwich, zog dann ein Stück geschmolzenen Mozzarella aus der Mitte. »Du meinst, meine Eltern.«

»Nein, ich meine dich. Weil du denkst, du bist nur ihretwegen etwas wert gewesen. Sie hat dich zurückgehalten«, sagte er und legte den Finger auf Emilys Skizzenbuch. »Dich gebremst.«

»Sag das nicht.«

»Du hast so viel Talent. Deine Zeichnungen sind unglaublich, selbst du musst das doch sehen. Du brauchst sie nicht, und auch nicht ihr Erbe. Du schaffst es auch ohne sie.«

Ich wollte Schriftstellerin werden. Der Gedanke schoss ihr ohne Vorwarnung durch den Kopf. Ein Gedanke, eine Erinnerung, doch sie konnte den Vorhang davor nicht ganz zurückziehen. Dieselbe Küche, diesmal mit Schnee auf dem Boden und einem Kuchen im Ofen. Die Katze war noch jung, und Emily hatte mit einem Faden aus dem Nähkorb ihrer Mutter mit ihr gespielt.

»Wir sitzen im selben Boot.« Tyler schob das Skizzenbuch näher zu Emily. »Da kannst du noch so sehr versuchen, mich zu vergraulen.«

Sie sahen sich an, während Emily kaute. Bissen für Bissen, ohne dass einer von ihnen etwas sagte. Als sie fertig war, holte er seine Kopfhörer raus und schob sie ihr hin.

»In deinem Kopf ist mehr, als du wahrhaben willst.« Dann lehnte er sich zurück, verschränkte die Arme vor der Brust und wartete.

Genau davor habe ich Angst.

Emily betrachtete das zerknüllte Blatt Papier mit der ungewollten Erinnerung, dann setzte sie die Kopfhörer auf, machte die Musik an und versuchte, die Welt auszublenden.

Wenn sie die Schleusentore öffnete, konnte alles Mögliche herausströmen.

18

Rabe

Corvus corax

Jemand sang. Da war eine Kirche, aus der eine Hochzeitsgesellschaft kam, eine Konfettiwolke über Braut und Bräutigam. Emily bückte sich, um etwas davon aufzuheben. Sah, dass es Rosenblätter waren, rosarot und weich, aber schon ein bisschen welk. Ihre Hand begann zu zittern, als das glückliche Paar sich küsste.

Sie dachte an Tyler und Phoebe, ihr Angebot, sie zu begleiten. Das sie abgelehnt hatte. Jetzt war sie nicht mehr so sicher, ob das richtig gewesen war, denn sie wurde ein Gefühl nicht los, dass ihr seit Rom folgte. Es war auch da gewesen, als sie letzte Nacht im Hotel eingetroffen waren. Emily hatte sich aufs Bett fallen lassen, zu erschöpft, um gegen den Schlaf anzukämpfen, als die Nachwirkungen von Valium, Whisky und einem vollen Bauch sie einholten. Doch das Gefühl war noch da, als sie aufwachte. Es flüsterte ihr ins Ohr, als sie versuchte, ihren Morgenkaffee zu trinken, tippte ihr auf die Schulter, als sie an der Hotelrezeption nach einem Stadtplan fragte und die Adresse einkreiste, zu der sie wollte.

Wie ein quengelndes Kind hatte es nicht lockergelassen, als sie durch die Straßen ging und die neue Stadt einatmete, all die Menschen, die miteinander verschwammen. Lauter Fremde, die ihren Verrichtungen nachgingen, die nichts über sie wussten oder warum sie hier war. Es hatte sie in die ruhigen Seitenstraßen gezogen, wo sich nicht so viele Touristen tummelten. Da hatte sie ihn gesehen. Einen Raben. Auf einem schwarzen Zaun mit jahrhundertealten menschlichen Fingerabdrücken.

Ein Friedhof mitten in der Stadt, bewacht von Vögeln, die sie immer an den Londoner Tower erinnerten, in dem sechs Raben lebten, die Flügel gestutzt, damit sie nicht wegfliegen konnten. Sie fühlte sich wie einer dieser Vögel.

Emily drehte dem Raben den Rücken zu und folgte dem Lied bis zum Kircheneingang. Dort war ein Grabmal in die Wand eingelassen, ein Sarg und eine Totenmaske, deren Anblick sie weiter in die Dunkelheit zog. Eine Frau sang neben dem Altar, und das Vibrato in ihrer Stimme hallte von der hohen Decke wider. Emily dachte an ihre Mutter und die Arien, die sie gesungen hatte, während sie durchs Haus tanzte und eine Guerlain-Wolke hinterließ.

Hör auf, befahl Emily sich und wollte gehen, doch das Lied lähmte sie. Es war traurig und hoffnungsvoll zugleich, obwohl sie die Worte nicht verstehen konnte. Sie setzte sich in die nächste Bankreihe, senkte automatisch den Kopf und begann, das Vaterunser vor sich hin zu murmeln. Währenddessen dachte sie darüber nach, dass Kirchen für die Höhen und Tiefen des Lebens standen, Anfang und Ende, alles unter einem Dach. Sie dachte auch daran, dass sie sich nie von ihren Eltern verabschiedet hatte.

Es war beschlossen worden, dass sie zu schwach war, zu labil, um zur Beerdigung zu gehen, dass es zu viel für sie wäre und sie Ruhe bräuchte. Es war beschlossen worden für sie, ohne sie nach ihrer Meinung zu fragen.

Ihre Eltern wurden Seite an Seite auf einem Hügel in London beerdigt. Nur ein einziges Mal war sie dort gewesen, bei ihrem letzten Besuch in der Stadt, und hatte rote Rosen auf ihr Grab gelegt. Ihre Großmutter hatte über Leute wie Douglas Adams und Karl Marx geplappert, die ebenfalls dort begraben waren. Dachte wahrscheinlich, dass ihre Worte, ihre banalen, heiteren Worte, Emily ablenken konnten.

Emily wischte sich die Augen bei der Erinnerung. Als sie aufblickte, sah sie die Statue eines Engels und kniete nieder. An jenem Tag war sie ihrer Großmutter weggelaufen. Wie ein Kind, das Verstecken spielt, nur dass sie nicht gefunden werden wollte. Hatte sich hinter einen schlafenden Engel gekauert, dessen Flügel eng an den Körper geschmiegt waren, die Augen geschlossen. Ihre Großmutter hatte den ganzen Friedhof abgesucht, Emilys Namen gerufen, bis sie endlich aus ihrem Versteck hervorgekrochen kam, gefragt hatte, ob sie bitte nach Norfolk zurückfahren könnten.

Es war so viel leichter gewesen, sich zu verstecken, alles in sich hineinzufressen, jede Trauer, jeden Kummer zu leugnen. Ihrer Großmutter zu erlauben, sie in Watte zu packen und alle Dämonen abzuwehren, alles, was sie zu verstören drohte, oder aufzuwühlen.

»*Stai bene?*« Ein Priester stand am Ende der Bank, die Hände in den Ärmeln seiner Robe verborgen, das faltige Gesicht voller Güte, Geduld. Emily widerstand dem Drang, sich ihm in die Arme zu werfen, kam sich dumm vor, weil sie heimlich hoffte, er würde ihr die Beichte abnehmen, sie von allen Sünden reinigen, ihr dann eine Tasse Tee und Gebäck anbieten, bevor er sie entließ.

»Ich muss jemanden finden.« Emily reichte ihm den Stadtplan, sah, dass sie eine Ecke eingerissen hatte.

Der Priester erwiderte ihr Lächeln, sagte etwas auf Italienisch und gab Emily ein Zeichen, ihm zur Tür zu folgen. Er zeigte die Straße hinunter, dann gab er ihr den zerknitterten Stadtplan zurück, wobei er Emilys Hand ergriff, ihr tief in die Augen schaute und dann auf ihre Narbe.

Einen Moment lang blieb die Zeit stehen, und die beiden Fremden standen sich wortlos gegenüber. Emily spürte einen Lufthauch, ließ den Atem aus ihren Lungen und wurde gewahr, dass ihr Herzschlag sich verlangsamte. Der

Priester murmelte etwas, tief vibrierende Töne kamen über seine Lippen, landeten auf ihrer Haut, umhüllten sie.

Dann ließ er sie gehen. Ein kurzes Kopfnicken, bevor er auf seinen Ledersohlen kehrtmachte und die Rockschöße seiner Robe ihr zum Abschied winkten.

Was hatte er gesehen? Es behagte ihr nicht. Die Art, wie er tief in ihre Seele zu schauen schien. Der Gedanke, dass er ihren Schmerz verstand, ihn zweifellos oft in den Gesichtern seiner Gemeindemitglieder gesehen hatte. Lag es daran, dass er den Willen Gottes akzeptierte?

Emily ging weiter, ohne zu wissen wohin. Fühlte sich gefangen zwischen Vergangenheit und Gegenwart. Wusste nicht, wo sie war oder was sie in einem Restaurant in Verona finden würde.

Ich wünschte, du wärst hier, dachte sie, als sie um die Ecke bog und sich erneut an einem Fluss wiederfand.

Als sie sich über die glatte Steinmauer beugte, spürte sie eine sanfte Brise auf der Wange, drehte den Kopf, um den ewigen Lauf des Wassers zu verfolgen. Rechts von ihr stand eine Reihe Eukalyptuspflanzen, und der Duft erinnerte sie an Winternächte mit Eukalyptusbalsam auf der Brust, sanfte Hände und eine beruhigende Stimme, die ihr ein Schlaflied sang.

Hör auf, sagte Emily sich erneut, als eine Frau mit einer knallroten Gießkanne hinter den Kübeln hervortrat. Sie goss jede einzelne Pflanze, dann ging sie zu einem Paar riesiger Urnen, die den Eingang zu einem Restaurant flankierten, mit einem Messingschild neben der Tür.

»Scusi«, rief Emily, und die Frau drehte sich um.

»Sì?«, fragte sie, eine kleine Furche zwischen den Brauen, als sie Emily von oben bis unten musterte, den Stadtplan in ihrer Hand sah, die rot geweinten Augen.

»Ich möchte zu Giancarlo«, sagte Emily. »Ich bin Emily.« Der Frau schien ein Licht aufzugehen, als Emily ihren Namen sagte, und es folgte ein Schwall Italienisch, von dem Emily kein Wort verstand, begleitet von einem breiten Lächeln.

Die Frau führte Emily durch das Restaurant und eine schmale Treppe hoch. Überall waren Leute damit beschäftigt, Gläser zu polieren und gestärkte Tischdecken glatt zu streichen. Emily roch Knoblauch, Rosmarin und noch etwas anderes, als sie durch eine offene Tür einen Blick auf Arbeitsflächen aus rostfreiem Stahl voll mit frischen Zutaten erhaschte, hörte Messer, die gewetzt wurden, spürte einen leichten Temperaturabfall, als sie wieder nach draußen trat.

Giancarlo saß auf dem Balkon an einem kleinen, runden Tisch in der Sonne, trank Kaffee und löste ein Kreuzworträtsel. Er trug ein kariertes Hemd, Jeans und eine Hornbrille, die er auf seiner Nasenspitze balancierte. Er blickte auf, als sie näher kam, ein träges Lächeln im Gesicht, das schnell der Verwunderung wich.

Emily setzte sich, gestattete ihm, sie zu betrachten. Sie drängte ihn nicht, etwas zu sagen, denn sie sah, wie sein Blick auf dem Medaillon um ihren Hals verweilte, war überzeugt, dass er das Bild darin kannte.

»Für eine Sekunde dachte ich, du wärst sie.« Seine Stimme war tief und melodisch, aber nicht die, die sie erwartet hatte. Nicht die von vor langer Zeit, an die sie sich zu erinnern versuchte.

»Bis auf das Haar.«

Und die Narbe.

»Ich glaube, es liegt am Kleid. Als wir uns zum ersten Mal begegnet sind, trug sie ein ganz ähnliches. Ich bin mit ihr und Gigi in den Hügeln hinter Rom Tanzen gegangen. Die beiden haben alle Männer um den Finger gewickelt.« Er lächelte, während er sprach, und Emily wusste, dass er an jenen Abend zurückdachte, als die beiden jungen Frauen noch ihr ganzes Leben vor sich hatten. Es machte Emily glücklich und traurig zugleich.

»Ich trage sonst nie Kleider.« Sie blickte an dem roten Kleid hinab, das sie am Morgen gewählt hatte, erinnerte sich jedoch nicht, es in den Koffer gepackt zu haben, und konnte sich auch nicht erinnern, wann sie es zuletzt getragen hatte.

»Das solltest du aber. Man sollte sich schöne Sachen nicht für besondere Anlässe aufheben.«

Emily lächelte. Dachte daran, dass ihre Großmutter zu Hause immer feines Porzellan, Kristallgläser und Silberbesteck für das Frühstück benutzt hatte. Lauter Sachen, die im Lauf der Jahre angeschafft worden und kaputt gegangen waren. Genau wie die Seidenblusen und Diamanten. Machte sich nichts daraus, wenn etwas verloren ging, meinte immer, das Leben sei zu kurz, um sich an Besitztümern festzuhalten.

Jemand kam auf den Balkon, stellte eine Kanne Kaffee auf den Tisch und einen Teller mit Blätterteigtörtchen. Giancarlo brach eins in zwei Hälften und gab Emily eine davon, wartete, bis sie probiert hatte, bis Salz und Karamell ihre Geschmacksnerven erreichten. Sie gab die erwarteten anerkennenden Laute von sich, und er lachte leise, bevor er seine Hälfte aß.

»Das war Gigis Lieblingsgebäck«, sagte er, goss einen Strahl dunklen, dampfenden Kaffee in beide Tassen und hielt dann hintereinander Milch und Zucker hoch. »Sie meinte, nur deshalb habe sie sich in Italien in mich verliebt.«

Emily schüttelte den Kopf. Spähte zu dem Kreuzworträtsel hinüber, das Giancarlo zu lösen versuchte, und sah, dass es aus der *Sunday Times* war.

Giancarlo bemerkte ihren Blick. »Die Angewohnheit hab ich von Gigi übernommen, und sie von Catriona, soweit ich weiß. Eigentlich, um ihr Englisch zu verbessern, aber ich glaube auch als eine Art Verbindung, wenn sie voneinander getrennt waren.«

»Wir haben es auch immer gemacht.« Manchmal brauchten sie dafür die ganze Woche. Ihre Großmutter kam aus dem Garten hereingestürmt, um ihr mitzuteilen, dass 5 senkrecht »Tyrannei« sei, oder Emily schreckte mitten in der Nacht aus dem Schlaf, weil ihr eingefallen war, dass ein anderes Wort für Genie »Superhirn« war.

Noch eine Tradition. Noch ein Geheimnis, das Freunde über die Zeit, ja sogar den Tod hinweg miteinander verband. Emily berührte die Ohrringe, die Tyler ihr geschenkt hatte und versuchte, nicht daran zu denken, wie sie sich allein durch seine Nähe immer gleich lebendiger fühlte.

»Ich wünschte, ich könnte mit ihr reden.« Manchmal stellte Emily am Ende eines Tages fest, dass sie nichts zu erzählen hatte, und niemand, dem sie es erzählen konnte.

»Du solltest immer noch mit ihr reden.« Giancarlo ließ zwei Stück Zucker in seinen Kaffee fallen, rührte mit einem Teelöffel um. »Es hilft, ihnen von deinem Tag zu erzählen. Deshalb mach ich noch immer das Kreuzworträtsel. Ich frage sie, was die Antwort sein könnte und versuche mir vorzustellen, was sie sagen würde.« Ein leises Lachen, ein tiefer Seufzer bei dem Gedanken an seine Frau. »Selbst wenn sie keine Ahnung hatte, fiel ihr immer irgendetwas Verrücktes ein, das mich zum Lachen brachte, daran erinnerte, wie sehr ich sie liebte.«

Zu Hause kommunizierte Emily per E-Mail oder wechselte beiläufig ein paar Worte mit den Menschen, denen sie im Alltag begegnete, doch nur mit Catriona hatte sie sich je richtig unterhalten. Oder mit Milton, aber das war immer ziemlich einseitig. Dass sie nie wieder mit ihrer Großmutter reden konnte, lag wie ein Stein auf ihrer Seele, der sich nicht von der Stelle rührte, auch wenn sie gewusst hatte, dass dieser Tag kommen würde. Ihr Tod war keine Überraschung, doch es war jedes Mal wieder ein Schock, wenn sie sich eine Tasse Tee machen wollte und automatisch zwei Tassen aus dem Schrank holte.

»Es ist so hart«, sagte sie und zwirbelte ihren Teelöffel durch die Finger.

»Wir alle sterben, Emily. Aber wir haben die Kontrolle darüber, wie wir leben.«

»Vermisst du sie gar nicht?«

Giancarlo nahm seufzend ihre Hand und tätschelte sie. »Jeden Tag. Aber Gigi hat ihr Leben in vollen Zügen genossen. Sie hat alles gegessen, alles getrunken, im Regen getanzt und nie etwas bereut, weil sie das für reine Zeitverschwendung hielt.«

»Klingt wie etwas, das Großmutter sagen würde.«

»Ich musste sie nicht leiden sehen, anders als du. Trotzdem war es das Schlimmste, was ich je erlebt habe, doch sie hatte keine Schmerzen.«

»Ich wollte, dass sie kämpft.«

»Catriona war stark, sie hatte so viel Kraft, selbst in den dunkelsten Zeiten.« Dann sah er sie an, öffnete den Mund, schloss ihn wieder, fast, als wüsste er nicht genau, ob er es sagen sollte. »Sie hat bei Gigis Beerdigung ein Gedicht vorgelesen. Ich habe sie damals dafür gehasst, doch jetzt verstehe ich, was sie mir, was sie uns allen damit sagen wollte.«

Emily biss die Zähne zusammen, ignorierte den Muskelkrampf an ihrem Hals und wie sich ihre Hände zu Fäusten ballten, als er zu sprechen begann.

»*Ein völlig Fremder eines schwarzen Tags grün und blau mich schlug.*« Giancarlo sprach langsam, formte jede Silbe mit Bedacht.

Hör auf. Bitte hör auf, dachte sie, als sie begriff, dass Giancarlo ein Gedicht von E. E. Cummings aufsagte. Die Worte drangen in ihren Kopf, wirbelte herum und scheuchten alle möglichen Erinnerungen und Gefühle auf.

»*Ihm zu verzeihen fiel mir schwer, denn er (wie sich zeigte) war ich.*

»Giancarlo, bitte.«

Er weinte jetzt, doch die Worte kamen trotzdem. *»Doch jetzt sind dieser Feind und ich unzertrennlich des jeweils anderen Freund.«*

»Ich kann nicht«, schluchzte sie zwischen zwei Atemzügen und fühlte, wie die Tränen liefen, denn sie kannte das Gedicht. Ihre Großmutter hatte sie gezwungen, es zu lesen, es zu analysieren, so wie unzählige andere über den Tod, über Trauer. Ihre Großmutter wollte ihr etwas sagen, doch sie hatte es partout nicht hören wollen.

»Was kannst du nicht?«

»Mir verzeihen, dass ich überlebt habe.«

»Es war nicht deine Schuld«, sagte er.

»Woher willst du das wissen?«

Er antwortete nicht, saß einfach schweigend da und sah sie an.

Dieselbe Kellnerin kam zurück, mit einem Päckchen, das sie zwischen ihnen auf den Tisch legte. Giancarlo nickte Emily zu, doch sie wollte weder das Päckchen noch das, was darin war. Das verdammte Gefühl, das in ihrem Unterbewusstsein lauerte, war nur vorübergehend von dem Priester beschwichtigt worden. Jetzt war es wieder da und wollte raus.

»Kannst du es bitte öffnen«, flüsterte sie und sah zu, wie er das Päckchen auswickelte und das Bild von zwei Mädchen zum Vorschein kam, die sich auf dem Rücken eines riesigen Vogels mit feuerroten Flügeln festhielten. Sie flogen über die Erde, hoch hinauf in den Himmel und schauten auf ein Dorf hinunter, durch dessen Mitte ein Fluss führte.

Erleichtert griff Emily nach dem Buch, denn es war eine Geschichte über die Liebe. Sie handelte von einem Mädchen, das einen Vogel mit verletzten Flügeln vor einem Gewitter rettete, der dann dennoch starb. Sie beerdigte ihn unter ihrem Fenster, und am nächsten Morgen stieg ein Phönix aus dem Grab auf und trug sie und Ophelia durch die Wolken zu einem Regenwald, wo ein ganzer Schwarm dieser Wesen in hohen Bäumen nistete. Ophelia hatte gefragt, was passiert, wenn sie hinunterfallen, und der Phönix hatte nur geantwortet, sie müssten eben fliegen lernen.

Giancarlo nippte an seinem Kaffee, stellte die Tasse vorsichtig auf den Tisch, und Emily bemerkte, dass seine Hand zitterte. Sie spürte, wie sich die Zweifel, die Angst wieder in ihr Herz schlichen, als sie einen schlichten weißen Umschlag zwischen den Seiten des Buches hervorzog.

»Der Tod lässt einen erst begreifen, wie flüchtig, wie kostbar das Leben ist«, sagte er mit Blick auf den Umschlag, als ahnte er, was darin war. »Nachdem der erste Schmerz und der Schock etwas nachlassen, wird einem klar, wie anfällig wir alle sind. Wie schnell das alles – das Leben – vorbei sein kann.« Er machte eine Pause, um seine Brille mit einem Taschentuch zu putzen. »Sie wollte dir begreiflich machen, dass du ihr Grund warst, niemals aufzugeben.«

Emily dachte über die Geschichte in dem Buch nach, das Giancarlo ihr gegeben hatte, darüber, wann sie entstanden war, nämlich kurz nach ihrer Rückkehr nach London. Sie waren zu einer Signierstunde bei *Hatchards* gewesen, wo alle Leute sie angestarrt hatten, danach folgte der verhängnisvolle Gang zum Friedhof, wo sie es nicht einmal fertiggebracht hatte, das Grab ihrer Eltern auch nur anzusehen. Wieder in Norfolk, hatte sie sich in ihrem Zimmer eingeschlossen und sich jedem Gespräch verweigert.

Catriona hatte alles versucht: Flehen, Schmeicheln, Bestechung, doch nicht einmal der Anblick von Milton vor ihrem Fenster konnte Emily aus ihren Albträumen reißen. Fast eine Woche hatte sie nichts getan, als ihre Gedanken mit voll aufgedrehter Musik zu übertönen, und Jimi Hendrix und seine Gitarre verdrängten alles andere aus ihrem Kopf.

Erst als ihre Großmutter ein paar Blatt Papier unter ihrer Tür hindurchgeschoben hatte, Seiten mit dem Anfang einer neuen Geschichte, hatte Emily es geschafft, sich aus der Dunkelheit zu befreien. Erst da hatte sie es geschafft, das Fenster weit zu öffnen, das Licht hereinzulassen und neu anzufangen.

Das hier ist anders, dachte Emily, als sie auf den Buchumschlag starrte. Sie verstand die Botschaft, die ihre Großmutter ihr mitzuteilen versuchte, wusste, was von ihr erwartet wurde. Doch Theorie und Praxis waren zwei sehr unterschiedliche Dinge.

»Ich weiß nicht, wo ich anfangen soll.«

»Dann musst du es versuchen.« Giancarlo schlug das Buch auf, zeigte auf die Widmung auf der ersten Seite.

Für Noah – ich hätte ja sagen sollen.

»Weißt du, wo er ist?«

»Da ist noch etwas.« Giancarlo erhob sich von seinem Stuhl und griff nach einem Holzstock, an dessen Ende sich ein silberner Papagei befand. Er streckte einen Arm aus, und Emily nahm ihn, führte ihn zurück ins Restaurant und weiter in ein kleines fensterloses Zimmer, das als Büro diente. An den Wänden hing ein Durcheinander von Schwarz-Weiß-Fotografien, alle von Leuten, die sie nicht kannte.

Bis auf eine.

Emilys Blick fiel auf ein Foto von Catriona und Gigi in Bikinis, die Haare klatschnass vom Meer. Sie machten Tauziehen mit einem Handtuch, Gigi vor Lachen gekrümmt, und Catriona nach hinten gebeugt, als würde sie gleich umfallen.

»Ich war so lange wütend.« Giancarlo betrachtete das Foto, während er um den Tisch herumging. »Wütend auf Gott, auf mich selbst, weil ich mich fragte, ob Gigi nur für einen kurzen Moment zu kennen besser oder schlechter war, als sie nie kennengelernt zu haben.« Er öffnete eine Schublade und holte ein weiteres Buch heraus, schob es Emily mit feuchten Augen zu.

Es war eine Ausgabe von *Ulysses*. Das gleiche Buch, das ihre Großmutter einen Fremden im Zug nach London hatte lesen sehen und es in der Geschichte zu verstecken, die Giancarlo ihr eben gegeben hatte, Emily Jahre später gebeten hatte.

»Sie hat gesagt, du würdest es verstehen.«

»Tu ich nicht.« Sie blätterte das Buch durch, konnte jedoch nichts Ungewöhnliches entdecken. Das Buch war ein Puzzle im Puzzle. Eine Parodie, eine Geschichte im Verlauf eines einzigen Tages. Wo war die Verbindung?

»Das wirst du noch.« Giancarlo legte das Buch zurück in die Schublade. »Aber sei nicht allein, wenn du liest, was in dem Umschlag ist.«

»Wieso nicht?« Emily schluckte den Kloß in ihrem Hals runter.

»Hast du jemanden bei dir?« Er musterte sie, und sie sah eine gewisse Traurigkeit hinter den Brillengläsern, verstand, dass jeder Gedanke an Catriona ihn an die Frau erinnerte, die er verloren hatte.

»Das hab ich«, erwiderte sie, war aber nicht sicher, ob Tyler und Phoebe auf die Weise bei ihr waren, wie Giancarlo oder ihre Großmutter es sich vorstellten.

»Vergiss nicht«, sagte er mit einem Kuss auf jede Wange und noch einem *per la fortuna*, »wenn du nichts an dich heranlässt, stehst du am Ende mit leeren Händen da.«

Es fühlte sich an, als würden Emilys Füße sich von allein bewegen, doch sie hatte keine Ahnung, ob sie dorthin wollte, wohin sie sie trugen. Sie begann ein altes Kirchenlied zu summen, während sie sich vom Fluss entfernte, fort von dem Mann, der ihrer Großmutter beigebracht hatte, wie man Pizzateig in den Himmel warf. Ein weiterer Schritt ins Ungewisse. Wie eine Laborratte in einem Labyrinth, aus dem es kein Entrinnen gab.

Keine Panik, ermahnte sie sich, als sie an einen Platz voller Geräusche und Gerüche und Menschen kam. Überall waren Menschen, zu allen Seiten, wie Mauern, die immer näher rückten. Sie sehnte sich nach dem Meeresrand vor der Tür. Sehnte sich nach dem Blick bis zum Horizont, der endlosen Weite des Himmels. Dem Lauf der Sonne, dem Tanz der Wolken, den unzähligen Sternen, die von vergangenen Zeiten zu ihr sprachen, als sich die Menschen bei der Entdeckung unbekannter Welten an den fernen Lichtern orientiert hatten.

Wo war ihr Orientierungspunkt, ihr Polarstern, der sie vor Unheil bewahrte?

Emily setzte sich vor einem Café auf den Gehweg, warf einen Blick auf die Uhr und entdeckte im Gewusel ein Pärchen. Tyler fotografierte mit seinem Handy Leute und kritzelte in sein Notizbuch. Phoebe saß neben ihm, aß ein Eis und las etwas, das Emily nicht erkennen konnte.

Nicht unbedingt das, was Giancarlo gemeint hatte, doch die beiden waren alles, was sie hatte, und sie wollte im Augenblick nicht allein sein. Im Augenblick brauchte sie jemanden, der ihr sagte, dass alles gut würde.

Tyler blickte auf, als Emily näher kam, sah die Panik in ihrem Gesicht. »Was ist los?«

»Keine Ahnung«, erwiderte sie, wendete den Umschlag in ihrer Hand.

»Hast du ihn gelesen?« Er starrte sie an. Alle starrten sie immer an.

»Nein.«

»Willst du?«

»Keine Ahnung.«

Plötzlich hörte sie einen freudigen Aufschrei, und als Emily sich umdrehte, sah sie, wie eine Frau sich in die Arme eines Mannes warf, der sich dann mit ihr im Arm einmal um die eigene Achse drehte. Währenddessen reflektierte irgendetwas die Sonne und warf einen Lichtfleck auf Emilys Gesicht, und sie wandte sich ab. Sie wollte ihr Glück gar nicht sehen, solange dieses Gefühl in ihr lauerte. Sie atmete tief durch, fuhr mit dem Finger unter das Siegel des Briefes und zog die blassblauen Seiten heraus.

28. Juli 2003

»Wir müssen nur entscheiden, was wir mit der Zeit anfangen, die uns gegeben ist.«

JRR Tolkien, *Der Herr der Ringe*

Meine Tochter ist tot, und ich konnte mich nicht verabschieden. Ihr sagen, wie sehr ich sie geliebt habe. Wie sie mein Leben verändert hat, als ich ihr rosafarbenes, verschrumpeltes Gesicht zum ersten Mal sah. Nein, schon davor. Als ich beschloss, mein Kind zu behalten, mein glückliches Schicksal.

Und jetzt ist sie fort, und alles ist dunkel und überall Schatten dessen, was war, was gewesen wäre. Schatten der Zukunft, die aufblitzen, wenn ich jemanden singen höre. Sie hatte so eine schöne Stimme, und ich vermisse sie so sehr.

Adrianna musste die Leiche identifizieren, weil ich zu weit weg war und nicht rechtzeitig zurückkommen konnte. Es verfolgt mich, dieses Bild. Zwei Frauen, auseinandergerissen durch den Bruchteil einer Sekunde, und die eine muss diesen Moment für den Rest ihres Lebens mit sich herumtragen. Wird den Anblick der kalten, zerfledderten Leiche ihrer besten Freundin nie vergessen. Es wäre meine Pflicht gewesen, meine Bürde, aber ich bin trotzdem so egoistisch, dankbar zu sein, dass mir der Anblick erspart blieb. Dass sie in meiner Erinnerung wenigstens lebendig und glücklich ist.

Krankenhäuser sind schreckliche Orte. Nicht nur

wegen des Geruchs nach Desinfektionsmitteln und Tod, sondern wegen der seltsamen Stille, die alles bedeckt. Niemand spricht in normaler Lautstärke. Immer nur gedämpfte Stimmen in irgendwelchen Ecken, Sätze voller Schuld – falsche Hoffnungen, Lügen, Gegenlügen, zugekleistert mit einem Haufen positiver Schicksalsbeschwörungen.

Aber ich muss hier sein, für sie, für Emily. Ihr Körper wird von so vielen verschiedenen Materialien zusammengehalten, dass ich mich nicht an alle erinnern kann. All ihre Verletzungen. Alle Knochenbrüche und Muskelrisse. Haut, die die Ärzte wieder zusammengenäht haben, als wäre sie eine Flickenpuppe. Ihr schönes Gesicht. Ihre Unschuld. Zerstört in dem Moment, als ein Fremder die Kurve zu schnell genommen hat.

Sie zeigt immer zum Fenster. Sie beobachtet so gern die Vögel, auch wenn es sie zum Weinen bringt. Ich habe Angst davor, wie es weitergehen wird, denn sie hat seit über zwei Wochen kein Wort gesprochen, und manchmal denke ich, sie wird es nie wieder tun. Nicht, weil sie es nicht kann, sondern weil sie nichts mehr zu sagen hat. Was sind Worte denn anderes, als der Ausdruck von Gefühlen, und wie sollst du Gefühle vermitteln, die so in dir wüten, dass sie dein Herz zerfetzen, deine Seele verbrennen.

Zu viele Leute. Wir sind von Leuten umringt, die helfen wollen, die trösten wollen, doch keiner weiß, wie. Keiner kann etwas gegen die bodenlose Verzweiflung tun, die Emily und mich erfüllt.

Ich muss sie wegbringen. Weit weg von all den Erinnerungen an zu Hause. An alle Menschen und Orte, die sie kennt. Ihr eine Chance geben, eine echte Chance, zu genesen. Mir eine Chance geben herauszufinden, was ich jetzt nur tun soll.

Ich bleibe zurück. Leer und um alles beraubt, ohne

Lebensmut. Doch ich muss leben, und ich werde leben. Weil auch sie ihre ganze Welt verloren hat, und ich gelobe, alles zu tun, was ich kann, um sie irgendwie wieder zusammenzusetzen.

CMR

19

Rotkehlchen

Erithacus rubecula

»Sie hat mir etwas vorgesungen«, sagte Emily atemlos.

»Was? Wer?«

Ein verheddertes Netz aus Erinnerungen. Irgendetwas trieb Emily, die Tür zur Vergangenheit aufzustoßen und sich zu erinnern.

»Sie hat mir etwas vorgesungen. Und dann hat sie plötzlich aufgehört.«

»Emily?« Tyler sah sie an und wartete, dass sie weitersprach.

Plötzlich war alles wie in Zeitlupe, und sie sah Spalten und Ritzen, durch die sie nie zuvor zu sehen gewagt hatte, und dann setzten die Erinnerungen wieder ein. Bilder wirbelten durcheinander, und es gab kein Entkommen.

Bilder von dem Tag, den sie für immer vergessen wollte.

»Mach, dass es aufhört«, stieß sie zwischen gepressten Atemzügen hervor und fasste sich ans Herz. »Mach, dass der Schmerz aufhört.« Sie stieß gegen die Tische, sodass Gläser und Besteck zu Boden fielen, sank auf einen Stuhl und versuchte zu erkennen, was sie sah.

»Sie hat eine Panikattacke.« Tyler sah zu Phoebe.

Nein, das hier ist schlimmer, dachte Emily. Wie eine lange, spitze Nadel, die sich in ihr Herz bohrte. Und bei jedem Atemzug erneut hineinstach.

»Leg den Kopf zwischen die Beine.« Phoebe legte eine Hand an Emilys Hinterkopf, doch die stieß sie weg.

»Lass mich los«, schrie sie, und die Seiten des Briefes fielen zu Boden. Phoebe hob sie auf, nahm etwas Abstand.

»Emily, was ist los?« Tyler beugte sich zu ihr, zwang sie, ihn anzusehen. »Was stand in ihrem Tagebuch?«

Sie fühlte sich körperlich wie geistig gleichermaßen total überfordert. Wie damals in jenem Krankenhausbett, als sie die ganze Welt wie durch einen Filter sah.

Alles hatte sich geändert, und es würde nie wieder so wie vorher sein. Wie damals. Wie damals, als sie in einem Zimmer aufwachte, das ganz still war, bis auf den Atem ihrer Großmutter. Sie saß in einem Ohrensessel am Fenster, durch das Emily die Sonne über den Dächern von London aufgehen sah.

Es waren Menschen dort, Worte, Gerüche. Ein zerbröckelter Keks auf einem Teller, und sie hatte nichts essen können, weil ihr Kiefer festgedrahtet war. Doch sie konnte sich erinnern.

Sie hatte sich nie erinnern wollen.

Die leisen Schmerzenslaute, die ihr über die aufgesprungenen Lippen kamen, ihre Großmutter aus ihrem unruhigen Schlaf rissen, die dann kam, um sie zu trösten, aber nicht wusste, wie.

»Ich will mich nicht erinnern.« Emily kniff die Augen zusammen, versuchte, sie vor der Vergangenheit zu verschließen.

»Woran erinnern?« Tyler war da, so nah, dass sie den Kaffee und den Tabak in seinem Atem riechen konnte.

»Mach, dass es aufhört.«

Sie wollte frei davon sein: von den Erinnerungen an ihre Eltern, den Bildern in ihrem Kopf von jenem Tag. Schmutziges Geschirr in der Spüle, eine Pfanne mit Resten von Eiern und Speck. Ein offen stehendes Fenster, als sie das Haus verließen. Ein hellgrünes Kleid mit Spitze und das wilde, zerzauste Haar ihrer Mutter, Sonne auf den nackten Armen, während sie aus vollem Halse sang.

Auf dem Sitz neben Emily hatte ein Picknickkorb gestanden, mit Walnusskuchen und frischer Ananas, die sie genüsslich, Stück für Stück aß. Sie waren in einem schicken schwarzen Sportwagen mit offenem Dach unterwegs, den ihr Vater von einem Freund geliehen hatte, von Tylers Vater, nur für einen Tag. Es sollte eine Überraschung sein, ein Ausflug an den Fluss, wo sie ein Ruderboot mieten wollten und auf dem Wasser picknicken.

Ihr Vater beugte sich zu seiner Frau, um ihr einen Kuss zu geben, da raste etwas auf sie zu, zu schnell, um auszuweichen, und der Himmel schlug Purzelbäume, als sich das Auto immer wieder überschlug.

Ein Schrei, ein Rauschen, dann ein scharfer Schmerz in ihrem Kopf, und alles wurde still.

»Meine Mutter hat gesagt, ich soll nach oben schauen«, flüsterte Emily. »Zu einem Schwarm Vögel, der über uns flog. Hat gesagt, ich soll sie zählen, und hat mir das Versprechen abgenommen, nicht zurück nach unten zu schauen.«

Zwei Elstern saßen auf der Straße und kamen zum Auto gehüpft. Sie betrachteten Emily, bevor sie von den näher kommenden Sirenen aufgescheucht wurden und davonflogen.

Schreie, Stimmen, das Gefühl, hochgehoben zu werden. Als sie sich umdrehte, sah sie ihre Mutter, die Augen geschlossen, friedlich daliegen. Ein roter Fleck auf ihrem Kleid. Das Gesicht ihres Vaters war abgewandt, wahrscheinlich ein Segen, da er die ganze Wucht des Lasters abbekommen hatte.

Sie schrie. Ein Kind, das wie am Spieß schrieb. Sich wehrte gegen die, die versuchten, es zu retten, die Blutungen in ihrem Gesicht zu stoppen. Es im Arm hielten, festhielten. Dann noch ein scharfer Schmerz, und es wurde schwarz um Emily.

Sie stellte sich vor, dass jene Elstern ihre Eltern in den

Himmel gebracht hatten. Jeden Tag hielt sie vom Krankenhausbett Ausschau nach ihnen. Sie setzte sich ans Fenster, sodass sie den Himmel sehen konnte, und zählte alle Vögel, die einfach weiterflogen, wenn sie wollten, auf zu etwas Neuem.

»Emily?« Tyler legte die Hände auf ihre Arme, um sie davon abzuhalten, an ihrer Narbe zu kratzen.

»Warum?«, flüsterte sie und wiegte sich hin und her. Tränen mischten sich mit den Blutstropfen auf ihrer Wange. »Warum wollte sie, dass ich mich erinnere?«

Tyler schaute zu Phoebe und sah den Ausdruck in ihrem Gesicht, als sie zu Ende gelesen hatte und die Seiten an ihn weitergab. Er überflog Catrionas Worte, ballte eine Hand zur Faust, als er begriff, wann sie geschrieben worden waren.

Emily sah Tyler an, in der Hoffnung, dass er die Puzzleteile zusammenfügte, die Fragen in ihrem Kopf.

Doch er hatte sie betrogen. Er machte sich gar nichts aus ihr, er war nur wegen des Geldes hier.

Sie rappelte sich hoch, wischte sich die Nase, überrascht über das Rot zwischen Rotz und Tränen. Schnappte sich die Seiten aus dem Tagebuch ihrer Großmutter, stopfte sie in ihre Tasche und ging.

»Wo willst du hin?«

»Nach Hause.«

»Emily, warte.«

»Nein«, sie drehte sich um und sah ihn an. »Es ist vorbei, Tyler. Fahr nach Hause oder wo auch immer du hinwillst.«

»Du kannst nicht einfach so gehen.«

»Einfach wie?«

Er hob die Hand, dann ließ er sie wieder sinken, fand keine Worte für die Bestürzung, die sich in seinem Gesicht zeigte.

»Dir ging es von Anfang an nur ums Geld, Tyler, nicht um mich. Außerdem wartet auf dich noch eine Familie zu

Hause, nur bist du viel zu egoistisch, um zu begreifen, was für ein Glück du hast.« Emily zeigte auf Phoebe, und ihre Stimme war eine Oktave höher, als sie ihrem Frust Luft machte. »Sie hat ein Jobangebot für dich sausen lassen, das ihr Leben verändert hätte, aber für dich ist das immer noch nicht genug.«

»Das war meinetwegen?« Tyler wandte sich an Phoebe.

»Es ist nichts falsch daran, ein ganz normales Leben zu leben«, sagte Emily und begriff, wie sauer sie auf ihn war, weil er meinte, für ihn sei es nicht genug.

»Wer sagt denn, dass ich normal sein will?« Er schaute wieder zu Emily, sah, dass sie am ganzen Körper zitterte, doch ihr Blick befahl ihm, sich fernzuhalten.

Emily sah Phoebe eine Hand auf seinen Arm legen, ihn zurückhalten, ihm sagen, er solle Emily gehen lassen. Und das tat sie. Drehte sich einfach um und ging, mitsamt dem ramponierten Lederkoffer, den sie hinter sich herzog.

Es war nichts falsch daran, normal zu sein. Emily hatte nie etwas anderes gewollt, als ein Mädchen zu sein wie alle anderen, mit Eltern, die Gutenachtgeschichten vorlasen, am Strand Sandburgen bauen oder am Kamin heißen Kakao trinken, nachdem man draußen im Schnee war.

Ohne zu wissen, wohin sie wollte, ging Emily immer weiter, im Kopf ein verschwommenes Chaos all der Erinnerungen, vor denen sie sich versteckt hatte. An ihre Eltern, die ihr viel zu früh genommen worden waren.

Der Bahnhof von Verona war wie jeder andere, nur diesmal hatte Emily keine Richtung, kein Ziel. Sie überflog die schwarze Anzeigetafel, so viele gelb leuchtende Fahrziele, aus denen sie wählen konnte.

Wohin? Zurück nach St. Tropez? Zu Antoine und seiner Villa und dem ganzen mit Schuldgefühlen belasteten Geld? Denn seinetwegen hatte ihre Großmutter nie eine Chance gehabt – keine echte jedenfalls –, mit Noah zusammen zu sein. Hätte er sich nicht eingemischt, hätte Catriona Noah dann geheiratet, wäre so glücklich geworden wie Emilys Eltern? Ihre Flitterwochen hatten sie in Paris verbracht, und zu Hause in ihrem Schlafzimmer hing ein Foto, auf dem sie sich unter dem Eiffelturm küssten. Emilys Mutter in einem Fünfzigerjahrerock, das Haar mit einer rosa Schleife zurückgebunden, und sie hielt einen riesengroßen Luftballon. Es sah ein bisschen albern aus, aber ihr Vater musste immer lächeln, denn er sagte, es sei der glücklichste Moment seines Lebens gewesen, jedenfalls bis er Emily zum ersten Mal im Arm gehalten hatte und sich ihre winzigen Finger um seine wickelten.

Emily fragte sich, wo das Foto jetzt sein mochte. Wahrscheinlich in einem Karton auf dem Dachboden in Norfolk neben all den anderen Erinnerungen, die sie nicht anschauen konnte, weil es zu sehr wehtat, und nicht wegschmeißen, weil sie zu kostbar waren.

Paris. Sie konnte nach Paris zurück. Der Stadt, in der sie sich so frei gefühlt hatte.

Und dann? Sie hatte kein Geld, keinen Job, nur ein Erbe, das ihr nicht gehörte, weil sie den blöden Test ihrer Großmutter nicht bestanden hatte.

Es gab kein Zuhause mehr. Es gab niemanden, an den sie sich wenden konnte. Wie viel Schmerzen musste sie noch ertragen? Wie viel Verluste und Gewissensbisse und Herzeleid?

Die Tränen liefen immer weiter, nasse Spuren auf ihren Wangen, die sie wegzuwischen versuchte und die rote Schlieren auf ihren Fingern hinterließen. Sie schaute sich um, sah, dass sie Interesse weckte – eilig abgewandte Blicke, geflüsterte Worte, Finger, die in Smartphones tippten. Mutmaßungen und Neugier, die sie bis jetzt nicht bemerkt hatte. Weshalb sie tat, was sie immer tat, wenn ihr die Aufmerksamkeit zu viel wurde. Sie versteckte sich.

Die Bahnhofstoilette war kahl und weiß und hell, zwei

Kabinen und ein Spiegel über dem Plastikwaschbecken. Emily drehte den Wasserhahn auf und sah zu, wie das Wasser über und durch ihre Finger rann. Die Kälte fühlte sich angenehm auf ihrer erhitzten Haut an, als sie es sich immer wieder ins Gesicht spritzte. Als sie aufschaute, erschrak sie über den Anblick der jungen Frau, die ihr entgegenstarrte. Sie hatte volle Lippen mit einem ausgeprägten Amorbogen, sonnenblondes Haar und helle Augen. Es war, als wollte sie Emily an das Mädchen erinnern, das sie einst war. Das sie anflehte, erinnert zu werden, leben zu dürfen.

»Ich sehe genauso aus wie sie«, sagte Emily und drehte den Kopf ein wenig, neigte ihn hin und her. Sie beugte sich näher zum Spiegel, dann trat sie einen Schritt zurück und lachte über die Ähnlichkeit zwischen ihrem Spiegelbild und dem Porträt, das in Antoines Haus hing, und auch dem Foto aus Paris. Wie sehr sie der Frau ähnelte, der sie jeden Morgen und jeden Abend vor dem Schlafengehen einen Kuss gegeben hatte. Doch nie sah sie, was andere sahen, begriff nicht, warum sie sie anstarrten. Denn sie hatte der Frau, zu der sie selbst geworden war, keine Beachtung geschenkt.

Eine Entscheidung musste getroffen werden. Gehen oder bleiben. Den Test, das Puzzle bis zum bitteren Ende durchziehen oder nach England zurückkehren. Einen anderen Weg finden.

Emily strich ihr Haar zurück und versuchte, nicht darauf zu achten, dass die Ohrringe die goldenen Sprenkel in ihren Augen betonten, was sie auf die Frage brachte, wo Tyler jetzt sein mochte. Ob er noch irgendwo in der Stadt war oder auf dem Weg zurück nach London, mit ihr.

Mit dem Koffer in der Hand betrat sie die Bahnhofshalle, sah die Namen auf der Anzeigetafel flackern, weil ein weiterer Zug abgefahren war.

Als sie Gelächter hörte, folgte ihr Blick dem Klang. Ein Pärchen, eng umschlungen, und er küsste sie knapp unterm Ohr. Sie legte die Hand um seinen Hals, um ihn näher an sich zu ziehen. Ein Diamantring am dritten Finger ihrer linken Hand erinnerte Emily an ein anderes Pärchen, das am Tisch neben ihr gesessen hatte, als die Erinnerung an jenen furchtbaren Tag zurückgekehrt war.

Ihr fiel ein, dass sie ganz hinten in einer Schublade im Arbeitszimmer ihrer Großmutter einmal einen Ring gefunden hatte. Ein schlichter Goldring mit einem tiefblauen Stein (genau dieselbe Farbe wie der Gardasee, hatte ihre Großmutter gesagt). Sie hatte ihn von einem Mann geschenkt bekommen, der sie so sehr geliebt hatte, dass er um ihre Hand anhielt, doch Catriona wusste, dass die Liebe nicht halten würde. Ihre Großmutter hatte milde gelächelt, als sie sich erinnerte, wann und wo genau er auf die Knie gefallen war, die Innenseite ihres Handgelenks geküsst und versprochen hatte, sie nie zu verlassen, nie wieder.

»James Joyce«, flüsterte Emily, griff in ihre Tasche und holte das Buch hervor, das Giancarlo ihr gegeben hatte, in dem einer der versteckten Hinweise, die auf der Rückseite aufgelistet waren, auf eine winzige Abbildung von *Ulysses* verwies, das auf dem Nachttisch eines Mädchens lag. Emily hatte das Buch aus Neugier gelesen, nachdem sie erfahren hatte, dass einmal jemand Catriona genau dort einen Heiratsantrag gemacht hatte, wo James Joyce seine Frau verführt hatte.

Noch am selben Tag begann ihre Großmutter, an einer Idee für eine neue Geschichte zu arbeiten. Sie hatte Emily gebeten, ihr einen Phönix zu zeichnen, mit Federn in den Farben des Sonnenuntergangs. Emily hatte gefragt, was Liebe mit einem Phönix zu tun hatte, und ihre Großmutter hatte erwidert, dass man jederzeit neu anfangen könne, jemand Neues zu werden, wenn man bereit war, es zu versuchen.

»*Scusi.*« Emily versuchte zu lächeln, als sie den Mann

in Uniform und mit Dienstmütze ansprach. Sein Hemdkragen war feucht und klebte an seiner sonnengebräunten Haut. Ein getrockneter Taschentuchfetzen bedeckte einen kleinen Schnitt, den er sich beim Rasieren zugezogen haben musste. Er hob den Kopf, musterte Emily, dann richtete er seinen Gürtel, beugte sich vor, als er sprach.

»Sì, bellissima, come posso essere di servizio?«

»Sirmione? Zug?« Emily imitierte eine Dampfeisenbahn und versuchte, seine Belustigung zu ignorieren.

»Il suo più rapido per guidare«, erwiderte der Mann, indem er pantomimisch ein Lenkrad umfasste, und zeigte zum Ausgang. *»Il gruppo taxi e fuori.«*

»Perfekt«, murmelte Emily und nickte zum Dank, bevor sie zu dem gelben Schild mit einem schwarzen Auto darauf blickte. Sie ging nach draußen, entdeckte die schnurgerade Reihe mit Taxis. Versuchte sich vorzustellen, es wären Enten, die an einem Teich anstanden, um hineinzuspringen. Nur um nicht an das letzte Mal zu denken, als sie in ein Auto gestiegen war. Es war fünfzehn Jahre her, seit die Metalltüren sich mit einem dumpfen Geräusch hinter ihr geschlossen hatten. Seit sie auf dem roten Ledersitz gesessen hatte und durch die unversehrte Windschutzscheibe geschaut hatte. Kein Blut auf dem Glas, niemand hinter dem Steuer eingeklemmt.

Sie stellte den Koffer an die Mauer und setzte sich drauf, fühlte, wie das alte Leder etwas unter ihrem Gewicht nachgab. Ein roter Schimmer in ihrem Augenwinkel, und als sie sich umdrehte, sah sie ein Rotkehlchen etwas vom Boden aufpicken. Sie pfiff leise, und es neigte den Kopf, betrachtete sie einen Moment, dann kam es angehüpft.

»Hallo.« Sie lächelte den Vogel an und beobachtete, wie er um den Koffer herum nach Ameisen und Brotkrümeln suchte. Eine Sekunde später flog er auf und landete neben ihr auf dem äußersten Rand des Koffers. Er zwitscherte, dass die rubinroten Federn auf seiner Brust bebten.

»Nein.« Emily verschränkte die Arme. »Ich kann nicht. Ich kann auf gar keinen Fall bei einem Fremden ins Taxi steigen.«

Das Rotkehlchen schüttelte den Schwanz und setzte einen kleinen Vogelschiss auf das gelbe Leder, bevor es davonflog.

»Du bist mir eine schöne Hilfe.« Emily sah dem Vogel nach, der sich auf einen Ast schwang. Sie hörte ihn rufen, entweder zur Warnung oder um ein Weibchen anzulocken.

Rotkehlchen sind Einzelgänger. Emily schaute zu den Taxis. *Und oft singen sie nachts, wodurch die Leute sie mit der Nachtigall verwechseln.*

»Oh«, sagte sie, stand abrupt auf und schaute in den Baum. Der Vogel war verschwunden, doch die Erinnerung daran, wer ihr das erzählt hatte, war plötzlich wieder da.

Ein strahlender Sonntagmorgen. Ihr Vater im Garten bei seinem geliebten Gemüsebeet. Egal, wie das Wetter war, er war jedes Wochenende dort, brachte das Gewächshaus in Ordnung, pflanzte Setzlinge oder schnitt die Rosenbüsche zurück. Emily sah ihm gern dabei zu, reichte gelegentlich eine Schaufel oder half ihm beim Säen, drückte die Samen sanft mit den Fingern in die Erde, sodass immer noch Spuren davon zu sehen waren, wenn sie ins Bett ging.

Ein anderer Morgen, verschneit. Als sie und Tyler auf dem Primrose Hill rodeln waren, mit Anlauf juchzend von ganz oben den Berg hinunterrasten. Der Schlitten war gegen einen Stein geprallt, und sie war hingefallen, die Hände ausgestreckt auf dem Boden, als ein anderer Schlitten angeschossen kam und ihre Finger in den Boden drückte, sodass sie in Panik aufschrie.

Ihr Vater hatte sie hochgehoben, den Schnee abgeklopft und ihr die klitschnassen Handschuhe ausgezogen. Dann hatte er erklärt, alles sei gut, nichts passiert, doch Emily hatte Angst, wieder auf den Schlitten zu steigen und weinte und wollte nach Hause.

»Wenn du es jetzt nicht machst, wirst du es nie wieder tun«, hatte er lächelnd gesagt, ihr einen Kuss auf die Wange gegeben, ihren Schal festgezogen, und sie überredet, wieder ganz nach oben zu laufen. Er hatte winkend unten gewartet, bis sie wieder auf den Schlitten stieg und durch den Schnee sauste, erfüllt von einem Gefühl der Freiheit.

Stell dich deinen Ängsten. Lass dich nicht von irgendwelchen Bedenken abhalten. Verbünde dich mit dem Schrecken, denn wer weiß, wohin es dich führt.

So viele Lektionen gelernt, aber jede Erinnerung daran verdrängt.

Er hatte immer gesagt, sie solle auf ihr Bauchgefühl hören, doch sie hatte es jahrelang ignoriert. Und deshalb stand sie nun vor einem Bahnhof und hatte zu viel Angst, zu beenden, was sie begonnen hatte. Zu viel Angst vor dem, was sie in einer Stadt an einem See erwartete.

Das ist für dich, Dad, dachte Emily, als sie ihren Koffer nahm und auf eines der wartenden Taxis zuging.

20

Reiher

Ardeidae

Sirmione liegt am Südufer des Gardasees, ganz umgeben von Wasser auf einer Halbinsel, vor Eindringlingen geschützt durch die Scaligerburg, eine mittelalterliche Festung am Ortseingang.

Auf dieser Burg stand Emily jetzt und blickte auf den See. Betrachtete die Hunderte von Booten vor dem Horizont, die Touristen kreuz und quer von Hafen zu Hafen transportierten. Eines von ihnen konnte gut und gern dem Mann gehören, den sie suchte.

Unter ihr lagen Straßen und Gebäude mit Ziegeldächern, gleich großen Fenstern und dicken Fensterläden, um die Hitze draußen zu halten. Das Land ragte zu beiden Seiten in den See, die Blätter der Zypressen im Blau so dunkel, dass sie fast schwarz aussahen, und eine italienische Flagge hing schlaff an ihrem Mast, keine Brise, die sie tanzen ließ.

Der Taxifahrer hatte sie an der Straße abgesetzt, eindeutig froh, das seltsame englische Mädchen los zu sein, das darauf bestanden hatte, alle Fenster herunterzukurbeln und die ganze Fahrt über die Musik voll aufzudrehen.

Emily hatte sich auf eine Bank gesetzt, den Kopf zwischen den Knien und gewartet, dass ihr Herzschlag sich wieder normalisierte. In der Hand hielt sie einen Zettel, den ihr der Taxifahrer gegeben hatte, mit der Adresse von *Bailey's Boats*. Noah Bailey, der Mann, der Catriona gefragt hatte, ob sie ihn für immer lieben wollte, in guten wie in schlechten Zeiten. Doch sie hatte ihn abgewiesen, und Emily wollte wissen, warum ihre Großmutter sich von dem Mann, den sie am meisten liebte, abgewandt hatte. War es, weil er etwas getan hatte oder nicht getan? Oder war es komplizierter?

Auch über Tyler dachte sie nach. Hatte ihre Großmutter einen Hintergedanken gehabt, als sie ihn als ihren Beschützer und Komplizen wählte? Hatte sie gehofft, sie würden nach all den Jahren wieder zueinander finden und mehr als nur Freunde sein? Wäre alles anders gekommen, wenn er sie in der Bar in St. Tropez geküsst hätte oder wenn Phoebe nicht aufgetaucht wäre?

Denn sie konnte jetzt die Liebesgeschichte hinter der ganzen Tragödie erkennen. Die Bröckchen mit Verweisen auf Liebe, Vergebung und Vergänglichkeit, die ihre Großmutter ihr hinwarf. Doch es gab nie ein glückliches Ende. Es gab nie nur Höhen, sondern immer auch Tiefen.

Emily blickte auf die Uferstraße voller Touristen weit unter ihr und über die Weite des Wassers. Sie versuchte, sich in die Zeit hineinzuversetzen, als die Burg voller Soldaten war. Als Schiffe Waren aus aller Welt brachten, und es juckte ihr in den Fingern, die Bilder zu zeichnen, die sich in ihrem Kopf formten: ein blinder Passagier in einer Kiste mit Tee, die den ganzen Weg aus China zurückgelegt hatte, ein junges Mädchen, das davon träumte, Forscherin zu werden.

Sie hörte das Rattern eines Motors und sah ein schnittiges schwarzes Boot kommen. Am Steuer stand ein Mann, der sein Schiff unter einer der Brücken hindurch an Land manövrierte. Er hatte kurzes dunkles Haar mit grauen Schläfen, die hochgekrempelten Ärmel entblößten starke, sonnengebräunte Arme, und hinter einem Ohr steckte eine Zigarette.

Immer zwei Stufen auf einmal nehmend, lief sie die

Treppe hinunter, immer im Kreis, bis sie unten ankam, wo sie den Kopf gegen den kühlen Stein lehnen musste, bis die Welt aufhörte, sich zu drehen. Sie drängelte sich durch eine Menschentraube, die einer Frau folgte, die etwas auf Deutsch rief, hörte ein schreiendes Kind, das aus seiner Karre ausgebüxt war, und eine Mutter, die sie aus müden Augen entschuldigend anlächelte.

Der Mann befestigte sein Boot mit einem dicken Tau, bevor er jedem Passagier einzeln an Land half. Er drehte sich um, als er ihren Blick spürte, hob eine Hand an den Mund und sagte etwas, das Emily weder hören noch sehen konnte.

Sie blieb stehen, als er auf sie zukam, hielt den Atem an, als er sie fest umarmte. Er weinte, redete in einer Mischung aus Englisch und Italienisch. Nahm sie wieder in den Arm, schaute ihr dann ins Gesicht, schüttelte den Kopf und fing wieder an zu weinen.

»Emily.« Er sagte ihren Namen, als hätte er Angst davor. Leise und bedächtig. »Emily«, wiederholte er, während er jeden Zentimeter ihres Gesichts musterte, kurz bei ihrer Narbe verweilte und ihr dann wieder in die Augen schaute.

»Noah.« Sie versuchte zu lächeln, doch irgendetwas an diesem Mann irritierte sie, denn sie hatte das Gefühl, dass sie ihm schon einmal begegnet war. Nur erinnerte sie sich nicht an sein Gesicht, was also war es? Dass er sie erwartet hatte oder gar, dass sie wusste, was er ihrer Großmutter angetan hatte? Enttäuschung? Nein, denn er war genauso charmant, genauso schrullig, wie sie ihn sich vorgestellt hatte. Lachfalten um die Augen und Dreitagebart, dunkelblaues Hemd, weiße Jeans und Taucheruhr ums Handgelenk.

»Hast du Hunger?« Er schaute sie jetzt anders an. Als würde er *sie* sehen, nicht ihre Großmutter, ihre Einzigartigkeit ebenso erkennen wie ihre Ähnlichkeit.

»Ein bisschen.« In Wahrheit wusste sie es nicht. Essen

kam ihr irgendwie irrelevant vor, losgelöst von diesem Mann, diesem Ort. Sie wollte etwas, aber sie kam nicht drauf, was es war.

»Willst du dir die Burg ansehen?« Er zeigte auf die Steinmauern hinter ihnen.

»Ich war schon oben.«

»Hast du gewusst, dass sie auf Pfählen erbaut ist? Wie in Venedig.«

Ihr gefiel, wie seine Worte sich umeinander kringelten, als hätte er Mühe, sie zusammenzusetzen. Vielleicht lag es nur daran, dass er es eher gewohnt war, Italienisch zu sprechen statt Englisch, doch sie fühlte sich dadurch entspannter, weniger gehemmt.

»Ich sag dir was. Lass uns mit dem Boot rausfahren. Ich kenne ein hübsches Plätzchen, wo ich vor langer Zeit einmal mit deiner Großmutter war.«

Er wartete, dass sie antwortete. Dass sie einwilligte. Mit einem Mann in ein Boot zu steigen, den sie nur entfernt kannte und der ebenso gut ein Axtmörder sein konnte.

»Hast du Zeit?«

Drei Tage noch, rechnete Emily. Drei Tage noch, bis die Sanduhr durchgelaufen war, und alles, was sie glaubte zu besitzen, futsch war.

»Wenn wir jetzt fahren«, er streckte die Hand aus, lud sie ein, an Bord zu kommen, »sind wir rechtzeitig dort, um bei einem Glas Prosecco und phantastischen Linguine den Sonnenuntergang anzuschauen.«

Er ließ den Motor an, und Emily setzte sich nach vorn, neben Noah, der am Steuer stand. Sie schloss die Augen und spürte die Gischt auf ihrem Gesicht, als sie aus dem kleinen Yachthafen fuhren, und dann gab er Gas, und sie sausten übers Wasser.

Hast du hier gebadet?, fragte sie sich, denn sie wusste, wie sehr ihre Großmutter das Meer liebte, selbst an den kältesten Tagen, selbst wenn sie müde und schwach war.

Mit großen Augen bestaunte sie Häuser mit terrakotta- und zitronenfarbenen Wänden, Kinder, die an Kieselstränden spielten und schneebedeckte Berge, die im Hintergrund aufragten. Es war spektakulär schön, wie ein Filmset oder aus den Tiefen ihrer Phantasie geklaut.

Ein Reiher saß auf einem Felsen, an dem sie vorbeisausten, mit dürren Beinen und langem Schnabel. Reglos wartete der Vogel und hielt im Wasser Ausschau nach Beute.

Die Griechen hielten Reiher für die Boten der Götter, unter anderem Aphrodites. Emily warf einen verstohlenen Blick auf Noah. Versuchte ihre Großmutter, ihr eine Botschaft zu schicken, oder suchte sie nur verzweifelt nach Hinweisen, nach Zeichen, dass sie hier richtig war?

Während sie zusah, wie er lässig das Boot steuerte, fast ohne dass seine Hand am Steuer sich bewegte, stellte Emily sich vor, wie es wäre, jemanden so sehr zu lieben wie ihre Großmutter diesen Mann. Und wie es wäre, genauso sehr geliebt zu werden.

Ganz offensichtlich fühlte er sich hier zu Hause, so wie er von den Sehenswürdigkeiten schwärmte, an denen sie vorbeikamen. Er war mit sich im Reinen, und sie fragte sich erneut, warum ihre Großmutter nicht hier mit ihm hatte leben wollen.

»Dort drüben«, sagte er und zeigte auf eine riesige Villa mit einem schmalen Holzsteg, zu beiden Seiten flankiert von rot gestreiften Pfählen, und Emily konnte am Ende einer langen Steintreppe einen elfenbeinfarbenen Hauseingang erkennen. »Warte kurz hier, ich will sehen, ob ich uns etwas zu essen besorgen kann.« Er neigte den Kopf, nahm ihre Hand und küsste sie, betrachtete Emily noch einen Moment, dann verschwand er über die Treppe ins Haus.

Emily folgte einem gepflegten Kiesweg ums Haus und stieß auf einen makellosen Garten mit einer Reihe Palmen neben einem Swimmingpool, dessen Wasseroberfläche vollkommen still war. Es war niemand in der Nähe, deshalb zog sie die Schuhe aus, ließ die Beine in den Pool baumeln und wackelte mit den Zehen, sodass sich das Wasser bis zum anderen Ende kräuselte.

»Warum bist du fortgegangen?«, murmelte sie und schaute zur Villa mit den Stuckmauern und den anderen Häusern auf dem Hügel.

Ein hoher Pfiff, und als sie sich umdrehte, sah sie Noah, der sie zu einer überdachten Terrasse winkte, von der man einen Panoramablick auf den See hatte.

Der Marmorboden hatte ein weiß-rosa Schachbrettmuster, die Lichter waren Zuckerwatte-Rosa, und der Stuhl, den Noah ihr anbot, hatte eine Satinschleife um die Lehne gebunden. Doch es war das, was jenseits der Terrasse lag, ein wenig rechts vom Steg, was sie davon abhielt, sich zu setzen. Ein Blick, den sie unzählige Male betrachtet hatte, ohne zu wissen, wo er sich tatsächlich befand. Emily lief zurück in den Garten.

»Sie war hier«, flüsterte sie, die Hände auf der Lehne eines Liegestuhls mit dunkelgrünen Kissen. Zwei Stück, dazwischen ein Steintisch unter einem Baum mit hängenden Ästen.

»Ich hab hier gearbeitet, im Hotel, als deine Großmutter zurückkam.« Noah stand neben ihr, den Blick in die Ferne gerichtet. Fast als wüsste er, an welches Foto sie dachte. Ein Foto, das auf dem Nachttisch ihrer Großmutter stand, von Emilys Mutter als Kleinkind, die auf einem ebenjener Stühle herumturnte, dahinter ihre Großmutter, beide Arme schützend ausgestreckt. Beide lächelten denjenigen an, der das Foto geschossen hatte. »Das Haus gehörte Mussolini, bevor es ein Hotel wurde.«

Er redete, nur um etwas zu sagen. Sie war es gewohnt, dass die Leute in ihrer Umgebung sich so benahmen, die Lücken füllten, die durch ihr Schweigen entstanden, doch diesmal war es anders. Es war nicht, weil sie nicht sprechen wollte, nicht mit ihm über ihre Mutter reden, darüber, warum sie hier war, und die tausend anderen Fragen, auf die sie Antworten wollte. Sondern weil sie nicht wusste, was sie sagen sollte oder wie ihre Gefühle in Worte fassen.

»Wusstest du von Margot, von meiner Mutter?«

Er atmete erleichtert aus. Als hätte er den Atem angehalten, vor Angst, was sie sagen würde.

»Erst nicht, und ich wünschte, ich könnte dir sagen, dass sie von mir war, dass du von mir bist.«

Emily schluckte ihre Enttäuschung runter, lächelte schwach, als sie merkte, dass es nur halb so sehr wehtat, wie erwartet, weil sie irgendwie immer gewusst hatte, dass es nicht darum ging, ihren Großvater zu finden. Und es fühlte sich an, als hätte sie stattdessen etwas Wundervolles und Unerwartetes in diesem Mann gefunden, und auch in Antoine. Denn sie waren ein Teil ihrer Großmutter, den es noch zu entdecken galt.

»Warum ist sie zurückgekommen, wenn du nicht der Vater warst?«

»Ich glaube, wir haben uns immer irgendwie zueinander hingezogen gefühlt. Aber wir wussten auch beide, dass ich nicht der Richtige für sie war, so sehr ich mich auch bemühte.«

»Sie hat dich geliebt.«

»Und ich habe sie geliebt. Mehr als jemand zuvor oder danach.«

»Was ist passiert?«

»Ich habe sie gebeten zu bleiben, mich zu heiraten. Eine Familie zu gründen.«

Emily starrte ihn an. Er saß genau dort, wo ihre Mutter einst gespielt hatte. Sie stellte sich vor, die Zeit bis zu jenem Sommer zurückzudrehen. Sie sah die drei am Ufer des Sees, und ihre Mutter, Margot, tauchte die Zehen ins Wasser und kicherte vergnügt auf ihren kleinen Stummelbeinchen.

Emily lauschte den Wellen, hörte, dass das Wasser hier sanfter, weniger aggressiv klang als daheim. Als hätte jeder Küstenabschnitt seine eigene Melodie. So wie jeder Mensch einen eigenen Geruch oder Tonfall oder Herzschlag hatte.

»Sie hat nein gesagt.« Emily seufzte. Sie dachte an ihre Großmutter, hier, mit ihm. Wie es war, jemandem seine Liebe zu erklären und zu hören bekommen, dass es unmöglich war.

»Dreimal.«

»Dreimal?«

Er lachte, ein satter Klang, der seine Lungen füllte, bevor er entwich, und Emily dazu brachte zu lächeln.

»Das erste Mal war nach einem betrunkenen Streit um niemand Geringeren als Antoine. In Sirmione, als wir uns kaum kannten, aber den Sog unserer Herzen nicht leugnen konnten.«

»Er ist immer noch sauer auf dich.«

»Ich weiß, und wahrscheinlich hab ich es verdient.« Noah zündete sich eine Zigarette an, zog mit einer Geste daran, die sie so an Tyler erinnerte, dass es wehtat, die Ähnlichkeiten zwischen den beiden Männern zu sehen, die sich nie begegnet waren. Es schmerzte sie, wie viel ihr beide bedeuteten, wenn auch auf ganz unterschiedliche Art.

»Sie hat ihn verlassen, um herzukommen, als sie noch an mich geglaubt hat. Es hat ein paar Monate gehalten, doch dann …«

»Dann?«

»Ich war jung und arrogant.« Er brauchte die Lücken nicht zu füllen.

»Du bist ein Idiot.«

»Du klingst wie Antoine, aber du hast recht. Das war ich, und ich bereue es jedes einzelne Mal, wenn ich an sie denke, an das, was hätte sein können.«

»Und?«

Er zog erneut an seiner Zigarette, ließ sich mit der Antwort Zeit.

»Als ich nach Hause kam, war sie weg. Kein Brief, nur ein Exemplar von *Villette* auf einem ungemachten Bett.«

»Sie wollte dich bestrafen.« Emily lachte über die Buchauswahl ihrer Großmutter. So typisch für sie, nur einen Hinweis auf ihre wahren Gefühle zu hinterlassen. Ein Buch über die Liebe einer Frau zu einem unerreichbaren Mann. Den kryptischen Hinweisen nicht ganz unähnlich, die Emily zu ihm geführt hatten.

»Wie gesagt, ich hab es nicht besser verdient. Doch nach einer Weile begann sie, mir zu schreiben. Sagte, sie sei glücklich und vergebe mir meine Sünden.«

»Hast du sie noch?«

»Ich hab alle ihre Briefe.«

»Kann ich … Kann ich sie sehen?«

Er ließ die Zigarette fallen, schüttelte langsam den Kopf, drückte die Glut mit seinem Absatz aus.

»Ich glaub nicht, dass es das leichter macht.«

»Dass es was leichter macht?«

»Das Abschiednehmen.«

Sie spürte einen Kloß im Hals. Der anschwoll und rauswollte. Nasse Rinnsale liefen ihr übers Gesicht, so oft sie auch versuchte, sie wegzuwischen.

Er machte einen Schritt auf sie zu und nahm sie in den Arm, hielt sie fest, als sie dem Schmerz in ihrem Innern nachgab, hielt sie ganz fest an sein Herz gedrückt.

Es war nicht sein Aussehen oder der Klang seiner Stimme, obwohl beides in Kombination reichte, um sie aus dem Gleichgewicht zu bringen, seit sie ihn am Steuer seines Bootes zum ersten Mal erblickt hatte. Bis zu diesem Moment hatte sie nicht festmachen können, woran es lag, dass sie das Gefühl hatte, ihm früher schon einmal begegnet zu sein. Es war verborgen unter dem Duft nach sauberer Wäsche mit einem Hauch Limone, der würzigen Note seines Rasierwassers, und sie erinnerte sich jetzt, wich zurück.

»Du warst dort.«

»Du erinnerst dich.«

»Ja. Ich meine, ich hatte es vergessen. Aber du warst dort.« In dem Krankenhaus, in das man Emily gebracht hatte, um wieder zu Kräften zu kommen, zu genesen, weit weg von wohlmeinenden Freunden und Verwandten in London. Ein Ort, an dem sie und ihre Großmutter knapp zwei Jahre verbrachten. Wo sie wieder laufen, malen, leben lernte.

»Du hast mir immer vorgelesen.«

»Stimmt. Dein Lieblingsbuch war *Der Wind in den Weiden*, wenn ich mich recht erinnere.«

Ein Bilderbuch, das half, die Alpträume zu vertreiben. Seine tiefe, brummige Stimme, wenn er den Dachs imitierte, das wilde Rudern mit den Armen, das die Schildkröte darstellen sollte, und sie um ein Haar, nur um ein Haar zum Lachen gebracht hätte.

Meistens wandte sie den Kopf ab, schloss die Augen, denn sie wollte nicht sehen, wie er ihre Großmutter anschaute. Auf dieselbe Art, wie ihr Vater ihre Mutter immer angesehen hatte – voller Liebe. Nur war deren Liebesgeschichte aus.

»Tut mir leid«, sagte sie.

»Was tut dir leid?«

»Dass ich es vergessen habe.«

Noah atmete langsam aus. »Dafür musst du dich nicht entschuldigen. Du warst in vielerlei Hinsicht gebrochen. Alles, was sie je wollte, war, dass es dir besser geht.«

»Was ist mit ihr?«

»Was meinst du?«

»Sie war auch gebrochen.« Emily musste wieder weinen. Sie dachte daran, wie schwer es für ihre Großmutter gewesen sein musste. Jahrelang hatte Emily sich nur auf ihren eigenen Schmerz konzentriert. Nie darüber nachgedacht, welchen Verlust ihre Großmutter erlitten hatte.

»Niemand kann sich vorstellen, was es bedeutet, das eigene Kind zu verlieren. Die tragische Ungerechtigkeit daran. Doch sie hatte dich.«

»Ich habe sie nur weggestoßen.«

»Du warst ihr Grund, nicht aufzugeben.« Er fasste ihre Schultern, sodass sein Gesicht ihrem ganz nah war. »Hast du eine Ahnung, wie sehr sie dich geliebt hat? Wie kostbar eure gemeinsame Zeit für sie war?«

»Ich vermisse sie.« Es war kaum ein Flüstern. Worte, eher gefühlt als ausgesprochen.

»Ich auch, *mia cara*, ich auch.«

»Warum bist du nicht geblieben oder mit uns nach England zurückgekommen?«

»Sie wollte es nicht.«

»Meinetwegen.« Alles, was ihre Großmutter aufgegeben hatte, hatte sie ihretwegen aufgegeben.

»Nein«, sagte er mit Nachdruck. »Daran bin ich ganz allein Schuld. Ich wollte sie retten, das wollte ich immer, aber das war nicht, was sie wollte.«

»Wie meinst du das?«

»Du musst verstehen, dass ihre Entscheidung, Margot allein großzuziehen, damals mehr als hart war. Alle haben ihr davon abgeraten. Jeder hatte eine Meinung dazu, aber keiner hörte auf ihre.«

»Sie hatte dich.«

»Ja, aber ich hatte sie nicht. Sie war leidenschaftlich und stark und wahnsinnig stur«, sagte er mit vielsagendem Blick auf Emily. »Doch sie hatte recht. Es hätte nie funktioniert mit uns, weil ich sie zu jemandem machen wollte, der sie nicht war.«

Emily dachte an die Heldin im zweiten Buch ihrer Großmutter, die ganz am Ende, als sie vermeintlich das perfekte

Leben hat, beschließt, ihren Verlobten zu verlassen. Eine Frau, die sich an Bord eines Ozeanriesen nach Australien aufmachte, um ein neues Leben anzufangen, mit nichts in der Tasche als einer Handvoll Hoffnung.

»Du bist ihr ähnlicher als du denkst«, sagte Noah und reichte ihr ein braunes Päckchen. »Komm«, sagte er, nahm ihren Arm und führte sie zurück zur Terrasse. »Du kannst es lesen, während wir essen.«

Jemand hatte zwei riesige Silberglocken aufgedeckt und eine Flasche Prosecco in einem Eiskühler neben den Tisch gestellt. Emily hob ihre Glocke, und es duftete nach Chili, Salz und Zitrone.

»Iss«, sagte Noah und schenkt ein. »Du siehst aus, als könntest du etwas auf den Rippen vertragen.«

Sie trank einen großen Schluck, spürte das erfrischende Prickeln auf ihrer Zunge, dann riss Emily das braune Papier auf und nahm den nächsten Hinweis heraus.

Da ist er ja, dachte sie lächelnd und fuhr mit den Fingern über den Einband. Sie erinnerte sich, wie sie die Zeichnung zum ersten Mal ihrer Großmutter gezeigt hatte, und wie schockiert sie gewesen war, als diese gleichzeitig zu lachen und zu weinen begann.

Von allen Büchern ihrer Großmutter war es Emilys Lieblingscover – ein riesiger lilafarbener Drache mit Augen aus Gold und Zähnen wie Glasscherben, der über einen Fluss mit lauter Laternenbooten gen Meer flog.

Es war außerdem das letzte Buch der Reihe, entstanden kurz bevor Catriona krank wurde. Als Ophelia wieder laufen lernte. Ein medizinisches Wunder laut den Ärzten, aber natürlich wussten sie und Terence es besser. Ophelia hatte nämlich in einem verwunschenen Wasserfall gebadet, hinter dem ein ängstlicher Drache lebte. Ein Drache, den die Dorfbewohner für böse und grausam hielten. Doch Ophelia hörte sein Weinen und fragte ihn, was los sei. Der Drache trauerte um seinen Bruder, der von einer Kanone abgeschossen worden war, als er übers Meer flog. Seine Trauer machte ihn so zornig, dass er brüllte und Feuer übers Dorf spie.

»Man sollte kein Ungeheuer vorschnell verurteilen«, sagte Emily, als sie das Buch aufschlug, um die Widmung zu lesen.

Für Beth – danke, dass du uns beide gerettet hast.

»Ungeheuer?«, fragte Noah und wischte sich den Mund mit einer Serviette ab. Die Geste erinnerte Emily erneut an Tyler, an jenen ersten Morgen in ihrer Küche in Norfolk, als er sich ein Brot geschmiert und ihr eröffnet hatte, dass sie den Zug bekommen mussten.

»Jeder hat heimlich Kummer, den er zu verbergen versucht«, erwiderte Emily und starrte auf den Namen einer Frau, die sie nur zu gut kannte. Die möglicherweise das letzte fehlende Teil des Puzzles war und der letzte Schritt auf ihrem Weg nach Hause.

»Sie hat es geliebt, dir beim Zeichnen zuzusehen«, sagte Noah, als Emily das Buch durchblätterte. »Sie hat gesagt, du wärst dann so mit dir im Reinen.«

»Nicht mehr.«

»Was meinst du damit?«

»Ich zeig's dir.« Emily griff in ihre Tasche, doch da war kein Skizzenbuch. Sie schaute zu Noah, während sie überlegte, wann sie es zuletzt hatte. »Verona.«

»Was ist damit?«

»Ich muss es in Verona vergessen haben.«

»Was wolltest du mir denn zeigen?«

»Ich kann nicht.« Emily schüttelte den Kopf. Kniff die Augen zusammen, um die Erinnerung zu verdrängen, alle Erinnerungen, die zurückgekehrt waren, die sie gezeichnet hatte, seit sie England verlassen hatte.

»Doch, du kannst.«

Er hat gesagt, ich soll mit ihnen reden. Emily fiel wieder ein, was Giancarlo gesagt hatte. Dass sie sie nicht vergessen solle, weil sie dann in ihr weiterlebten.

»Sie hat mir immer vorgesungen.« Die Worte kamen alle auf einmal aus ihr heraus, als hätten sie schon lange versucht zu entkommen.

»Deine Mutter.«

»Jeden Abend vor dem Schlafengehen.« Dasselbe Lied. Eine sanftere, ruhigere Version der *Zauberflöte*. Tagsüber tanzte sie durchs Haus und sang Arien aus *Tosca* und *La Traviata*, ohne sich darum zu scheren, wer zuhörte. Doch abends setzte sie sich mit Emily in einen Schaukelstuhl am Fenster, das immer offen war, damit sie den Mond sehen konnten, und sang ihr von Tamino und seiner Zauberflöte vor.

»Du kannst jederzeit neu anfangen.«

»Was?« Das hatte ihre Großmutter immer gesagt, wenn Emily meinte, einen Fehler gemacht zu haben. Wenn das Bild auf dem Papier nicht so aussah wie in ihrem Kopf. Wie viel von dem, was sie Emily gelehrt hatte, stammte von Noah, von den anderen Menschen, die sie gekannt hatte?

»Das ist ja das Schöne«, sagte Noah und hob sein Glas, um mit ihr anzustoßen. »Ich glaube, für dich ist es an der Zeit, einen Schnitt zu machen. Ein neues Motiv zu finden.«

»Ich werd's versuchen.«

»Es gibt einen Satz in dieser Geschichte, der mir nicht aus dem Kopf geht.« Er griff nach dem Buch, blätterte, bis er die Worte fand, die er suchte. *»Halt die Hand ins Wasser und sieh, wie es Wellen schlägt.«*

Es waren die Worte des Drachen, als er Ophelia bittet, noch einmal im Wasserfall zu baden, den er mit seinem heißen Atem aufgewärmt hat.

»Ich glaube, das ist eine Botschaft an dich.« Er hatte die Hand auf ihre gelegt, und seine Augen füllten sich mit Tränen. »Jede Welle ist eine Chance, und sie wollte, dass du jede einzelne ergreifst.«

»Aber was, wenn ich das nicht kann?«

»Dann hast du es wenigstens versucht. Mehr kann keiner von uns tun.«

Emily blickte auf den See, wo Noahs Boot sanft auf dem Wasser schaukelte. Immer Wasser. Von Anfang an war sie mit Emily immer am Wasser gewesen.

»Wie weit ist es bis Lugano?«

»Nicht weit. Aber bleib doch über Nacht, dann bringe ich dich morgen zu Beth.«

Ein kanariengelbes Sofa mit Quasten drum herum. Ein hellgraues Marmorbad mit einem Rosenstrauß auf dem Waschbecken. Ein traumhaft weiches Bett und ein Mahagonischreibpult am offenen Fenster, durch das Emily hörte, wie die Grillen ihre Flügel aneinanderrieben und in der Abenddämmerung ihren seltsamen Chor anstimmten.

»Jetzt verstehe ich«, flüsterte sie dem Mond zu, den Vögeln, die durch den dunkler werdenden Himmel flogen. »Jetzt verstehe ich«, flüsterte sie wieder, holte einen schlichten weißen Umschlag hervor und wappnete sich für die blassblauen Seiten und das, was darauf stand.

Sie verstand jetzt, dass sie im Kopf einer Dreizehnjährigen gefangen gewesen war. Eines Mädchens, das versuchte, vor dem Grauen, das es erlebt hatte, davonzufliegen wie ein Vogel. Doch jetzt musste sie über ihren Schatten springen und sich von der Vergangenheit befreien.

23. Mai 1968

Der Himmel hängt in violett-blauen Schlieren tief über dem schwarzen Wasser, in dem sich nur die Sterne spiegeln.

Es ist so wahnsinnig friedlich hier. Margot schläft neben mir auf dem Bett, Noah auf dem Sofa nebenan. Wenn ich die Ohren spitze, kann ich beide atmen hören. Jeder hat seinen eigenen Rhythmus, der eine ist lang und schwer, der andere hat es eilig, wird mal schneller, mal setzt er kurz ganz aus, wenn sie träumt.

Er will, dass ich bleibe. Hat mich gefragt, ob ich ihn heirate, diesmal mit einem wunderschönen Saphirring, und es war so verlockend. Doch will er mich meinetwegen oder wegen Margot? Ich sehe, wie er sie ansieht, mit einer ganz anderen Sehnsucht als mich. Er will Familie, Verbindlichkeit, einen Grund, morgens aufzustehen. Das will ich auch, aber nicht so. Wir würden uns ständig streiten, das tun wir immer, und Margot gehört ihm nicht. Sie gehört niemandem und ich auch nicht.

Er würde mich zu einer Ehefrau machen, was stillschweigend eine ganze Reihe Regeln mit sich bringen würde, und ich halte nichts von Regeln, nicht mehr.

Ich könnte wohl zu Gigi. Margot dort als Teil einer großen Familie großziehen. Aber es ist nicht meine Familie, und es ist auch nicht der Ort, an dem ich ankommen will. Ich will noch reisen, entdecken, welche Wonnen sich hinter der nächsten Ecke verbergen, doch ich verstehe auch, dass es Margot gegenüber nicht fair wäre, jedenfalls wenn sie größer ist und ein Leben braucht, das nicht von ihrer Mutter diktiert wird.

Darauf war ich nicht vorbereitet. Immer an jemand anders zu denken. Bei jeder Entscheidung darauf Rücksicht zu nehmen. Aber es ist auch mein Leben, also warum kann ich es nicht einfach leben? Ständig hin und her gerissen, mich ständig daran erinnern, dass es meine Entscheidung war, sie zu bekommen, dass sie nichts dafür kann. Es ist meine Pflicht, ihr das Leben zu zeigen, aber auch, sie es selbst entdecken zu lassen. Wie findet man die richtige Balance? Woher weiß ich, ob das, was ich tue, richtig ist?

Oder ich bleibe. Gebe ihr eine traditionelle Familie mit zwei Elternteilen, ein Zuhause und vielleicht eines Tages ein oder zwei Geschwister. Doch ich würde versauern, und eines Tages würde ich ihr übel nehmen, ihretwegen diese Entscheidung getroffen zu haben. Und ich will niemals, keine einzige Sekunde irgendetwas an ihr bereuen.

Aber wohin? Das Stigma der unverheirateten Mutter lässt sich nicht leicht abschütteln. All die Fragen, die wissenden Blicke, die Verachtung. Will ich das wirklich? Ist es mir nicht eigentlich egal? Natürlich nicht. Niemandem ist egal, was die anderen denken. Niemand ist immun dagegen, wie er von der Welt wahrgenommen wird.

Es gäbe auch die Möglichkeit, nach Hause zurückzukehren, aber nicht nach Schottland. Nach London, wo Charlie jetzt für einen Verlag arbeitet. Sie hatte Interesse an meinen ersten beiden Büchern, will wissen, ob ich an einem dritten arbeite (leichter gesagt als getan mit einem aufgeweckten Kleinkind!). Aber ich weiß, sie will nur, dass ich zurückkomme, damit sie Mutter spielen kann, damit sie Familie spielen kann und sich vormachen, dass es in ihrem Leben noch etwas anderes gibt als den Job. Sie hat auch gesagt, ich kann freiberuflich als Lektorin arbeiten, um die Rechnungen zu bezahlen, während ich schreibe. Klingt verlockend, aber auch ein bisschen zu leicht.

Ich weiß, eines Tages muss ich irgendwo ankommen. Eines Tages muss Margot irgendwo zur Schule gehen, Freunde finden, demselben Weg folgen wie alle anderen. Ich wünschte, es wäre anders. Ich wünschte, wir könnten einfach schauen, wo das Schicksal uns hinführt. Mit nichts im Gepäck als einem Notizbuch und unseren Träumen um die Welt reisen. Aber da liegt der Hase im Pfeffer, es ist mein Traum, nicht ihrer. Und sie ist nicht einmal annähernd in einem Alter, wo man weiß, wer man ist und was man will. Ich vermutlich auch nicht, aber ich versuche, es herauszufinden.

Und Männer halten dich auf. Männer bringen dich dazu, alles zu hinterfragen. Lassen dein Herz schneller schlagen und brechen es eine Sekunde später. Lassen dich jede Vernunft vergessen mit ihren Küssen und geflüsterten Liebesschwüren.

Noah ist mein Untergang, das wusste ich gleich bei unserer ersten Begegnung in jener engen, staubigen, unglaublichen Buchhandlung in Paris. Er ist mein Seelenverwandter, doch das heißt nicht, dass ich bleibe. Es heißt nicht, dass ich meine eigenen Wünsche und Bedürfnisse, meine Ambitionen für ihn aufgebe. Denn er gehört hierher. Es ist schön hier, es ist der perfekte Ort, um ein Kind großzuziehen, aber das bin nicht ich.

Ich habe meinen Platz in der Welt noch nicht gefunden. Habe noch nicht rausgefunden, wo ich hingehöre. Obwohl mich ein Bild immer begleitet, egal, wo ich bin. Ein Haus in einem Dorf am Meer. Mit Apfelbäumen im Garten und einem Schreibtisch am Fenster, damit ich den Lauf der Natur beobachten kann, wenn ich schreibe.

Vielleicht ist es das, wonach ich suche. Ein abgelegener Ort, nur für Margot und mich. Mehr brauchen wir nicht.

CMR

21

Nachtigall

Luscinia megarhynchos

Alles geschieht aus einem Grund. Am Ende wird alles gut. Er wird dich schon nicht umbringen, also beruhige dich.

Diese und andere Gedanken schossen Emily durch den Kopf, während sie den ramponierten Koffer auf ihrem Schoß umklammerte. Man spürte jedes Schlagloch in der Straße durch die dünne Metallverkleidung des Beiwagens, in dem sie saß, eine altmodische Schutzbrille um den Kopf geschnallt, die die Sicht einschränkte.

Hätte sie gewusst, dass Noah vorhatte, mit dem Motorrad zu fahren, hätte sie lieber ein Taxi zurück nach Verona genommen, bei Tyler und Phoebe angeklopft und sie gebeten, sie zurück nach England zu begleiten, und zwar durch den Eurotunnel. Oder Antoine angerufen und ihn gebeten, sie wieder in sein winziges Privatflugzeug ohne Fluchtweg zu setzen.

Hätte sie gewusst, dass es so enden würde, als sie in Norfolk die Buchhandlung betreten hatte, nein, als der Mann mit seinem Hund vor ihrer Tür aufgekreuzt war, hätte sie dem Schicksal ins Gesicht gelacht und den Göttern befohlen, sie in Ruhe zu lassen.

Sie konnte das Wasser hören, sah den Kirchturm auf dem Hügel, schmeckte den Duft von Pinien, durchmischt mit Salz. Es war alles so vertraut, und dennoch konnte sie die Gegenwart immer noch nicht mit der Vergangenheit verknüpfen. Die Realität dessen, was ihr ins Gesicht starrte, mit der Erinnerung an einen Ort, an den sie nie hatte zurückkehren wollen.

Noah stand neben ihr, die Hände in die Hüften gestemmt, er trug noch seinen Helm. Beide schauten an der Fassade eines Gebäudes hoch, das in alle Richtungen erweitert worden war. Eine malerische Veranda führte um das Haus, und auf einer übergroßen Schaukel saßen zwei fette rote Katzen.

Jenseits der Veranda führte ein Tor zum Gemüsegarten, wo Emily und ihre Großmutter einst Setzlinge gepflanzt, Unkraut gezupft und Karotten ausgegraben hatten, die in der Küche fürs Abendessen gebraucht wurden. Im ersten Stock lagen nach hinten raus zwei Schlafzimmer, die durch ein Durchgangsbad verbunden waren. Eines der Zimmer hatte lilafarbene Wände und eine Eckbank am Fenster mit Blick auf das Wasser. In die Bank waren die Konturen einer Ente geritzt und ihre Initialen, E. C. D., Emily Catriona Davenport. Der Name, den ihre Eltern ihr gegeben hatten. Der Name, der nach deren Tod aufgehört hatte, ihrer zu sein.

»Willst du reingehen?« Noah stieß sie mit seinem Fuß an.

»Kommst du nicht mit?«

»Ich verabschiede mich hier.«

Sie starrte ihn an. »Verabschieden?«

»Fürs Erste.« Eine Hand in ihrem Nacken, so vertraut, so tröstlich. »Jetzt bist du dran. Aber du weißt ja, wo du mich findest, und ich bin immer für dich da. Vergiss nie, dass du nicht allein bist, dass es Menschen gibt, denen du etwas bedeutest, und nicht nur ihretwegen.«

Er küsste sie sanft auf die Wange, und sie sah zu, wie er auf sein Motorrad stieg, den Motor anließ und die Straße hinunter verschwand.

Na, dann los, sagte Emily sich, griff ihren Koffer, stieg die Stufen zur kastanienbraunen Eingangstür hinauf, klingelte und wartete darauf, dass ihre Vergangenheit ihr öffnete und sie hereinbat.

Die Klinik war wie ein altes Hotel und extra so eingerichtet, dass die Leute sich nicht in einer medizinischen Einrichtung wähnten. Überall glänzendes Messing, große Sessel und frische Blumen in Kristallvasen. Doch durch die Leute in Rollstühlen oder mit Schläuchen an diversen Körperteilen war offensichtlich, dass hier niemand Urlaub machte.

Emily war seit über zehn Jahren nicht mehr hier gewesen, und es gab ein paar Neuerungen: Eine Lautsprecheranlage war installiert worden, neuer Teppich auf der Treppe verlegt, und neben den Fenstertüren zum Garten stand ein Flügel. Doch Sicherheitskameras gab es in der Reha-Klinik im Gewand eines Landhotels immer noch.

Sie wurde gebeten zu warten, im Empfangsbereich Platz zu nehmen, wie jeder andere Gast. Gedankenverloren blätterte sie in den Zeitschriften, aus denen ihr Fremde entgegenlächelten, und konnte keinem einzigen der Artikel über die Vorzüge von Akupunktur oder Aromatherapiebädern folgen. Sie konnte sich nicht konzentrieren wegen des Geruchs, der aus der Küche drang, die, wie sie wusste, rechts am Ende des Flurs lag. Braten und Zimt, gemischt mit Desinfektionsmittel und Möbelpolitur.

Es versetzte sie zurück in eine Zeit, in der sie auf die ganze Welt wütend war, und auf sich selbst, weil sie überlebt hatte. Eine Zeit, in der sie nicht an irgendwelchen glücklichen Erinnerungen festhalten konnte. In der sie nur nach Hause wollte, aber gleichzeitig begriff, dass es keinen Sinn hatte, weil ihre Eltern tot waren. Ihr Zimmer, ihre Sachen, ihr Leben, alles zerstört durch das Wissen, dass es nie wieder so sein würde wie vorher. Ihre Schule, ihre Freunde, alles, weg, anders, kaputt.

Niemand begegnete ihr so wie vorher, sprach mit ihr wie vorher, schenkte ihr dieselbe Aufmerksamkeit wie vorher, denn sie war schwer verletzt und behindert, nur noch jemand, mit dem man Mitleid hatte. Kein Mensch, kein Kind, nur ein Körper in einem Rollstuhl, den alle reparieren wollten. Doch niemand kapierte, dass sie nicht repariert werden wollte, sie wollte sterben.

»Emily?« Emily wurde von einer Frau in die Gegenwart zurückgeholt, die sie mit einem besorgten Lächeln ansah.

Es war dieselbe Frau, die sie hier behandelt hatte, nachdem man in England nichts mehr für sie tun konnte. Nachdem ihre Großmutter beschlossen hatte, sie von all den Leuten, den Erinnerungen, ihrem Leben vor dem Unfall fortzubringen in eine Klinik, in der ihre Freundin eine Ausbildung zur Psychiaterin machte. Eine Frau, die Catriona in Paris kennengelernt hatte, was sie Emily jedoch nie erzählt hatte. Stattdessen hatte sie damit gewartet, bis sie selbst tot war, bevor sie die Wahrheit über all diese Leute enthüllt hatte, all diese Leben, die miteinander verwoben waren.

»Du meine Güte, was für eine wundervolle Überraschung!« Beth zog Emily in ihre Arme, und die ließ sich hineinsinken, atmete ihren vertrauten Duft, hatte das Gefühl, endlich Frieden zu finden.

»Sie hat dir die Ohrringe gegeben.« Emily starrte Beth an und nahm die Veränderungen wahr, das kurz geschnittene Haar, die tiefen Falten um ihre Augen, die schlaffe Haut an ihrem Hals. »Und das bist du neben Antoine auf dem Foto.«

»Welches Foto?«

»In Paris. In der Buchhandlung.«

»Du meine Güte, das hatte ich ganz vergessen. Hätte ich mir denken könne, dass Catriona es aufbewahrt.«

»Nein, sie war das nicht.«

Beth hörte Emilys geflüsterte Worte nicht, weil sie dabei war, ihren Koffer hinter der Rezeption zu verstauen. Und sie merkte auch nicht, dass Emily ins Leere starrte, als sie nebeneinander hergingen, dass Emily sich ein bisschen seltsam fühlte, ein bisschen schwach, weil sie an die Buchhandlung in Paris zurückdachte, den Ort, wo sie alle sich begegnet waren, und dass sie wahnsinnig neidisch war, weil ihr Leben nicht so war.

Sechs Menschen, vom Schicksal zusammengeführt. Ihre Leben ineinander verflochten, zuletzt durch einen weiteren Todesfall, aber auch durch die Möglichkeit eines Neuanfangs. *Ihres* Neuanfangs, und sie erkannte, wie sie alle dabei mitgewirkt hatten, sie hierher zurückzuholen, indem jeder die Wünsche ihrer Großmutter erfüllt hatte, und dennoch verstand sie nicht, warum.

Beth führte sie in ein vertrautes Zimmer mit einem großen Schreibtisch, darauf ein Computer, ein Stapel Papier und ein silberner Bilderrahmen mit dem Foto einer Familie, der Emily nie begegnet war. Ihr Blick fiel auf die altmodische Anlage, die immer noch zwischen Büchern, Fotos und Andenken stand.

Emily kniete sich davor, an denselben Platz wie früher immer. Das Zimmer schien ein wenig zu schwanken, als sie an die Zeit hier zurückdachte, als sie, abgeschottet vom Rest der Welt, der Musik gelauscht und gemalt hatte, was sie nicht in Worte fassen konnte.

»Warum hast du nichts gesagt?« Emily dachte an die Beerdigung ihrer Großmutter, an all die Menschen, die ihr Beileid ausgesprochen hatten, manche darunter Komplizen ihrer Großmutter.

»Wir mussten es ihr versprechen.«

»Sie hätte es nie erfahren.«

»Aber wir hätten es gewusst.«

Emily hätte die sechs Freunde gern zusammengeführt, um sie ein weiteres Mal zu fotografieren. Sodass sie bei einem ausgedehnten Mahl und ein oder zwei Flaschen Wein ihre Lebensgeschichten austauschen konnten, lachen und in Erinnerungen schwelgen und sich versprechen, nicht wieder so viel Zeit verstreichen zu lassen, bevor sie das nächste Mal zusammenkamen.

Doch das würde nie geschehen. Zwei der sechs waren tot, und Emily konnte sich nicht vorstellen, dass Antoine und Noah es länger als ein paar Minuten im selben Raum aushielten, bevor sie anfingen zu streiten. Andererseits hat der Tod eine seltsame Wirkung auf Menschen und lässt sie ganz untypisch handeln.

Es waren die Menschen, die Catriona geprägt hatten, sie zu der Frau gemacht hatten, die sie wurde.

Jede zwischenmenschliche Interaktion, so geringfügig sie auch sein mag, hat einen Einfluss darauf, wer man wird. Jedes Gespräch, jede Enttäuschung, jede Berührung verquicken sich zu dem Kuddelmuddel, das wir Leben nennen.

Emily hörte, wie eine Schublade geöffnete wurde, dann, wie etwas auf den Tisch gelegt wurde.

Ich will es nicht. Emily ließ den Kopf sinken. *Ich will nicht wissen, warum sie wollte, dass ich herkomme.*

Aber irgendwie wollte sie es doch wissen, oder besser gesagt, sie wusste, dass es keinen Sinn hatte, sich zu widersetzen. Deshalb stand sie auf, ging zum Schreibtisch und öffnete das Päckchen, weil sie es bis hierhergeschafft hatte und es eine Vergeudung ihrer Zeit, ihres Lebens gewesen wäre, jetzt aufzugeben.

In einem weißen Briefumschlag befand sich das vertraute, in der Mitte gefaltete blassblaue Papier sowie ein paar gelochte, linierte Seiten, die von einem roten Band zusammengehalten wurden.

Emily atmete tief durch. Konnten das die fehlenden Seiten sein, die Geschichte, die Catriona angeblich geschrieben hatte?

»Ich verstehe nicht«, sagte sie, nachdem sie die Seiten durchgeblättert und festgestellt hatte, dass die meisten leer waren. Ein paar Ideen, Orte und Namen. Auch nicht mehr als das, was in dem Notizbuch stand, das der Buchhändler in Norfolk Emily gegeben hatte.

»Wo ist das fertige Buch?« Emily sah Beth fragend an.

»Tut mir leid, Emily«, sagte sie und breitete die Hände aus. »Mehr habe ich nicht.«

Erneute blätterte Emily die Seiten durch, von vorn nach hinten, von hinten nach vorn, als würden die Worte dadurch erscheinen. »Wo ist der Rest?«

»Das ist alles, was sie mir geschickt hat. Das«, Beth zeigte auf den Briefumschlag, »und das echte Testament mit einem Brief.«

»Das echte Testament?«

Emily schaute erneut in den Umschlag und sah, dass sie etwas übersehen hatte, dann überflog sie die auf mehrere Seiten sauber getippten Worte, die ihre Großmutter am Ende unterzeichnet hatte.

»Hier steht, das Haus gehört mir.« Emily ließ sich auf den nächsten Sessel sinken.

»Ja.« Beth setzte sich auf die Tischkante und musterte Emily.

»Da steht, dass es die ganze Zeit mir gehört hat.« Emilys Hände begannen zu zittern, als sie das Ausmaß dessen begriff, was sie gerade entdeckt hatte. »Dass ihr Nachlass, die Rechte, die Bücher, dass alles mir gehört.«

Emily war schwindelig, wusste aber nicht, ob vor Erschütterung oder Erleichterung oder mehr.

»Wem hätte sie es sonst vermachen sollen?«

»Das ergibt keinen Sinn.« Emily ließ die Hände in den Schoß sinken. »Warum führt sie mich hierher, zurück an den Anfang, wie in einem ihrer blöden Bücher, wenn es dann kein Ende gibt?«

»Vielleicht geht es genau darum.«

»Warum lässt sie mich das alles durchmachen«, sagte sie mit einer dramatischen Geste. »Wenn mir das Haus sowieso gehört?«

»Hättest du es je verlassen, wenn sie dir eine Wahl gelassen hätte?«

Emily öffnete den Mund, dann machte sie ihn wieder zu. In diesem Moment wurde ihr bewusst, dass sie es noch bis vor kurzem für unmöglich gehalten hätte, je hier zu sitzen und sich mit der Frau zu unterhalten, zu diskutieren, die ihr ungewollt beigebracht hatte, sich hinter ihren Bildern zu verstecken.

Bis vor kurzem hätte Emily sich mit niemandem unterhalten, außer den Vögeln, die sie mit den Krümeln ihres Lebens fütterte.

Sie unterdrückte den Impuls, das Testament von Catriona Robinson in Stücke zu reißen, schluckte die Enttäuschung runter.

»Komm mit.« Beth streckte die Hand aus. »Ich will dir etwas ganz Besonderes zeigen.«

Arm in Arm gingen sie durch die Klinik, vorbei am Aufenthaltsraum, vorbei an der Bibliothek mit den Bücherwänden und einem Sofa am Fenster, in dem man tief versank. Eine kleine Gruppe Kinder saß im Halbkreis auf dem Boden und lauschte einer der Schwestern, die eine Geschichte über ein kleines Mädchen und ihre Ente vorlas.

»Ihr zwei habt etwas Wunderbares erschaffen.« Lächelnd ging Beth weiter bis ans Ende des Flurs, öffnete eine Tür, die früher nicht da gewesen war. »Diese Bücher helfen den Menschen mehr, als du dir vorstellen kannst.«

Gemeinsam betraten sie ein riesiges Gewächshaus mit exotischen Pflanzen und Wasserrauschen. Emily spürte die Feuchtigkeit auf ihrer Haut und entdeckte zu ihrer Überraschung auf einem Blatt einen Schmetterling, der die Flügel auf- und zuklappte. Ein Mosaikweg führte durch die Mitte in den Garten, und Emily sah ein paar Patienten einen Rhododendron schneiden.

»Außerdem haben wir jetzt auch einen Swimmingpool,

ein Pilates-Studio und sogar ein paar Ponys zu den Hühnern, die du immer gejagt hast.«

»Was hat das mit mir zu tun?«

Beth zeigte auf ein Schild über der Tür, durch die sie gerade gegangen waren.

Erbaut mit freundlicher Unterstützung
der Emily Davenport Stiftung.

»Das alles verdanken wir euch. Dem Geld, das Catriona aus dem Verkauf all dieser wundervollen Bücher gespendet hat. Und nicht nur uns«, fuhr sie fort, hakte sich bei Emily unter und führte sie hinaus in den Garten. »Gemeinnützige Einrichtungen auf der ganzen Welt haben von ihrer Großzügigkeit profitiert. Ihr habt so vielen Menschen zurück ins Leben geholfen, Emily. Es ist wirklich beachtlich, was ein kleines Mädchen und seine Ente erreicht haben.«

»Sie hat mir nie etwas erzählt«, sagte Emily fassungslos.

»Sie wollte nicht, dass du dich zu irgendetwas verpflichtet fühlst. Sie wusste, wie gern du zeichnest und wollte dir die unschuldige Freude daran nicht nehmen.«

»Sie hat es für mich getan.«

»Du hast ihrem Leben einen Sinn gegeben. Das hat ihr bei deiner Mutter immer gefehlt, sie waren einfach zu verschieden. Du bist Catriona so ähnlich. Dein Temperament, deine Verbissenheit, deine Kreativität.«

Sie gingen weiter, und Emily atmete tief ein, spürte, wie eine innere Ruhe sie zu durchströmen begann. Dachte an all die Dinge, die sie nicht über Catriona Robinson wusste. An den Menschen, nicht nur die Großmutter. An das, was diese sich für Emily gewünscht hatte.

»Ich verstehe immer noch nicht ganz, warum sie das getan hat«, sagte sie stirnrunzelnd. »Warum sie alles aufgegeben hat, ihr Leben, ihre Freunde, ihre Freiheit.«

»Wo sind wir?«, fragte Beth, als sie eine einfache Holzbank am Ufer des Sees erreichten.

»Ist das eine rhetorische Frage?« Ihre Zunge schlüpfte durch die Worte und wäre fast hängengeblieben, doch Emily zuckte nicht zusammen, zauderte nicht, denn sie schämte sich nicht mehr.

»Wie bist du hergekommen?«

»Mit dem Motorrad.«

»Wer hat dich gebracht?«

»Noah.«

»Und wie hast du ihn gefunden?«

Wie hatte sie ihn gefunden? Wie hatte sie überhaupt irgendetwas gefunden? Wie hatte sie es geschafft, ihr gewohntes, festgefahrenes Leben hinter sich zu lassen und sich auf ein Abenteuer einzulassen, das eine tote Frau sich ausgedacht hatte?

»Setz dich kurz. Setz dich und denk an sie, daran, wohin sie dich gebracht hat. Woher du kommst. Denk an all die Gründe, warum du sauer auf sie bist. Stell dir vor, sie wäre hier und du könntest sie anschreien, weil sie einfach gestorben ist. Aber mach dir auch klar, was sie dir zeigen wollte.«

»Das ist also das Ende?«

»Oder der Anfang, je nachdem, wie man es betrachtet.« Beth reichte ihr den Umschlag mit dem letzten Hinweis ihrer Großmutter. »Als kleines Mädchen bin ich immer früher aufgestanden, um die ersten Vögel singen zu hören. Ich habe mir immer vorgestellt, dass sie nur für mich singen.«

Emily starrte auf den Umschlag in ihrer Hand und wollte nicht darüber nachdenken, was sie tun sollte.

»Weißt du noch, der Wald hinter meinem Haus in Schweden?«

»Ich erinnere mich.« Ein Erinnerung ploppte auf – wie sie Schneeengel machte, dann ins Haus, ein heißes Getränk und die Zehen am offenen Feuer wärmen. Es war in dem Winter, bevor sie nach Norfolk zogen. Spaziergänge im Wald, wo sie dem Gesang der Vögel lauschte und einmal einem Reh von Angesicht zu Angesicht gegenüberstand, dem es egal war, wie entstellt sie war. Wasser wie Eis, in dem ihre Großmutter badete. Ihre Haut leuchtend rosa, ihr Lächeln breit und echt, wenn sie sich in mehrere Schichten aus Decken einwickelte und Emily eiskalte Tropfen ins Gesicht schüttelte.

»Du solltest hinfahren«, sagte Beth. »Neue Erinnerungen schaffen.« Ein sanfter Klaps auf Emilys Schulter, dann ging Beth zurück zum Haus, zu ihren Patienten. Inzwischen gehörte Emily hier nicht her, nicht mehr. Hier gab es nur Erinnerungen für sie, weshalb sie nicht begriff, was sie hier hätte finden sollen.

Keine weiteren Hinweise. Keine Zeichen oder Zwischenstopps. Das war's.

Der leise Gesang einer Nachtigall mit Blätterrascheln als Begleitung. Es schien, als würden die Vögel ihr folgen, wohin auch immer sie ging, oder suchte sie danach? Fand Trost in ihrer Nähe, ihren Signalen? War sie schon immer so von ihnen fasziniert geweser, oder kam das erst nach dem Unfall, als sie plötzlich in allem und jedem eine versteckte Bedeutung suchte?

So viel war passiert. So viele Menschen und Orte waren ihr aufgezwungen worden, doch wozu? Wozu sie an diesen Ort zurückbringen mit all seinen Erinnerungen an ihre lange, qualvolle Genesung? Wozu sie zwingen, all das durchzumachen, wenn es kein Manuskript zu entdecken gab? Wenn sie genauso gut hätte zu Hause bleiben können?

Das blassblaue Papier flatterte im Wind, Seiten aus dem Tagebuch ihrer Großmutter, die darauf warteten, gelesen zu werden. Emily hatte Einblick in das Leben ihrer Großmutter bekommen, einen Teil davon, mehrere Teile, die sich zusammenfügten, doch das war nicht die ganze Geschichte. Ein Sommer, der alles änderte.

Wäre Catriona ohne ihre Erlebnisse in Paris Schriftstellerin geworden? Ohne Antoine und Gigi. Noah. Alle. Sie hatten ihr Leben grundlegend geprägt. Charlie verlegte ihre Bücher. Beth flickte ein zerbrochenes Kind wieder zusammen. Sie waren alle durch Geschichten miteinander verbunden.

In jedem der Bücher ihrer Großmutter gab es irgendwo eine Botschaft, eine Lektion, eine versteckte Wahrheit. Etwas, das sie selbst im Lauf ihres Lebens gelernt hatte und ihrer Enkelin, allen Kindern, die ihre Geschichten lasen, einschärfen wollte. Jede Figur, jeder Ort war von ihrem eigenen Leben inspiriert, ihren eigenen Höhen und Tiefen. Denn es ist unmöglich, das Gute zu schätzen ohne das Schlechte. Das Licht ohne das Dunkel. Freude ohne Kummer.

»Aber vor allem«, flüsterte Emily, »vor allem muss man es versuchen.«

Emily zog die Schuhe aus und grub die Zehen ins Gras. Stellte sich vor, sich in die Erde darunter zu buddeln und die Kreaturen zu erforschen, die sich dort versteckten. Sie rutschte von der Bank und legte sich auf den Rücken, fühlte die weichen Halme wie ein Polster unter sich, breitete die Arme aus, schaute in das weite Blau. Sie sog die frische Luft ein und betrachtete die Wolken, die über ihr vorbeizogen, versuchten, einander zu erreichen, und sich manchmal zu etwas Neuem vereinten.

»Komm schon, Püppi.«

Ein Erinnerungsfetzen. Genau hier, an einem Tag wie heute. Ein Mädchen und eine Frau saßen am See und warteten, dass sich etwas änderte.

»Sag mir, was du siehst.«

Das Mädchen wandte den Kopf ab, schloss die Augen, als eine einzelne Träne auf den Boden tropfte. Sie begann, an den Grashalmen zu ziehen, sie aus der Erde zu rupfen und wegzuschleudern. Die Frau seufzte, ließ die Schultern hängen, so müde war sie. Eine Weile saßen sie so da, nebeneinander und doch so weit voneinander entfernt. Dann kam eine Ente aus dem Schilf auf, dicht gefolgt von einer Reihe Küken. Nacheinander hüpften sie ins Wasser und schwammen ihrer Mutter hinterher, etwa ein Dutzend kleine Schwimmfüße, die hektisch unter der Oberfläche paddelten, aus Angst, zurückgelassen zu werden.

»Es war einmal …« Die Frau setzte sich ein bisschen gerader hin, sah den Enten nach. *»Es war einmal ein kleines Mädchen namens Ophelia, das hatte eine zahme Ente namens Terence.«*

Die Hand des Mädchens hielt inne. Sie schniefte leise, dann wandte sie ihrer Großmutter das Gesicht wieder zu, und in ihren haselnussbraunen Augen formte sich eine Frage.

»Was glaubst du, wie sie aussah?«, fragte Catriona Robinson ihre Enkelin, und im Kopf des Kindes entstand ein Bild.

Emily seufzte, als sie sich erinnerte, wie sie sich das Mädchen vorgestellt hatte, klein, aber nicht zu klein. Das Haar zu Zöpfen geflochten und eine grüne Wollmütze. Terence trug Gummistiefel, und wenn es kalt war einen Schal, und beide liebten heiße Schokolade mit rosa und weißen Marshmallows, wenn sie zusammen vor dem Kamin saßen und sich die Füße wärmten.

Alles beginnt und endet hier, dachte sie, als sie die blauen Seiten nahm, das allerletzte Puzzleteil.

12. August 2018

Ich fühle mich frei wie seit Jahren nicht. Ich habe wieder die Kontrolle über mein Leben, die der Krebs mir geraubt hatte. Die monatelange Therapie, die Krankheit, die Erschöpfung. Außerdem hat es mir zu schaffen gemacht, was das alles mit Emily macht. Sie hat sich noch mehr verschlossen, von der Welt zurückgezogen.

Sie ist sauer auf mich, weil ich den Kampf aufgegeben habe. Aber so kann ich wieder leben. Im Meer baden, Eis essen, Champagner trinken, ich selbst sein.

Eines Tages wird sie das hoffentlich verstehen, mir verzeihen, dass ich gestorben bin, wie sie es ihren Eltern nie verzeihen konnte. Ich weiß, ich werde dem Schicksal nie verzeihen, aber ich habe gelernt, es zu akzeptieren. An morgen zu glauben.

Heute früh habe ich einen Mann kennengelernt. Er heißt Richard und hat freundliche Augen und einen wunderbaren, großen Hund, der mir begeistert die Zehen abgeleckt hat. Ich frage mich, ob er mein Abschiedsgeschenk ist. Die letzte Liebe, bevor ich gehe. Das wünsche ich mir für meine geliebte Emily. Dass sie den köstlichen Schmerz erfährt, jemanden zu lieben und zu hoffen, dass er die Liebe erwidert.

Oft liege ich nachts wach und denke an ihn, an Noah, und all das, was hätte sein können. Er war meine erste Liebe. Niemand danach hat an ihn herangereicht.
Aber vielleicht lag das auch an mir, weil ich Angst davor hatte, je wieder so zu leiden.

Inzwischen kenne ich alle Variationen der Liebe. Ich

frage mich, was aus Margots Vater geworden ist. Was wäre passiert, wenn wir uns nie begegnet wären? Nie diesen kurzen Augenblick geteilt hätten, indem wir ein anderes Leben, eine andere Zukunft gezeugt haben. Oh, mein schönes Kind, mein Baby, meine geliebte Tochter. Ich habe dich so sehr geliebt und vermisse dich jeden Tag. Ich habe alle so sehr geliebt, und ich wünschte nur, mir bliebe mehr Zeit.

Ich wünschte, ich könnte zurückgehen und alles noch einmal erleben, diesmal in dem Wissen, dass ich nicht mit Margot um Emily konkurrieren muss. Dass es reicht, einfach ihre Großmutter zu sein, ihr eine andere Seite des Lebens zu zeigen. Ihr begreiflich zu machen, dass sie die Wahl hat, sein kann, wer immer sie will. Dass sie die schräge, kauzige, verrückte Seite ihrer Persönlichkeit feiern sollte – die im Badeanzug, mit Gummistiefeln und Superheldencape in den Park geht. Das Mädchen, das keine Angst davor hat, auf Bäume zu klettern, im Meer zu baden, andere zu provozieren und alles infrage zu stellen.

Ich habe Emily geliebt für ihre Leidenschaft, ihre Tollheit, dafür, dass sie immer mehr wollte. Aber ich hatte auch Angst, sie zu beeinflussen, mich zwischen sie und ihre Mutter zu drängen. Was natürlich, wie ich jetzt begreife, total albern war.

Ich habe Margot nie richtig verstanden, ihre Entscheidung, sich völlig von einem Mann abhängig zu machen. Ich hielt es für schwach. Nach allem, was ich geschafft hatte, allein. Nach allem, was ich versucht hatte, ihr beizubringen, und sie warf für ihn ihre Ausbildung weg, ihre Karriere, ihre Unabhängigkeit. Ich begriff nicht, dass sie die Entscheidung aus dem Herzen traf. Ich begriff nicht, dass sie die Welt mit anderen Augen sah, mit anderen Träumen als ich.

Ich wünschte, ich hätte mir nicht eingeredet, dass

Margot mich nicht mehr brauchte, nachdem sie Peter gefunden hatte. Nachdem sie sich verliebt hatte und alles aufgab, um Hausfrau und Mutter zu sein. Denn jetzt verstehe ich, dass es das war, was sie wollte. Sie war nicht ich, genauso wenig wie Emily ich ist.

Das erste Mal, als ich sie alle zusammen sah – Margot, Peter und Emily, kurz nach ihrer Geburt –, habe ich Noah vermisst, fast ein körperlicher Schmerz, der nicht nachließ. Ich vermisste alles, was hätte sein können, und natürlich fragte ich mich, ob ich hätte ja sagen sollen. Er war der einzige Mensch, der mein wahres Ich kannte und nie versucht hat, es zu ändern. Er verstand, warum ich nein gesagt habe (dreimal, der Arme!), doch er gab nicht auf. Er muss gedacht haben, ich würde seiner unermüdlich dargebotenen Liebe eines Tages nachgeben, irgendwann begreifen, dass es das Richtige war, dass er mich glücklich machen würde.

Ich habe in meinem Leben so viele Fehler gemacht. Mit so vielen Entscheidungen gehadert, und wahrscheinlich hat mir das eher geschadet als genützt. Bedauern ist nichts weiter als ein Gefühlschaos und ändert nichts. Angst ist etwas ganz anderes. Die Angst vor dem Alleinsein, die mich immer begleitet hat. Nach Gigis Tod habe ich mich an Margot geklammert. Bin zurück zu Noah, nur um ihn erneut zu verlassen. Es war unfair von mir, aber ich wusste nicht, wie viel Schmerz noch kommen sollte.

Nach dem Unfall ist er wieder in mein Leben getreten, für eine Weile. Durch meinen Kummer haben wir wieder zueinandergefunden, und ich habe ihm erlaubt, sich um mich zu kümmern. Doch ich hatte ein fatales Déjà-vu, als ich ihn mit Emily sah, so wie ich ihn mit Margot gesehen hatte. Vielleicht hätte ich ihm trotzdem eine Chance geben sollen, uns eine Chance geben sollen, aber wieder war mir äußerst bewusst, dass jede meiner Ent-

scheidungen nicht nur mich, sondern auch ein kleines Mädchen betraf.

Habe ich Emily mit meiner Liebe erdrückt? Habe ich sie so fest in Zuckerwatte gepackt, dass sie nicht lernen konnte, unabhängig zu sein? Habe ich alles aus ihr rausgeschüttelt und weggepackt, so wie die Andenken an ihre Mutter in Kartons, statt sie immer wieder daran zu erinnern, wer sie einmal war?

Ich scheine alles infrage zu stellen, jetzt, da ich weiß, dass meine Zeit gekommen ist. Der Gedanke, dass ich an dem, was passiert ist, nichts ändern kann, ist erschreckend, aber andererseits bin ich bereit zu sterben, zu akzeptieren, dass das Leben verfahren und verworren ist, aber auch herrlich und beglückend, wenn wir mutig genug sind, es zu packen und jeden Tropfen Glück herauszupressen, solange wir noch können.

Ich weiß noch, wie sie wieder anfing zu zeichnen. Wie sie es brauchte, wir es brauchten, um miteinander zu kommunizieren. Durch die Geschichten, die ich erzählte, war es ihr möglich, den Schmerz auszuschalten und sich auf das zu konzentrieren, was sie konnte, statt auf das, was sie nicht konnte. Während sie zeichnete, konnte ich die Bilder hinter ihren Augen schon sehen.

Sie ist besser als ich. Talentierter, kreativer, und ich weiß, dass ich sie sowohl aus egoistischen Gründen ermutigt habe als auch aus guten. Die Bücher waren nur Wörter auf einer Seite, es waren ihre Illustrationen, die sie erst zum Leben erweckt haben, die die Phantasie der Kinder überall auf der Welt befeuert haben. Die Charlie das Potenzial in jener allerersten Geschichte haben erkennen lassen, die an einem See in Italien beim Gesang der Nachtigall entstanden ist. Alles, was ich wollte, war, dass Emily glücklich ist, dass es ihr besser geht. Ich hatte ja keine Ahnung, was sich aus unserem Werk, unserer Ablenkung von der Wirklichkeit ent-

wickeln würde. Ich hatte keine Ahnung, wie weit uns das kleine Mädchen und seine Ente bringen würden. Wie sehr es dazu dienen würde, Emily von der Welt fernzuhalten. Es war nie meine Absicht, mich mit Hilfe ihres Talents persönlich zu bereichern. Das war nebensächlich, aber ich verstehe, dass es sie gebremst haben könnte. Dass ich sie davon abgehalten habe, fliegen zu lernen. Zum Teil ist es meine Schuld, dieser Kokon, dieses Leben, in das wir gestolpert sind. Anfangs war es notwendig, um unsere Trauer zu verarbeiten. Aber habe ich alles schlimmer gemacht, indem ich zuließ, dass sie stumm blieb, selbst als die Worte in ihrem Mund wieder Gestalt annahmen? Habe ich sie davon abgehalten, in der Welt zurechtzukommen, indem ich sie in der Klinik versteckt habe und dann in Norfolk, indem ich zuließ, dass sie sich in Phantasiewelten flüchtete?

Geschichten sind mein Lebenselixier, meine Art, mit der ganzen Scheiße fertigzuwerden, die einem widerfährt. Aber habe ich ihr meine Entscheidung aufgezwungen?

Sie muss neu anfangen, doch ich mache mir Sorgen, dass sie ohne mich nicht zurechtkommt. Ob ich genug getan habe, um ihr klarzumachen, wie talentiert, wie brillant sie ist? Ich würde ihr gern zeigen, ihr begreiflich machen, dass man Risiken eingehen muss, wenn man jemals glücklich werden will.

Es gäbe da eine Möglichkeit. Aber ich weiß nicht, ob das zu viel für sie wäre. Oder ob ich noch die Kraft dazu habe. Ich muss, das schulde ich ihr.

Komme, was da wolle, das ist das Leben, das ich gelebt habe. Das ist es, was ich Emily hinterlasse. Das war ich, Catriona Mairi Robinson, 67, eine Frau, die sich glücklich schätzt für alles, was sie hatte.

CMR

22

Phönix

Phoenix

Emily war zurück, wo alles endete, wo alles begann. Sie saß an einem See, nur die Vögel als Gesellschaft, und dachte an all die Menschen, denen sie begegnet war, all die Orte, die sie gesehen hatte, all die Ängste, Dämonen, mit denen sie unterwegs konfrontiert worden war.

Sie faltete den Brief ihrer Großmutter zusammen, steckte ihn in die Tasche und ließ die Tränen fließen. Weinte um ihr Herz, das gebrochen war, das viel zu lange in Angst gelebt hatte. Weinte um ihre Eltern, ihre Großmutter, das Leben, das sie nicht zu leben wagte.

Sie weinte um das kleine Mädchen, das sie gewesen war. Dessen Leben im Bruchteil einer Sekunde zerstört worden war. Von einer grausamen Laune des Schicksals, die alles änderte, denn Zeit konnte man nicht fassen, man verstand sie erst, wenn man keine mehr hatte.

Ihr lief ein Schauer über den Rücken, der Kummer floss in Wellen durch ihren Körper, und sie schluchzte, bis sie sich leer geweint hatte.

»Emily?«

Ruckartig hob sie den Kopf. Sie sah ihn näher kommen und ließ zu, dass er sich neben sie setzte, seinen Arm um sie legte und sie an sich drückte. Seine Nähe brachte sie erneut zum Weinen.

»Schon gut«, flüsterte Tyler an ihrem Haar. »Schon gut.«

»Nein, nichts ist gut.« Sie schüttelte den Kopf, sah die

nassen Flecken auf seinem Hemd. »Ich hab so viel Zeit vergeudet. Ich hab jahrelang in der Vergangenheit festgesteckt, und wozu?«

»Du bist fast gestorben, Em.«

»Alles, was ich getan habe, war, mich zu verstecken.«

»Alles, was du getan hast, war zu überleben.«

»Was hat es gebracht, wenn ich nur zeichnen kann, was sie schreibt?«

»Ich glaube, du kannst viel mehr als das.«

Emily fühlte, wie er sich neben ihr bewegte, und als sie sich zurücklehnte, hielt er ihr Skizzenbuch in der Hand. Das sie in Verona liegen gelassen hatte.

»Du hast es extra hergebracht.«

»Allerdings. Um meine Sünden abzubüßen.«

»Warum?«

»Weil du sehen musst, wozu du fähig bist.«

Er schlug es beim ersten Bild auf, das sie auf ihrer Reise gezeichnet hatte. Zwei Seemöwen, die einander mit geöffneten Schnäbeln gegenüberstanden, als würden sie sich unterhalten. Eine saß auf einem Einrad, die andere trug eine Zeitung unter dem Flügel. Eine Zeitung mit einer fett gedruckten Schlagzeile über den Tod von Großbritanniens beliebtester Kinderbuchautorin.

In der nächsten Zeichnung lief Tyler mit seiner Gitarre durch ein Feld aus silberblauem Gras. Die aufsteigenden Noten wurden zu einem Schwarm Zugvögel, unterwegs in ferne Länder. Ihr war gar nicht bewusst gewesen, dass sie auch sich selbst in das Bild gezeichnet hatte. Sie ging neben Tyler und zog den ramponierten gelben Koffer hinter sich her.

Weitere Bilder. Weitere Überraschungen, alle verbunden mit der Reise, zu der sie gezwungen worden war. Eine Skizze von ihrer Großmutter und einem Mann, die auf einer Bank in einer Stadt am See die Köpfe zusammenstecken, daneben ein schlafendes Baby in einem Kinderwagen.

Ein paar Kolibris auf einem Ast, die einem Pärchen zusehen, das im Mondschein unter dem Eiffelturm tanzt. Die Frau trägt ein Fünfzigerjahrekleid, der Mann hält ein kleines Samtkästchen, in der sich, wie Emily wusste, ein Diamantring befand.

So viele Bilder, an die sie sich nicht erinnerte. So viele winzige Details, die sie darin versteckt hatte.

Dann endlich. Die Stare, die sie in Rom gesehen hatte. Ein Tornado aus minutiös gezeichneten braunen Flecken, die das Gesicht einer Frau darstellen. Ihr eigenes Gesicht. Ihre Ängste und Qualen.

»Du hast es schon immer getan«, sagte Tyler, blätterte zurück zu dem Bild von Ophelia auf dem Fahrrad und zeigte auf den Schäfer mit seiner Herde. Erst da begriff Emily, wessen Gesicht sie in Wahrheit gezeichnet hatte. Erst da begriff Emily, was Tyler ihr zeigen wollte.

»Das wusste ich nicht«, sagte sie atemlos und blätterte weiter zurück. Bis zu dem Perlmutt-Kakadu mit den ausgebreiteten Flügeln, der in die untergehende Sonne fliegt. Bis zum allerersten Bild im Buch, das ihre Großmutter im Bett zeigt. Emily hatte es gezeichnet, als sie schlief, ohne sich bewusst zu sein, dass sie Catrionas Gesicht durch das gealterte, von der Zeit gezeichnete Gesicht ihrer Mutter ersetzt hatte. Wie sie sich wünschte, sie hätte überlebt.

Indem sie sie auf Papier festhielt, hielt sie sie gefangen, hielt ihre Trauer gefangen, konnte nicht loslassen. Doch sie hatte nie gelernt, wie man damit umging. Nie gelernt, wie man trauerte, wie man den Tod als unvermeidlichen, grausamen Teil des Lebens akzeptierte.

Emily klappte das Skizzenbuch zu.

»Wie hast du mich gefunden?«

Er sah sie wieder an, auf diese ganz besondere Art, und sie fragte sich, ob sie anders wirkte. Ob die Tränen ihr Gesicht verändert hatten, etwas zum Vorschein gebracht hatten, das vorher nicht dort gewesen war.

»Ich hab meine Mutter angerufen.«

»Das muss ein wahres Vergnügen gewesen sein.«

»Ich hab ihr das hier geschickt«, sagte er und zeigte ihr einen Schnappschuss des Fotos vor der Buchhandlung in Paris. »Gefragt, wer die letzte Frau ist.«

Emily betrachtete alle der Reihe nach, dann ließ sie den Blick auf Catriona ruhen. Sie sog die Freiheit, die Freude im Lächeln ihrer Großmutter in sich auf. Und obwohl sie tot war, und Gigi auch, waren sie noch da, solange es jemanden gab, der sich an sie erinnerte.

»Wo ist Phoebe?«

»Sie hat beschlossen, nach Hause zu fahren. Meinte, sie müsse ihren eigenen Weg finden. Irgendwas mit Gorillas …«

Emily lachte auf, bevor sich ihre Miene verdüsterte. »Tut mir leid.«

»Es hätte sowieso nicht gehalten, nicht wenn ich nach Nashville ziehe. Außerdem …« Er rückte dicht an Emily heran, lehnte seine Schulter an ihre. »Für meinen Geschmack war sie viel zu normal.«

»Wann fährst du?«

»Jetzt. Heute Abend.« Er holte Luft. »Mein Flug geht in ein paar Stunden.«

»Warum bist du hier, Tyler?«

Er antwortete, indem er den Kopf senkte, um sie zu küssen, nur ein einziges Mal. Ihre Lippen berührten sich nur ganz leicht, und Emily wollte sich in den Kuss hineinfallen lassen, sich im Augenblick verlieren, doch aus irgendeinem Grund wich sie zurück.

So viel hatte sich geändert. In so kurzer Zeit. So viel, das sie erst verarbeiten musste. So viel Zeit, die vor ihr lag. Tage und Nächte, mit denen sie anfangen konnte, was sie wollte.

»Komm mit mir«, flüsterte er und lehnte seine Stirn an ihre.

Emily starrte ihn an und wünschte, sie hätte einfach ja sagen können, sich nach Nashville entführen lassen, um in ihre eigene Liebesgeschichte einzutauchen.

Das Problem war nur, sie erinnerte sich, was ihre Großmutter in ihr Tagebuch geschrieben hatte. Über Noahs Heiratsanträge, darüber, warum sie nein gesagt hatte. Weil er sie ändern würde, sie zu jemandem machen, der sie nicht war.

Nach Nashville gehen, sich verlieben, war die einfache Lösung und würde ihr in gewisser Weise erlauben, sich wieder zu verstecken. Vor sich selbst, vor den Entscheidungen, die sie treffen musste. Sie hatte jede Menge Zeit herauszufinden, was sie wollte, und sich ans Alleinsein zu gewöhnen.

»Ich habe dieses Bild im Kopf, und ich weiß nicht, ob es eine Erinnerung ist oder ein Traum«, sagte Emily und beobachtete genau, ob Tyler eine Reaktion zeigte. Versuchte, nicht darüber nachzudenken, wie leicht ihr die Worte über die Lippen kamen, wie egal es ihr war, ob sich ihre Zunge in einer der Silben verfing oder ob sie stotterte und lispelte. Weil er es war. Weil er sie kannte, weil er sie sah, weil er verstand, dass sie nicht mehr die Emily von damals war.

»Erzähl.« Er lächelte sie an, und einen Moment lang dachte sie, er würde sie wieder küssen.

»Ich sehe unter mir den Schatten eines Flugzeugs. Ich stelle mir vor, der Schatten ist in Wahrheit ein anderes Flugzeug, das nur existiert, wenn die Sonne scheint und es der Welt offenbart. Ich habe Jahre meines Lebens so gelebt wie dieses Flugzeug. Ich habe mich versteckt und darauf gewartet, dass das Licht auf mich fällt.«

»Das werte ich als ein Nein.«

Obwohl sie ständig alle Menschen abgeblockt hatte, war sie nie allein gewesen. Immer hatte jemand auf sie aufgepasst, auch wenn ihre Großmutter auf Lesereise war oder

Termine in der Stadt hatte. Charlie, der Pfarrer, sogar der Mann mit dem Hund und jetzt Tyler.

»Nashville ist dein Traum, und wenn ich mitkäme, würde ich es irgendwann bereuen.« Eine Idee für eine Geschichte begann in ihrem Kopf Gestalt anzunehmen. Eine Landkarte aus den Erinnerungen Tausender Menschen. Jede einzigartig, aber alle irgendwie miteinander verbunden. Die erwachsene Ophelia, die Geheimnisse erkundet, Wahrheiten ausgräbt. Menschen durch Erinnerungen wiedervereint, die diese verloren geglaubt hatten.

»Klingt, als wäre das dein letztes Wort.«

»Tut mir leid.«

»Das muss es nicht.« Er seufzte resigniert. »Ich war nicht fair gegenüber dir und Phoebe. Schon vorher, was für ein Schlamassel.«

»Keiner von uns hat darum gebeten.«

»Ich bin froh, dass es so gekommen ist. Ich bin froh, dass ich dich wiedergesehen hab, mich daran zu erinnern, wer ich war, als wir jung waren.« Er stand auf, zog sie hoch und küsste sie auf die Wange.

Sie sah ihm nach, bückte sich, um ihre Tasche und das Skizzenbuch aufzuheben, bemerkte, dass etwas unter dem Buchdeckel steckte. Eine Postkarte mit dem Bild eines knallroten Vogels, der mit ausgebreiteten Flügeln der Sonne entgegenflog. Auf die Rückseite hatte er ein paar Zeilen gekritzelt, und es sah aus, als würden die Buchstaben auf dem Papier herumhüpfen, als sie versuchte, sie durch ihre Tränen zu lesen.

Für mich bist du ein Phönix.
Strahlend durch das Feuer, das tief in dir brennt.
Und auch wenn dein Herz weint,
Vergiss nie, dass ich an dich denke.
Denn du bist mein Grund,
Deinetwegen versuche ich es.

Er ist mein Noah, hauchte Emily atemlos, und als sie aufblickte, sah sie Tyler am Ende des Rasens, eine Hand am Gartentor, im Begriff zu gehen.

»Warte.« Das Wort war kaum ein Flüstern, und sie spürte, wie es sich in ihrem Herz verfing. »Warte«, wiederholte sie, dann begann sie zu laufen, als er sich lächelnd umdrehte.

Die Arme um seinen Hals, küsste sie ihn, und in diesem Augenblick vergaß sie alles. Vergaß das straffe Narbengewebe über ihrer Wange, den Schmerz in ihrer Wirbelsäule, all die Jahre, die sie sich versteckt hatte, in dem Glauben, dass sie keine Liebe verdiente. In diesem Augenblick wurde sie wieder das Mädchen von damals, geküsst an einem Sommerabend, alle Hoffnungen und Möglichkeiten von morgen im Herzen.

Und so gab sie sich ihm hin, schlüpfte in seine Seele und öffnete ihr Herz für das, was sein könnte.

»Hast du es dir anders überlegt?« Er löste den Kuss, ein bisschen atemlos, ein bisschen überrascht.

»Ja. Nein. Ich meine, ich kann nicht mit dir kommen.«

Er ließ die Arme sinken. »Oh.«

»Weil es dein Traum ist.« Obwohl kein Abstand zwischen ihnen war, fühlte er sich sehr weit weg an.

»Das sagtest du bereits.«

Emily fuhr mit den Fingern über seinen Kragen, fühlte, wie er sich versteifte und sich dann unter ihrer Berührung entspannte. »Wenn ich mit dir kommen würde, wäre es aus den falschen Gründen.«

»Auch das hast du bereits gesagt.«

»Aber das heißt ja nicht, dass du nicht zurückkommen kannst.« Sie legte beide Hände an seine Brust, spürte, wie sein Brustkorb sich hob und senkte. »Oder wir treffen uns in der Mitte?«

Er lachte leise, und der Klang vibrierte unter ihren Fingerspitzen.

»In der Mitte ist das Meer, Em.« Zwei Arme legten sich um ihre Taille, und sie ließ sich hineinsinken, atmete seine Nähe ein.

»Ich will damit nur sagen, dass ich erst herausfinden muss, was ich will.« Sie neigte den Kopf zurück und sah ihn an. »Und das kann ich nicht, wenn ich dir hinterherlaufe.«

Er lächelte sie an, ein neues Lächeln, das sie noch nicht kannte.

»Was?«

»Du bist wunderschön, wenn du für etwas brennst.« Er küsste ihre Stirn, ihre Narbe, ihren Mund, und sie wartete auf den Moment, wo es ihr zu viel wurde und sie zurückweichen würde, doch zu ihrer Überraschung kam dieser Moment nicht.

»Wo willst du hin?«, flüsterte er an ihren Lippen.

Emily lächelte. »Nach Hause.«

23

Elster

Pica pica

Im Garten war es ganz still. Die Blätter begannen sich zu verfärben und kündeten vom bevorstehenden Herbst. Es lag eine gewisse Kälte in der Luft, die der Klang der Kirchenuhr durchdrang, die zur vollen Stunde schlug. Emily hielt kurz inne, und als sie sich umsah, ging ihr erneut das Herz auf.

War es wirklich erst neun Tage her, seit sie aufgebrochen war? So viel war passiert, und sie wollte noch so viel mehr erleben, entdecken, wollte anfangen so zu leben, wie ihre Großmutter es sich gewünscht hätte.

Eine Elster kam angeflogen, als sie die Haustür öffnete, hüpfte hinter ihr hinein.

»Hallo, Milton«, sagte sie und bückte sich, um ihn zu streicheln, doch er wich aus und hüpfte auf den blinkenden Anrufbeantworter voller Nachrichten, die abzuhören sie absolut keine Lust hatte. Die Post war ordentlich auf dem Tisch im Flur gestapelt, ganz oben ein dicker, gepolsterter Umschlag mit einer ausländischen Briefmarke aus Italien, wie der Poststempel verriet.

Noah. Vielleicht hatte er beschlossen, ihr Catrionas Briefe zu schicken. Doch das konnte warten, und vielleicht hatte sie auch genug gelesen.

Das Haus war so wie vorher, und doch hatte sich etwas verändert. Oder hatte sie sich verändert?

An der Wand hing ein Spiegel, den sie gemieden hatte,

solange sie denken konnte. Ihr Spiegelbild zeigte dasselbe Gesicht wie vor ihrer Abreise, und doch sah es ganz anders aus, weil sie eine andere war als die, die eines Morgens in der Annahme aufgewacht war, es sei ein Tag wie jeder andere. Ein Tag, an dem sie einen Brief erhalten hatte, der ihre ganze Welt auf den Kopf stellte.

Sie war nicht mehr dieser Mensch, der nur existiert, aber nicht gelebt hatte. Und sie konnte nicht leugnen, dass Tyler sie beeinflusst hatte, dass er sie dazu gebracht hatte, ihr Herz zu öffnen und endlich »vielleicht« zu sagen.

Was jetzt? Wie ging das mit dem Neuanfang, wie sollte sie sich über die Zukunft klarwerden?

»Tee«, sagte Emily laut, ging in die Küche, blieb kurz vor dem Kühlschrank stehen, um das Lieblingszitat ihrer Großmutter von Leonard Cohen, das immer noch an der Tür klebte, mit den Fingern zu berühren.

Sie war dabei gewesen zu sterben, langsam, von innen heraus. Ihre Großmutter war die Einzige, die es sah und beschlossen hatte, Emily zu retten, sie dazu zu bringen, all die kleinen Risse in der Welt wahrzunehmen, durch die das Licht dringt.

Emily füllte Wasser in den Kessel und stellte ihn auf den Herd. Dann riss sie die Tür zum Garten weit auf, ließ den vertrauten Geruch nach Äpfeln und Geißblatt herein, blickte in den Himmel, in das weite, beruhigende Blau und seufzte erleichtert, dass sie zu Hause war.

Erst als sie sich umdrehte und sich ihren Lieblingsbecher mit den Turteltauben aus der Anrichte nehmen wollte, sah sie es.

Ein Karton. Ein schlichter Pappkarton stand auf dem Küchentisch am Fenster und wartete geduldig, dass sie ihm Beachtung schenkte. Darunter klemmte ein Zettel, beschrieben mit einer unbekannten Handschrift.

Emily schob den Karton beiseite und las:

Für Emily. Sie hat gesagt, ich soll Ihnen sagen, der Rest liegt bei Ihnen. Ihr Richard Thomas. P. S. Max lässt grüßen und würde sich freuen, wenn Sie uns eines Tages bei einem Spaziergang am Strand begleiten würden, wenn Sie soweit sind.

Der Mann mit dem Hund. Offenbar damit beauftragt, Emily eine letzte Überraschung von ihrer Großmutter zu überbringen.

»Ich trau mich nicht hineinzusehen«, sagte Emily, als Milton auf eine Stuhllehne hüpfte, den Kopf neigte, als wollte er auf den Karton zeigen. »Ich trau mich nicht«, wiederholte sie, doch wie von allein begannen ihre Finger, das Geschenk auszupacken.

Es war ein Stofftier, ein Foto und ein kleines rotes Notizbuch.

»Oh.« Emily trat einen Schritt zurück, dann spähte sie erneut in den Karton.

Das Stofftier war eine Ente mit Watschelfüßen und hellgrünen Augen. Emily erinnerte sich, dass sie früher eine gepunktete Fliege umhatte, die aber verloren gegangen war. Sie nahm die Ente, hielt sie an die Nase und atmete den Duft ihrer Kindheit ein. Sie sah ihr Kinderzimmer vor sich, das Puppenhaus am Fenster, dessen dünne Staubschicht auf dem Dach verriet, wie wenig sie damit spielte. Ein Himmelbett mit Lichterkette, ein mit Büchern vollgestopfter Schrank und ein Stuhl am Fenster, in dem sie mit ihrer Mutter saß, wenn die ihr abends vor dem Schlafengehen vorlas.

Mit zitternder Hand nahm sie das Foto. Sah, dass es sie selbst als Baby zeigte, in den Armen ihrer Mutter, sah ihren Vater, der sich hinunterbeugte, um sie auf die Stirn zu küssen. Baby Emily hielt ebenjene Ente, die jetzt auf dem Tisch lag und sie mit ihren Murmelaugen anstarrte.

Emily ging ins Wohnzimmer, stellte den Rahmen auf

das Kaminsims neben das von Gigi und Giancarlo an ihrem Hochzeitstag. Sie betrachtete all die anderen gerahmten Erinnerungen. Jetzt wusste sie, dass ihre Großmutter ihre Trauer, ihren Kummer hatte nachempfinden können. Sie konnte endlich akzeptieren, verstehen, dass jeder auf der Welt, der je einen geliebten Menschen verloren hatte, so empfand.

Nebenan wartete, still und leise, das Arbeitszimmer ihrer Großmutter, mit dem Tisch am Fenster, auf dem ihre altmodische Schreibmaschine stand, deren Tastatur im Nachmittagslicht glänzte. Ein Regal voll roter Notizbücher wie

jenes, das sie in der Hand hielt, voll mit den Ausgeburten ihrer unglaublichen Phantasie.

Doch dieses Notizbuch war irgendwie anders. Eine Ecke war abgewetzt, und die Seiten fühlten sich steif und spröde an, als sie es aufklappte. In der Mitte der ersten Seite stand ein Titel, geschrieben von Kinderhand.

Die Abenteuer von Ophelia und Terence
Von Emily Catriona Davenport (9)

»Oh«, flüsterte sie und blätterte die Seite um zu der Zeichnung von einem kleinen Mädchen mit Zöpfen mit einer Ente an der Hand.

»Oh«, sagte sie, diesmal lauter, und lehnte sich an den Schreibtisch, als sich eine Erinnerung auftat. Eine Erinnerung daran, wie sie als kleines Mädchen an einem Küchentisch saß und ihre Großmutter fragte, wie man Geschichten schreibt.

»Es gibt kein Geheimrezept«, hatte Catriona erwidert, während sie einen frisch gebackenen Zitronenkuchen anschnitt und Emily ein Stück gab. »Aber am besten schreibst du über etwas, das du kennst.«

Daraufhin war sie in den Flur gegangen und mit einem

nagelneuen roten Notizbuch aus Leder zurückgekehrt, das noch in Plastikfolie eingeschweißt war. Sie hatte Emily gesagt, es sei die gleiche Art von Notizbuch, in das sie selbst all ihre Ideen schrieb.

»Es war meine Geschichte«, sagte Emily, während sie die Seiten durchblätterte, die mit den Träumen und wilden Phantasien eines Kindes gefüllt waren. Ein Kind, dessen Existenz nicht von Schmerz und Leid getrübt war. Jemand, an den Emily allmählich wieder zu glauben anfing.

»Es wird immer unsere Geschichte sein«, sagte sie, als sie in die Küche zurückging, auf der Suche nach jemandem, dem sie davon erzählen konnte. Nach Milton, nur war der plötzlich nirgends mehr zu sehen. Sie war allein, aber nicht einsam. Bange, aber nicht ängstlich. Bereit für einen Neuanfang, herauszufinden, wie sie in dieses sogenannte Leben passte. Was sie mit der Zeit, die ihr noch blieb, anfangen sollte. Zu entscheiden, was als Nächstes in der Geschichte passierte.

Emily sah sich in der Küche um, setzte sich auf den Stuhl neben der Tür, schlug das Notizbuch auf und begann zu lesen.

EPILOG

Ente

Anas platyrrhynchos

Es war einmal ein kleines Mädchen namens Ophelia, das mit seinen Eltern und seiner zahmen Ente namens Terence am Meer wohnte. Ophelia sehnte sich danach, Dinge zu tun, die normale Jungs und Mädchen taten. Wie auf Bäume zu klettern, durch die Wellen zu hüpfen oder einfach nur Fahrrad zu fahren. Doch Ophelias Beine funktionierten nicht richtig, deshalb musste sie einen Rollstuhl benutzen statt zu laufen.

Das machte sie oft traurig, doch Terence war so eine fröhliche kleine Ente, und jeden Abend vor dem Schlafengehen erzählte er Ophelia, dass die Engel ihr eines Tages einen einzigen Wunsch gewähren würden. Einen, der ihr Leben für immer verändern würde.

An ihrem zehnten Geburtstag wachte Ophelia davon auf, dass jemand sang. Ihr Vater trug sie nach unten, mit Terence im Schlepptau, wo ihre Mutter in der Küche Rührei mit Speck briet.

Ihre Mutter erklärte, dass heute ein ganz besonderer Tag sei, nicht nur weil Ophelia Geburtstag hatte, sondern auch, weil sie zur ältesten Buchhandlung der Welt fahren wollten. Es sei ein Ort voller Magie und Abenteuer, und Ophelia dürfe sich dort irgendein Buch aussuchen …

Vögel und ihre Bedeutungen

Emily erschien mir immer als jemand, der im Leben nach versteckten Bedeutungen sucht. Deshalb wollte ich ihr etwas geben, für das sie sich interessiert, für das sie sich begeistert, um sie von dem Schmerz und dem Kummer abzulenken, den sie durchleiden musste.

Das wiederum brachte mich dazu, mich mit Aberglauben und Symbolismus in der Vogelkunde zu beschäftigen, in der Absicht, einige Aspekte als zusätzliche Bedeutungsebene in das Buch einzubringen. Die Auswahl war groß, und die unten aufgelisteten sind nur ein Bruchteil dessen, was ich fand, aber es sind die Attribute, die für mich persönlich und für Emilys Geschichte am aussagekräftigsten sind.

1. **Kakadu** – sich von seiner besten Seite zeigen, aber auch ein Symbol für Veränderung und wichtige Lernprozesse, die Kraft, Hartnäckigkeit und Mut erfordern.

2. **Rotkehlchen** – Erwachen einer neuen Idee, steht für Erneuerung und Neuanfang. Auch Symbol für Weisheit und Geduld, für Lernprozesse, die nicht von heute auf morgen stattfinden.

3. **Elster** – zuhören, was die Welt um einen herum mitzuteilen hat, und die eigenen Gedanken und Gefühle besser artikulieren. Steht auch für unberechenbares Verhalten und unvorhersehbare Situationen.

4. **Pfau** – seine wahren Farben zeigen. Im Hinduismus wird der Pfau mit Lakshmi in Verbindung gebracht, die für Geduld, Güte und Glück steht. Die Federn gelten als Talisman, der vor Unfällen und Unglück schützt.

5. **Pelikan** – andere nicht verurteilen und zu seiner eigenen Meinung stehen. Steht auch dafür, Verlust durch innere Einkehr zu bewältigen.

6. **Spatz** – Freundschaft, besonders Teamgeist, aber auch Selbstwertgefühl und die Erkenntnis, dass selbst die kleinsten Dinge glücklich machen können.

7. **Taube** – Widerstandskraft und körperliche Kraft, aber auch Hingabe für eine Sache, die mit einem geliebten Menschen zu tun hat.

8. **Kanarienvogel** – sich von alten Wunden der Vergangenheit befreien. Gefühl der Inspiration, der Hoffnung und bevorstehender Neuanfang.

9. **Möwe** – kündet von Veränderung, ermutigt einen aber auch, seine Komfortzone zu verlassen, im Streben nach Freiheit furchtlos zu sein.

10. **Wellensittich** – Treue und Vertrauen, aber auch verbesserte Kommunikation, um ein bestimmtes Ziel zu erreichen.

11. **Eule** – in der griechischen Mythologie war die Eule ein Symbol für Athene, die Göttin der Weisheit und Kriegskunst. Auch Symbol für Geheimnisse, Magie und die Fähigkeit, Hinterlist zu durchschauen.

12. **Hüttensänger** – In russischen Märchen ist der Hüttensänger ein Symbol der Hoffnung. Steht auch für spirituelles Erwachen, die Notwendigkeit, sich auf die Schönheit der Natur einzulassen.

13. **Hahn** – In keltischen und altnordischen Überlieferungen ist der Hahn Bote der Unterwelt, der vor Gefahr warnt. Steht auch für neue Ideen, Erleuchtung und die Notwendigkeit, die Wahrheit zu akzeptieren.

14. **Flamingo** – starke, verborgene Gefühle und Mahnung, keine voreiligen Schlüsse zu ziehen. Steht auch für Loyalität und Zugehörigkeit.

15. **Gans** – Sehnsucht, den eigenen Problemen zu entkommen, aber auch starker Beschützerinstinkt. Mahnung, die Menschen nicht zu vergessen, die einen dorthin gebracht haben, wo man heute steht.

16. **Star** Omen für eine gute Nachricht, erinnert aber auch daran, dass Kommunikation für eine gute Beziehung unerlässlich ist.

17. **Kolibri** – Optimismus, Resilienz, Mahnung, negative Gedanken abzustellen, aber auch im Moment zu leben, nach Unabhängigkeit zu streben.

18. **Rabe** – In der griechischen Mythologie werden Raben mit Apollo, dem Gott der Weissagung, in Verbindung gebracht. Auch Symbol für bevorstehendes Unglück und Warnung, auf versteckte Botschaften zu hören.

19. **Reiher** – In vielen chinesischen Legenden ist es die Aufgabe des Reihers, verstorbene Seelen in den Himmel zu bringen. Steht auch für Unabhängigkeit.

20. Nachtigall – Das Herz einer Nachtigall zu essen, sollte einst die Kreativität inspirieren, und Shakespeare verglich seine Liebesgedichte mit ihrem Gesang. Steht auch für Heilung und Liebe.

21. Phönix – In der griechischen Mythologie erwacht der Phönix wieder zum Leben, in dem er sich aus der Asche seines Vorgängers erhebt. Steht im Allgemeinen für spirituelle Wiedergeburt und Transformation.

22. Ente – aggressiv, wenn sie sich bedroht fühlt, aber friedlich und einfühlsam, wenn man sie in Ruhe lässt. Steht auch für Neugier auf die Umwelt und Entdeckergeist.

Danksagung

Für mich ist Schreiben ein Vertrauensvorschuss, denn man muss sich darauf verlassen, dass aus einer mehr oder weniger zufälligen Idee irgendwann eine Geschichte wird. Und dafür braucht es Zeit und eine ganze Menge Leute, die mich dabei unterstützen.

Ich danke meiner unvergleichlichen Agentin Hayley Steed, die mein Potenzial erkannt hat und mir seitdem immer zur Seite steht.

Ich danke Ben Willis und seinem strengen Lektorenblick, dass er an die Geschichte geglaubt und mir geholfen hat, sie auf den Punkt zu bringen. Ich danke auch Charlotte Abrams-Simpson für das schöne Cover und Helen Ewing für die wunderbaren Illustrationen über den Vogelkapiteln, sowie Lucy Frederick und dem ganzen Team bei Orion, dass tatsächlich ein Buch daraus geworden ist.

Für die moralische Unterstützung, die aufmunternden Worte und guten Ratschläge, wenn ich mal wieder am liebsten alle Spielsachen aus dem Gitterbett werfen will, muss ich meiner wunderbaren Schriftstellerclique danken: Debs, Kate, Hannah, Rachel, Tom, Noel, Hynam, Chloe, Sophie und Natasha, ihr seid unglaublich, und ich schätze mich sehr glücklich, euch alle zu kennen.

Natürlich ist da auch noch meine Familie, ohne die nichts möglich wäre. Ihre Liebe und Unterstützung und dass sie mir die Zeit und den Raum zum Schreiben gewähren, sind der Grund, warum dieses Buch existiert. Ach, und ich danke Cookie (dem Hund), weil meine Kinder offenbar der Meinung sind, dass du auch damit zu tun hattest …